KB142434

상류 아이

우샤오러 지음
심지연 옮김

상류 아이

묘
보
설
림
—
15

글항아리

행복해지기는 쉽다.

하지만 타인보다 행복해지려는 순간, 행복은 어려워진다.

타인의 행복은 언제나 더 커 보인다.

_샤를 드 몽테스키외

등장인물(괄호 속은 영어 이름)

천윈셴陳勻嫻
지방 출신으로 상경해 명문대를 졸업한 후 중산층 가정의 연상 남자 양딩궈와 결혼. 외아들 페이천을 정성으로 키우며 직장생활도 하는 워킹맘. 페이천이 남편 회사 사장의 금전적 지원을 받아 사장 아들과 같은 쑹런초등학교에 입학한 후 고난의 삶이 시작된다.

양딩궈楊定國(스티븐)
천윈셴의 남편. 아들의 교육 문제를 아내에게 일임하고 회사 일과 승진에 매달리는 전형적인 남자. 학부모들과 경쟁하는 아내와 가끔 의견 충돌을 벌인다.

양페이천楊培宸(제임스)
천윈셴과 양딩궈의 외아들. 쑹런초 1학년으로 중국어, 수학 성적에서 두각을 나타내지만, 친구 하오첸의 성적과 바꿔치기를 당한 이후 상처를 받는다.

차이완더蔡萬德(테드)
양딩궈가 다니는 회사의 사장이자 하오첸의 아빠. 아내의 말을 듣고 자신의 아들과 친하게 지내줄 수 있는 페이천을 쑹런초에 입학시킬 것을 양딩궈에게 제안하고 학비를 제공한다.

량자치梁家綺(케이트, 캣)
차이완더의 부인이자 하오첸의 엄마. 페이천의 엄마인 천윈셴과 점점 친해진다.

차이하오첸蔡昊謙(크리스)
차이완더와 량자치의 아들. 공부에 재능이 없고 부모를 믿고 친구를 괴롭히거나 말썽을 피우다 결국 사건을 일으킨다.

린판샹林帆香(첸털)
저다 금융그룹 린중양 회장의 금쪽같은 딸. 페이천·하오첸과 같은 반이다.

왕이펀汪宜芬
쑹런초 학부모 그룹채팅방의 실질적 운영자. '선란 모임' 멤버. 정보력이 강하고 타인을 조종하는 데 능하다.

왕녠츠王念慈
쑹런초 학부모이자 '선란 모임' 멤버. 상류층의 타고난 사고방식으로 천원셴에게 많은 놀라움과 위화감을 심어준다.

쑤뤄란蘇若蘭
쑹런초 학부모이자 '선란 모임' 멤버. 처신에 능하고 뒤에서 험담하기가 특기다.

장페이언張沛恩
쑹런초 학부모 중 유일하게 천원셴이 마음을 터놓고 얘기할 수 있는 친구.

장위러우張郁柔
학창시절 천원셴과 성적 1, 2위를 다툰 라이벌이자 오랜 친구. 기자생활을 하며 한 때 천원셴과 다투고 연락이 끊어지지만 친구가 힘들 때 나타나 힘과 위로가 돼준다.

예더이葉德儀(소피아)
천원셴이 다니는 회사의 팀장. 사사건건 천원셴을 괴롭힌다.

일러두기
• 본문 각주는 모두 옮긴이 주다.

차례

1부

□

그 사건이 터지기 전까지만 해도, 천윈쳰은 사기당한 사람들이 딱하다고 느낀 적이 없었다.

사기 당한 사람들을 보며 '아, 고소하다'라는 생각까지는 아니지만, 뉴스나 신문에서 억울한 듯 눈물을 흘리거나 얼굴이 벌겋게 달아오를 만큼 화를 내는 이들을 보면, 의아한 생각이 들곤 했다. 그 사람들은 자신의 운이 그리도 좋다고 믿었던 걸까? 천지개벽할 만한 수익률의 투자안, 시간이 조금만 지나면 가치가 폭등할 골동품, 조만간 관광지로 개발 예정인 토지 중 무엇 하나라도 성공한다면 평생 유유자적하며 살 수 있다고 생각했을 것이다.

천윈쳰이 궁금한 건 이들이 어떤 사기를 당했을까보다도, 어떤 심리 상태였기에 사기를 당했을까였다. 기적 같은 행운이 자신에게만 올 것이라고 생각한 걸까? 세상의 그 많은 사람이 자기 자신만은 부자가 될 만한 자격이 있다고 믿은 걸까? 아니면 자신은 어마어마한 부를 쌓을 운명을 타고났다고 생각한 걸까? 분명 사기를 당한 이들은 그 원인의 일부가 본인에게 있을 테고, 천원셴은 그 사람들과는 다르기 때문에 자신에겐 그런 일들이 찾아오지 않을 거라고 생각했다. 하지만 그 일이 있고 나서야 천원셴도 그 사람들과 크게 다르지 않다는 걸 깨달았다. 그런 욕심에 대한 대가는 자신이 지불하며 살아가야 한다는 것도.

하지만 이들에게도 행복한 순간이 없었던 건 아니다. 행복의 거품이 꺼지기 직전, 손을 뻗어 그 거품을 만져보며 은은한 미소를 지었을 것이다. 이런 게 행복이라 믿으며.

□

그날의 영상이, 내내 천원셴 머릿속에 떠오른다.

좋은 향기로 가득한 거실, 따스한 조명, 방금 막 정돈한 스키장 눈만큼이나 부드러운 딸기무스케이크(프랑스어로 된 가게의 일본인 셰프가 만든), 잔뜩 신이 난 아이들 그리고 가장 중요한― 완벽한 그 여자. 그날 파티의 세세한 장면들은 시간이 지날수록 흐려졌지만 지금도 눈을 감으면, 그날로 돌아간 기분이다. 천원셴이 잡고 있는 아들의 두 손이 차갑다.

파티 시작 5시간 전 이른 아침, 천원셴과 남편 양딩궈 사이에 언쟁이 있었다.

6시 50분, 차이완더에게 걸려온 전화 소리에 부부는 거의 동시에 잠에서 깼다. 천윈셴은 눈을 가느스름하게 뜨고 남편이 핸드폰으로 통화하는 소리를 들었다.

"알겠습니다. 그럼 제가 바로 가겠습니다."

"아, 아닙니다. 아까부터 일어나 있었습니다."

전화를 끊자마자 양딩궈는 욕실로 뛰어갔다. 천윈셴은 남편이 계속 움직이는 바람에 잠을 더 잘 수 없었다. 일어나 팔짱을 끼고 욕실로 가보니 문이 반쯤 열려 있었다. 급하게 나갈 준비를 하고 있는 남편의 모습이 욕실 거울로 보였다.

"당신 오늘 우리랑 같이 가는 거 아니었어?"

"우吳 부사장이 갑자기 허리가 아파서 골프를 제대로 못 쳤다. 사장 기분이 별로인 것 같아. 내가 얼른 가보려고. 미안한데, 사장님 댁 주소 찍어줄 테니까 택시 타고 먼저 가 있어. 택시비 줄게."

천윈셴 눈에 양딩궈는 팽팽한 활시위에 얹어진 화살처럼 보였다. 양딩궈는 분명 이런 절호의 기회를 놓치고 싶지 않을 터였다. 지금은 자신이 한 발 양보해야 할 시점이란 걸 천윈셴은 알았다. 하지만 개미 떼가 온몸에 달라붙어 있는 듯 마음이 불안하고 초조했다. 몇 초 망설이다가 이윽고 입을 열었다.

"원래 같이 가기로 한 건데, 처음 가는 집에 당신도 없이 좀 이상하지 않아?"

"걱정 마, 당신만 가는 것도 아니고 다른 사람들 와이프도 올 거니까. 그리고 사모님도 좋은 사람이라 당신 잘 챙겨줄 거야."

양딩궈는 거울을 보며 마지막으로 옷매무새를 확인했다. 미소를 지어보고 손으로 턱을 매만지며 말했다.

"미안해. 빨리 갔다 올게. 당신 혼자 가는 것도 아니잖아."

천원셴의 걱정스런 얼굴을 보자, 양딩궈는 한숨이 나왔다.

"나 좀 봐줘라. 나도 가고 싶어서 이러는 거 아니야."

"그런 자리에서 어떻게 하고 있어야 되는지 모르겠단 말이야."

"너무 부담 갖지 마."

양딩궈가 욕실에서 걸어나오며 말했다.

"당신 잘 할 수 있어."

똑딱똑딱 벽시계의 시침 돌아가는 소리가 들렸다. 천원셴은 상황 파악을 잘 하는 여자였다. 지금은 하고 싶은 말을 아껴야 할 순간이었다.

천원셴은 옅은 미소를 띠며 고개를 끄덕이고는 침대로 갔다. 양딩궈는 더 미안해졌다. 손으로 얼굴을 비비고는 심란해하는 아내를 다독이며 부드러운 말투로 말했다.

"테드 기분이 별로 안 좋을 거야, 가서 비위 좀 맞춰줘야지. 당신도 알잖아, 다음번에 승진할 수 있을지는 다 그 사람한테 달린 거."

천원셴은 멈춰 섰다. 다 때려치우고 싶은 마음이 물밀듯이 밀려왔다. 지금껏 참아왔지만 예전부터 하고 싶은 말이 있었다. '당신, 테드한테 잘 보이려고 발버둥친 지 꽤 되지 않았어? 언제까지 그래야 되는데?'

이 말이 입 밖으로 튀어나오지 않도록 이를 악물었다. 방을 나가보니 양딩궈는 골프복을 입고 현관 의자에 앉아 양말을 신고 있었다. 기분이 좋은지 콧노래를 흥얼거리던 양딩궈는 향수를 뿌리며 말했다.

"이따 봐. 아이 생일파티일 뿐이야, 긴장할 필요 없어."

양딩궈는 하얀 치아를 드러내며 씩 웃었다.

밖으로 나가는 남편의 뒷모습을 바라보며 천원셴은 혼잣말을 했다.

"진짜 아이 생일파티일 뿐이라면, 왜 자꾸 그렇게 강조하는 건데?"

깜빡 잠이 들었다 눈을 떠보니 소파였다. 놀라서 벽시계를 올려다보니 9시 25분이었다. 천원셴은 눈을 비비며 아들 방으로 갔다. 양페이천은 작은 손으로 주먹을 쥔 채 침대에 누워 있었다. 천사처럼 자고 있는 아이는 심장이 두근거릴 정도로 귀여웠다. 천원셴은 침대에 걸터 앉아 페이천의 어깨를 흔들어 깨웠다.

"일어나, 우리 아들. 오늘 엄마랑 같이 가기로 했잖아, 아빠 회사 사장님 댁에."

양딩궈는 오늘 초대받은 손님들은 우리 가족 말고는 전부 량자치의 지인이거나 차이하오첸과 친한 아이들이라고 말했다. 차이완더 사장은 공과 사가 분명한 사람이었다. 그러나 차이완더도 더러는 마음에 드는 직원들을 집안 행사에 초대하곤 했다. 회사에는 차이완더의 초대를 받은 직원은 조만간 승진한다는 소문이 돌았다.

부부는 오늘 파티에 초대받은 것이 그 정도로 중요하다는 말을 꺼내지는 않았다. 하지만 천원셴은 평상시와 다른 남편의 행동에서 남편이 이날 파티를 유난히 중요하게 여긴다는 걸 알아챘다. 천원셴도 어느새 오늘 있을 파티가 신경 쓰이기 시작했다. 천원셴은 백화점에서 신발도 새로 사고, 결혼할 때 시어머니에게 받은 진주 귀걸이도 꺼내놓았다. 페이천을 깨우고, 옷장 뒤에 붙어 있는 거울 앞에 서서 입고 갈 옷을 하나하나 걸쳐보았다. 어떤 옷을 입고 갈지는 미리 정해놓았지만, 막상 출발할 시간이 다가오니 뭘 입어야 할지 고민이었다. 상류층 여자들은 오늘 같은 자리에 뭘 입고 가는 걸까? 이런 피케 반팔 원피스를 입고 가도 되는 걸까? 젊어 보인다는 말을 들은 옷이긴 하지만, 젊다는 칭찬이 오늘 자리에도 어울리려나? 괜히 어설프게 꾸미고 갔다가 쓸데없이 가벼운 사람으로 비춰지는 건 아닐까? 한참을 망설이다가 그냥 처음에 입었던 체크무늬 원피스로 갈아입었다. 괜히 또 마음이 바뀔까 싶어 바로 방을 나와 아이 옷을 챙기기 시작했다.

11시 50분, 천원셴은 고층 아파트 1층 정원에 페이천과 함께 서 있었다.

아이를 데리고 온 다른 여자들을 보니 천원셴은 자신의 옷만 초라해 보이는 것 같아 걱정이 앞섰다.

여자들과 저마다 데리고 온 아이들을 둘러보았다. 사선 모직 코트에 흰색 셔츠, 카키색 반바지, 꽃무늬 원피스, 레이스 리본 블라우스. 그리고 지나치게 편해 보이는 쪼리, 거기에 달린 큰 꽃장식이 특히 눈에 띄었다. 신경을 하나도 안 쓴 것처럼 보이면서도 어딘지 모르게 제법 신경 쓴 것 같은 옷차림이었다. 학교 다닐 때 반에서 1등만 하던 애가 눈을 동그랗게 뜨고 천연덕스럽게 하는 말을 들은 기분이었다. 아, 난 원래 공부하는 거 별로 안 좋아해.

천원셴은 커다란 통유리창에 비친 자신과 그 여자들의 모습을 물끄러미 바라봤다. 다른 세상 사람들처럼 보였다. 여자들은 지금이라도 남국의 작은 섬에서 우산 모양 장식이 꽂혀 있는 주스를 손에 들고 있을 것만 같았다. 이국의 미술관에 당장 모습을 드러낸다 해도 잘 어울릴 것 같은 차림새에, 딱 봐도 말끔한데다가 각자의 취향까지 잘 살린 옷차림이었다. 유리창에 비친 모습만으로도 확 눈에 띄었다. 그렇다고 거부감이 드는 스타일까지는 아니었다.

천원셴은 여자들에게 가까이 다가갈 엄두가 나지 않았다. 당당히 어깨를 펴고 인사를 나눌 자신이 없어 난감했다. 완벽해 보이는 여자들을 조금 떨어져서 지켜보고 있는 수밖에 없었다. 천원셴은 불안한 듯 고개를 숙이고 아들을 쳐다봤다. 아들은 지금 기분이 어떤지 궁금했다.

페이천은 자기 옷차림이 이 자리에 어울리는지 따위는 관심 없다는 듯 눈빛을 반짝이며 두리번거리고 있었다. 아이는 오늘 생일파티 주인공의 방에 있는 큰 유리 장식장에 슈퍼 히어로 피규어가 가득 차 있다고 한 아빠의 말만 떠올리고 있는 듯했다.

천원셴은 그나마 안심이 되었다. 아이의 감각이 아직까지는 둔하다는 것이 다행이었다. 지금 이 상황에 아이까지 위축되어 있다면 감당하기 버거웠을 것이었다. 천원셴은 남편을 원망하며 모든 게 다 남편 때문이라는 생각이 들었다. 양딩궈는 오늘 자리에 어떤 식으로 꾸미고 왔어야 하는지 알려줄 수 있었다. 천원셴은 사실 한층 우아하게 차려 입을 줄 아는 여자였다.

집 주인은 아직 도착하지 않은 마지막 손님까지 기다렸다가 다 같이 2층으로 올라갈 생각이었다.

멀리서 보면 여자들은 여기저기 아무렇게나 흩어져 있는 것처럼 보였다. 모두 자유롭게 왔다 갔다 하고 있었는데, 돌아다니는 사람도 있었고 편하게 앉아 있는 사람도 있었다. 그러나 자세히 보면 하나같이 량자치를 신경 쓰고 있다는 게 느껴졌다. 마치 연못의 잉어 떼 같았다. 얼핏 보면 자유롭게 헤엄치고 다니는 것 같아도 어느 한쪽에 움직임이 느껴지면 민감하게 반응하며 빠르게 헤엄치는 잉어 떼.

연못에 모습을 드러낸 량자치의 무심한 손동작 하나에도 여자들은 민감하게 반응했다.

이를 잘 알고 있다는 듯 량자치는 이 아이 엄마와 이야기를 나누기도 하고 저 아이 엄마에게 피부가 좋다고 칭찬을 하기도 했다. 집에 온 손님들과의 대화 시간을, 케이크를 자를 때처럼 정확한 등분으로 나눴다. 천원셴은 량자치가 나를 못 봤으니 와서 말을 걸지는 않을 거라고 생각했다. 하지만 량자치는 그 생각이 틀렸다는 걸 바로 행동으로 보여주었다. 천원셴과 눈이 마주치자 고개를 끄덕이며 따뜻한 눈빛으로 웃었다. 천원셴은 남편의 말을 인정할 수밖에 없었다. 량자치는 어떤 식으로 다른 사람을 대해야 하는지 너무나도 잘 알고 있는, 교과서에서나 나올 법한 미소를 지을 줄 아는 여자였다. 생일파티에 전혀 모르는 사람이 손님이라고 나타나도 집주인이 띠고 있어야 하는 미소 말이다. 천원셴이 그 미소를 음미하고 있을 때, 량자치가 어느새 천원셴과 아들에게 다가왔다. 잉어 떼가 어김없이 바로 반응했다. 여자들이 한 명 한 명 고개를 들더니 일제히 천원셴과 아들 쪽으로 시선을 던졌다. 귓속말로 쏙닥거리는 여자도 있었다. 천원셴은 긴장했다. 무슨 일이 일어날지 확실하지는 않아도 대충은 감이 왔다.

"원셴이죠? 안녕하세요, 테드 부인 량자치예요. 캐서린이나 캣이라고 부르면 돼요."

그 순간 천원셴은 자기도 모르게 어색한 미소를 지었다.

"이런, 설마, 양楊 과장님이 내 얘기 안 했나봐요?"

량자치는 천진난만한 소녀처럼 눈을 껌벅였다.

천원셴은 겁이 났다. 뭐라고 대답은 해야겠는데 무슨 말부터 꺼내야 할지 도무지 감이 안 잡혔다. 창자가 뒤틀린 듯 배가 갑자기 당겼다.

천원셴은 인간관계에 서투른 여자였다. 몇 년이나 알고 지낸 친구를 만나도 몇 분 정도는 적응할 시간이 필요할 정도로. 지금은 상대방의 반응이 너무 빨라, 생각이 좀처럼 정리되지 않았다. 일단은 그대로 따라하기로 했다.

"안녕하세요. 윈셴이에요. 어…… 영어 이름은 에블린이고요. 근데 다들 윈셴이라고 불러요."

량자치는 뭔가를 재보고 있다는 듯이, 또는 전혀 거리낄 게 없다는 듯이 천윈셴의 얼굴을 빤히 쳐다봤다. 천윈셴은 아들 손을 조금 더 꽉 쥐었다. 남편 없이 혼자 헤쳐나가야 하는 이 상황이 불공평하다는 생각이 들자 온몸에 힘이 쭉 빠졌다. 마음속에 자리하고 있던 현 하나가 끊어지려던 찰나 량자치가 웃으며 가까이 다가왔다. 장미와 백차가 어우러진 향기가 났다. 천윈셴의 팔을 잡는 적당한 악력이 느껴졌을 때 량자치의 목소리가 귀에 감겨왔다.

"윈셴, 편하게 있어요. 긴장했나보네."

천윈셴은 그제야 량자치의 얼굴을 가까이에서 볼 수 있었다.

뚜렷한 이목구비는 아니었지만, 피부는 가까이에서 봐도 모공 하나 없이 깨끗했다. 비싼 화장품 덕인지 미용 시술 덕인지는 알 수 없었지만…….

량자치는 첫눈에 시선을 끄는 외모는 아니지만 보고 있으면 왠지 믿음이 가는 얼굴이었다. 천윈셴은 자기가 그때 또 무슨 말을 했는지는 기억이 나지 않았다. 아마도 량자치가 좋아할 만한 말을 쥐어짜냈을 터였다. 량자치는 연신 입을 가리고 웃었다. 진심에서 우러나온 웃음인지 아닌지는 중요하지 않았다. 천윈셴 자신이 얼마나 잘 대처했는지 남편에게 떳떳하게 말할 수 있기만 하면 되는 일이었다. 이 정도면 충분하지 뭐. 양딩궈가 갑자기 자리를 비운 상황치고는 혼자서도 충분히 잘해낸 거라는 생각이 들자 마음이 가벼워졌다.

다들 기다리고 있던 마지막 손님이 왔다. 연못에 파장을 일으킨 두 번째 인물이었다. 평화롭던 분위기가 깨지고 새로운 경쟁 구도가 생겨났다.

새로운 여자가 나타나자 순간적으로 량자치 눈에 망설이는 기색이 비쳤다. 그러나 량자치는 이내 좋은 향기를 남기고 천원셴에게서 멀어졌다.

20분쯤 늦게 온 여자가 거실로 들어오다가 뭔가 갑자기 생각난 듯 다시 밖으로 나갔다. 허리를 숙인 채 차창에 대고 손짓을 하며 운전기사에게 무슨 이야기를 하는 듯 보였다. 말소리가 여기까지 들리지는 않았다. 제법 세련된 스타일의 여자였다. 어깨와 다리를 드러낸 옷차림 덕에 아름다운 몸매가 두드러졌고 허벅지는 셀룰라이트라고는 찾아볼 수 없을 정도로 탄탄했다. 옆에 서 있는 딸은 엄마에 비해 이목구비가 뚜렷하지는 않았다. 한참을 들여다봐도 나중에 기억이 날까 말까한 밋밋한 얼굴이었다. 천원셴은 그런 아이에게 호감이 갔다. 별다른 이유가 있는 건 아니고 단지 표정이 솔직해 보였기 때문이다. 이런 데는 오기 싫었다는 표정이었다. 여섯 살짜리라면 하기 싫은 일이 많을 때이기에 왜 그런 표정을 짓고 있는지는 별로 중요하지 않았다.

"오늘 유일하게 늦게 오신 분이네요."

량자치가 비아냥거리듯 말했다.

"서둘러 준비한다고 했는데, 신위馨語가 낮잠 자고 일어나서는 여기 오기 싫다고 잠투정을 부리지 뭐예요."

여자는 눈을 껌뻑이며 난처하다는 듯 딸을 쳐다봤다.

"괜찮아요, 애들 응석은 받아줘야죠. 자, 그럼 우리 올라갈까요?"

량자치가 가느다란 손가락으로 위쪽을 가리켰다. 그러자 잉어 떼는 그 손가락에 일렬로 꿰어진 듯 줄줄이 엘리베이터로 들어섰다.

□

스물셋 되던 해, 천위셴은 룸메이트의 오빠와 결혼했다.

결혼식에 초대한 사람이 많지 않아서이긴 했지만, 생각보다 하객이 없어 천위셴은 다소 당황스러웠다. 그 외에 결혼식 날에 대해 자세히 기억나는 건 없었다. 이날 찍은 사진을 다시 꺼내보고 나서야 천위셴은 결혼식에 참석했던 사람들의 표정과 눈빛이 어땠는지 알 수 있었다. 천위셴이 너무 이른 나이에 결혼을 해서인지, 천위셴의 엄마인 젠후이메이簡惠美는 근심 가득한 표정으로 애써 미소를 짓고 있었다. 친한 친구인 장위러우도 왠지 걱정스러운 눈빛을 하고 있었다.

매사를 쉽게 생각하는 사람이 번번이 행운을 누리는 것이 인생이다. 신중한 사람은 선택의 갈림길에서 꼼꼼히 생각하고 치밀하게 판단하여 앞으로 나아가지만, 대부분은 실패로 끝나기 일쑤다.

천위셴이 이런 깨달음을 얻었다는 것 자체가 본인이 후자에 속한다는 말일지도 모른다.

양딩궈를 배우자로 택하게 된 까닭이 무엇인지, 누군가 물어본다면 침묵이 길어지다가 종국엔 대답할 말이 없다는 걸 천위셴은 깨닫게 될 것이었다. '콩깍지 낀 거죠, 뭐' 정도가 그나마 제일 적당한 답이 될 터였다. 사람의 감정이란 대개 절망 속에서 에너지를 얻는다. 갈 곳이 아무 데도 없는 사람일수록 감정이라는 도피처로 숨어들어 서식하길 갈망하기 때문이다.

천원셴을 만난 지 얼마 되지 않았을 때 양딩궈는 '넌 참 감수성이 풍부해'라는 말을 한 적이 있었다. 천원셴은 양딩궈의 말에 반박하고 싶었지만 딱히 틀린 말도 아니었다. 타이베이에 오기 전까지 천원셴은 자신감 넘치는 아이였다. 시골 동네에서 벗어나 타이베이라는 도시로 올라오기 위해 열심히 공부한 것도 이런 자신감 덕이었다.

하지만 타이베이는 그런 천원셴을 여러모로 깜짝깜짝 놀라게 했다. 더 정확히 말하자면 이 도시에 살고 있는 사람들이 천원셴을 놀래 켰다. 도시라는 의미가 그저 철근 콘크리트로 이루어진 높은 건물이나 시설이 아니라 그곳에서 살아가는 이들의 생각과 정신, 태도로 만들어진 문화를 뜻한다는 걸, 천원셴은 얼마 뒤 알게 되었다. 기숙사 입실 수속을 마치고 난 천원셴은 학교 매점에서 몇 백 위안•짜리 일인용 침대 매트리스를 샀다. 아침에 일어나서 그 매트리스에 누울 때까지 날마다 천원셴은 자신과는 다른 대학 친구들을 발견했다. 사실 '발견'이라고 할 수조차 없는데, 발견이라는 단어에는 적어도 당사자가 의도적으로 신경 써서 자세히 살펴보는 의미가 담겨 있기 때문이었다. 천원셴의 경우는 이와 달랐다. 훨씬 참담한 상황이었다. 한눈에 봐도 친구들과 굉장히 다른 자기 자신을 깨닫고, 천원셴은 좌절했다.

룸메이트 중 바로 옆자리의 선배 언니는 24인치 캐리어를 기숙사에 끌고 왔다. 캘리포니아에 있는 친척 집에서 방금 막 돌아왔다고 했다. 같은 신입생인 역사학과 양이자楊宜家는 도쿄에서 가지고 온 과일 젤리를 첫 만남 선물로 주었다. 천원셴에게 "더 가져가, 많이 사왔어"

• 타이완 100위안은 한국 돈으로 약 3800원

라고 말하며 "원래는 개강 전날 들어오려고 했는데 엄마가 안 된다고 해서 미리 들어온 거야. 개강이 중요하다고, 후지산은 겨울방학에도 갈 수 있고 그때 가면 스키까지 탈 수 있다고 해서"라고 말하며 투덜 댔다. 천원셴은 고개를 끄덕이며 젤리를 입에 넣었다. 젤리를 씹자 과 육이 순식간에 입 안 가득 쏟아졌다. 깜짝 놀랄 만한 맛이었다. 입에 서는 달콤한 맛이 느껴졌지만 마음속은 되레 씁쓸했다. 천원셴은 여 권을 만들어본 적조차 없었다. 천원셴의 부모도 외국에는 나가본 적 이 없었고, 언니인 천량잉陳亮穎마저 신혼여행 가면서 처음 여권을 만 들었다.

초등학교 때 펑후澎湖°까지 배를 타고 간 게 가족끼리 가장 멀리 간 여행이었다. 언니는 멀미가 난다며 계속 토했고 부모님도 비닐봉지를 달라고, 더 많이 달라고 아우성이었다. 시큼한 냄새가 코를 찔렀고 결 국 천원셴까지 토했다. 그렇게 어렵사리 펑후에 다다랐다. 땅을 밟자 마자 천원셴은 잘 안 떠지던 눈이 번쩍 뜨였다. 섬에 있는 고운 모래 도 보고 후텁지근한 기운도 느낄 수 있었다. 3일째 되던 날 간신히 여 행지에 적응할 즈음 엄마는 2박 3일간의 일정이 끝났다고 말했다. 언 니는 또 배를 타야 한다는 생각에, 아직 선착장으로 돌아가지도 않았 는데 울음부터 터뜨렸다. 슬픔은 천원셴에게도 전염되어 덩달아 눈물 이 나왔다. 또 한바탕 고생을 치르고 멀미약, 비닐봉지와의 전쟁, 옆에 앉은 사람들의 인내 끝에 천원셴 가족은 비틀거리며 집으로 돌아왔 다. 집에 들어서자마자 아버지는 두 번 다시 여행갈 일은 없을 거라고 선언했다. 아버지는 집만큼 편한 곳은 없다고 여겼다. 그날 이후로 두

• 중국 푸젠성과 타이완 사이에 있는 군도 중 가장 큰 섬

딸이 우리도 다른 집처럼 놀러가고 싶다고 하면, 아버지는 입을 오므리며 가래 끓는 목소리로 다시는 놀러가지 않기로 약속한 거 기억나지 않냐고만 했다. 자매는 그런 약속을 한 기억이 없었다. 우리가 언제 아버지랑 그런 약속을 했냐는 곤란한 표정으로 서로를 쳐다봤다. 아버지의 말을 인정할 수는 없었지만 적어도 아버지가 딸들을 데리고 집 밖에 나갈 마음이 없다는 건 분명했다.

아버지는 가게에서 일하는 하루하루를 너무 사랑한 나머지 늘 이런 말을 했다. 하루 일하는 게 별 거 아닌 것 같아도, 하루라도 더 일하면 수도세를 벌 수 있어. 거기서 하루 더 일하면 전기세까지 버는 거지. 거기다 하루 더 일하면 그 돈은 몽땅 다 내 호주머니로 들어가는 거고. 천원셴은 아버지 가게를 보면 복잡한 감정이 들었다. 가게가 자매를 먹여 살렸다는 건 알고 있었지만 그 외에 다른 장점은 하나도 떠오르지 않았다. 이 모든 걸 좋아하도록 자신을 억지로 설득할 수밖에 없었다.

첫 학기가 끝나는 겨울방학*. 양이자는 도쿄에는 가지 않을지도 모른다며 친구와 따뜻한 열대섬으로 여행을 갈 것 같다고 말했다. 밝은 색의 대담한 비키니를 입고 고급 칵테일을 한 손에 든 채 수영장 벽에 기대어 핸드폰 카메라 렌즈에 달콤한 미소를 남길 것이라고. 반면 천원셴은 기차표를 손에 쥔 채 짐을 이고 지고 고향에 내려가 부모님 가게 일을 거들어야 했다.

천원셴은 어려서부터 다방면에 재능이 있는 타입은 아니었다. 그

* 타이완은 9월에 새 학기를 시작한다.

에 비해 언니 천량잉은 중학교 때 벌써 끓는 물에 국수 면을 넣는 타이밍을 잘 맞췄고, 음식 재료를 썰면서 재료의 가격까지 가늠할 줄도 알았다. 천원셴은 어릴 적 부모님이 언니를 보는 눈빛에서 조만간 큰딸이 가게를 물려받겠거니 하는 기대감을 읽을 수 있었다. 부모님의 이런 생각은, 언니가 대학에 갈 계획이 없다고 밝혔을 때 한층 굳어졌다. 다만 작은딸이 고2가 되던 해, 큰딸이 인터넷에서 만난 나이가 열세 살이나 많은 남자와 사랑에 빠지게 될 줄을 부모님은 상상조차 하지 못했던 것뿐이다.

사랑에 빠진 천량잉은 이란宜蘭*에서 그 남자와 동거를 시작했다. 천원셴의 부모는 그 남자와 살려면 우리 얼굴은 볼 생각도 하지 말라며 노발대발했고 이란에 가면 윈린雲林**에 다시는 오지 말라고도 했다.

어느 여름날 새벽, 천량잉은 기차를 타고 이란으로 떠나버렸다.

천원셴은 이 일 때문에 공부에 집중할 수가 없었다. 난감했지만 언니 마음이 어느 정도는 이해가 갔다. 윈린은 사람들이 계속 도시로 빠져나가는 작은 시골 마을이었다. 이런 곳에서 매일 국수를 삶고 콩을 까고 미역을 말리며 살고 싶은 스무 살짜리는 어디에도 없을 것이었다. 그걸 알면서도 언니가 원망스러웠다. 자기가 부모님의 가업을 이어야 할까 겁이 나서였다. 그 때문에 천원셴은 더욱 공부에 매진할 수밖에 없었다. 그러면서 언니의 남자가 형편없는 사람이기를 바랐다. 남자에게 실망한 언니가 고향으로 돌아와 가게를 돌보는 데만 전념할 수 있기를 기도했다.

* 타이베이역에서 기차로 1시간 떨어진 타이완 동부에 위치한 지역
** 타이완 서부에 있는 지역

그러나 바람은 이루어지지 않았다. 오히려 언니는 남자의 가족이 운영하는 이란의 펜션에서 꼭 필요한 일손이 되었다. 열 명이 넘는 손님의 조식을 차려내는 일이 언니에겐 전혀 어려운 일이 아니었던 것이다. 남몰래 검색해본 펜션 후기에서 언니 이야기가 나올 줄은 생각도 못했다. "펜션 사장님 여자친구 분이 조식으로 단빙蛋餅●을 만들어주신다. 밀가루를 찐 건데 맛이 부드럽고, 한 개로 모자라면 계속 더 달라고 할 수도 있다. 파를 좋아하는 사람이라면 이 집 조식이 정말 입에 잘 맞을 것이다."

천원셴은 부모에게 이 부분을 읽어주었다. 그제야 부모는 현실을 받아들이고 따로 직원을 뽑았다.

반년 뒤 언니는 결혼식을 올렸다. 식장에서 하객들은 모두 환하게 웃었지만 천원셴의 부모만은 끝내 눈물을 보였다. 딸을 보내기 아쉬운 마음도 있었겠지만 부모가 느낀 감정이 하나 더 있었다. 바로 딸에게 서운한 감정이었다. 천원셴만 그 감정을 눈치 챌 수 있었다. 부모 입장에서는, 언니가 가게를 버리고 떠나는 건 가족을 버리는 것과 같았다. 그런 생각이 들자 천원셴도 기분이 가라앉았다. 식이 끝날 무렵 찍은 단체 사진 속에서 천원셴은 애늙은이처럼 뭔가를 골똘히 생각하는 표정을 짓고 있었다. 하지만 천원셴도 제 표정에 대해서는 할 말이 있다. 나 대입 준비중인 수험생이야, 스트레스가 심하다고.

● 타이완식 계란전병

□

　기숙사에 들어간 지 두 달쯤 되자, 천원셴은 룸메이트 셋 중에서 양이자가 가장 좋아졌다.

　타이베이 출신인 양이자는 본가가 학교에서 그리 멀지 않은 다안大安 지하철역 근처여서 원래는 기숙사에 들어올 수 없었다. 그런데도 대학 생활을 한껏 즐기고 싶은 마음에 부모에게 부탁해 기숙사에 들어왔다.

　천원셴은 양이자와 대화를 나누다가 알게 된 사실이 있었다. 양이자의 수능 성적이 금융학과에 들어갈 수 있을 정도로 높았음에도 자기가 관심 있는 역사학과에 들어온 것이었다. 천원셴은 그런 양이자가 존경스러웠다. 천원셴은 금융 및 국제무역학과에 들어가고 싶었지만 수학 점수가 모의고사보다 20점이나 낮은 바람에 포기할 수밖에 없었다. 어쩔 수 없이 차선책이었던 경제학과를 택했다.

　천원셴은 기숙사에만 있는 걸 좋아하지 않았다. 룸메이트들이 세탁한 옷을 널어놓은 기숙사는 섬유유연제 향과 습기가 한데 섞여 눅눅한 냄새가 났다. 기숙사에서 거의 나가지 않은 건 돈을 쓰기 싫어서였다. 타이베이에 올라오고 나서 이해할 수 없는 일이 하나 있었다. 애들이 하나같이 다 먹는 걸 아주 중요하게 생각한다는 거였다. 걸핏하면 수업도 안 듣고 둥취東區●에 새로 생긴 레스토랑으로 몰려다녔다. 특히 애프터눈 티를 즐겼는데 머핀 하나와 차 한 잔 가격이 부가세를 포함해 300위안이 넘었다. 천원셴은 집에서 받는 한 달 생활비가 교재

●　타이완의 '가로수길'로 불리는 쇼핑거리. 유명한 맛집이 몰려 있다.

비까지 8000위안이었다. 아침은 22위안짜리 계란찐빵, 8위안짜리 시리얼로 때웠다. 친구들 가는 레스토랑도 몇 번 가봤지만 밥값이 부담스러워서 나중에는 같이 가자고 해도 거절하곤 했다.

양이자는 걷는 걸 싫어하는데다 기숙사가 편해 나가는 걸 별로 좋아하지 않았다. 인터넷 쇼핑을 몹시 좋아해서 그녀가 대학에 들어올 때는 엄마가 준 신용카드가 한 장 있었다.

"한 달에 얼마까지 쓸 수 있는 카드야?" 천원셴이 조심스럽게 물었다.

"모르겠어. 백화점 1주년 기념행사 때 아베다 샴푸랑 헤어 에센스를 산 적이 있거든. 근데 인터넷을 하다 보니까 랑콤에서 얼마 이상 사면 사은품 준다는 글이 있어서 더 사고 싶은 거야. 그래서 랑콤 화장품 세트를 몽땅 다 사버렸더니 그 달 카드 값이 2만 위안 넘게 나온 거 있지. 그때 엄마한테 한 소리 듣긴 했어."

양이자는 아무렇지도 않다는 듯 어깨를 으쓱해 보였다.

그래도 천원셴은 양이자가 좋았다. 양이자는 적어도 솔직한 사람이었다.

대학 2학년 2학기 때 천원셴과 양이자는 교양수업을 같이 들었다. 그 수업에서 양이자가 전자기계학과 선배랑 심하게 다투는 바람에 천원셴에게 필기와 숙제 제출을 대신 해달라는 부탁을 했다. 천원셴은 부담스러웠지만 괜히 거절했다가 사이가 어색해질까봐 부탁을 들어주었다. 이 일이 있고 나서, 양이자도 천원셴이 믿을 만한 사람이라는 걸 인정한 듯했다. 이런저런 고심 끝에 양이자는 좋은 생각을 하나 떠올렸다.

"우리 오빠가 금융업계에서 일하거든. 나이는 우리보다 여덟 살 많고 성격도 좋아. 근데 일이 바빠서 여자를 만날 시간이 없었어."

천원셴은 또래랑 사귀고 싶었기에 별로 내키지 않았다. 그렇다고 양딩궈와의 만남을 밀어내지는 않았다.

천원셴은 생각을 복잡하게 하는 편이 아니었고 세상 물정을 모르는 아이도 아니었다. 연애할 생각이 없다고 한다면 거짓말일 터였다.

양딩궈와의 첫 만남은 둔화난루敦化南路에 있는 아이스크림 체인점에서 이루어졌다. 20분 먼저 도착한 천원셴은 흰색 반팔 티셔츠에 아쿠아블루 청반바지를 입고 까만 스타킹, 큰맘 먹고 구입한 아디다스 운동화를 신고 있었다. 최대한 신경을 쓴 스타일이 괜찮아 보이겠지, 라는 생각을 하며 집을 나섰다. 하지만 막상 약속 장소에 도착해 레스토랑 문 앞에 비치해놓은 세련된 메뉴판을 넘겨보기도 하고 투명한 유리창 너머로 밥을 먹고 있는 사람들을 보며 몇 분쯤 서 있다보니, 자신감이 사라지고 어쩐지 초조해졌다. 천원셴은 지갑 속의 지폐와 동전을 헤아리고 메뉴판을 다시 돌아봤다. 그때 마침 양딩궈가 헐레벌떡 뛰어왔다. 천원셴을 보더니 양딩궈는 어색하게 손을 흔들며 제 목구멍을 손가락으로 가리켰다. 뛰어오느라 숨이 차니 먼저 숨 좀 고르고 들어가자고 양딩궈는 말했다. 그런 모습을 보고 나자 불안했던 마음이 이상하게도 싹 가셨다. 천원셴은 웃으면서 천천히 들어가도 된다고 말했다. 천원셴이 남자를 찬찬히 뜯어보기에도 그러는 편이 나았다. 검정 긴 바지에 흰색 와이셔츠를 입고 남색 넥타이를 맨 남자였다. 넥타이까지 메고 나오다니, 천원셴은 이 남자가 오늘 만남을 진지하게 생각해서일 거라고 해석했다.

천원셴은 걱정을 내려놓았다. 잠시 뒤 두 사람은 안으로 들어갔고 천원셴은 그 자리에 그럭저럭 잘 어울려 보였다.

양딩궈는 숨을 고르고 나서 천천히 설명했다. 주차할 곳이 없어서 먼 데다가 차를 대고 오느라 뛰어왔다고. 처음에는 빠른 걸음으로 걷다가 약속 시간이 다 되자 뛸 수밖에 없었다고 했다. 그러곤 말을 잠시 멈췄다가 지갑에서 쿠폰을 두 장 꺼냈다.

"친구가 이 집 아이스크림 쿠폰을 줬는데 이걸로 계산해도 괜찮겠어요?"

천원셴은 눈을 깜박거리다가 미소를 지었다. "그럼요."

천원셴은 그 순간을 나중에 몇 번이고 다시 떠올려봤다. 그럴 때마다 양딩궈에 대한 느낌과 생각이 조금씩 달라졌다. 그러나 한 가지 변함없는 사실은 그때 천원셴이 양딩궈를 좋아하게 됐을 가능성이 가장 크다는 거였다.

□

천원셴은 양딩궈를 만나면서 언니 마음을 이해할 수 있게 되었다.

느낌이 정말 좋았다. 발에 꼭 맞는 예쁜 구두를 신고 운명처럼 나타난 호박 마차에 올라탄 뒤로는 모든 걱정이 사라지는 것 같은 느낌이었다. 일이 고된 양딩궈를 배려해 데이트 코스는 항상 정해져 있었다. 그럴듯한 저녁을 먹고 영화를 보는 식이었다. 시간이 날 때는 양밍산陽明山이나 마오쿵貓空에 올라 야경을 감상했다. 그러다 공기가 차가워지면 양딩궈는 재킷을 벗어주었다. 천원셴의 아담한 몸은 양딩궈의 냄새로 감싸졌다. 비누향과 담배 냄새가 섞인 어른 냄새를 맡으면 천원셴은 머리가 어지러웠고, 눈앞의 반짝이는 불빛과 차량의 행렬을 바라보고 있으면 기분이 얼떨떨했다. 양딩궈와 함께하는 시간은 늘 즐거웠다. 나이차가 있고 경제력도 차이가 났지만 양딩궈는 그 부분에서만큼은 천원셴이 부담을 느끼지 않도록 노력했다.

한번은 단수이淡水 골목에 있는 기념품 숍에 들어간 적이 있었다. 천원셴은 높이 걸려 있는 벽돌색 백팩이 눈에 들어와 힘껏 손을 뻗어 살짝 만져봤다. 질감을 느껴보면서, 이 정도 크기면 교재와 노트북 넣기에 딱이겠다고 생각했다. 점원에게 가방을 꺼내달라고 부탁하자 점원은 어깨 끈의 길이를 조절한 가방을 건네주었다. 천원셴은 가방을 메고 거울 앞에 선 제 모습이 아주 마음에 들었다. 거울로 이리저리 비춰볼수록 처음부터 천원셴 맞춤용으로 디자인된 가방인 것처럼 보였다. 점원이 새로 들어온 손님을 응대하느라 정신이 없는 틈을 타 택을 들춰보았다. 네 자리 숫자의 가격을 본 순간 천원셴은 풀이 죽어 가방을 내려놓고는 양딩궈에게 서둘러 나가자고 말했다.

숍을 나서자마자 양딩궈는 이해가 안 간다는 듯이 물었다. "왜 안 샀어? 마음에 들어 하는 것 같던데."

"응, 맞아. 디자인도 예쁘고 똑같은 거 멘 사람 마주칠 일도 없어서 좋아. 근데 3000위안이 넘어서…… 예산 초과야."

"가격 때문에 그랬구나." 양딩궈는 궁금증이 풀렸다. "그럼 내가 사주면 되겠네."

"아니야, 됐어." 천원셴은 양딩궈가 기념품 숍으로 다시 못 들어가게 손을 붙잡고 말렸다. "그러지 마. 우리 밥 먹고 영화 볼 때 자기가 다 냈잖아. 이런 거까지 부담주기 싫어."

"어떻게 그런 생각을 해? 난 부담이라고 생각 안 해. 3000위안짜리

가방 정도는 합리적인 선택이야. 요즘 우리 집 양이자가 수업 갈 때 메고 다니는 가방이 얼마짜리인 줄 알아? 그 왜 자석 단추로 되어 있는 남색 크로스백 있잖아. 1만 위안이 넘어. 자식 이기는 부모 없다고 우리 엄마가 그걸 딸 생일 선물로 사줬다니까."

이 말을 듣자 천원셴도 마음이 바뀌었다. 천원셴이 더 이상 아무 말이 없자, 양딩궈는 그런 반응을 흡족해하는 듯했다. 양딩궈는 천원셴의 어깨를 감싸며 의미심장하게 말했다. "원셴, 내 동생이 너 한 달 생활비 얼마인지 말해줬어. 내가 알아서 할 테니까 이제 나랑 다닐 때 돈 걱정은 하지 마. 나랑 같이 있을 때만이라도 내 동생처럼 돈 생각은 안 했으면 좋겠어. 지금 이 순간에만 집중하는 게 제일 좋은 거잖아."

천원셴은 기념품 숍으로 들어가는 양딩궈의 뒷모습을 물끄러미 바라봤다. 머릿속이 뒤죽박죽이 된 채 스스로에게 물었다. 양이자의 인생이 왜 이렇게 부러운 걸까? 요즘 들어 양딩궈와 부쩍 가까워졌는데도 왜 아직까지 양딩궈와 같이 있다 보면 있는 척을 하게 되는 걸까? 이런 행동이나 생각이 내가 이 모든 걸 그토록 원한다는 것의 반증은 아닐까?

천원셴은 생각을 고쳐먹기로 했다. 앞으로 갖고 싶은 건 모두 가져야겠다고 아니, 더 많이 가져야겠다고.

천원셴은 타이베이라는 도시의 분위기에 주눅 들기는 싫었다. 도시에 활력을 불어넣는 존재가 되고 싶었다. 양이자처럼 다른 건 아무 것도 신경 쓸 필요가 없는 행복을 누리고 싶었다. 하지만 양딩궈에 대한 마음이 과연 사랑인지는 단언할 수 없었다. 감정이 요동치고 불안감에 시달려야 사랑이라 할 수 있지 않을까. 양딩궈에게 느끼는 감정은 그렇지 않았다. 그러나 달리 생각해보면 실처럼 가늘고 길게 유지되는 안정적인 느낌도 나름대로 괜찮았다.

대학교 3학년 때 천원셴은 부모님 몰래 언니 천량잉을 만난 적이 있었다. 전에도 언니가 만나자고 한 적은 여러 번 있었지만 그때마다 내키지 않았던 건 사실이다. 마음 속 깊은 곳에는 언니에게 서운한 감정이 남아 있기 때문이었다. 뤄둥羅東 기차역에 도착해 약속 장소인 카페에서 언니를 기다렸다. 자동차 창문을 내리고 힘껏 손을 흔드는 천량잉을 본 순간 천원셴은 다리가 굳었다. 잠시 거부감이 들었다.

등 뒤로 지나가던 사람과 어깨가 세게 부딪쳤다. "아가씨, 옆으로 좀 비켜서요." 짜증과 원망이 섞인 말투였다. 천원셴은 그제야 정신이 들었다. 허리를 숙여 짐을 들어올리고는 햇빛을 받아 번쩍이는 감청색 벤츠로 걸어갔다.

천량잉은 천원셴 몫의 좋은 방을 하나 마련해줬다. 천원셴은 짐을 내려놓자마자 침대에 드러누웠다. 온몸의 골격이 완벽하게 떠받쳐지는 느낌이었다. 틀림없이 굉장히 비싼 매트리스일 터였다. 천량잉은 무언가 깨달았다는 듯이 말했다. "봐봐, 어때? 나 이 정도면 괜찮지 않아? 엄마 아버지가 아직도 나한테 화나 있는 거 알아. 그래도 여기 한번 둘러보고 솔직하게 말해줘. 네가 나였어도 그랬겠지? 결혼하고 나서야 내가 전에는 정말 아무것도 없는 사람이었다는 걸 알게 됐어."

천원셴은 눈을 감은 채 언니와 시선이 마주쳤을 때 느껴질 고통을 회피하고 있었다. "언니, 무슨 말을 그런 식으로 해? 엄마 아버지 들으면 속상하시겠다."

"그럼 아니야?" 천량잉은 말이 빨라졌다. "우리 어렸을 때 생각해봐.

다른 애들 다 있는데 우리만 없는 거 많았잖아. 돈 버는 거 힘든 줄도 모른다고, 아무것도 아닌 거 가지고 혼나기나 했지. 밖에 나가 놀고 싶다고만 해도 그럼 가게는 누가 보냐고 하시면서."

천원셴은 아무 말도 못하고 가만히 베갯잇솜만 만지며 언니의 마음을 짐작해보고 있었다.

"이 언니도 남편 만나기 전까지는 아버지 말씀이 맞다고 생각하면서 살았어. 그런데 남편이 나 어릴 적 얘기 들을 때마다 자꾸 내가 안쓰럽다는 거야. 그래서 내가 물었지, 그럼 당신은 어렸을 때 어떻게 자랐냐고. 초등학교 때 벌써 일본 디즈니랜드에 가봤대. 물론 남편네도 돈 걱정 없는 집은 아니었지만 그래도 우리 시부모님은, 부모는 고생해도 자식은 고생시킬 수 없다고 하셨다는 거야."

"언니, 우리 엄마랑 아버지도 우리 고생시키려고 그러신 거 아니거든? 집안 형편이 그냥 그랬던 거지. 형부네 만큼 돈이 없었던 것뿐이라고."

"그러니까, 윈셴." 천량잉은 천원셴의 손목을 잡아 자기 말에 집중시켰다. "너 요즘 만나고 있는 사람 집안 괜찮다고 했지? 그 말 듣고 이 언니 정말 기뻤다. 그 사람 계속 만났으면 좋겠어. 이 기회 잘 잡아. 언니 말 들어."

천량잉은 천원셴의 손을 끌어 자기 배 위에 얹으며 말했다. "나 이제 곧 임신 2개월이야." 천원셴은 무슨 말인지 잘 이해하지 못했다. 천량잉은 바로 말을 이었다. "3개월 되면 내가 엄마랑 아버지한테 말씀드릴 테니까 아직 말하지 마. 윈셴, 너한테 지금 말하는 건 너한테 가장 먼저 축하받고 싶어서야."

천량잉 눈에는 희비가 교차했다. "엄마랑 아버지가 아직도 나 원망하시는 거 알아. 그래도 난 후회 안 한다는 말밖에 못하겠다. 특히 지금은, 나도 아이를 갖고 나니까, 그때 집을 떠나서 정말 다행이라는 생각이 들어. 여태 집에서 가게 일만 돕고 있으면 어땠을까? 임신했다고 지금처럼 아무것도 안 하고 있을 수 있었을까? 윈셴, 너도 아직 화가 안 풀렸을 테지만 언니는 괜찮아. 좀 더 나이 먹으면 내 말이 무슨 말인지 알게 될 테니까."

천원셴은 눈물이 쏟아질까봐 손을 이마에 대고 꾹꾹 눌렀다. 언니가 하는 말을 듣고 나니 살짝 난감했다. 언니 말이 너무 말도 안 돼서인지 너무 다 맞는 말이어서인지 분간이 되지 않았다. 다만 언니가 한 말 중 어느 부분이 자신에게 상처가 되었는지 정확히 알려면 시간이 필요해보였다.

□

생일파티가 열렸던 그날로 다시 돌아가보자.

왜인지는 모르겠지만, 자신과 주변 사람들이 견디기 힘든 상황을 겪었는데도 천원셴은 아직도 그날 파티의 모든 게 좋았다. 정말 설명하기 어려운 기이한 심리였다. 스톡홀름 증후군이었던 걸까? 아니다, 피해자 심리까지는 아니었다. 그냥 뭐 그럴 수도 있는 것 아닌가? 그렇다면 누구 때문인 걸까? 그 여자? 어쨌든 천원셴은 그날 생일파티가 그렇게까지 최악은 아니었다고 말하고 싶었다. 적어도 그때는 량자치가 진심으로 천원셴과 친구가 되고 싶어한 거라 믿고 싶었다.

엘리베이터 문이 열렸다. 한 층에 두 집이 있었는데 왼쪽이 차이완 더 사장 집이었다. 현관문 옆에는 벚꽃나무색 사각 티테이블이 놓여 있었고 그 위에 도자기로 된 어항이 있었다. 생동감 넘치고 영감으로 가득 찬 잉어가 어항 속에서 꼬리잡기 놀이를 하고 있었다. 량자치가 요란한 장식이 달려 있는 무거운 현관문을 열었다. 먼저 들어간 사람들이 일제히 탄성을 내질렀다. 천원셴도 뒤따라 들어가자마자 와아 감탄이 절로 나왔다. 다른 사람들이 흥분한 이유를 알 것 같았다. 량자치가 왜 다들 로비에서 기다리라고 하면서 먼저 온 사람들부터 올려보내지 않았는지, 이제서야 납득이 되었다. 천원셴이 량자치였어도 이 순간을 절대 놓치고 싶지 않을 터였다. 본인이 공들여 만든 작품이 있다면 누구라도 직접 듣고 싶어할 것이 분명하다. 다른 사람들이 작품을 보며 내지르는 탄성 소리를. 그 소리는 일종의 집단적인 반응이어서 적절한 순간에 한꺼번에 터져나와야 한다. 한 번 기회를 놓치면 그 반응이 다시 나오기는 힘들다. 흡사 영화가 클라이맥스 장면에 치달은 순간과도 같다. 영화감독은 바로 그 순간 관객들이 내는 숨죽이는 소리 또는 흐느끼는 소리를 직접 듣고 싶어한다. 영화가 끝나고 나서 관객들이 차분한 톤으로 좋은 영화였다고 하는 칭찬을 듣는 것과는 비교할 수 없는 기쁨이기 때문이다.

가득 찬 느낌을 주는 거실, 묵직해 보이는 기다란 원목 테이블, 독특한 스타일의 오디오 장식장. 각양각색의 풍선 가운데 헬륨가스를 넣은 풍선은 공중으로 떠올라 천장을 떠받치고 있었고, 다른 풍선들은 플라스틱대로 지탱되어 바닥에 만발해 있었다. 오디오 장식장 위에는 금색 풍선이 Happy Birthday 글자 모양으로 붙어 있었다. 테이블 위 흰색 쟁반에는 알록달록한 생과일주스와 만지면 부서질 것처럼 정교하게 만들어져 먹기조차 아까운 컵케이크가 놓여 있었다. 이 집에 들어오기 전 천원셴은 마음의 준비를 단단히 해두었다. 하지만 발이 바닥을 디딜 때 느껴지는 정갈함으로 인해 마음속에 살짝 파장이 일었다. 워킹맘은 이토록 깨끗한 바닥을 영원히 만들 수 없었다. 단언컨대 이 바닥이 오늘 여기 온 모든 이의 발바닥보다 깨끗할 터였다.

누군가 입을 열었다. "캣, 올해는 간단하게 한다면서요? 이게 간단한 거면 우린 어쩌라는 거지?"

천원셴은 량자치가 다른 이의 칭찬에 익숙한 사람인지 궁금했다. 량자치의 반응이 어떨지 호기심이 일었다.

량자치는 겸손하게 웃었다. 그러고는 고개를 돌려 뒤에 서 있던 체격이 왜소한 여자에게 쏘아붙였다.

"아메이, 애들 실내 슬리퍼가 하나 모자라네요. 일곱 켤레 준비하라고 하지 않았나요?"

량자치가 말했다.

"사모님, 전에 여섯 켤레라고 하셨던 것 같은데요……."

"아메이가 잘못 기억하고 있는 거예요. 분명히 애들 거는 일곱 켤레라고 했어요. 한 켤레 모자라니 얼른 준비해주세요."

초대받지 못한 곳에 온 불청객이라도 된 양 천원셴은 당장 그 자리에서 빠져나와 아들을 찾아다녔다. 페이천은 맨발로 돌아다니길 좋아하는, 슬리퍼를 신으라면 질색을 하는 아이였다. 천원셴은 페이천이 슬리퍼를 신고 있는지 확인해야 했다. 자기 애가 혹시라도 가정교육을 제대로 못 받았다는 소리를 들을까봐 겁이 났다. 다른 여자들은 이 집 분위기에 익숙한 모양이었다. 화장실에 가는 여자도 있었고, 량자치를 따라 주방 아일랜드 식탁으로 가 도와줄 게 없는지 물어보는 여자도 있었다. 다른 사람들을 20분씩이나 기다리게 했던 여자는 딸아이를 데리고 소파로 갔다. 아이는 소파에 앉자마자 목이 마르다고 했다.

"아메이, 음료수는요? 다들 기다린 시간도 있고 하니 갈증날 거라고 내가 말했잖아요."

"사모님, 제가 냉장고에 넣어놓고 아직 안 꺼내놨네요. 지금 꺼낼게요."

"얼음통 꺼내서 얼음도 채워놓으세요." 량자치는 아메이의 등에 대고 이것저것 지시했다.

아메이가 늦게 온 모녀에게 과일주스 두 잔을 내왔다. 여자아이는 잔을 들더니 고개를 젖히고는 과일주스를 한입에 다 마셔버렸다. 거실 한쪽에는 그랜드 피아노가 놓여 있었고 피아노 밑에는 팔각 체크 무늬로 된 황토색 카펫이 깔려 있었다. 그랜드 피아노가 왜 집에 있는 거지? 천원셴은 의아했다.

페이천은 거실에도 없고 식탁에도 없었다.

대체 어디 간 거지?

앞쪽으로 가보니 1미터 정도 폭에 길이는 대략 5미터인 복도가 나왔다. 양 옆으로는 방이 있었고 벽에는 액자에 담긴 그림이 걸려 있었다. 천원셴은 순간 어리둥절했다. 복도 끝에는 거울이 있었다. 거울 속으로 자신의 얼굴이 보였다. 상대적 박탈감을 느끼면서도 선망의 대상을 바라보는 듯한 표정이었다. 방은 정말 길기도 길었다. 양딩궈와 살고 있는 자기 집의 두 배 정도 되려나, 아니면 그보다 더? 천원셴은 방의 너비를 가늠해보았다.

천원셴과 양딩궈가 살고 있는 고층 아파트는 공용면적을 제외한 실

평수가 24.9평이었다. 장점은 16층 고층이라는 점이었다. 계약하기 전에 천원셴은 집주인과 네고를 하고 싶었다. 10만, 12만 위안이라도 깎고 싶었다. 그 정도면 많은 일을 할 수 있는 액수다. 이제 곧 홍콩으로 돌아가 노후를 보낼 예정인 노인이 가늘게 실눈을 뜨고 천원셴 부부를 창가로 데려갔다. 창문을 열자마자 쌀쌀한 기운이 끼쳐왔다. 누군가 살짝 얼굴을 밀어낸 듯 천원셴은 저도 모르게 한 발 물러섰다. 노인은 물었다. 여기 전망 좋지요? 틀린 말은 아니었다. 지금 서 있는 자리에서 아래를 내려다보니 사람과 자동차가 손톱 만하게 보였다. 이 정도 높이의 아파트에 서 있다는 것만으로 상류층이 된 느낌이었다. 천원셴은 16층이라는 층수도 좋았다. 16이라는 숫자가 왠지 행운을 가져다줄 것만 같았다. 천원셴은 노인의 말에 동조하는 마음을 애써 억누르며 남편을 곁눈질로 슬쩍 보았다. 창밖을 바라보고 있는 양딩궈의 눈은 아이들이 신기한 음식을 먹을 때 느끼는 희열 같은 걸로 빛나고 있었다. 천원셴은 노인의 표정을 다시 한 번 살폈다. 집값을 더 깎을 수는 없으리란 걸, 한눈에 확실히 알 수 있었다.

□

천원셴과 양딩궈도 원래는 집이 있었다. 차이완더의 집만큼은 아니어도 지금 살고 있는 아파트보다는 훨씬 좋은 집이었다.

대학교 3학년 때 언니네 집에 다녀온 뒤 천원셴은 양딩궈에 대한 마음을 다른 관점에서 바라보게 됐다. 이제껏 양딩궈와 언니의 남편

중 어느 집안이 더 좋은지 비교해본 적은 없었다. 양딩궈 집안의 재산만 대충 짐작해봤을 따름이었다. 지금 자가로 살고 있는 50평짜리 아파트 말고도, 사스 파동 때 사들인 30평대 아파트가 한 채 더 있었다. 신이취信義區*에 있는, 신이웨이시우信義威秀**까지 걸어서 5분도 안 걸리는 아파트였다. 당시 양딩궈네는 세입자에게 받는 집세로 주택 담보 대출을 갚고 있었다. 계산해보니 7~8년 뒤면 대출을 다 갚을 수 있는 액수였다. 천원셴이 대학교 4학년이 되자 양딩궈는 가정을 꾸리고 싶어하는 듯했다. 그즈음 양딩궈는 천원셴과 만날 때마다 결혼 얘기를 꺼냈다.

양딩궈는 두 사람만의 아름다운 미래를 그리고 있었다. 지금 생각해봐도 흠 잡을 데 없는.

"우리 결혼하면 신이취에 있는 아파트에서 살자. 엄마한테 말해볼게."

"그럼 거기 살고 있는 세입자는 어떡하고?"

"무슨 바보 같은 소리야? 당연히 나가라고 해야지. 그 사람들도 집주인 아들이 장가간다고 하면 으레 그러려니 하면서 나가지 않겠어?"

"어머님 아버님께서 우리보고 같이 살자고 하실걸."

"아니야. 그건 아니지. 결혼하면 우리만의 공간이 있어야지. 나도 우리 엄마랑 와이프 사이에 낀 샌드위치 신세는 되고 싶지 않아. 그게 아니어도 신이취에 사는 게 좋지. 영화보고 싶을 때 걸어서 영화관도 갈 수 있고 매일 데이트도 할 수 있잖아."

천원셴은 더 이상 말을 잇지 않았지만 마음속에서는 달콤한 거품

* 타이베이에서 가장 화려한 쇼핑지구이자 최고급 주거 단지가 있는 구역
** 타이완 최대 멀티플렉스 영화관의 신이취 지점

이 퐁퐁 솟아올랐다. 문득 천량잉의 말이 떠올라 양딩궈를 쳐다보니 앞으로는 지금처럼 악착같이 살지 않아도 될 것 같았다. 그때부터 천 원셴은 공부에 흥미를 잃고 걸핏하면 수업에 빠지곤 했다. 정식으로 양딩궈 집에 인사를 드리러 갔을 때 천원셴은 양이자의 도움으로 어렵지 않게 양딩궈 부모의 사랑을 받을 수 있었다. 양딩궈 모친의 반응은 더할 나위 없이 좋았다. 천원셴에게 어떤 액세서리를 좋아하는지, 집안 어른들은 무슨 과일을 좋아하시는지, 건강식품이나 영양제도 드시는지 틈만 나면 물어봤다. 설날 전 즈음에는 여러 가지 선물을 정성껏 골라 예비 사돈에게 보내어 미리 인사하기도 했다. 천원셴은 과분한 사랑에 몸 둘 바를 몰랐다. 그저 고개를 끄덕이며 다 좋다고 말하는 수밖에 없었다. 집에 돌아가기 전에 양딩궈 모친은 천원셴의 어깨를 감싸며 격의 없는 말투로 친근하게 말했다. "신이춰에 우리집 아파트 하나 있다는 거 딩궈가 말했는지 모르겠네, 지금은 세주고 있는. 둘이 결혼하면 일단 거기 살면서 나중에 집 살 때 필요한 돈은 천천히 모으면 될 게다."

이 말은 천원셴이 대학교 4학년 때 출석률이 처참하게 저조했던 주요 원인이 되었다.

사랑을 얻게 되자 천원셴은 나태해졌다. 더 이상 훌륭한 학점을 만드는 데 급급해하지 않았다.

자만한 탓에 판단력까지 흐려졌다. 달걀을 한 바구니에 전부 담지 말았어야 했다. 천원셴에게도 눈앞의 상황을 제대로 파악할 수 있는 기회가 분명히 있었을 터였다. 하지만 그때마다 주저하게 되거나 불안해지는 감정을 모조리 열등감에서 나온 것으로만 여겼다. 상황이 변할 때마다 사람 머릿속에서는 경고음이 울리기 마련이다. 그러나 그보다 더 강력한 기제가 작동해 당시의 경고음을 무시해버리기 일쑤다. 인간은 자신을 설득해내는 전문가다. 뭔가 일이 이상하게 돌아간다 싶은 걸 분명히 감지하더라도, 당장의 행복이나 성취감을 위해 이상한 낌새를 보고도 못 본 척, 들려도 못 들은 척 하는 게 인간이다.

□

천원셴과 양딩궈는 가장 마지막에 둘러본 그 고층 아파트를 샀다. 천원셴이 그 아파트를 좋아한다고 말하는 것이 어쩌면 자연스러운 일일지도 몰랐다.

주택 선납금●이 예산을 초과하여 가구는 할부로 구입할 수밖에 없었다. 두 사람 수중에 있던 약간의 현금은 비싼 매트리스를 사는 데 썼다. 이건 양딩궈의 아이디어였다. 사람은 하루에 최소한 여섯 시간은 침대에 누워 있으니 인생의 4분의 1은 침대에서 보낸다는 논리였다. 그것 때문에 양딩궈는 상황이 어렵더라도 매트리스에 들이는 돈만큼은 아끼면 안 된다는 주의였다. 양딩궈가 고집하는 매트리스와 수준을 맞추기 위해 천원셴은 백화점에 가서 8000위안이나 하는 꽃무늬 침대보 세트를 사왔다. 파우더블루 색상의, 이집트 사틴면으로 된 재질의 이불이었다. 그 이불을 덮고 있으면 바다에 떠 있는 듯한 느낌이 들었다. 천원셴은 침대에 누워, 상황이 어떻게 바뀌었건 아직 무너진 건 아니라고 자신을 달랬다.

● 타이완에서 집을 매수할 때 내는 돈. 보통 선납금을 일정 금액 내고 나머지는 주택담보대출을 받는다.

그러나 그날 열린 생일파티에서 앞으로 한 발짝 나아갈 때마다 천원센은 그런 생각이 잘못된 건 아닌지 점점 의구심이 생겼다.

량자치의 집은 햇살이 환하게 들어왔다. 인형의 집처럼 여기저기 식물이 놓여 있었는데, 무슨 까닭인지 각자 그 자리에 있는 것이 꽤나 자연스럽게 느껴졌다. 식탁과 벽 사이의 공간도 넉넉했다. 그 사이를 지나다닐 때마다 손발이 식탁에 부딪힐까 조심할 필요가 없을 정도였다. 일부러 일고여덟 발짝 걸어봐도 걸리적거리는 게 아무것도 없었다. 다른 이들의 열등감을 자극할 수밖에 없는 타이베이의 최고급 아파트였다.

문이 반쯤 열린 방이 보였다. 천원센이 문을 열고 들어가 아들이 있나 찾아보려던 찰나, 량자치가 목소리를 높여 말했다. "아, 거기는 남편 휴게실이에요. 좀 더 앞으로 가야 우리 아들 방이 나와요. 하오첸이 페이천을 데리고 그 방에 들어가 있을 거예요."

천원센은 아무도 모르게 살며시 움직이고 있는 줄로만 알았는데 아니었다. 또 한 번 당황스러워서 어쩔 줄 몰라 했다. 저 여자는 대체 주변의 움직임에 얼마나 신경을 곤두세우고 있는 걸까?

차이하오첸의 방에 어렵사리 들어갔다. 눈앞에 따뜻한 장면이 펼쳐졌다. 이 집에 들어올 때 느꼈던 불안감이 많이 가라앉은 순간이었다. 두 아이의 얼굴은 매우 가까운 거리에 있었고 페이천은 바닥에 반쯤 엎드려 있었다. 고양이 한 마리가 하오첸의 무릎에 엎드려 있는 듯한 모양새였다. 하오첸은 앉은 채로 피규어를 일렬로 바닥에 쭉 늘어뜨려놓고는 통통한 손가락으로 피규어를 일일이 가리키며 뻐기듯이 말했다. 이건 일본에서 가져온 거고, 저건 미국에 사는 고모가 선물로 준 거야. 아이는 생기발랄한 표정으로 쉬지도 않고 재잘거렸다.

그 말을 주의 깊게 듣고 있는 페이천의 두 눈은 부러움으로 가득차 있었다. 페이천도 피규어를 갖고 싶었다.

자기가 알아서 신은 건지 아니면 누가 신으라고 한 건지는 모르겠지만 어찌 되었건 페이천은 슬리퍼를 신고 있었다. 천원셴은 안도의 한숨을 내쉬었다. 페이천이 가정교육 못 받았다고 다른 여자들이 수군거리게 내버려두고 싶지 않았다. 마음을 졸이던 천원셴은 이제 잠시 물러나 한숨부터 돌리고 싶었다.

아이들이 같이 잘 놀고 있는 모습을 한 번 더 바라봤다. 처음 만난 날인데도 하오첸은 페이천에게 굉장한 호의를 베풀고 있었다. 페이천이 그 비싼 소장품을 만지는데도 하오첸은 뭐라고 하지 않았다. 페이천이 피규어의 위치를 마음대로 바꿔놓아도 전혀 개의치 않았다. 하오첸이 갑자기 뭐라고 말했는지 페이천은 좋아서 날뛰며 하오첸의 등을 세게 두드렸다. 화들짝 놀란 천원셴이 두 발짝 앞으로 다가가 페이천을 떼어내며 혼내려하자, 희고 차가운 손이 불쑥 나타나 저지했다. 몸을 옆으로 돌려 누군가 보니 량자치였다. 여주인이라는 역할에 어울릴 법한 미소를 띤 얼굴이었다. 량자치는 애들끼리 놀게 놔두라고 강한 어조로 말했다.

천원셴은 머무적거리며 아이들을 한 번 더 쳐다봤다. 다행히 하오첸은 화를 내기는커녕 기분이 좋은지 헤헤 웃고 있었다.

"거실로 나와서 우리랑 얘기하는 거 어때요?"

천원셴이 반응이 없자 량자치는 한마디를 덧붙였다. "오늘 우리 집에 처음 오셔서 다른 분들이 페이천 엄마에 대해서 잘 몰라요." 량자치는 손가락으로 거실을 가리켰다. 그러고 보니 하오첸과 페이천 말고는 다들 거실에 있었다. 거실에서 웃고 떠드는 소리가 귓가에 들려왔다.

천원셴은 고개를 끄덕이며 알겠다는 의사 표시를 했다. 그러고는 량자치가 저쪽으로 가길 기다렸다가 재빨리 방으로 들어갔다. 아들의 작은 팔을 붙들고 따끔하게 야단을 쳤다.

"너 엄마한테 약속해. 다음부터는 아무리 신나도 그렇게 친구 때리고 그러면 안 돼, 알겠지?"

하오첸은 고개를 비스듬히 기울인 채 눈치를 보았다. 천원셴의 거친 동작에 놀란 듯했다.

페이천은 애매하게 대꾸했다. "응, 알았어."

"건성으로 대답하지 말고. 한 번만 더 그러면 진짜 혼난다."

아이가 내키지 않은 표정을 짓자, 천원셴은 인상을 펴고 아들 귓가에 낮은 목소리로 당부했다.

"다 아빠 위해서 그러는 거야, 알겠지?"

페이천은 흐리멍텅한 눈빛으로 고개를 들었다. 엄마가 한 말의 뜻을 마지못해 이해했다는 듯한 얼굴이었다.

천원셴은 다시 거실로 나왔다. 량자치는 다이닝룸에 있었다. 량자치가 아메이에게 일을 빨리 끝내라고 다그치는 소리가 들렸다.

홈바 테이블 뒤로 하얀 수증기가 피어올랐고, 레몬과 박하가 섞인 향이 코를 간지럽혔다.

옆자리 여자들의 대화를 들어보니 늦게 온 여자는 쑤뤄란이고 딸아이는 천신위陳馨語였다.

천신위는 엄마인 쑤뤄란에게 기대 거의 눕다시피 앉아 있었다.

"파스타 먹기 싫어. 계란프라이 먹고 싶어. 계란프라이 언제 먹어?"

천원셴은 콧잔등을 찡그렸다. 처음에 이 여자아이에게 가졌던 호감을 거두고 싶었다. 솔직한 걸 좋아하지만 그렇다고 과도하게 솔직한 건 싫었다.

쑤뤄란은 딸의 머리를 쓰다듬으며 달랬다. "캣 아주머니는 파스타 전문가셔. 너 이번에 안 먹어보면 후회한다. 기다리기 지루하면 친구들하고 놀고 있어."

다른 아이들은 티브이 화면 앞에서 위wii를 하고 있었다. 천신위는 고개를 들어 그런 아이들을 힐끗 보았다. "싫어, 나 저거 또 하기 싫어. 재미없어."

쑤뤄란은 더 이상 딸이 하는 말에 신경 쓰지 않았다. 몸을 돌려 방금 하다 만 이야기를 계속했다.

여자들은 중국어 공부에 관한 이야기를 하고 있었다.

천원셴의 흥미를 끄는 화젯거리였다. 천원셴은 주위를 살피다가 앉을 만한 곳을 한 군데 찾았지만 쑤뤄란과 가까운 자리였다. 잠시 생각한 끝에 그냥 서 있기로 했다.

"우리 애는 요즘 발음 교정 수업을 듣고 있어요." 쑤뤄란은 천신위를 가리키며 말했다. "아직까지 '뽀, 포, 모'●도 제대로 발음 못해서 한 시간에 1200위안짜리 과외를 붙여줬지 뭐예요. 언어학을 전공한 선생이어서 믿을만한 수업인데 애가 하도 하기 싫어하니까 그게 문제예요."

쑤뤄란은 과장스럽게 눈을 흘겨 떴다. "쟤한테 우리 남편 돈 다 쏟아붓고 있다니까요. 하기 싫어하는 건 그렇다 쳐도, 선생이 문 앞에서 신발까지 벗었는데 피아노 밑에 숨어서 안 나오겠다고 하는 게 말이

● 한국어의 가, 나, 다에 해당하는 중국어 발음

나 돼요? 내가 진짜 쟤 때문에 속상해 죽겠어요."

"우리 아들은 유치원 2학년• 때 중국어에 발음 기호 다는 과외까지 받았어요." 한 여자가 대화에 끼어들었다.

"그러고 보니 우리 애가 너무 늦게 시작한 거네." 쑤뤄란은 관자놀이를 문지르며 말했다. "이러다 남편 말마따나 나중에 중국어는 쓰기 싫다고 할까봐 걱정이에요. 읽는 건 그래도 하려고 하는데 손으로 쓰는 건 죽어도 싫다네요."

천원셴은 은연중에 입이 딱 벌어졌다. 그런 게 힘들다니?

잠자코 대화를 지켜보기로 했다. 이런 자리에서 제 아이 공부시키기 어렵다는 말을 솔직하게 했다가는 자칫하면 부작용이 생길 수도 있었다. 천원셴의 고민은 쑤뤄란과는 정반대였다. 천원셴은 페이천이 영어로 말할 때 나오는 타이완 억양을 없애주고 싶었다. 유치원 교사는 천원셴을 줄곧 설득했다. "제임스는 이 정도 영어 실력이면 충분해요." 그러나 천원셴은 아무래도 성에 차지 않았다. 영어 실력과 자연스러운 발음은 별개였다.

어떤 여자가 대화에 끼어들려고 벼르고 있다가, 자기 아들이 '뽀, 포, 모'를 처음에 어떻게 연습했는지 자세하게 설명했다. "애들은 어렸을 때 너무 오냐오냐 하면 안 돼요." 어르신들처럼 사뭇 진지한 말투였다. 천원셴은 이 여자를 어디선가 본 것 같은 느낌이 들었다. 착각이 아니라면 남편 회사 예葉 부장의 부인이 틀림없었다. 예 부장은 차이완더와 오래 전부터 아는 사이였지만 홍콩에 출장 가 있어 오늘은 여기 오지 않을 터였다.

• 타이완에서는 유치원을 3년간 다닌다.

"우리 집 큰 애도 처음에는 중국어 획순이 많다고 투덜대면서 쓰기 싫어했어요. 앉혀놓고 한 글자 한 글자 써줬는데도 반쯤 따라 쓰다가 짜증을 부리면서 일부러 영어로 쓰더라고요. 그래서 남편한테 당신네 예씨 집안사람들은 똥고집이라서 나 혼자서는 도저히 못 가르치겠다고 당신이 알아서 하라고 했죠." 여자는 잠시 멈췄다가 다른 사람들이 자기를 쳐다보고 있는지 확인하고는 말을 이었다. "우리 남편 성격, 내가 전에 말한 적 있죠? 미국에서 7, 8년을 살았는데도, 군인 집안이어서 그런지 뼛속까지 중국 사람이에요. 그러니 아이를 사랑으로 가르친다던가 하는 걸 믿을 리가 없죠. 그이가 기어이 아들한테 뭐라 그랬는지 알아요?"

"뜸들이지 말고 그냥 얘기해요, 애들도 아니고." 쑤뤄란이 한마디 하며 어깨를 으쓱해 보이고는 소파에 도로 가서 앉았다.

아메이가 쟁반을 내려놓고 찻잔을 일일이 손님들 앞에 갖다놓으며 차 드시라고 점심도 이제 다 되어간다고 말했다.

찻잔을 집으려고 쑤뤄란이 손을 뻗었다. 위로 들어올린 약지 손가락에서 다이아몬드가 반짝거렸다.

"빨리 얘기해줘요." 다른 여자가 예 부장 부인을 재촉하며 어색해진 분위기를 풀었다.

사람들의 흥미가 가신 걸 보고 예 부장 부인은 눈치 있게 말을 마무리지었다.

"우리 남편 머리가 진짜 잘 돌아가는 양반이에요. 애한테 중국어 과외 제대로 안 하면 집에서 가까운 공립 초등학교로 전학시켜버릴 거라고 대놓고 말했다니까요. 애가 그 말을 듣고는 놀래가지고, 애들은 왜 친구랑 떨어지는 걸 제일 싫어하잖아요. 그 방법이 잘 통한 거

같더라고요. 그러면서 애 아빠가 한마디를 보탰죠. 엄마 말 안 들어서 공립 초등학교로 전학 가면 거기 다니는 애들은 중국어로만 말한다고, 거기 가서 영어로 하면 네가 무슨 말 하는지 아무도 못 알아듣는다면서, 영어는 네가 선생님보다도 잘할 건데 그때 가서 어떡할 거냐고 했죠."

예 부장 부인의 말투가 분위기를 몰아가는 느낌이었다. 쑤퀴란이 웃자 다른 여자들도 덩달아 화기애애하게 웃었다.

천원셴은 입꼬리를 당겨 웃을 듯 말 듯한 표정을 지었다. 내내 서 있었더니 다리에 쥐가 났다. 자세를 바꿔 몸의 중심을 다른 쪽으로 옮겼다. 실은, 오래 서 있어서 피곤해진 게 아니었다. 방금 전 그 말이 자존심을 살짝 건드려서였다. 천원셴은 페이천을 공립 초등학교에 보낼 생각이었기 때문이다.

예 부장 부인이 한 말을 듣고 천원셴은 작아지는 기분이 들었다. 이 생각 저 생각 하느라 얼굴이 빨개진 것도 모르고 있었다.

신이취에 있는 그 아파트만 다른 사람에게 넘어가지 않았어도, 예 부장 부인 대신 천원셴이 반은 자랑조인 말을 늘어놓고 있을 것이었다. 한 줌의 부끄럼도 없이.

□

결혼이란, 몹시 길고 지루한 대화의 연속이다.

결혼 생활을 함께할 배우자는 어떤 자질을 갖추어야 하는지 많은 이가 묻곤 한다. 적어도 혼인신고를 할 때만큼은 두 사람이 서로에 대해 모든 걸 안다는 확신이 있어야 한다고 천원셴은 생각했다. 부부가 되는 건 같은 배에 올라타는 것과 같아 폭풍우에 휩싸일지 비옥한 땅을 향해 순항할지 예측할 수 있는 사람은 아무도 없다. 둘 중 한 사람이라도 상대방에 대해 잘못된 정보만 믿고 혼인 신고를 한다면, 배에 풍랑이 몰아칠 때 상대방을 원망하는 마음이 들 수밖에 없을 것이다.

천원셴이 대학 졸업을 앞두고 있을 무렵, 양딩궈 집안에 우환이 생겼다.

양딩궈 모친은 몇 년 전부터 쉽게 피로해지고 밤마다 식은땀을 흘렸다. 처음에는 갱년기인줄 알고 한약만 지어다 먹고 병원에는 가지 않았다. 그런데 증세가 날이 갈수록 심해져서 피검사를 받아본 결과, 혈액암 판정을 받았다. 양딩궈는 어머니가 지금 치료가 가능한 상태인지, 치료한다면 몇 년이나 살 수 있는지 의사에게 물어보았다. 의사는 일단 입원부터 하고 화학요법을 받고 난 뒤 예후를 지켜보는 수밖에 없다고 대답했다.

양딩궈는 천원셴에게 이 이야기를 했다. 그러면서 가정을 꾸리는 것이 어떨지 생각해보라는 아버지의 바람도 함께 전했다.

"근데 너무 갑작스럽다. 난 아직 마음의 준비가 안 되어 있어." 천원셴이 대답했다.

"나도 알아. 거절해도 이해할 수 있어."

"아니야, 거절하는 게 아니라, 단지, 그냥 내가……."

"어떤데?" 한 줄기 희망을 본 양딩궈는 마음을 졸이며 물었다.

"우리 부모님을 설득할 수 있을지 모르겠어서. 언니 결혼한 지가 언제인데 부모님이 아직도 인정 못하고 계신 거 알잖아. 겉으로 표현은 안 하셔도 바라시는 게 있어. 내가 졸업하고 윈린으로 취업해서 당분간은 부모님과 같이 지내는 거……."

"그럼 윈셴은? 윈셴은 어떻게 하고 싶은데? 고향으로 내려가고 싶은 거야?"

"난 당연히 타이베이에 있고 싶지……."

천원셴은 원래 2~3년쯤은 일을 하다가 결혼할 생각이었다. 양이자가 "다른 남자들도 많이 만나보고 그래라" 하고 놀려도 그럴 생각은 애초에 없었다. 천원셴은 양딩궈와의 관계에 만족했고 양딩궈가 천원셴을 다 받아주는 것도 좋았다. 양딩궈가 예뻐하는 여동생과 천원셴이 친구 사이여서, 양딩궈는 천원셴에게 화를 잘 낼 수도 없었다. 그리고 언니가 해준 말도 천원셴 마음속에 살며시 자리하고 있었다. 양딩궈는 만나기 힘든 배우자감이니 기회를 잘 잡아야 한다고.

천원셴은 눈을 질끈 감고 집에 전화를 걸었다. 먼저 저쪽 집안 사정을 다 털어놓고 엄마의 반응을 살폈다.

"그럼 그쪽 집안은 지금은 괜찮은 거니?" 젠후이메이는 걱정이 되어 안부부터 물었다.

"괜찮아, 근데…… 딩궈 아버님이 당부하신 게 있거든. 엄마랑 아버지 의견 먼저 듣고 싶어서."

"뭔데?" 젠후이메이는 경계하는 말투로 물었다.

천원셴은 여기서 대화를 끊고 집에 가서 엄마 얼굴을 보며 직접 말해야 할 것 같았다. 하지만 그때까지 무거운 짐을 지고 있기는 싫었다. 1초 뒤 천원셴은 입을 열었다. "내가 딩궈랑 얼른 결혼하길 바라시나 봐. 그쪽 어머님이 한시름 놓으실 수 있게."

모녀는 수화기를 든 채 한참 침묵을 지켰다. 이번에는 젠후이메이가 떨리는 목소리로 입을 열었다.

"이놈의 집구석은 왜 이 모양이니? 네 언니는 아예 떠나버리고 이제 는 너까지 집에 남아 있기 싫다고 하다니."

"엄마." 묵직한 뭔가가 가슴을 억누르는 느낌이었다. "이건 우리 집하 고는 상관없는 일이야. 딩궈네 어머님이 지금 위독하신데 골수 기증자 를 아직 못 찾았대. 엄마도 딩궈 만나보면 내가 왜 이런 결정 내렸는 지 알게 될 거야. 게다가 딩궈네 집이 이렇게 힘든 상황인데 나 몰라 라 했다가 어머님한테 무슨 일이라도 생기면 나랑 딩궈 사이는 어떻 게 되겠어? 딩궈 아버님은 또 어떻게 생각하실 테고? 그러고도 나중 에 진심으로 날 며느리로 받아주실 것 같아?"

천원셴은 자기가 말해놓고도 조금 놀랐다. 자신이 이 정도로 그 일 을 마음에 두고 있는 줄은 미처 몰랐다.

"뭐 하는 집안인데?"

천원셴은 순간 마음이 놓였다. 드디어 서광이 비추기 시작한 것이다.

"아버님은 투자 컨설팅 회사 임원이셨고, 어머님은 초등학교 선생님 이셨대. 지금은 두 분 다 퇴직하셨고."

"너 시집가면 어디서 사는 건데? 딩궈네 집에 너희한테 내줄 방은 있대?"

"딩궈네는 타이베이에 집이 두 채 있어. 하나는 지금 살고 있는 집 이고, 다른 하나는 세를 내준 상태고. 딩궈네 어머님이 우리 결혼하면 세 들어 있는 사람들 내보내고 그 집을 신혼집으로 주시겠대." 천원셴 은 엄마의 태도가 누그러진 틈을 타 한마디를 덧붙였다. "엄마도 타이 베이 집값이 얼마나 비싼지 알잖아…… 이 정도면 그쪽도 상당히 성의 있는 거지. 내가 어디 가서 그런 남자를 만나겠어?"

젠후이메이는 한숨을 쉬었다. "그래, 알았다. 내가 너희 아빠한테도 마음의 준비하라고 말해놓으마. 언제 하루 날 잡아서 집에 딩궈 데려와. 날짜 정해지는 대로 엄마한테 말해주고."

돌연 승리의 기쁨이 터져나왔다. 너무 기쁜 나머지 천원셴은 불현듯 겁이 났다.

양딩궈와 결혼하는 게 현명한 선택인 걸까? 천원셴은 양딩궈를 진정으로 이해하고 있는 걸까? 결혼이란 게 어떤 의미인지는 제대로 알고 있는 걸까? 전화를 끊은 뒤 생각하고 또 생각했다. 그러다보니 어느새 마음이 갑갑해졌다. 엄마에게 결혼 승낙을 받으면 기분이 마냥 좋을 것만 같았는데 도리어 의기소침해진 것이었다. 천원셴은 스스로에게 기운이 나는 말을 해주었다. 천원셴, 이제 쓸데없는 걱정은 하지 마. 네가 세상에서 제일 운 좋은 여자잖아. 천량잉보다도 운 좋은 여자. 학벌도 좋고 성격도 좋은 남편에다가 타이베이 한복판에 있는, 평수도 넓은 아파트. 그중에서도 가장 완벽한 건— 남편이랑 둘이서만 산다는 거지.

결혼식을 올리고 천원셴은 우선 시댁으로 들어갔다. 결혼 전에 했던 약속과는 달랐지만 이 정도쯤은 이해할 수 있었다. 아니, 이해하고 싶었다. 시어머니의 병세가 이토록 심해지는 마당에 분가하는 건 도리가 아니었다. 천원셴은 시어머니를 책임감 있게 간병했다. 의사가 당부한대로 식단을 짜고, 화학요법 약물주사를 맞거나 피검사를 해야 하는 시어머니를 병원에 모시고 다녔다. 시어머니가 먹은 그릇까지 알코올로 닦아 끓는 물에 삶았다. 사방이 시멘트로 둘러싸인 벽에 끼어 움직일 수조차 없는 느낌이었다.

몹시 힘들었다. 환자를 간호하는 것도 힘들었고, 다른 집에 들어가 구성원 역할을 하는 것도 힘에 부쳤다.

양이자는 천원셴에게 미안해했다. 딸이 해야 할 일을 며느리가 감당하게 해서는 안 된다는 것쯤은 양이자 본인도 잘 알았다. 양이자는 말을 돌려 제 처지를 비관하는 것으로 대신했다.

"난 진짜 무용지물이야. 내가 얼른 임용고시에 붙어야 네가 한 시름 놓을 텐데."

"괜찮아. 넌 시험 준비나 열심히 해, 난 괜찮으니까."

이 말이 어디까지가 진심인지, 어디까지가 예의상 한 말인지, 스스로도 분간이 되지 않았다.

반년이 흐르고 마침내 양딩궈 모친의 바람이 이루어졌다. 천원셴이 임신을 한 것이다. 의사 입에서 임신이 확실하다는 말을 들은 순간 천원셴은 상상했던 것보다 훨씬 기뻤다. 임신부에게 간병은 무리라는 걸 누군가는 알아주겠지, 싶은 마음에서였다. 허나 안타깝게도 천원셴의 기대는 물거품이 되고 말았다. "당신이 고생이네"라는 양딩궈의 한마디 외에는 그 어떤 실질적인 도움도 받을 수 없었다. 양딩궈는 웃을 수도 그렇다고 울 수도 없는 의견을 냈다. 엄마가 당신이 돌봐드리는 거에 익숙해지셔서 간병인을 쓰면 불편해하실 거야. 천원셴은 이런 상황에 뭐라 할 말이 없었다. 곰곰이 생각해보니, 양딩궈는 결혼 생활에 만족하고 있었고, 남편이 만족하니 자신도 이런 결혼 생활에 수긍해야 한다는 결론이 나왔다. 단지 실제로는 그렇게 잘 안 되는 게 문제였다. 젠후이메이는 천원셴에게 전화를 걸어 물었다. "요새 잘 지내니?" 천원셴으로서는 너무나도 힘든 시기일 텐데 어떻게 잘 지낼 수가 있겠는가? 시어머니를 부축하고 다니느라 힘이 다 빠져서 침대에 눕기만 하면 삭신이 쑤실 지경이었다. 누가 꼭 척추를 위아래로 쥐고 힘껏 흔드는 것만 같았다. 시어머니는 통증이 심해지면 끙끙 앓는 소리를 냈다. 그럴 때마다 천원셴의 감정은 격해졌다. 시끄러워 죽겠네. 조용히 좀 못하겠어요? 어머니 몸 안 좋은 거 다 아는데, 그렇게 비명을 질러대듯 하면 간병하는 사람 부담만 더 심해지지 다른 효과는 하나도 없다고요. 천원셴은 몇 번이나 이렇게 소리치고 싶었다. 하지만 충동이 이성을 이기도록 그냥 내버려두지는 않았기에 단 한 번도 그런 적은 없었다. 천원셴은 제 허벅지를 꼬집으며, 매번 날뛰려는 충동을 억눌렀다.

나중을 생각하자. 지금 눈앞에 있는 피골이 상접한 육신이 세상을 뜨면 남편이 고생을 보상해줄 거라고 생각해보자. 그 아파트로 나가 살게 되면, 인테리어도 새로 하고 집도 아주 예쁘게 꾸밀 계획이다. 다른 사람이 물어보면 아무렇지 않게 대답할 것이다. 응, 맞아, 나 신이 취에 살아. 거기 비쇼 시네마 근처인데 어딘지 알아? 상대방이 어느 정도 세상 물정을 아는 사람이라면 열에 여덟은 눈을 끔벅이며 입은 약간 벌린 채로 되물을 것이다. 거기 한 평당 수백만 위안짜리 아파트 아니야? 그러면 꼭 침착하게 아무렇지도 않은 척 차분한 음성으로 대답해야 한다. 우리 시댁이 예전에 사놓은 집인데 그때는 그래도 사들일 만한 가격이었대. 그러고는 아무것도 할 필요 없이, 상대방이 부러워하는 눈빛으로 자신을 바라보길 기다리기만 하면 되는 것이다.

천원셴은 힘들 때마다 이토록 반짝거리는 대화를 상상했다. 그래야만 간신히 고통을 참아낼 수 있었다.

바라는 게 워낙 컸던 탓인지 그만큼 부작용도 컸다. 페이천이 태어난 지 한 달이 지나고 얼마 못 가서 시어머니는 가족들 앞에서 마지막 숨을 거두었다. 시어머니가 눈을 감은 순간, 천원셴은 슬프면서도 벅찬 해방감을 느꼈다. 장례식이 끝나자마자 천원셴은 조금 섭섭하다는 듯이 애교 섞인 목소리로 남편을 채근했다. 이제 양딩궈 집에서 약속을 지킬 차례라고. 분가하고 싶은 마음이 차고 넘치기도 했지만, 한편으로는 시아버지인 양이잔楊一展의 생활습관을 더는 견딜 수가 없었다. 양이잔은 오랜 세월 아내의 사랑과 헌신에 익숙해져 집안 곳곳 아무데나 휴지를 버리기 일쑤였다. 퇴직한 지가 언제인데 아직도 걸핏하면 친구들을 만나 술을 마셔댔고, 그런 날이면 집에 들어와 바로 곯아떨어졌다. 안방에서 자던 양이잔은 어느 날부터인가 아내가 깰까봐 소파에 담요를 깔고 잤다. 그 뒤로는 방에 들어가서 잔 적이 없었다. 그 무렵부터 거실은 퀴퀴한 땀 냄새와 사람이 잘 때 나는 시큰한 냄새로 뒤덮였다. 양딩궈는 아내의 하소연에 용기를 짜내어 아버지더러 앞으로는 샤워하고 방에 들어가서 주무시라고 말했다. 그러나 양이잔은 못 들은 척하며 여전히 그런 생활을 했다.

천원셴이 억지로 참고 사는 게 양딩궈 눈에도 훤히 보였다. 양딩궈는 아버지에게 말했다. 엄마도 돌아가셨으니 이제는 원래 계획대로 분가하고 싶다고, 아파트 세입자를 내보내달라고. 하지만 양딩궈는 꿈에도 몰랐다. 양이잔이 그 집은 얼마 전에 경매로 넘어갔다고 털어놓으며 도리어 적반하장으로 나올 줄은.

그 이야기가 나오자 양이잔도 화가 났다. 몇 년 전, 양이잔은 술친구의 말에 솔깃해 그 친구와 연관된 건강 음료 사업에 투자했다. 매달 1만 위안씩 투자하면 한 달에 1000위안씩 이자를 받을 수 있다는 친구의 말을 믿은 것이었다. 처음에는 매달 꼬박꼬박 이자가 들어왔다.

그걸로 재미를 본 양이잔은 그 아파트를 담보 삼아 어마어마한 현금을 대출 받았다. 판돈을 키워 한꺼번에 쏟아붓고는 하룻밤 사이에 벼락부자가 되기만을 기다렸다. 그런데 어느 날인가부터 이자가 들어오지 않을 줄 누가 알았겠는가? 양이잔은 그제야 본인이 사기를 당했다는 걸 깨달았다. 그 회사 임원들은 이미 해외로 도피한 뒤였고, 술친구는 자기도 피해자라는 말만 해댔다. 아파트를 경매로 넘기는 것밖에는 대출을 갚을 길이 없었다.

"3000만 위안이나 되는 돈을……." 양딩궈는 울부짖다시피 말했다.

"이 아비는 안 힘들 것 같으냐? 그럼 내가 뭐하러 반년 내내 술에만 의지해 살았겠어? 너희 엄마 암 걸렸다고 이러고 산 줄 알았어? 내가 평생 피땀 흘린 돈으로 장만한 집이다."

"아버지가 이렇게 나오시면 윈셴한테 제가 면목이 없잖아요…… 윈셴도 그 집으로 들어가는 걸로만 알고 있을 텐데……."

"네가 나한테 따지면 난 누구한테 따지겠냐? 나도 하늘에다가 따져 묻고 싶다. 이 나이 먹어서 말년에 이게 무슨 꼴이냐고."

"아버지, 상황 파악은 제대로 하셔야죠. 우리 집에서 먼저 약속한 건데, 일이 이렇게 돼버렸으니 윈셴 부모님께는 뭐라고 말씀드려요? 타이베이에 오셔서 집 좀 보자고 하시면 제가 어디로 모시고 가야 되는 거예요?"

"뭔 놈의 상황 파악을 제대로 하라는 게냐? 너야말로 지금 이게 무슨 상황인지 모르는 거 아니냐? 누가 뼈 빠지게 벌어서 산 집인데? 이제 와서 뭐라고? 아들이 아비한테 잘잘못을 따져? 지금 어디서 큰 소리냐, 그럴 바에는 네 힘으로 할 수 있는 거나 알아봐. 내가 말했지? 현금이 100~200만 위안 있다고. 너희 분가하는 데 보태주려고 했는데, 계속 이런 식으로 나오면 한 푼도 못 준다."

천원셴은 이 이야기를 듣는 순간 너무 놀라 에센스를 떨어뜨렸다. 유리로 된 에센스 병이 산산조각나면서 감귤 향이 공기 중으로 퍼져 나갔다. 천원셴은 이 상황을 원망할 것인가? 당연히 원망했다. 공교롭 게도 양이잔은 자신이 빠져나갈 구멍은 미리 만들어놓았을 정도로 머리 하나는 잘 돌아가는 양반이었다. 현금 100~200만 위안이라는 존재가 송곳니처럼 자라나 부부를 표독스럽게 꽉 물고 놓아주지 않 았다. 눈물까지 흘리며 우는 남편을 보고 천원셴이 뭘 어쩌겠는가? 뭘 더 어찌해볼 수도 없었다. 결혼한 지 얼마 되지도 않은데다 아이 까지 막 태어난 상황이니, 천원셴은 분개하며 눈물만 흘릴 수밖에 없 었다.

"아버지 말씀도 맞긴 맞아. 아버지가 돈 모아서 장만한 집이니까, 상 황이 원점으로 돌아온 것뿐이지." 쪼그리고 앉은 양딩궈는 바닥에 주 저앉은 아내를 겁먹은 눈빛으로 바라봤다. "아버지가 200만 위안 주 시면 내가 지금해놓은 거랑 월급 합쳐서 집 하나 못 사겠어? 그렇잖 아, 담보대출도 받고. 그거 때문에 스트레스 받을 수는 있겠지만. 원 셴, 날 좀 믿어줘. 잘 생각해보면 지금 상황이 그렇게 암담한 것도 아 니야…… 그럼 우리 이사부터 나가는 거 어때? 당신 우리 아버지랑 더는 같이 못 살겠다는 거 나도 알아. 이게 내가 할 수 있는 최선이야. 당신이 그 집 때문에 스트레스만 안 받는다면 좋을 것 같아."

아내를 구슬리느라 정신없는 남편의 얼굴을, 천원셴은 넋이 나간 표정으로 바라봤다. 아무 것도 걱정할 필요가 없다고 생각하게 만든 남자가 이제는 자신의 양해를 구하고 있었다. 자신과 남편 사이에 가림막이 쳐진 것마냥 천윈셴은 바로 옆에서 일어나고 있는 일을 제대로 볼 수도, 들을 수도 없었다. 몇 초 뒤 천윈셴은 자기 입에서 나오는 목소리를 들었다.

"그럼 그렇게 해야지 뭐."

□

인간은 역시 억울한 건 못 참는 존재다. 천윈셴은 세월이 흐르면 그 일에 무덤덤해질 줄 알았다. 하지만 상처는 여전했고 그 상처에서 한 발짝도 벗어나본 적이 없었다. 손꼽아보니 그 일이 있은 지도 6년이 되었다. 6년 전의 원망스러운 감정이 툭하면 다시 떠올랐다. 천윈셴의 얼굴은 슬픈 표정에서 담담한 표정으로 바뀌었다. 억지로 정신을 다 잡고 지금 하고 있는 이야기에 집중했다.

여자들은 여러 사립 초등학교의 장단점에 대해 토론하기 시작했다. 어떤 학교는 교사의 질이 좋고, 또 어떤 학교는 오래되기는 했어도 아이들 관리를 철저히 하기로 소문나 있다고도 했다. 모든 조건이 완벽하지만 위치가 동떨어져 있다는 학교도 있었다. 천윈셴은 별로 주의를 기울이지 않고 옆에서 듣고만 있었다.

그런 기회나 선택은 사실 페이첸의 몫이 아니었다.

전에 집을 보러 다닐 때 부동산 중개사가 아이를 안고 있는 천윈셴 부부를 보자마자 학군을 마케팅 포인트로 잡았다. 명문 중고등학교가 몰려 있을 정도로 학군이 좋아 이 동네 매물이 학부모들에게 인기가 대단하다고, 부동산 중개사인 옌다이룽帶는 호언장담했다. 페이첸이 유치원 3학년에 올라가기 전부터 천원셴은 페이천을 공립 초등학교에 보내려고 마음먹고 있었다. 그 결심은 아이가 유치원 2학년에 올라갈 무렵부터 확고해졌다. 한번은 유치원 담임교사가 천원셴에게 페이천과 같은 반 여자아이 이야기를 엉겁결에 해버린 적이 있었다. 그 부모가 온갖 방법을 써서 페이천네 학군으로 딸아이 주소를 옮겼다는 이야기였다. 그 말을 듣는 순간 천원셴은 자부심이 들었다. 난 정말 아이를 위해 미리 계획을 세우는 똑똑한 엄마구나. 달리 생각해보면 천원셴은 거만한 태도로 그 부모를 바라볼 수밖에 없는 위치였다. 아이가 유치원 2학년이 되어서야 학군을 고려하다니, 마음 한 구석에 자리한 우월감을 숨기기 힘들었다.

하지만 페이천이 유치원 3학년이 되자 생각이 또 달라졌다. 천원셴은 지금껏 팔로우하는 육아 블로거들이 있었다. 어느 날 문득 불안해진 마음에 블로거들을 둘러보았다. 개중 천원셴이 특히 좋아하는 블로거들은 하나같이 다 아이를 사립 초등학교에 보낸 엄마들이었다. 엄마 블로거들이 교육에 신경 써야 한다며 내세우는 논리를 살펴보던 천원셴은 더럭 겁이 났다. '우리 아이들이 앞으로 받게 될 교육의 질에 한층 더 신경을 써야 합니다.'

천원셴의 마음에 다가온 말이었다. 천원셴을 질책하는 것 같기도 하고 격려하는 것 같기도 했다. 틀린 말은 아니었다. 부모라면 지금처럼 수동적이어서는 안 되고 그 말대로 하는 게 당연했다.

천원셴은 아이 교육 문제를 파고들면 들수록, 아이 인생에서 중요한 일을 소홀히 할 뻔했다고 믿었다. 초등학교는 아이가 6년을 꼬박 다녀야 하는 곳이었다. 그렇기에 다른 건 몰라도 가장 마음에 걸리는 건, 학교가 끝나는 시간이었다. 공립 초등학교에 다니는 저학년은 종일 수업하는 요일이 화요일밖에 없는데, 그마저도 3시 반이면 일정이 모두 끝났다. 나머지 요일은 점심 무렵인 12시 반쯤이면 끝이 나는 커리큘럼이었다. 고학년이 되어야 그나마 일주일에 며칠 정도가 종일반 수업으로 짜여 있었다. 아이 학교 수업이 끝나는 시간과 부모들이 퇴근하는 시간 사이의 공백을 어떻게 메울 것인가? 천원센은 인터넷에 잽싸게 글을 올려 학교 다니는 아이를 둔 엄마들에게 물어보았다. 인터넷 상의 엄마들은 적극적으로 답글을 달아주고 열성적으로 이런저런 방법을 공유해주었다. 그 과정에서 자연스레 사생활이 드러나게 되었다.

"어르신들과 같이 사세요?"

"아니요, 시어머니는 결혼한 지 얼마 안 돼서 병환으로 돌아가셨고, 시아버지와 같이 살고 있는 시누이는 저처럼 출퇴근 시간이 정해져 있어요. 시아버지는 몇 년 전부터 치매 증세가 있으시고 몸도 불편하셔서 아이를 봐줄 수가 없으시고요."

"시댁에서는 그럼 못 도와준다는 얘기네요. 그래요, 그럼 친정은 어딘데요?"

"친정 부모님은 지방에 계세요."

"친정에서도 못 도와주시면…… 괜찮은 돌봄센터*를 찾을 수 있게 기도하는 방법밖에는 없겠네요."

괜찮은 돌봄센터를 어떻게 찾는단 말인가? 11시 조금 넘은 시각, 노트북을 열고 돌봄센터를 일일이 검색해보았다. 그런데 차라리 검색을 하지 않는 게 좋을 뻔했다. 아무리 잘 되어 있다고 소문난 곳이라

---

* 방과 후 초등학생들을 직장인 부모가 데리러 올 때까지 공부도 시켜주면서 돌봐주는 곳

해도 악평을 한두 개쯤은 찾아낼 수 있었기에 실망이 컸다. 어떤 딸아이 엄마는 여기저기 유명한 돌봄센터를 모조리 보내보고 나서, 반년 뒤에야 한 곳으로 정했다는 글도 있었다. 이유는 간단했다. 돌봄센터마다 분위기가 다르고, 교사들도 이 센터 저 센터 옮겨 다녀서 예전에 올라온 후기는 어차피 정확한 정보가 될 수 없었다.

천원셴이 오랫동안 즐겨 찾던 육아 블로거는 한 발 앞서나간 입장이었다. 돌봄센터는 사실 막다른 골목에서나 찾는 선택지이고, 그럴 바에야 차라리 몇몇 뜻 맞는 엄마들끼리 공동 돌봄 모임을 꾸리는 게 낫다는 거였다. 돌봄 교육의 질을 직접 관리할 수 있도록 전문 과외 선생을 초빙하는 방식이었다.

공동 돌봄 모임? 그런 걸 나서서 꾸릴 여력이 있는 사람이 얼마나 될까? 돈만 내면 다른 건 신경 쓰지 않아도 되는 걸까? 그러면 다른 엄마들이 천원셴을 '엄마가 할 일을 외부 업체에 맡겨버리는 여자'라고 생각하는 건 아닐까? 여러 가지 정보가 한꺼번에 밀려드니 머리가 지끈거렸다. 여러 가지 방안 가운데 가장 좋은 해결책을 골라내느라 밤새 한숨도 못 잤다. 어느 순간 사립 초등학교의 방과 후 수업이 매력적으로 다가왔다. 교사의 질도 보장되고 장소도 흠 잡을 데 하나 없는 수업이었다. 만에 하나 무슨 일이라도 생기면 책임을 물을 사람도 있었다. 공립 초등학교 학비에 돌봄센터 비용까지 합하면, 사립 초등학교 학비와의 차이가 꽤 줄어들었다. 교육의 질까지 고려하다보니 천원셴은 몹시 혼란스러웠다. 페이천을 공립 초등학교에 보내는 게 현명한 선택일지 의문이었다. 다른 가능성도 찾아보았지만 그 다른 길은 이미 막혀 있었다. 유명 사립 초등학교는 그 학교 부속유치원에서 올라온 아이들만 받는다 하니 페이천은 자격미달이었던 것이다. 거부

당한 느낌이 들었다. 그 순간 불현듯 아들과 같은 유치원에 다니고 있는 한 아이가 떠올랐다. 해당 부속유치원 출신이 아닌데도 유명 사립 초등학교에 들어갈 준비를 하고 있다는 그 아이가 의심스러웠다. 천원셴은 유치원 담임교사에게 '특별한 방법'이 혹시 없는지 도움을 청한 적이 있었다. 담임교사의 반응은 의미심장했다. "유력 인사 중에 아는 분 없으세요?"

천원셴은 그 말을 듣고 막막해 했었다. 유력 인사라니? 떠오르는 이름 가운데 이렇다 할 만한 사람은 딱 한 명밖에 없었다. 지금 다니고 있는 회사의 팀장인 예더이였다. 설사 예더이가 부탁을 들어준다 하더라도 천원셴은 예더이가 이 일에 끼어들게 할 만큼 어리석은 사람이 아니었다. 5마오•를 빌리면 두 배인 1위안을 갚아야 하는 사채를 쓰는 것과 별반 다를 게 없었다. 천원셴이 예더이에게 잘 좀 봐달라고 사정하며 온정을 기대한들, 이 온정은 머지않아 눈덩이처럼 커져서 천원셴에게 다시 굴러올 게 뻔했다.

천원셴의 지인들 중에 부탁할 만한 사람이 없다면, 양딩궈가 아는 사람 중에는 힘써줄 만한 사람이 있지 않을까? 시아버지의 정신이 말짱하기만 했어도 사업할 때 알고 지내던 사람들에게 부탁해볼 수 있을지도 몰랐다. 하지만 그 노인네는 요즘 점심을 먹었는지조차 기억 못할 정도로 정신이 오락가락하는 지경이어서 그쪽으로도 기대를 걸기는 힘들었다. 잠도 못 잘 정도로 일주일 내내 골머리를 앓다가 7일째 되던 날 끝내 포기했다. 그래, 순리를 따라야지, 공립 초등학교에 보내자. 사립 초등학교에 다닐 팔자는 아닌가보지, 뭐. 이렇게 결정을

• 마오는 타이완의 가장 작은 화폐 단위

내리자, 천원셴은 페이천에게 왠지 미안한 마음이 들었다. 하지만 천원셴은 자신을 위로했다. 괜찮아. 원래 계획대로 하기로 한 것뿐이니까. 이제 돌봄센터만 신중에 신중을 기해서 선택하면 되는 거야.

혼자 머릿속으로 해봤던 시뮬레이션과 마음속으로 했던 고민을 남편에게는 말하지 않았다. 그래봤자 좋을 게 없었다. 양딩궈는 마음 편히 먹으라며, 아이 때문에 그리 노심초사할 필요는 없다고 무심하게 말했을 터였다. 남편의 그런 태도 때문에 화가 치밀어 오른 적도 여러 번이었다. 젊었을 땐 현실에 만족할 줄 알고 사리사욕도 없는 양딩궈의 모습이 좋았다. 그런 게 바로 중산층 가정에서 자라면서 생긴 여유라 생각했다. 그러나 나쁘게 말하면 지나칠 정도로 조심스럽고 도전 정신이 부족한 남자임을 천원셴은 차츰 깨달았다. 아이를 왜 공립 초등학교에 보내려는지 물어본다면, 양딩궈는 그럼 왜 보내면 안 되는 거냐고 반문할 사람이었다.

□

거실에서 부잣집 마나님들끼리 하고 있는 의미 없는 잡담을 들으며 서 있다보니, 천원셴은 상처로 남은 지난 일이 떠올랐다. 조금 전에 아들과 하오첸의 대화를 슬쩍 지켜봤더니 하오첸은 영어로 의사 표현하는 게 더 편한 것 같았다. 페이천은 그때마다 대체로 잘 알아듣는 듯했고 그런대로 대응도 곧잘 했다. 한두 마디쯤은 영어로 대꾸하기도 했다. 천원셴은 기분이 좋았지만 한편으로는 걱정스럽기도 했다. 지금은 두 아이의 영어 실력이 비슷할 테지만, 서로 다른 교육 시스템에서 자란 아이들끼리 6년 뒤에도 자연스럽게 대화할 수 있을까? 그걸 누가 장담할 수 있을까?

천원셴은 몸을 돌려 창밖을 물끄러미 바라봤다. 시간은 묵묵히 흘러 하늘은 어두컴컴해졌고, 실내로 쏟아져 들어오던 햇빛도 사그라들었다.

천원셴은 벽에 걸린 시계로 힐끗 눈을 돌렸다. 이제 올 때가 되었는데…….

이런 생각을 증명이라도 하듯 남자들이 현관에서 떠들썩한 소리를 내며 들어왔다.

천원셴은 현관 쪽으로 성큼성큼 걸어갔다. 한때는 양딩궈의 얼굴을 보기만 해도 감정이 북받쳐올랐던 적이 있었단 걸 인정하고 싶지 않았다. 벌써 몇 년 전 일이었다. 그때 생각이 떠올랐지만 이내 기분이 풀렸다. 천원셴은 이 자리에 아는 사람이 단 한 명이라도 더 있는 것이 간절했다.

너무 하얘서 새것 같아 보이는 골프복을 입은 차이완더는 새하얗고 가지런한 치아를 드러내며 활짝 웃었다. "안녕하세요, 늦어서 죄송합니다."

양딩궈와 우 부사장이 뒤따라 들어왔다. 골프백을 두 개나 메고 온 양딩궈는 얼굴이 벌겋게 달아올라 있었다.

남자들을 맞이하러 나온 량자치가 핀잔을 줬다. "오늘은 조금만 치고 온다고 한 것 같은데."

차이완더는 골프백 어깨끈을 푸느라 정신이 없어 고개도 들지 않고 대꾸했다. "오늘 컨디션이 좋았어. 스티븐, 얼른 말 좀 해주게나."

"맞습니다, 오늘 사장님 스윙감이 좋으셔서 연속 버디에 성공하셨어요."

"크리스는?" 차이완더는 두리번거리며 말했다. "오늘 생일파티 주인공은 어디 갔지?"

"방에서 스티븐 과장님 아들하고 놀고 있어." 량자치가 말했다.

"그래?" 차이완더는 눈썹을 치켜세우고는 탄탄한 팔을 뻗어 양딩궈의 어깨를 두드렸다. "스티븐, 부자지간에 오늘 아주 최선을 다하고 있구만. 아버지는 아버지대로 아들은 아들대로 우리 부자랑 놀아주니 말이야. 이러다가는 자네 연봉 안 올려줄 수가 없겠는걸……"

농담이건 아니건 사장 입에서 나온 말은 하나라도 허투루 들어서는 안 되는 법이다.

천윈셴과 양딩궈는 서로 눈짓을 주고받았다. 양딩궈는 눈썹을 치켜뜨며 본인의 전략이 드디어 빛을 발하는 거라 믿었다.

차이완더는 살며시 복도를 지나 아이 방으로 갔다. 천윈셴 가슴에 걱정스러운 마음이 한 점 스치고 지나갔다. 페이천이 아까 엄마가 했던 말을 안 듣고 또 그런 행동을 하고 있으면 어쩌지? 그것도 차이완더가 방에 들어갔을 때! 상상조차 하기 싫었다.

천윈셴은 우화에 나오는 피리소리를 들은 쥐 떼처럼 남편 회사 사장의 뒤를 재빠르게 쫓아갔다.

차이완더는 걸음을 멈추고 문설주에 기댄 채 말없이 서 있었다. 천윈셴은 차이완더를 따라가 보다가 방문 앞에 다다른 순간 차이완더의 침묵이 이해가 갔다. 하오첸은 자기 허리춤까지 오는 책을 다리 위에 얹어 놓고 보고 있었다. 배를 바닥에 붙이고 있는 페이천은 두 손으로 얼굴을 괴고 입은 약간 벌린 채 책에 정신이 팔려 있었다. 둘이 처음 만난 날인데도 이 정도로 같이 잘 놀 줄은 생각도 못했다.

아이들은 고개를 돌렸다.

아이들 쪽으로 다가가 쪼그리고 앉은 차이완더는 아들의 가늘고 부드러운 머리카락을 쓰다듬었다.

"생일 축하한다, 신나게 놀고 있는 거야?"

"응, 재미있어."

차이완더는 고개를 돌려 페이천을 따뜻한 눈빛으로 바라봤다.

"네가 페이천이지? 너희 아빠가 회사에서 너 이야기 많이 해. 우리 집에서 노는 거 재밌니?"

페이천 눈에 차이완더 뒤에서 문을 붙잡은 채 서 있는 엄마가 보였다. 그 순간, 페이천은 지금 눈앞에 있는 남자가 범상치 않은 사람이라는 걸 직감했다. 원래 낯을 가리는 성격이 아님에도 페이천은 표정이 굳었다. 갑자기 주눅이 들어 대답도 나오지 않았다.

"페이천, 사장님이 물어보시잖아." 천원셴은 자기도 모르게 아들을 재촉했다.

페이천은 멍하니 고개를 끄덕였다. "네, 여기 되게 재밌어요."

"여보, 옷부터 갈아입어. 집에까지 땀 냄새 배지 않게." 량자치가 다가섰다. "고기도 준비 다 됐어. 피자는 구워야 하니까 파스타부터 내놓을게. 여보, 저 분들도 옷 갈아입고 씻으시라고 하지? 아메이한테 수건 준비해놓으라고 했어. 욕실 위치는 당신이 말해주면 되고. 욕실 사용할 때 버튼 같은 거 잘못 누르지 않게 설명도 해드려. 온도 조절 샤워기는 조정할 필요 없다는 것도 알려드리고."

욕실이 세 개나 있었구나, 천원셴은 또 한 번 놀랐다.

차이완더는 무릎을 잡고 몸을 일으켰다. "크리스, 새로 사귄 친구랑 사이좋게 지내야 한다."

"응."

"엄마가 만든 파스타가 세상에서 제일 맛있다고 친구한테 말해줘."

"알았어." 하오첸은 귀찮다는 투로 대꾸했다.

차이완더가 거실 쪽으로 사라지자, 천원셴은 그제야 량자치가 바로 옆에 서 있었다는 걸 눈치 챘다. 손등의 정맥이 다 보일 정도로 가까운 거리였다.

"크리스가 페이천을 아주 좋아하네요. 처음 만나는 친구랑 이렇게 잘 놀기는 처음이에요."

량자치는 진심 어린 웃음을 머금고 있었지만, 어째서인지 힘이 없어 보인다는 생각이 천원셴 머릿속을 스쳐 지나갔다. 천원셴은 눈을 가늘게 뜨고 이상한 생각을 떨쳐버리려 애썼다. 량자치를 쳐다보니 말이 아직 다 끝나지 않았다는 게 직감적으로 느껴졌다.

하지만 량자치는 가볍게 한 번 웃어 보이고는 큰 소리로 아이들을 불렀다.

"얘들아, 이제 나와서 점심 먹자."

피자, 미트볼 토마토 파스타, 올리브와 건포도, 캐슈너트를 뿌린 양상추 옆에 놓인 대하가 돋보였다. 어른들 입맛에 맞는 바비큐 폭립은 한 입만 베어먹어도 육즙이 느껴졌다. 고기 비린내는 전혀 나지 않았다. 프랑스식 빵 바구니가 디너 테이블 정중앙에 놓여 있었다. 굽자마자 배달해달라고 량자치가 전날 예약해놓은 빵이었다. 천으로 싸여 있는 빵을 손가락으로 뜯을 때마다 손끝에 살짝 열감이 느껴졌고, 밀과 바닐라 향이 코를 간지럽혔다. 절반쯤 먹어가자 아메이가 작은 접시를 하나 갖다주었다. 량자치는 이 집 빵이 맛있어서 미리 주문해둔 거라고 말했다. 대부분이 빵만 먹으면 안 되냐고 물어보는데, 그렇게 먹으면 밋밋하다고 답한다고도 했다. 량자치는 아메이에게 레몬버터 소스를 빵에 발라 먹을 수 있도록 미리 준비해놓으라 했다. 수프는 어른 아이 할 것 없이 누구나 다 좋아하는 해산물 수프였다. 그 자리에서 어떤 여자가 올리브유 향이 자기네 집보다 산뜻하다며 량자치에게 어디 거냐고 물어봤다. 량자치는 유럽에 있는 친구 지인이 올리브 농장 주인인데, 해마다 최상급 올리브만 엄선해서 올리브유를 손수 추출해서 만든다고 대답했다. 그걸 팔지는 않고 선물만 한다며 안타깝다는 말투였다. 과연 량자치의 손에는 올리브유가 두 병만 들려 있었다. 본인도 장소를 가려가며 사용한다는 말을 덧붙였다.

진수성찬도 좋은 그릇이 받쳐주지 않으면 빛이 나지 않는 법이다. 량자치는 역시나 웨지우드의 열혈 팬이었다. 샐러드볼에서 국그릇, 접시까지 플로렌틴 터콰즈 시리즈가 빠짐없이 다 있었다. 화려한 꽃무늬 패턴을 보고 있자니 천원셴은 속으로 한숨이 나왔다. 천원셴도 웨지우드를 좋아하지만 엄두가 안 나는 가격을 무시할 수는 없었다.

천원셴은 요리를 먹는 내내 딴 생각을 했다. 손가락에 묻은 것까지 쪽쪽 빨아 먹고 싶을 정도로 맛있는 음식들은 량자치가 혼자서 다 만든 걸까? 마트에서 반제품 음식을 사다가 주방에서 데워서 맛을 낸 건 아닐까? 주방 이야기가 나오자 또 다른 여자의 질문에 량자치가 답하는 소리가 들렸다. 주방 인테리어가 싫증나서 새로 싹 바꾸려고 남편과 상의했다는 여자는 괜찮은 주방 가구 브랜드가 없느냐고 물었다. 량자치는 불탑이 좋다고 대꾸했다. 처음 들어본 브랜드였던 터라 천원셴은 일단 조용히 기억해두었다. 집에 가서 인터넷으로 찾아볼 심산이었다. 살 수 있을지 없을지는 차치하고 그 브랜드를 입에 올릴 수만 있으면 중간이라도 가지 않을까 싶어서였다.

쑤쒀란은 빵을 손으로 뜯어 먹을 때 아메이가 준비한 레몬버터 소스를 바르지 않았다. 지금 먹는 건 소위 지중해 음식이었기에 쑤쒀란은 아메이더러 작은 접시에다가 올리브유와 레드와인 식초를 가져다 달라고 했다. 천신위는 파스타면을 서투르게 입에 집어넣고 있었다. 포크를 어떻게 다뤄야 할지 몰라, 포크를 손에 쥐고도 툭하면 땅에 떨어뜨리기 일쑤였다. 페이천은 피자를 얼굴에 막 묻히면서 먹었다. 천원셴은 티슈를 뽑아 아들 입을 닦아주었다. 페이천은 천원셴에게 파스타를 먹여달라고 졸랐다.

생과일주스를 마시고 난 천원셴은 파스타를 한 그릇은 더 먹어 치울 수 있겠다는 생각이 들자 약간 멋쩍었다. 파스타에 넣은 토마토는 어디서 사온 건지 향이 워낙 풍부해 아직도 코끝을 맴돌았다.

솔직히 말하면 량자치는 손님들 각자의 입맛을 모조리 충족시킨 셈이었다. 천원셴은 페이천에게 해줬던 생일파티가 떠올랐다. 한 번, 딱 한 번이었는데도 생일파티 규모는 이날 파티와 비교할 수 없을 정도로 초라했다. 천원셴은 손가락과 입만 움직였을 뿐이었다. 전화로 피자와 통닭을 주문하고, 엄마들이 피자집에서 주는 콜라는 싫어할까 싶어 따로 허브차를 준비했다. 케이크 말고 수제 비스킷도 여러 봉지 사놓고 과일도 네다섯 종류 깎아놓았다. 혹시라도 안 먹는 걸 내놓으면 음식물 쓰레기만 많아질 것 같았다.

애들이 놀고 간 뒤 천원셴은 집을 치우면서 총 얼마를 썼는지 머릿속으로 계산해보았다. 이 정도 생일파티에도 5000위안이나 들다니. 그것도 페이천 유치원에 보낼 선물 가격이 포함되지 않은 액수였다. 아 참, 선물도 있었지. 어떤 엄마가 아이 생일날, 어린이 문구 세트를 반 아이들에게 하나씩 돌린 적이 있었다. 그때 은근히 자극을 받은 엄마들이 그 다음부터 한층 정성스럽고 특별한 선물을 릴레이식으로 돌리기 시작했다. 천원셴은 모르는 척 그냥 지나가고 싶었지만 그럴 용기는 또 없었다. 그날 밤 아들에게 말했다. 다음부터는 생일파티와 생일 선물 중 하나만 골라야 한다고, 둘 다 욕심내면 안 된다고, 사람은 자기가 가진 거에 만족할 줄 알아야 한다고.

1년 뒤 페이천은 생일선물을 택했다. 올해는…… 정신없이 음식을 먹고 있는 아들을 보며 천원셴은 곰곰이 생각에 잠겼다. 크리스 생일 파티에 와봤으니 페이천 마음이 또 어떻게 바뀔지 알 수 없었다.

차이완더가 옷을 갈아입고 나왔다. 머리칼에서는 나무 재질의 상쾌한 향이 나부꼈다. 잠시 뒤, 양딩궈가 다른 쪽에서 나왔다. 천원셴은 옆자리가 비어 있기에 살짝 목을 내밀어 남편을 쳐다봤다. 양딩궈가 천원셴 쪽으로 가려는 순간 차이완더가 손짓을 했다. 스티븐, 대화하기 편하게 내 옆에 앉게나. 사장의 명령을 따를 수밖에 없는 양딩궈는 바로 방향을 바꿔 사장 옆자리에 엉덩이를 걸쳤다. 주방에서 량자치가 새로운 빵을 내왔다. 자기 자리에 양딩궈가 앉아 있자 자연스레 천원셴 옆자리로 와서 앉았다. 쑤뤄란이 고개를 들어 힐끗 쳐다보더니 시선이 천원셴에게 멈췄다. 그러고는 량자치 쪽으로 잽싸게 시선을 돌렸다. 천원셴이 쑤뤄란의 시선을 붙잡아놓고 싶다고 생각한 찰나, 쑤뤄란은 바로 또 몸을 돌려 옆자리에 앉아 있는 예 부장 부인과 인사를 나눴다.

차이완더와 양딩궈, 우 부사장은 자기네들끼리 먹고 마시며, 미국 주식 동향이나 브렉시트가 유로 환율에 미치는 영향에 대해 토론했다. 쑤뤄란은 요즘 먹고 있는 지중해 음식의 효능에 대해 떠들었다.

"내가 전에 먹었던 효소보다 효과가 좋아요. 요즘에는 화장실도 자주 가고, 우리 남편도 나보고 피부 좋아진 거 같다고 그러더라니까."

쑤뤄란은 혼잣말처럼 말했다.

"음식이 중요하다는 건 맞는 말이긴 한데," 어떤 여자가 끼어들었다.

"효과가 너무 늦게 나타나는 것 같아요. 난 결국 미용 시술 받았잖아. 한번 봐봐요, 여기 턱주름 팽팽해졌죠? 세 달 전에 한 건데 요즘에 와서야 효과가 나타나요."

"그러게요, 나도 방금 턱주름이 어쩜 그렇게 없느냐고 물어보려던 참이었는데." 예 부장 부인이 테이블을 가로질러 손으로 그 여자의 턱살을 만져보았다. "나이가 몇 살인지 가늠이 안 될 정도네. 나도 턱이랑 목주름 때문에 전에 미용 시술 받았거든. 근데도 영 효과가 없어서 우리 남편이 돈만 날리는 거 아니냐며 뭐라 그랬던 적이 있어요."

"그거는 제대로 된 전문가한테 받은 게 아니어서 그래요. 내가 그 의사 전화번호 줄게요. 근데 예약하기가 녹록치 않을 거예요. 중국이나 홍콩 연예인들도 그 의사한테 시술 받으려고 한대요. 본인이 직접 와서 해주는데 한 번에 20만 위안이고, 내 이름 대면 잘해줄 거예요."

천원셴이 끼기 힘든 분야로 화제가 넘어갔다.

생과일주스를 한 입 마시고 또 마셨다.

량자치가 말을 받아 사람들에게 파스타를 좀 더 먹을 건지 물어보았다. 고기 소스가 남아서 아메이더러 데워오라고 하면 된다고 했다.

쑤뤄란은 고개를 저었다. "난 오늘 너무 많이 먹어서 더는 못 먹겠어요. 탄수화물 많이 먹으면 살이 다 허리랑 엉덩이로 가는데 큰일이네."

이렇게 말하며 자기 배를 살살 쓰다듬는 쑤뤄란을 본 천원셴은 입을 비죽거리고 싶은 걸 참느라 혼났다. 사실 쑤뤄란은 말라도 너무 마른 몸매였다. 그 자리에서 제일 가냘파 보일 정도였다.

예 부장 부인은 량자치를 보며 웃었다. "난 먹을래요. 당연히 먹어야지. 이렇게 맛있는 파스타를 누가 마다하겠어요?"

다른 여자들도 순순히 고개를 끄덕이며 량자치의 손재주를 입이 마르도록 칭찬했다.

아메이는 두 손을 깍지 끼고 홈바 쪽에 꼿꼿하게 선 채 줄곧 디너 테이블로 시선을 던졌다. 량자치가 눈짓을 하자 아메이는 순식간에 빈 그릇을 치우고 손님들에게 주스를 더 마실 건지 물었다. 해가 기울자 대화소리도 차츰 잦아들었다. 어른들은 눈에 띄게 피로해졌고 목소리도 자꾸 작아졌다. 하오첸은 량자치에게 다가가 친구들을 키즈 카페에 데리고 가도 되는지 물었다. 량자치는 안내데스크에 전화를 걸어 아이들이 3층에 있는 키즈 카페를 쓸 테니 에어컨을 틀어놓으라고 말했다.

"애들 소화도 시킬 겸 좋죠. 놀다 와서 케이크 먹으면 되니까." 량자치가 말했다.

오후를 맞이한 동물원의 동물처럼 여자들은 힘없이 고개를 끄덕였다. 잔뜩 공들인 음식이 뱃속에 머물러 있었다. 량자치가 무슨 말을 하든 여자들은 거절하기 힘들었다. 량자치가 아이들과 같이 갔다 올 거라고 천원셴은 생각했지만 아니었다. 아이들이 엘리베이터로 들어가자 량자치는 집으로 다시 들어왔다. 아이들이 없으니 량자치는 한결 즐거워 보였다.

□

쑤뤄란이 예 부장 부인 그리고 다른 여자 두 명과 수다를 떨기 시작했다. 무슨 이야기들을 하는지 천원셴은 귀를 기울이고 들어보았다. 쑤뤄란은 겨울방학 때 천신위를 데리고 일본에 다녀올 생각이라고 했다. 도쿄 디즈니랜드를 갈지 오사카 유니버설 스튜디오를 갈지 아직 못 정했다며 다른 사람들에게 의견을 물었다.

"도쿄 디즈니랜드는 두 번 데리고 가봤는데 우리 애가 엄청 좋아했어요. 또 가도 분명히 좋아하긴 할 텐데 색다른 맛이 없잖아요. 유니버설 스튜디오는 아직 안 가본 곳이고, 그 김에 교토도 갈 수 있다는 게 장점이구. 근데 우리 애가 별로 안 좋아할까봐 좀 그렇긴 해요."

남자들은 이야기에 열을 올렸다. 양딩궈와 우 부사장은 이 기회에 사장에게 좋은 인상을 남기려 애썼다. 량자치가 눈치를 주자 아메이는 맥주를 몇 병 가져왔다. 천원셴이 맥주를 한 번 스윽 보았다. 미국식 라거 맥주였다. 양딩궈는 운전할 생각에 맥주에는 손을 대지 않았다. 반면 우 부사장은 자기 아내가 운전하면 된다며 맥주 뚜껑을 따고개를 젖히고 한 입 들이켰다. 버터와 밀가루 냄새 말고도 과일의 시큼한 향까지 공기 중에 더해졌다. 차이완더가 낮은 목소리로 한 마디를 뱉었는데, 무슨 말인지 천원셴 자리까지는 잘 들리지 않았다. 하지만 양딩궈의 얼굴이 확 밝아지는 걸 보니 분명 좋은 소식일 거라는 판단이 들었다.

천원셴은 의자를 남자들 쪽에 가깝게 살며시 옮기고 나서 다시 제대로 앉았다. 량자치가 홈바에서 나와 꿀처럼 생긴 음료 한 잔을 천원셴 앞에 놓았다. 량자치는 오른손에도 같은 음료를 한 잔 들고 있었다. 아메이가 들고 있는 널찍한 쟁반 위에는 동일한 색깔의 음료가 여러 잔 놓여 있었다.

자기 컵만 량자치가 손수 가져다주다니, 천원셴은 무슨 영문인지 몰라 어리둥절했다.

천원셴은 무의식적으로 옆으로 살짝 기울여 량자치에게 공간을 내주었다.

"고마워요."

"일본에서 온 효소액에 콜라겐을 넣은 거예요. 마셔봐요."

천원셴은 고개를 끄덕였다. 배가 부르긴 했지만 크게 한 모금 마셨다.

"전에 스티븐한테 들었는데, 페이천 엄마는 타이베이 사람 아니라면서요?"

"네, 고향은 윈린이고 대학 가면서 타이베이로 올라왔어요."

"윈린? 윈린이 어디죠?"

"룬베이崙背 쪽에 있는 작은 동네예요. 아는 사람이 거의 없더라고요."

량자치는 머리를 기울인 채 침묵에 잠겼다.

차라리 잘 됐네, 천원셴은 안도의 한숨을 내쉬었다. 고향을 밝히면 리우칭六輕*에서 가깝냐는 둥, 공기 오염이 심하지 않냐는 둥 꼭 캐묻는 사람이 있었다. 그런 질문들을 받을 때면 쉬이 피로해지는 천원셴으로서는 량자치가 관심을 보이지 않는 게 오히려 다행이었다.

"부모님도 윈린 분이세요?"

• 공업단지가 있는 지역

"아버지는 원런 분이시고 엄마는 가오슝高雄•에서 시집오신 거예요."

"아, 그렇구나. 부모님도 금융업 쪽에 계세요?"

천원셴은 머뭇거려졌다. 쑤뤄란이 조금 떨어진 곳에서 이쪽의 동태를 살피고 있었다. 그걸 본 천원셴은 다소 긴장이 되면서 망설여졌다. 사실대로 말해야 할까, 아니면 대충 둘러대고 넘어가야 할까? 잠시 고민하다가 마지못해 대꾸했다.

"아니요, 저희 부모님은, 음…… 요식업이라 할 수 있겠네요. 작은 음식점 하나 하고 계세요."

"어떤 음식인데요?" 량자치의 눈빛이 반짝거렸다. "나도 남부지방 음식 좋아하거든요."

"그냥 간단한 양춘몐陽春麵••, 훈툰몐餛飩麵••• 그리고 짠맛 나는 음식 같은 거예요." 천원셴은 양딩궈를 바라봤다. 이런 자리에서 자신의 배경에 대해 이야기하는 걸 남편이 좋아할지 감이 잘 안 잡혔다. 양딩궈는 차이완더와 대화를 나누는 데 온 정신을 집중하고 있었다. 그 자리에 있는 사람들 누구도 대화를 끊을 수 없는 분위기였다. 천원셴은 마음속으로 생각했다. 이런 분위기인데 설마 내 탓을 하지는 않겠지.

"정말 잘 됐네요. 어릴 때 우리 반에 국수 집 아들이 있었거든요, 그 애를 무척 부러워했었는데. 그 집 뉴러우몐牛肉麵••••이 꽤 유명했어요. 한번 먹으려면 줄을 한참 서야 되는 그런 국수 집 있잖아요. 그때 내 꿈이 우리 집이랑 그 남자애 집을 바꾸는 거였을 정도였다니까

• 타이완 제2의 도시로 한국의 '부산' 같은 항구도시
•• 돼지고기 육수에 숙주나물과 돼지고기 소, 면을 넣은 요리
••• 타이완식 만둣국. 고기 육수에 작은 물만두인 훈툰과 면을 넣은 요리
•••• 소고기 국수

요. 그러면 나도 매일 뉴러우탕*을 먹을 수 있으니까. 그 집 국물 맛이 아직도 기억나네요."

잠시 량자치를 말없이 쳐다보던 천원셴은 어색하게 웃어 보였다.

"여기서 무슨 비밀 얘기들 하는 거예요? 나도 들을래요."

"원셴이 원린 사람이래요." 량자치가 경쾌한 톤으로 말했다. "우리 중에는 원린 출신 없잖아요."

"원린이요?" 쑤뤄란은 미간을 찌푸린 채 입꼬리를 실룩거렸다. "잘 못 보긴 했죠."

"아 참, 캣, 우리끼리 얘기하다가 말이 나왔는데, 내년 겨울방학 때 애들 데리고 해외 나가는 거 어때요?"

쑤뤄란은 곧장 다른 이야기를 꺼냈다. 마치 천원셴은 이 자리에 없는 사람이라는 듯 량자치 쪽만 쳐다보면서 말했다.

시간이 벌써 이렇게 됐네. 천원셴은 너무 오래 있었다는 생각이 들었다. 체력은 방전된 지 오래였고 정신적으로도 지친 상태였다. 남의 집 애 생일파티에 와서 이렇게나 불안해할 줄은 미처 몰랐기에 미리 마음의 준비를 하지 못했다. 얼른 집에 가고 싶어졌다.

파티가 거의 끝나갔다. 아이들이 놀고 오면 케이크를 먹이고 량자치가 준비한 선물을 나눠주면 끝이었다. 손님들에게 손짓이라도 하듯 한쪽에 눈에 띄게 놓여 있는 선물상자가 천원셴 눈에도 자연스레 들어왔다.

량자치가 너무 비싼 선물을 돌리지 않기를 천원셴은 기도했다. 내 아이가 비싼 물건에 휘둘리지 않았으면 하는 마음에서였다.

• 소고깃국

□

'인생은 계획대로 되지 않는다'는 말이 있다. 천원셴은 이 말을 '네가 바라는 일은 어떤 식으로든 너에게서 멀어져간다'라는 뜻으로 이해했다. 누구든 지금 계획하고 있는 일이 실패할 수도 있다는 생각을 아예 안 해본 건 아닐 것이다. 허나 어디서 나온 자신감인지는 몰라도 일이 어느 정도는 자기 계획대로 될 것이라 생각할 게 분명하다. 홍수가 닥쳐서야 본인이 저지대에 살고 있었다는 걸 불현듯 깨닫는 것이 인생이다.

천원셴 입장에서 이 말이 가장 잘 어울리는 예는 단연 신이취에 있던 아파트 사건이었다. 여러 해가 지났지만 천원셴은 아직도 그때 느꼈던, 숨통이 조이는 듯한 답답함에 압도되곤 했다. 천원셴과 양딩궈도 처음에 분가할 때는 굉장히 자신만만해했다. 아파트 담보 대출도, 자동차 할부 대출도 없었기에 양딩궈의 수입만으로도 경제적으로는 별 걱정 없는 가정을 꾸려 나갈 수 있었다. 둘째까지 낳아 키울 수 있지 않을까 생각될 정도였다. 양딩궈는 아이를 하나 더 낳고 싶어했다. 외동아이는 부모의 기대와 우려가 집중되기 때문에 아이의 부담이 크다는 게 양딩궈의 지론이었다.

두 번째 예는 천원셴 부부의 예상보다 순탄치 않던 직장 생활이었다.

페이천이 돌이 됐을 무렵, 천원셴이 지난 1년치 가계부를 남편 손에 쥐어주었다.

가계부를 열어본 양딩궈는 숫자에서 눈을 떼지 못했다.

"우리 저축 너무 조금씩 했나봐. 이러다가는 우리 애가 열 살이 되어도 세 들어 살고 있을 것 같은데?"

"그럼 당신은……" 양딩궈가 물었다. "어떻게 하는 게 좋겠어?"

"페이천을 어린이집에 보내는 게 어떨까 생각 중이야. 그러면 나도 수입이 생기니까 형편이 한결 나아지겠지. 그리고 당신 선배가 계속 자기네 회사로 오라고 하지 않았어? 이참에 이직하든지. 그 선배 수입, 당신보다 꽤 높잖아?"

양딩궈는 응 대꾸만 하고 별다른 감정을 내비치지는 않았다.

마음이 조급해진 천원셴은 어느새 목소리가 커졌다.

"그렇게 현실에 안주하지 좀 마. 당신한테만 해당되는 미래가 아니잖아, 나랑 우리 애까지 포함되어 있는 미래라고. 우리 페이천 나중에 유치원 보낼 때도 완벽하지는 않더라도 영어라도 같이 하는 데로 보내야 될 거 아니야? 공립 유치원은 보내기 싫어. 추첨에 당첨되기가 어렵기도 하지만 무엇보다 영어를 안 가르쳐주잖아. 돈은 덜 들어도 감수해야 하는 게 한두 개가 아니라고."

며칠 뒤 양딩궈는 이력서를 보냈다. 서너 달을 기다린 끝에 드디어 차이완더 회사에 들어갔다. 하지만 직급도 그대로였고 대우도 전 직장과 별 차이가 없었다. 양딩궈를 그 회사에 연결해준 선배는 비전이 제일 중요하다고, 회사에서 능력만 인정받으면 차이완더가 인센티브도 신경 써줄 것이라고 말했다. 단, 양딩궈가 최대한 빨리 승진한다는 것이 전제였다. 선배가 3년이라는 기한을 제시했다. 자기도 3년 만에 해낸 일이니 양딩궈도 3년 정도면 된다는 말이었다.

엄밀히 따지면 5년쯤은 걸리지 않을까? 한 5년은 지나야 그 선배가 말한 자리에 양딩궈가 오를 수 있다는 게 천원셴의 생각이었다. 아직은 그 선배와 양딩궈의 수입이 100만 위안 이상 차이가 났다. 5년 뒤면 페이천도 초등학교에 들어갈 시기이고, 그때가 되면 당연히 아이 교육에 돈이 더 많이 들어갈 터였다.

천윈셴은 결국 아이를 봐줄 사람을 구하자마자 은행 입사시험 준비에 매달렸다. 오전 8시에 육아 도우미 집에 페이천을 데려다준 뒤, 아침을 먹고 도서관 문이 열릴 때까지 기다렸다. 조금이라도 더 공부 시간을 확보하려고 점심은 먹지 않았다. 오후 5시가 되면 백팩에 문제 집과 필기도구를 챙기고 아이부터 데리러 갔다. 그러고는 근처 재래시 장에서 저녁 때 먹을 찬거리를 샀다. 설거지가 끝나면 페이천에게 책 도 읽어주고 간단한 숫자도 가르쳐주고, 같이 동요를 부르기도 했다. 아이가 잠들면 문제집을 꺼내 밤 12시까지 또 공부했다. 그렇게 지낸 일 년 내내 양딩궈와는 말을 거의 섞지 않았다. 한순간에 산산조각 났던 꿈을 떠올리면 아직도 마음의 상처가 아물지 않았다는 게 느껴 졌다. 시아버지는 그 아파트를 담보로 대출을 받을 때 왜 자식들에겐 일언반구조차 하지 않았던 걸까? 그랬다면 그토록 큰 사고를 치기 전 에 자식들이 말려볼 수 있었을 텐데, 하는 생각을 천윈셴은 하루에도 수십 번씩 했다. 무엇보다 시아버지가 천윈셴에게 사과해야 한다는 생각이 끊이질 않았다. 천윈셴이 그 아파트에 걸었던 기대는 결혼 생 활의 동력이었고, 시어머니 간병 스트레스에서 잠시라도 벗어날 수 있 는 돌파구였다.

천윈셴도 그렇게까지 하고 싶지는 않았다. 그러나 자기 자신까지 속 일 수는 없는 노릇이었다. 신이춰에 있던 아파트가 날아간 사실을 알 고 나자 사기라도 당한 듯 원통했던 건 사실이었다. 남편과는 말을 섞 지 않고 각자 할 일이나 열심히 하면서 사는 게 오히려 나았다. 천윈 셴은 마음을 독하게 먹고 죽도록 공부했다. 양딩궈와 얼굴을 마주하고 긴 대화를 나누고 싶은 생각은 없었다.

시간이 흐를수록 상처는 깊어졌다. 남편과 가까이 하지 않는 게 최상책으로 보였다.

천원셴은 시아버지 일을 부모에게도, 언니에게도 털어놓지 못했다. 쌍둥이를 낳은 천량잉은 남편과 아이들, 시부모와 함께 신나게 놀러 다니는 사진을 자주 페이스북에 올렸다. 사실 언니에게는 자신의 불행을 하소연하고 싶었다. 하지만 언니와 형부가 크라이스트처치에서 그레이마우스로 가는 뉴질랜드 관광열차 안에서 아이들을 안고 찍은 가족사진을 보자, 속사정을 털어놓고 싶은 생각이 싹 달아났다.

은행 합격자 발표 날 본인 이름과 등수를 확인하고 난 천원셴은, 움켜쥔 두 손으로 가슴을 두 번 두드렸다. 이 집에 드디어 좋은 일이 생겼구나, 싶은 마음에 옆에서 어떻게 됐냐고 초조하게 물어보는 양딩궈를 얼싸 안았다. 양이잔이 집 한 채를 날려버렸다고 실토한 이래 부부가 가장 친밀하게 나눈 스킨십이었다. 나 붙었어, 천원셴은 이렇게 말하며 우리 다시 시작하자고 했다.

그때까지만 해도 인생이 다시 잘 풀릴 줄 알았던 부부는 또 다른 난관이 버티고 있을 줄은 미처 몰랐다.

□

그 뉴스가 터지자 천원셴에게 세상 사람들의 이목이 집중됐다. 당연히 친정엄마에게서도 전화가 걸려왔다. 천원셴의 기억이 틀리지 않다면 엄마에게 전화가 걸려온 건 양딩궈와 심하게 다투고 있을 때였다. 양딩궈는 티브이장 위에 있던 유리액자를 집어 든 채 눈을 부릅뜨고 천원셴을 노려보고 있었다. 천원셴은 저도 모르게 몸서리를 쳤다. 양딩궈는 한 번 한다면 한다는 눈빛으로, 정말이지 유리액자를 집어 던질 태세였다. 천원셴은 양딩궈를 말려야 할지 아니면 아예 그 액자를 제 희생양으로 삼아야 할지 진퇴양난에 빠졌다. 두 사람 사이에 감도는 긴장감이 최고조에 달한 순간 전화가 울렸다. 절정으로 치닫던 전쟁이 가까스로 중단되었다. 천원셴이 통화 버튼을 누르자마자 친정엄마가 다급한 목소리로 물었다. "대체 무슨 일이야? 왜 너랑 페이천이 뉴스에 나와?"

천원셴도 더는 견딜 수 없어 핸드폰을 든 채 바닥에 털썩 주저앉았다. 온몸에 한기가 돌았다. 천원셴은 눈을 쉴 새 없이 깜박거렸다.

중국어에는 '황허강을 맞닥뜨리기 전까지는 눈물을 흘리지 않는다'라는 말이 있다. 사람은 실패를 맛보고 나서야 눈물을 흘리며 후회한다는 뜻이지만, 반만 맞는 말이다. 강을 건너려고 물에 떠다니는 나무를 찾아볼 수도 있고 눈앞의 재난을 혼자 짊어지기 싫어서 다른 사람들을 함정에 빠뜨릴 수도 있기 때문이다. 천원셴은 제 입과 귀를 틀어막고 싶었다. 아니면 지금 있는 데서 완전히 사라져버리고 싶었다. 그래야만 분노와 증오, 고통이 한 데 엉켜 있는 감정의 실타래에서 벗어날 수 있을 것만 같았다.

친정엄마는 집요하게 추궁했다. "말해봐. 왜 말이 없어? 페이천은 괜찮은 거야? 너 양딩궈랑 사이는 괜찮은 거냐고?"

몇 초 동안 멍하니 있던 천원셴은 문득 엄마를 반격할 방법을 찾아내고는 버럭 소리를 질렀다. "엄마, 나 좀 내버려둘 수 없어? 나도 이게 무슨 일인지 모르겠단 말이야. 지금 이 판국에 어떻게 그런 말에 대답이 나오겠어. 양딩궈랑 싸우던 중이었으니까 일단은 나 좀 내버려둬.
다 싸우고 나서 엄마한테 어디서부터 말해야 할지 생각해볼 테니까."

전화를 끊은 천원셴은 잔뜩 화가 나 있는 양딩궈를 응시했다. 그러
면서 바보 같은 생각을 했다. 난 그저 내가 들은 정보대로 우리 가족
잘 되라고 그런 것뿐인데 내가 뭘 잘못했다고. 내 입장이 되면 누구든
나처럼 판단할 거라고. 폭풍우도 겪고 가뭄에도 시달리며 몇 년 내내
절망 속에 살던 사람이 코앞에서 오아시스를 발견했다면, 신기루인
줄 알면서도 달콤한 환상에 기뻐하지 않을 리 있겠느냐고.

□

생일파티 일주일 전

또 시작이다, 또 시작이야.

아랫배가 뒤틀리는 듯한 통증이었다.

서랍을 여니 신비오페르민과 부루펜이 보였다. 아랫배가 욱신거리
는 게 점심을 급하게 먹어서인지 생리를 하려는 건지 헷갈렸다. 천원
셴은 고개를 들어 달력을 보았다.

"이건 뭐야?" 천원셴이 막을 틈도 없이 예더이가 부루펜을 꺼내 들
었다. 예더이는 약 박스를 높이 들어 흔들었다. 눈을 반쯤 감고 약을
뚫어져라 쳐다보며 중얼거렸다. "두통, 신경통, 생리통……."

예더이는 박스를 내려놓았다. "이런 건 뭐하러 먹어?"

"몸이 가끔 안 좋아서요."

"아, 생리할 때 됐나 보지?" 예더이는 천원셴의 얼굴을 빤히 쳐다봤다.

복통이 또 한 차례 몰려왔다. 누가 뱃속에 손을 집어넣어 마구 헤집는 듯한 느낌이었다.

천원셴은 얼굴을 들고 예더이의 시선을 정면으로 올려다보았다. "어쩌다 몸이 좀 안 좋을 때가 있어요."

생리통이나 생리전 증후군은 나이가 들면 나아진다고들 하던데 천원셴은 어쩐 일인지 아이를 낳고 나서 훨씬 심해졌다. 물론 천원셴이 예더이에게 이런 걸 솔직히 말할 리는 없었다. '나이'니 '아이'니 하는 말을 섣불리 꺼냈다가는 예더이가 얼마나 난리를 칠지 뻔하기 때문이었다. 예더이는 마흔이 넘었지만 미혼이었다. 들리는 소문에 의하면, 결혼 얘기까지 오고 갔던 상대가 막판에 가서 예더이와 결혼하지 않았다고 했다. 하지만 이유를 아는 이는 많지 않았다. 그나마 알고 있는 이도 그 이야기는 절대 꺼내지 않았다. 예더이가 파혼하고 난 뒤로는 죽기살기로 일에 매달렸다는 말만 공개적으로 나돌 뿐이었다. 천원셴이 회사에 들어오기 2년 전쯤, 돈세탁 방지 관련 법규 제정 일로, 예더이는 미국으로 출장 가게 된 동료와 함께 일한 적이 있었다. 특히 그때 밤낮으로 쉬지 않고 매일 3시간도 채 안자면서 일만 했다고 했다. 그렇기에 예더이가 지금의 자리까지 고속 승진한 것에 이의를 제기하는 사람은 드물었다. 예더이와 같이 일하지 않게 해달라고 기도만 할 뿐이었다. 회사를 위해 죽도록 일하는 상사는 본인도 과로사 고위험군에 속할뿐더러 후배들까지 고강도 업무에 시달릴 확률이 높았다. 천원셴도 회사에 들어오고 나서는 한시도 숨 돌릴 틈이 없었다.

예더이는 여느 때처럼 꼬투리를 잡고 늘어졌다.

"윈셴, 위장약은 언제부터 먹었어? 왜? 내가 주는 업무량이 너무 많은가봐?"

"아니에요. 친구 영업 실적 올려주려고 산 거예요. 위장에 좋다고 해서요."

예더이는 약 박스를 이리저리 살펴보다가 윗부분에 적힌 복용법과 주의사항을 읽었다. 무슨 생각에 잠긴 듯 예더이는 천원셴의 자리를 떠날 기미가 없어 보였다. 천원셴은 하다 만 업무를 마저 처리하는 수밖에 없었다. 읽다 만 자료의 기껏해야 세 번째 줄을 읽어보고 있을 때, 가방에서 진동이 울렸다. 잽싸게 핸드폰을 꺼내 고개를 숙이고 확인했다. 페이천의 유치원 담임교사에게서 온 전화였다. 천원셴은 예더이에게 고개를 끄덕여 양해를 구하고는 휘적휘적 걸어나왔다.

시계 앞을 지나가면서 힐긋 시간을 봤더니 아직 5시 30분이었다.

"왜? 페이천 너 영어책 안 갖고 갔어?"

"엄마, 오늘 영어책 필요 없는 날인데?" 아이의 볼멘소리가 들려왔다.

"그래? 오늘 수요일 아니니?"

"맞아. 근데 존 티처 아프다고 검진 받으러 병원 가야 된대. 쌤이 지난주에 말해줬는데……."

"알았어. 거기서 조금만 더 기다려. 엄마가 지금 데리러 갈게."

천원셴은 짜증이 치밀었지만 그래도 기억을 되살려보았다.

지난주 금요일에 페이천을 데리러 갔을 때 존과 한 팀인 중국어 선생이 뭐라 그랬었지? 부분 부분 흐릿한 장면이 끊겼다가도 이어지고 하면서 머릿속을 맴돌았다. 아, 맞다. 그때 분명히 중국어 선생이 존 티처 아프다고 했었지. 그래서 얼른 회복하기를 바란다고 말했는데.

그거 말고 다른 건 하나도 생각이 나지 않았다. 천원셴은 담임교사 탓을 하며 손등으로 관자놀이를 지그시 눌렀다. 그 정도로 중요한 일이었으면 전날 페이첸을 데리러 갔을 때 담임이 한 번 더 일러줬어야지. 예더이의 허락을 받아낼 수 있으면, 지금 보고 있는 문서의 중요한 부분만이라도 마무리하고 곧장 회사를 나올 생각이었다. 양딩궈에게 전화를 걸어볼까? 아니야, 안 되지. 오늘 5시, 양딩궈는 회의에 들어가기로 되어 있었다. 믿을 만한 소식통에 따르면 차이완더가 오늘 승진자를 발표할 예정이었다. 이번에는 양딩궈에게 좋은 소식이 있을 가능성이 매우 컸다. 천원셴이 사무실로 들어왔을 때 예더이는 본인 자리에 앉아서 모니터를 뚫어져라 쳐다보고 있었다. 기분이 좋아 보였다. 천원셴은 치마를 붙잡고 다가갔다.

"소피아, 저 갑자기 일이 생겨서 지금 가봐야 될 것 같아요. 자료는 집에서 10시 전까지 마무리해서 보내드릴게요."

"뭐 때문에 그렇게 갑자기? 다 하고 퇴근하겠다고 하지 않았어?" 예더이는 하던 일을 멈추고 천원셴을 쳐다봤다.

"친정엄마가 건강검진 받으러 타이베이에 오셔서요. 아무 말씀 없으셨는데 방금 전에 연락이 왔어요. 지금 끝났으니 데리러 오라고 하셔서 타이베이 대학병원에 가봐야 할 것 같아요."

"그래, 알았어. 그럼 가봐." 예더이는 천원셴에게 눈길도 주지 않고 오른손으로 가라는 시늉만 했다.

천원셴은 서류를 가방에 대충 욱여넣었다. 예더이가 이렇게 쉽게 믿어주다니, 오늘의 행운이 믿기지 않았다.

15분 뒤, 천원셴은 숨을 헐떡이며 유치원 입구에 나타났다. 그때 막

밖으로 나온 페이천이 빨개진 얼굴로 고개를 돌리고 서 있었다. 그런 아들의 모습에 천원셴은 마음이 미어지는 듯했다. 담임교사가 나서서 어색한 분위기를 풀어주었다.

"조금 전에 푸딩을 먹어서 저녁을 안 먹는다고 할 수도 있어요. 죄송해요, 어머니."

"아니에요, 제가 죄송하죠. 존 티처가 몸이 안 좋다고 하셨던 걸 깜빡했어요."

"괜찮아요. 별 거 아닌데요, 뭘. 친구들이 다 존 티처 좋아하지?"

"네." 페이천은 조그만 소리로 대답했다. 천원셴이 아이를 끌어당겨 담임교사에게 감사 인사를 시켰다.

집에 가려고 나서자마자 페이천이 투덜댔다.

"다른 애들 엄마는 다 기억하고 있었는데 왜 엄마만……."

"엄마가 일부러 그런 거 아니야." 천원셴이 말했다.

"지난주 금요일에 쌤이 엄마한테 말해주니까 엄마가 고개까지 끄덕였잖아."

"엄마한테 그런 말투로 말하지 마. 엄마 오늘 너무 힘들다, 피곤해 죽겠다고."

천원셴은 아이의 투정에는 전혀 신경 쓰지 않았다. 하지만 수업이 바뀐 걸 까먹은 게 이번이 처음은 아니어서 아이에게 미안한 건 사실이었다. 엄마가 알아서 잘 챙겼어야 한다는 건 맞지만 담임이 조금 더 융통성 있게 아이들을 다뤘으면 좋았을 텐데, 천원셴은 생각했다. 오늘 전화는 담임교사가 아이에게 시킨 거나 다름없었다. 담임교사가 제 시간에 퇴근하지 못한 스트레스를 아이에게 무심코 전가한 건 아니었을까? 페이천이 유치원 3학년에 막 올라갔을 무렵, 새로운 담임교사가 이제 겨우 스물다섯 살이라는 소리를 듣고는 마음이 불안했던 적이 있었다. 젊은 교사는 활기차기는 해도 워킹맘의 고달픔을 잘 이해하지 못했다. 천원셴은 아이가 둘 정도 있고 인내심도 있는 사십 대 정도의 교사가 좋았다.

"엄마한테 화 그만 내고, 케이크 사러 가자. 네가 제일 좋아하는 초코 바닐라 케이크 사갈까?"

페이천은 콧물을 들이마셨다. "왜?" 아직도 화가 안 풀린 듯한 목소리였지만 말투는 다소 누그러져 있었다.

"오늘 아빠한테 중요한 날이거든."

"아빠 생일 지났잖아?"

"아빠 생일이 아니라, 음······." 천원셴은 어떻게 말을 해야 여섯 살짜리 아이가 이해할 수 있을지 고민하며 말을 골랐다. "오늘 아빠 월급이 오를 수도 있대. 아빠가 돈 많이 벌면 우리도 비행기 타고 일본 갈 수 있어."

"진짜야?" 조금 전까지만 해도 서운해 하던 감정은 싹 달아난 듯, 페이천은 눈을 반짝이며 말했다. 두 손을 꼭 쥐고는 신이 나서 폴짝 폴짝 뛰었다. 벌써부터 비행기에 앉아 비행기의 날개를 바라보며 이륙하는 순간의 떨림을 즐기고 있는 것처럼 보였다. 유치원 친구들은 웬만하면 다 외국에 가본 적이 있었다. 친구들이 외국에서 가지고 온 맛있는 과자나 비싼 책가방, 신기한 색연필을 보며 비행기를 타고 외국에 가는 건 대단한 일이라고 페이천은 생각했다. 그 무렵부터 비행기 타는 걸 동경했다.

다시 생기발랄해진 아이를 보자 천원셴은 그제야 마음이 놓였다. 예더이를 상대하다가 아이 기분까지 달래주다보니 진이 다 빠졌다. 핸드폰을 확인해봤지만 연락 온 건 없었다. 아직 발표가 안 난 걸까? 마음을 가다듬고, 원래 계획대로 움직이기로 했다. 먼저 갈 곳은 케이크 가게였다. 천원센은 가게에 전화부터 걸었다. 공연히 시간만 낭비하지 않도록, 도착하자마자 들고 나올 수 있게 미리 케이크를 준비해달라고 했다. 그 다음에는 딘타이펑에 들러 돼지갈비 계란볶음밥, 죽순볶음밥, 수세미새우샤오룽바오, 새우살고추기름차오서우를 포장해왔다. 어젯밤에 끓여놓은 표고버섯 닭고기탕은 하루가 지났으니 국물이 우러나와 깊은 맛이 날 터였다. 시간이 남자 옆에 있는 베이커리에 가서 내일 먹을 아침거리를 사고 우유도 한 팩 집어 들었다. 따로 필요한 것들도 차질 없이 마련해두었다. 집에 돌아오니 7시 35분이었다. 천원센은 핸드폰을 또 들여다봤지만 양딩궈에게서는 도통 연락이 없었다. 생각이 복잡해졌다. 양딩궈가 회사를 옮긴 지 5년이 되었으니 지금쯤이면 승진을 할 만한 거 아닌가 싶은 생각이 들었다. 한편으로는 1년 전 즈음 있었던 일 때문에 불안한 생각도 들었다. 그때 이미 차이완더는 양딩궈에게 '합당한 보상'을 해주겠다고 구두상으로 약속한 상태였다. 그런데 예상치 못한 상황이 벌어졌다. 미국에서 공부를 마치고 귀국했다는 사장 지인의 아들이 차이완더 회사에서 경험을 쌓고 싶다는 것이었다. 양딩궈는 결국 그 사람에게 승진 기회를 내줄 수밖에 없었다.

천원센은 곰곰이 생각해보았다. 든든한 배경이 없는 게 문제인 걸까?

그 선배라는 이와 그때 낙하산으로 회사에 들어온 이에게는 공통점이 있었다. 둘 다 자기 아버지의 지인들이 아직도 사업을 그대로 유지하며 활발하게 활동하고 있다는 점이었다. 양딩궈의 사정은 이와 정반대였다. 양이잔이 사업을 하며 쌓아놓은 인간관계가 지금은 물거품이 된 상황이었다. 별다른 이유가 있는 건 아니었다. 투자에 크게 실패한 양이잔은 한순간에 나락으로 떨어졌고 자신감을 잃었다. 그러자 우울증이 왔고, 몇 년 전부터는 치매 증세까지 나타났다. 자연스레 오랜 친구들도 하나 둘 떠나기 시작했다. 천원셴은 이런 생각을 남편에게는 내색하지 않았다. 그러나 양딩궈가 번번이 승진에 실패할 때마다 그 생각은 천원셴을 옥죄어왔다. 봄이 되면 어김없이 날리는 꽃가루나 여름이면 당연하듯 쏟아지는 장맛비처럼.

　여덟시 반이 되었는데도 아무런 연락이 없었다.
　페이천은 보통 아홉시 반이면 잠이 들었다. 밤늦게 밥을 먹으면 수면에 방해가 될 것 같았다.
　잠깐 고민하다가 천원셴은 반찬통 뚜껑을 열고 전자레인지에 넣었다. "우리 먼저 먹자."
　"아빠 아직 안 왔잖아." 침을 삼킨 페이천은 눈으로 엄마의 움직임을 좇았다.
　"괜찮아. 아빠가 먼저 먹으라고 하셨어. 좀 늦으신대."
　그러고는 냉장고에서 표고버섯 닭고기탕 냄비를 꺼내 전자레인지에 돌렸다.
　지금쯤이면 회의 결과는 이미 나왔을 터였다. 몇 년을 부부로 살다 보니 원셴은 양딩궈가 어떤 사람인지 잘 알았다. 오늘 일이 잘 풀렸다면 연락이 와도 벌써 왔을 거라는 걸 천원셴이 모를 리 없었다. 천원셴은 두 손바닥을 차갑게 굳은 얼굴에 갖다 대고 온기를 느껴보았다. 어른들의 복잡한 감정을 아이가 눈치채지 못하도록 애써 미소를 지었다. 페이천은 볶음밥과 탕을 절반이나 먹었고 케이크도 한 조각을 몽땅 먹어치웠다. 천원셴도 아이와 같이 밥을 먹기는 했지만 많이 먹지는 않았다. 뱃속에 남편과 같이 먹을 만큼의 공간은 남겨두기 위함이었다.

아이가 샤워하는 틈을 타 천원셴은 메시지를 보냈다. 더 이상 기다리고만 있을 수는 없었다. "괜찮아?"

바로 답장이 왔다. "이따가 얘기하자. 지금 좀 골치가 아파."

그날 저녁 양딩궈는 비틀비틀 고주망태가 되어 집에 들어왔다. 안 그래도 심기가 불편한 천원셴은 심호흡을 크게 한 번 했다. 일하랴 애 보랴, 이제는 남편 감정까지 추스러줘야 하다니 정말 고역이었다. 나는 이 사람 저 사람 다 챙겨주는데 정작 나를 챙겨줄 사람은 어디 있는지 의문이었다.

양딩궈는 현관 의자에 앉아 신발을 발로 차며 고래고래 소리를 질렀다. "사장이 뭐라 그랬는지 알아?"

"내가 회의에 들어간 것도 아닌데 어떻게 알아?"

"조금만 더 기다리래. 지금 나보다 다른 사람이 더 급하다고. 에이 씨발, 그럼 나는 안 급하다는 얘기야? 선배가 그러는데, 밥이란 놈 외삼촌한테 전화가 왔대나. 테드 아버지가 그 사람하고 십 몇 년 전부터 아는 사이였대. 십 몇 년이 뭐 대수라고. 그러면 노력도 안 한 그런 놈한테 내 자리를 덥석 내줘도 된다는 거야 뭐야?"

"그러니까 당신, 이번에도 안 된 거야?" 천원셴은 그 부분에만 관심이 있었다.

"그래, 또 안 된 거야. 이놈의 회사에다 목숨 바쳐 일해봤자 얻는 게 도대체 뭐냐고. 거짓말밖에 더 듣냐고."

천원셴은 어두워진 얼굴로 말없이 아랫입술만 깨물었다.

전화가 울려 받아보니 그 선배였다.

"딩궈 집에 잘 갔죠……."

"네, 방금 들어왔어요."

"좀 전에 딩궈랑 헤어지고 나서 테드와 통화를 했어요. 테드가 다른 쪽으로 도와주겠다고 했다고 딩궈에게 좀 전해주세요. 그리고 다음 주에 테드 아들 생일파티를 하는데 딩궈를 초대하고 싶대요. 제수씨와 페이천도 같이요. 테드는 원래 회사 직원들은 집으로 잘 부르지 않거든요. 이번 일을 어떻게 처리할 생각인지는 모르겠지만 제 느낌에 어떻게든 다른 수를 찾을 것 같기는 해요. 죄송하지만 제수씨가 딩궈에게 말 좀 잘해주세요. 감정적으로만 생각하지 말고, 웬만하면 일단은 아무 일도 없었던 것처럼 해달라고요. 이렇게까지 말하는 게 심한 것 같기는 해도, 딩궈가 충동적으로 나올까봐 염려돼서 그래요. 제가 그래도 딩궈 도와주려고 어렵게 마련한 기회인데, 자칫 일이 어긋나면 아까우니까요."

"선배님, 감사해요. 번거롭게 해드려서 죄송해요."

"저라고 마음 편한 건 아니에요. 딩궈 잘 되라고 우리 회사로 오라고 한 건데, 일이 어떻게 이렇게…… 저도 몰랐어요. 아이고, 딩궈가 안쓰럽네요."

천원셴은 남편을 억지로 끌어다 침대에 눕혔다. 드르렁 코 고는 소리가 들렸다. 남편 옆에 드러누운 천원셴은 샤워할 힘조차 없었다. 가정과 직장이 번갈아 가며 천원셴의 정신을 쏙 빼놓았다. 새벽 6시로 알람을 맞췄다. 이튿날 일찍 일어나서 샤워도 하고, 생일파티 건도 양딩궈와 상의해봐야 했다. 그리고 조바심 내지 말라고, 아직 막다른 골목인 건 아니니까 제 발등 찍는 짓은 하지 말라고 잘 말해야 했다. 천원셴은 눈을 감고 언니를 떠올렸다. 알프스 관광 열차, 금빛 햇살과 푸른 벌판, 산 위로 그어져 있는 설선雪線, 쌍둥이에 자상한 남편까지. 완벽하고 행복해 보이는 가족이었다.

테드 집은 형부네보다도 잘 살 텐데……. 아이 생일파티는 또 어느 정도나 되려나? 사적인 모임이 얼마나 영향력 있을지. 그 선배가 과장해서 말한 건 아닐까?

허무함과 무기력함이 번갈아가며 천원셴을 괴롭혔다. 미간에 주름이 잡힌 천원셴은 잠을 설쳤다.

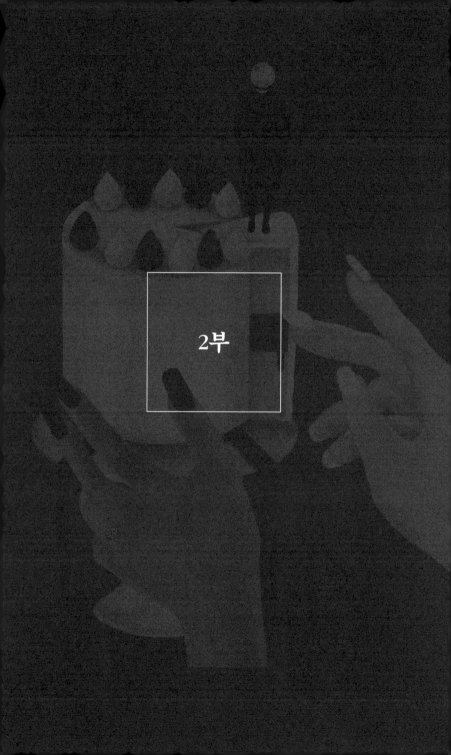

2부

■

그날 사장 집에서 나온 뒤로 천원셴은 양딩궈에게 틈만 나면 물었다. 생일파티 날 차이완더에게 무슨 다른 말을 들은 건 없는지 궁금했다. 차이완더는 세계정세에 관한 이야기만 했을 뿐 회사 일은 단 한마디도 꺼내지 않았다고 말했다.

상심한 천원셴은 물었다. "그 선배는 그럼 왜 우리한테 허황된 기대만 심어준거래?"

"나도 모르겠어."

"그럼 이제 어떡할 거야?"

"내가 뭘 어쩌겠어? 승진 건으로 따질 시기는 지난 것 같아. 엊그제만 해도 골프도 같이 치고 그 집에서 분위기 좋게 밥도 먹고 그랬는데, 어떻게 느닷없이 얼굴 붉히면서 승진 얘기를 꺼내." 양딩궈는 눈을 둥그렇게 떴다.

"선배한테 다시 물어봐. 당신네 회사 사장이 아무 이유 없이 우리 불러다 밥 먹자고 한 건 아닐 거 아니야."

"제발 닦달 좀 그만해. 일단은 기다려볼 거야."

천원셴은 남편을 멀거니 바라봤다. 양딩궈는 제 권리와 이익을 위해 싸울 의지를 상실했음이 분명했다. 천원셴은 초조해졌다. 그렇다고 승진 때문에 허구한 날 양딩궈와 실랑이를 벌이기도 싫었다. 예전에 집에서 받았던 스트레스를 회사일로 풀었던 것처럼, 천원셴은 이번에도 회사 업무에 몰두하기 시작했다.

아침에 출근하자마자, 천원셴은 예더이가 내년 1월에 미국 지사에서 프리젠테이션을 하게 되었다는 통보를 받았다. 관자놀이가 지끈거렸다. 그 통보는 예더이가 프리젠테이션에 쓸 자료를 천원셴이 완벽하게 만들어내야 한다는 의미였다.

천원셴은 그 생각만 하면 신경이 곤두서서 눈이 당겼다. 11시 반이 되자, 예더이가 고객 응대를 끝내고 자리로 돌아가는 걸 본 천원셴은 두 손을 주머니에 넣고 굳은 얼굴로 후배에게 당부했다. "이따가 소피아가 나 찾으면 볼일 보러 우체국 갔다고, 점심도 먹고 들어온다고 전해줘."

백화점 식품관으로 들어선 순간 온몸에 냉기가 확 끼쳤지만 가슴속의 홧홧한 고통은 사그라들지 않았다. 핸드폰이 울렸다. 천원셴은 뒤에 줄 서 있던 사람에게 자리를 내주고 한쪽으로 비켜섰다. 제발 예더이만은 아니기를, 불안한 마음으로 기도했다. 뜻밖에도 양딩궈였다. 천원셴은 순간 멈칫했다. 무슨 일인데 전화까지 했을까?

"똑똑하고 현명한 우리 와이프, 사모님한테 무슨 요술을 부린 거야?"

"뭐야, 그게 무슨 말이야?"

"사장님이 이번 주말에 자기네 집에서 점심 먹지 않겠냐고 하던데? 나한테 할 말 있다고."

"몇 명이나 초대 받은 건데?" 천원셴은 관심을 보였다.

"우리밖에 없어. 당신이랑 나, 그리고 우리 아들. 그래서 내가 방금 물어봤잖아, 당신이 대체 어떻게 했기에? 자기 와이프가 당신 좋아한다면서 가족끼리 밥 먹고 싶대. 상의할 일도 있고 겸사겸사."

천원셴은 가까스로 마음을 진정시키고 물었다. "사장이 무슨 일 때문인지도 말했어?"

차이완더가 양딩궈를 승진시켜 주려고 부르는 건가, 하는 기대감이 일었다.

"아니, 그런 얘기는 안 했고 시간 비워놓으라는 말만 했어."

"언제?"

"이번 주 토요일 12시 반. 저번처럼 사장님 댁으로 가면 돼."

"이번에도 괜히 사람 마음만 들떠 놓게 하고 실망시키는 건 아니겠지?"

천원셴이 물었다.

"그건 나도 모르지."

"그래, 알았어. 지금 줄 서 있는데 내 차례 다 돼가."

전화를 끊고 천원셴은 주위를 둘러보았다. 붐비는 인파 속 사람들은 핸드폰을 만지작거리며 음식을 주문하려고 또는 음식을 받아 가려고 기다리고 있었다. 모르는 얼굴들이었다. 천원셴의 기분이 얼마나 날아갈 것 같은지, 가슴이 얼마나 터질 것 같은지, 아무도 눈치 채는 사람은 없었다. 천원셴은 뒤돌아서서 식품관을 나왔다. 계단으로 한

층 올라간 천원셴은 프랜차이즈 카페의 문을 열고 들어가 에스프레소 더블샷을 시켰다. 방금 전에 했던 전화 한 통으로 식욕이 가라앉았다. 불현듯 먹는 건 중요하지 않다는 생각이 들었다. 다량의 카페인만 있으면 오늘 오후를 버틸 수 있겠다, 싶었다.

하루만에 중대한 소식이 두 개나 날아들다니.

차이완더는 왜 양딩궈 가족을 초대한 걸까? "사모님이 당신이 좋대"라는 말은 또 무슨 뜻일까?

카페에 자리를 잡고 앉은 천원셴은 점심시간이 끝날 때가 되어서야 일어났다.

"그날 량자치랑 무슨 얘기한 거야?" 양딩궈가 집에 와서 물었다.

아무리 생각해봐도 특별히 이렇다 할 이야기를 나눈 기억은 없었다.

"그냥 수다 떤 거지, 뭐. 별 얘기 안 했어."

"무슨 수다를 떨었는데?"

"뭐 이것저것. 고향이 어디냐고 해서 그 얘기도 하고."

"아, 처가가 음식점 한다는 말도 했어?"

"응." 잠시 뒤 천원셴은 조심스레 물었다. "그건 말하지 말 걸 그랬나?"

"아니, 그냥 궁금해서." 양딩궈는 무어라 말해야 할지 곰곰이 생각해보고 있었다. "테드가 그러는데, 장인은 잘 나가는 통신회사 임원이고 장모는 대학 교수래. 슬하에 삼남매를 뒀는데 량자치가 둘째 오빠랑 열두 살 차이가 난다네. 어떻게 컸을지 짐작이 가지? 그래서 사실 좀 뜻밖이야. 딸 하나에 그것도 늦둥이니까 집에서 예쁨 많이 받고 자랐을 텐데."

"내가 궁금한 건 그런 유복한 집안에서 다른 사람한테 아쉬운 소리한 번 안하고 자랐을 여자가…… 당신이 뭘 어떻게 해줬기에?" 아내가 무슨 말인지 잘 모를까 싶어 양딩궈는 한 마디를 덧붙였다. "당신 그거 알아? 테드가 계속 자기 와이프가 당신 좋아한다고 강조했다니까."

천원셴은 아무 말도 못하고 머무적거렸다. 칭찬인지 아닌지 헷갈렸다. 생일파티 때 본 량쯔치는 응석 부리며 자란 티가 안 날 정도로 굉장히 꼼꼼하고 꽤나 독립적인 사람이었다. 양딩궈 말을 듣고 나자 천원셴은 량쯔치에게 호감이 생겼다.

승진에 드리워져 있던 먹구름이 걷힌 듯 양딩궈의 표정도 밝아졌다.

양딩궈는 아이한테도 장난을 걸 정도로 기분이 좋아 보였다. "크리스 집에 또 갈 건데, 신나지?"

천원셴은 남편을 가만히 바라보고 있었지만, 속에서는 기대와 우려가 서로 힘겨루기를 하고 있었다. 그 집에 또 가야 하다니, 양가감정이 들었다. 대학 다닐 때 느낀 기분이었다. 상처받을 것 같지만 또 그 상처 속에 기회가 도사리고 있을 듯한.

□

어른 넷에 아이 둘이 함께 한 식사는 지난 생일파티 때보다 훨씬 훌륭했다.

가장 눈길을 끈 요리는 단연 푸아그라와 버섯소스 웰링턴 스테이크였다. 입가심으로는 간단한 야채탕이 준비되어 있었다. 뒷맛이 깔끔하고 맛도 있었다. 그리고 빵이 아닌 밥이 나왔다. 스테이크는 빵보다는 밥과 잘 어울린다는 아이디어는 차이완더가 낸 거라고 량자치가 알려 주었다.

차이완더는 웃으며 말했다. "어쩔 수 없죠, 뭐. 내가 타이완 사람이 잖아요."

그 말에 다른 뜻이 있는 건 아니었다. 차이완더가 미국에서 태어났다는 말을, 천원셴은 양딩궈를 통해 들은 적이 있었다.

"밥과 같이 먹으니까 정말 맛있습니다. 빵이나 감자는 금세 배가 꺼지던데." 양딩궈가 말했다.

쌀도 한 톨 한 톨 윤기가 흘렀다. 살짝 씹을 때마다 느껴지는 쌀 특유의 전분 맛이 고소했다.

식사한 지 30분이 지나자, 량자치가 정성 들여 차린 식탁을 앞에 두고 차이완더는 수시로 주머니에서 핸드폰을 꺼내 눈으로 한 번 보고는 바로 또 내려놓았다. 양딩궈가 이런저런 이야기를 꺼낼 때면, 차이완더는 대꾸를 하긴 했지만 모조리 다 단답형이었다. 그런 식의 대화가 몇 번이나 이어지자 천원셴은 옆자리에 앉은 남편의 숨이 가빠지는 걸 느꼈다. 세 식구를 기껏 초대해놓고 불청객 대하듯 하는 차이완더의 성의 없는 태도가 당황스러웠다. 한쪽에 뒷짐을 지고 서서 기다리고 있는 아메이를 보자 천원셴은 이 모든 게 헛수고임을 명확히 알게 되었다. 이국에서 온 그 여자의 표정에서 지금 이 상황이 심상치 않다는 걸 읽어낼 수 있었다. 테이블 보 밑에 손을 숨기고 있는 두 아이의 몸이 이리저리 흔들거렸다. 애들이 장난을 치고 있다는 건 누가 봐도 한 눈에 알아챌 수 있었다.

"크리스, 친구 밥 먹는데 건드리면 안 돼." 량자치는 부드러운 목소리로 타일렀다.

"양 과장네 아이도 이번에 초등학교 들어가지?" 차이완더가 대뜸 물었다.

"네, 크리스와 동갑입니다."

"초등학교는 어디로 보낼 생각인가?"

양딩궈는 아내를 흘깃 쳐다보고는 답했다. "집 근처 공립 초등학교로 가게 될 것 같습니다."

"등록은 했나?"

"아까 등록하고 왔어요." 천원셴이 말을 받았다. 등록은 천원셴 혼자 한 거라 양딩궈가 대답하기는 힘든 질문이었다.

"오, 거기는 어떤 학교인가요?"

타이베이에서 미국 초등학교를 졸업하고 바로 미국으로 조기 유학을 갔다더니, 아니나 다를까 차이완더는 그 유명한 초등학교조차 모르고 있었다. 오늘 마주 앉은 사람이 차이완더만 아니었어도 천원셴은 잘난 체하며 그 학교에 대해 설명해주었을 것이다. 어쨌든 간에, 주소를 옮겨서라도 천원셴 동네에 있는 그 학교에 제 아이를 보내고 싶어 하는 학부모들이 꽤 있다는 건 사실이었다. 하지만 차이완더 앞에서 그게 뭐 자랑거리라도 되나 싶어 천원셴은 안절부절 못했다.

량자치와 쑤뤄란이 아이를 쑹런초등학교에 보낼 생각이라는 걸, 천원셴은 생일파티 때 다른 엄마들 대화를 들어 알고 있었다. 정계, 재계의 유명인사 자제들이 많이 다닌다는 쑹런초는 지난 몇 년간 가장 인기 있는 사립 초등학교였다.

천원셴은 간신히 정신을 차리고 량자치에게 간단히 설명했다. "오래된 학교여서 평이 좋은 편이에요. 연예인이나 정계 유명인사 자녀들도 다니는 학교고요."

말이 나오자마자, 천원셴은 후회했다. 마지막에 괜히 쓸데없는 말을 덧붙인 것 같았다.

"근데 선생들이 아주 엄격하게 애들을 관리한다던데, 숙제도 많은 가요?" 량자치가 물었다.

"네, 저도 몇몇 엄마한테 듣긴 했어요. 다만, 뭐라고 말해야 될지. 저도 애 아빠도 직장을 다니느라 야근도 많고 해서, 그런 엄격한 학교 분위기가 저희 집에는 오히려 도움이 되겠다 싶어서요."

"체벌도 한다던데요?" 량자치가 또 물었다.

"음……." 천원셴은 당황했다. 있는 그대로 말했다가는 자기 이미지가 망가질 수도 있었다. 그렇다고 해서 사장네 부부에게 자기가 교육에 그다지 신경을 쓰지 않는다는 인상을 주기도 싫었다. 한참을 머뭇거리자 아이들을 비롯한 다섯 쌍의 눈동자가 호기심 어린 눈빛으로 천원셴을 빤히 쳐다봤다. 얼른 대답을 해야 했다. 이를 꽉 깨물고 객관적으로 접근했다. "네, 체벌을 하기는 한대요. 그래서 저도 물어본 적이 있는데, 보통 우리가 생각하는 것만큼 그렇게 심하지는 않다고 하더라고요. 학교생활만 착실하게 잘하면 6년 내내 체벌 받을 일은 없다는 거죠."

차이완더는 아무런 대꾸도 하지 않았다. 마음이 또 딴 데 가 있는 모양이었다.

차이완더는 창밖을 바라보고 있었다. 철새가 줄지어 날아가고 있었다.

아이들은 벌써 배가 부른 듯했다. 하오첸은 야채는 이제 먹기 싫다며 푸딩이 먹고 싶다고 했다.

다소 긴장한 아메이는 아이 앞으로 가 물었다. "디저트 줄까?" 디저트는 바닐라 농축액 대신 비싼 바닐라 빈으로 만든 브레드 푸딩이었다. 접시 위에 놓인 디저트는 잼이 얇게 한 층 발라져 있어 좌르르 윤기가 흘렀다. 아메이가 계란 케이크를 한 조각 잘라 하오첸의 개인접시에 놓아주었다. 하오첸은 입을 크게 벌리고는 허겁지겁 푸딩을 집어넣었다. 페이천이 눈 빠지게 기다리고 있는 모습을 본 아메이는 눈 깜짝할 새에 계란 향이 가득한 계란 케이크 한 조각을 페이천의 개인접시에 올려주었다.

천원셴도 한 입 먹어보았다. 깜짝 놀랄만한 맛이었다. 여태껏 먹어본 브레드 푸딩과는 차원이 달랐다.

아메이는 남자들에게는 물어보지 않고 디저트가 담긴 그릇을 식탁 중앙에 놓았다. 량자치가 고개를 끄덕이며 눈짓을 보내자, 아메이는 한쪽으로 물러섰다.

케이크를 다 먹고 나자 하오첸은 페이천과 같이 방에 가서 놀아도 되는지 엄마에게 물어보았다. 량자치는 페이천이 배부르게 먹었는지 꼼꼼히 확인하고는 부드러운 말투로 그러라고 했다. 천원셴에겐 미안하다는 의사 표시를 했다.

"죄송해요, 우리 크리스가 페이천을 너무 귀찮게 하네요."

테이블에는 이제 어른들만 남았다. 천원셴은 자기도 모르게 배를 두드렸다. 나오는 음식마다 먹기 좋고 정갈해서 배불리 먹을 수 있었다. 예더이가 미팅을 앞두고 고객이 좋아하는 음식을 왜 미리 확인해놓는지 천원셴은 이제야 이해가 갔다. 과학기술이 이토록 발전했는데도 인류는 아직까지 음식을 먹으며 즐거움을 느낀다는 게 불가사의할 만큼 원시적이라는 생각도 들었다. 의식이 몽롱해지면서 잠이 왔다. 보아하니 이번에도 잘못 짚은 모양이었다. 이번에는 제대로 챙겨주 겠지, 싶은 마음은 그저 착각에 불과했다. 천원셴은 식탁 위에서 일어 나고 있는 일들은 크게 신경 쓰지 않았다. 여기 들어온 지 두 시간이 나 되었으니, 무슨 일이 일어났어도 벌써 일어났겠지, 싶어 슬쩍 하품 을 했다. 눈꺼풀도 슬슬 무거워졌다.

천원셴은 정신이 산만해져 차이완더가 하는 말이 머릿속으로 흘러 들어오면 한참은 지나서야 그 소리가 들렸다. 그마저도 무슨 말인지 제대로 알아듣지 못했다.

"스티븐, 자네 아이 사립 초등학교에 보낼 생각은 없나? 크리스가 들어갈 학교도 괜찮은데."

천원셴의 시선이 차이완더와 남편 사이를 왔다 갔다 했다. 순간 그 자리에 있던 사람 모두 정신이 번쩍 들었다.

양딩궈는 컵을 내려놓았다. 느닷없이 어려운 문제에 부딪힌 멍한 표 정이었다.

"저희는 그 생각은 안 해봤는데……. 너무 바빠서, 그냥 주소지에 따라 배정되는 학교에 보내려 하고 있습니다."

"페이천을 쑹런초등학교에 보내는 건 어떤가? 내가 아는 사람한테 부탁하면 우리 아이랑 같은 반에 넣어줄 수 있는데. 애들끼리도 친하 게 지낼 수 있고 우리 와이프도 대화 상대가 생기고 하니 일석이조 아니겠나?"

"아……." 양딩궈와 천원셴은 뜻밖의 상황 전개에 머리가 어지럽고 눈앞이 아찔했다.

"심각하게 받아들이지 않으셔도 돼요. 실은, 내가 낸 아이디어예요. 테드도 흔쾌히 동조해주긴 했지만요." 량자치의 말투는 부드러웠다.

"아시다시피 크리스가 외아들이잖아요, 고집도 세고. 몇 년 내내 친구를 만들어주려고 노력했는데도 잘 안 되더라고요. 누구 잘못인지는 모르겠지만 아무튼 툭하면 애들이랑 싸우기 일쑤였어요. 유치원에서도 수십 번은 싸우고 왔을 걸요. 그러면 또 유치원 가기 싫다고 그러고. 내 잘못도 있죠. 그때마다 오냐오냐 하면서 가기 싫으면 안 가도 된다고 했으니. 사실 유치원은 그렇다 쳐도 이제는 초등학교도 가야 하는데, 초등학교는 의무 교육이어서 가기 싫다고 빠질 수도 없는 노릇이잖아요. 그러던 중에 마침 천신위도 쑹런초등학교 들어간다기에 우리 애랑 같이 보내려 했거든요. 근데 크리스가 천신위는 또 한사코 싫다네요. 저러다 초등학교에 가서도 적응 못하는 거 아닌가, 요 며칠 틈만 나면 걱정이 되더라고요."

가만히 듣다보니, 천원셴은 량자치가 지금 매우 중요한 말을 하고 있다는 직감이 들었다.

량자치는 쓸쓸하게 웃으며 말을 이었다. "지난 번 생일파티 때, 크리스가 다른 아이 손을 먼저 잡은 건 처음이라 깜짝 놀랐어요. 다른 사람 몸에 자기 손이 닿는 거 자체를 아주 싫어하거든요. 페이천한테 자기가 애지중지하는 피규어까지 만지게 해주고. 피규어는 우리 남편이 만지려고 해도 애 허락부터 받아야 되는데. 그날 집에 가시고 나서 내가 농담 삼아 물어봤어요. 페이천도 쑹런초 같이 다닐 수 있으면 학교 잘 다닐 거냐고요. 그랬더니 정말 거짓말 안 보태고, 크리스가 잘 다니겠다는 거예요. 그런 대답이 나올 줄은 생각도 못했죠."

"스티븐, 페이천이 우리 아들한테 도대체 어떻게 한 건지, 자네 아들한테 내가 한 수 배워야겠는걸? 나랑은 말이 어찌나 안 통하는지, 차라리 모르는 사람을 데려다 협상을 하는 게 낫지 우리 애랑은 협상

테이블에 앉기조차 힘들 정도라니까."

차이완더의 농담 한 마디가 효력을 발휘했는지 양딩궈가 웃음을 터뜨렸다. 심각하게 인상을 쓰고 있던 양딩궈의 얼굴이 자연스레 풀렸다.

그러나 천원셴은 따라 웃지 않았다. 그 말 뒤에 도사리고 있는 것 같은 뭔가 이상한 낌새가 느껴졌다. 무슨 꿍꿍이일지 궁금했다. 량자치가 곧 꺼낼 말이 절대 놓쳐서는 안 될 중요한 정보라는 확신이 들었다.

"애들끼리 나이도 같고 남자들은 또 같은 회사에서 일하는데다 나랑 원셴도 말이 잘 통하니, 이런 좋은 우연이 어디 있겠나 싶어요. 잘 활용하지 않으면 아까울 정도로요. 그래서 테드랑 얘기 해봤는데 테드도 내 아이디어에는 적극 찬성이래요."

천원셴은 량자치의 입에서 제 이름이 나오는 걸 듣자 움찔했다. 천원셴에 대한 평가까지 곁들여진 말이었다.

"근데 제가 알아보니까 쑹런초는 부속유치원에서 올라온 아이들만 받는다던데요?" 천원셴이 의아하다는 듯 물었다.

"아, 그건 테드 전화 한 통화면 간단히 해결할 수 있어요. 크리스도 쑹런초 부속유치원 나온 건 아니에요."

그 순간 천원셴은 예전에 들었던, 유력 인사 중에 누구 아는 사람 없냐는 질문이 무슨 의미인지 알게 되었다. 놀라우면서도 이상한 느낌이 들었다. 시쳇말로 '빽을 쓴다'라고 하면, 이보다는 장황해야 하고, 격식도 갖추어야 하고, 그것도 아니면 적어도 누군가에게 부탁해서 힘을 쓴 흔적이 눈에 보일 정도로 남아 있어야 하는 줄로만 알았다. 그 시작과 끝이 이토록 자연스러운 대화로 이루어질 줄은 꿈에도 몰랐다.

"스티븐, 캣 말이 맞네. 우리 제안이 간단한 것도 아니고 무엇보다 급작스러워서 당장 결정하기는 힘들 거란 건 나도 알고 있네. 그럼 이렇게 하면 어떤가? 집에 가서 먼저 생각해보고 무슨 문제 있으면, 아, 이러는 게 좋겠네. 캣, 지금 페이천 어머니랑 연락처 교환하지 그래? 뭐 또 다른 생각 있으시면 캣한테 연락하세요. 아 참, 제일 중요한 말을 빠뜨릴 뻔했네. 아이 학비는 괜찮으시면 우리 쪽에서 지원하겠습니다. 부담 가지실 필요 없어요. 캣 말마따나 스티븐이 회사에서 일도 잘하고 있으니까 직원한테 특별 보너스 주는 걸로 생각하시면 됩니다. 당연히 이렇게 해야죠, 당연한 겁니다."

말이 끝나자 차이완더는 의자에 기댔다. 자기 제안이 이미 성사가 된 것마냥 흡족하게 웃으며 마주앉아 있는 부부를 바라봤다.

□

차이완더 부부의 이런 환상적인 초대를 뭐라 정의할 수 있을까? 안 좋게 말하면 직원의 사기를 북돋아줄 수 있는 승진인사 공고문 한 장만도 못한 초대일 테고, 좋게 말하면 천원셴 부부의 아이가 천원셴 부부보다 운이 좋아서 이루어진 초대일 터였다.

쑹런초등학교의 학비는 수많은 사립 초등학교 중에서도 소위 '상위권'이라 할 만했다. 특히 쑹런초는 글로벌한 수업 방식으로 운영되는 곳이어서 원어민 교사들도 단순히 금발에 푸른 눈을 한 외국인이라기보다는 모두 사범대 출신의 외국인이었다. 천원셴은 이 제안이 그야

말로 천재일우의 기회라는 생각이 들었다. 집으로 돌아와 수천 개의 정보를 검색한 끝에 쑹런초 후기를 찾아냈다. 그 글들을 읽다보니, 천원셴이 가장 좋아하는 블로거인 아이웨이艾薇의 두 아이도 쑹런초를 다니고 있단 게 머릿속을 스쳤다. 아이웨이의 딸은 곧 있으면 졸업이었다. 아이웨이와 친해질 기회가 거의 없다는 거나 마찬가지여서 아쉬웠다. 천원셴은 스크롤바를 위아래로 움직이며 그녀가 써놓은 말들을 마음속 깊이 새겼다.

두 아이를 둔 엄마이자 전업 주부인 제게 많은 분이 물어보시더군요. "남편은 뭐 하는 분이세요? 어떻게 외벌이로 두 아이의 비싼 학비를 감당하시는 거죠?" 이런 질문을 받을 때마다 저는, 타이완 사람은 사생활 보호에 대한 의식이 아직 부족하다는 생각이 들기도 했고, 또 한편으로는 학부모라는 개념을 분명히 해두고 싶기도 했습니다. 솔직히 말해 남편의 수입은 썩 괜찮은 편입니다. 그렇다고 학비를 낼 때 아무런 부담이 없을 정도는 아닙니다. 저는 세일 기간•에 백화점에 가본 지가 언제인지 기억도 나지 않습니다. 왜냐고요? 두 아이의 초등학교 학비에 보험료, 해마다 가는 가족여행 경비를 감당하고 남은 액수를 보면 돈을 허투루 쓸 수 없겠더라고요.

이런 저를 보고 허세 부린다고 하는 분들도 있다는 건 잘 알고 있습니다. 그런 분들은 물론 다른 분들도 제가 공지로 띄워놓은 '나는 왜 쑹런을 택했는가'라는 글을 다시 읽어보시기 바랍니다. 우리 부부의 지론은 단순합니다. 어른들 인생은 이제 어느 정도 정해진 거나 마

• 타이완의 백화점들이 10~12월 사이에 보름에서 한 달 정도 하는 빅세일 기간

찬가지겠지만, 아이들의 미래는 어떤 계기로 어떻게 바뀌게 될지 아무도 모른다는 것입니다. 예를 들어 일 년에 이것저것 다해서 30여 만 위안이 든다 치면 그 돈으로 아이에게 글로벌한 교육 환경을 만들어 줄 수도 있습니다. 자녀를 둔 부모라면 한번 계산해보세요. 아이의 미래를 생각한다면 이 정도 비용이 비싼 액수일까요? 우리 어른들이 글로벌한 교육을 받고 싶다고 일 년에 30여 만 위안을 들인다 해서 아이들과 똑같은 효과를 볼 수 있을까요? 사실상 불가능하죠. 마지막으로 사립 초등학교에 다니는 아이들의 가정환경이 좋은 건 사실입니다. 저도 딸아이에게 물어본 적이 있습니다. 같은 반 친구들의 부모님 중 적어도 한 분은 사회적·경제적 지위가 높다고 하더라고요. 또 적잖은 친구들의 할아버지나 외삼촌이 누구나 다 알만한 인물이고요. 저희 부부는 우리 집 두 아이가 어릴 때 쌓은 인맥이 지금 우리 인맥보다도 많다며 아이들을 부러워할 때도 있답니다. 저는 어렸을 때 상류층 인사들을 알 기회가 없었지만, 딸아이는 많은 유명인사 자제와 같은 반이지요.(유명인사가 누구인지는 이 자리에서 밝힐 수 없음을 양해 부탁드립니다. 그 분들에게 이런 일로 누를 끼치고 싶지는 않습니다.)

말이 길어졌는데, 여러분께 말씀드리고 싶은 건 딱 한 가지입니다. 아이들은 우리가 투자할 만한 가치가 있고, 아이에게 투자한다면 어른에게 투자하는 것보다 훨씬 큰 효과를 거둘 수 있다는 것입니다. 부모로서 꼭 해야 할 일은 아이 인생의 중요한 선택을 아이 대신 제대로 해주는 겁니다. 아이가 이 세상에 나와 아무 것도 모르는 상태에서는 부모가 아이를 위해 어떤 선택을 하느냐에 따라 아이 인생이 좌지우지될 수도 있습니다. 부모가 아이 일을 방관하여 잡초처럼 자라게 내버려두면서, 나중에 아이가 성인이 되면 부모에게 감사하거나 보답하겠지, 하는 기대를 해도 될까요?

정말 맞는 말이었다. 역시 몇 년씩이나 팔로우해온 아이웨이다웠다.

천원셴은 노트북을 닫았다. 마음속에 자리 잡은 생각이 한층 굳어졌다. 팔다리가 긴 우리 아이가 교복을 입은 모습, 기품 있고 귀티 나는 아이의 얼굴을 상상해보았다. 마음이 한결 가벼워졌다. 마음을 다잡을 때는 아이를 떠올리는 게 필수였다. 여태 한 가지 생각에만 빠져 있다가 문득 다른 일이 머릿속에 떠올랐다. 그러고보니 집이 너무 비좁았던 것이다. 전 주인이 좁은 평수를 조금이라도 넓게 쓰려고 거실과 주방 사이에 놓은 가림막이 아직도 자리를 차지하고 있었다. 이사를 오자마자 천원셴은 가림막을 치워버리고 싶었다. 거실과 주방의 동선이 오히려 좁아지는 것 같고 재질도 딱히 고급스럽지 않았다. 하지만 양딩궈는 되레 천원셴이 까다로운 거 아니냐며, 거실의 격조를 높여준다는 생각에 가림막을 좋아했다.

두 사람은 의견의 일치를 보지는 못했지만, 천원셴도 가림막을 치우자니 그건 또 귀찮아서 그냥 내버려두었다. 시간이 지나면서 오래 보다보니 그런대로 익숙해지기도 했다. 그런데 이제는 가림막이 눈에 거슬리기 시작했다. 천원셴은 고개를 비스듬히 기울여 가림막을 찬찬히 살펴보다가 혼잣말을 했다. "쑹런은 우리 같은 평범한 집에서 들어가려면 박 터지는 학교인데, 여기서 그만 둘 수 없지……."

천원셴은 핸드폰 주소록에서 량자치의 연락처를 검색했다. 조금 망설이다가 핸드폰을 그냥 내려놓았다. 돌아서서 페이천 방으로 조용조용히 걸어갔다. 가능하다면 세상의 모든 행복과 기쁨을 내 아이가 누리게 해주고 싶었다. 천원셴은 자신을 위해서라면 몰라도 페이천을 위해서라면 하늘의 별도 따다줄 수 있을 것만 같았다. 아이웨이는 그렇게 말한 적이 있었다. 부모는 아이를 위해서라면 자신의 꿈도 포기할 수 있습니다. 아이가 태어나면 아이가 바로 부모의 꿈이 되기 때문입니다. 꽤나 일리 있는 말이었다. 천원셴은 아이의 작은 얼굴에서 빛나고 있는 이마에 가볍게 입을 맞추었다. 그러고는 안방으로 들어와 양딩쥐 옆에 누웠다. 이튿날 아침 천원셴은 눈을 뜨자마자 량자치에게 메시지를 보냈다. 먼저 아침 인사를 하고 나서 한 번도 아니고 두 번씩이나 멋진 식사를 대접해줘서 감동했다고 전했다. 마지막으로, 량자치 부부가 페이천을 적극 지원해주기로 한 덕에 페이천에게 소중한 기회를 줄 수 있게 되어 엄마된 사람으로서 진심으로 감사한다고, 그리고 페이천도 하오첸을 좋아하는데다가, 새로 사귄 친구와 같이 초등학교 생활을 시작할 수 있어 신나한다고 써서 보냈다.

둘 다 외아들이고 관심사도 비슷하니 같이 어울리면 이보다 더 좋은 일이 어디 있겠는가?

인생이 이제야 제대로 자리를 잡아가는구나, 싶은 생각에 천원셴은 안도의 한숨을 내쉬었다. 페이천의 입학 수속이 끝나면 천량잉에게 이 소식을 가장 먼저 알릴 작정이었다. 결혼한 지 몇 해가 지나서야 언니에게 자랑할 만한 일이 생긴 셈이었다.

□

상황은 그렇게 급변했다. 페이천은 여름방학이 끝나고 쑹런초등학교에 입학했다. 입학 2주 전, 천원셴은 만나서 이야기를 나누자는 량자치의 연락을 받았다. 약속 당일인 목요일, 천원셴은 눈을 딱 감고 두 시간짜리 외출증을 끊었다. 예더이가 오늘 사무실에 안 들어온다고 했다는 것을 아침에 후배가 알려주었다. 천원셴은 정말 하늘이 도왔다는 생각이 들었다. 2시가 되자 기쁨에 찬 얼굴로 가방을 들고 자리에서 일어났다.

량자치는 약속 장소인 차찬팅•에서 기다리고 있었다. 천원셴이 다가가자 량자치는 고개를 들고 미소를 지었다. "회사 유니폼이 예쁘네요."

머쓱해서 얼굴이 확 달아오른 천원셴은 새끼손가락으로 머리를 귀 뒤로 쓸어 넘기며 살짝 웃었다. 고개를 들어 둘러보니 다들 편안한 차림새였다. 량자치도 마찬가지였다. 남편과 아이들 없이 량자치와 단둘이 만난 건 처음이라 천원셴은 약간 어색했다.

천원셴은 미안하다는 말로 말문을 열었다. "늦어서 미안해요. 회사에서 급하게 나오다보니 시간을 못 맞췄어요."

량자치는 손을 내저었다. "아니에요, 괜찮아요. 전에도 크리스 유치원 끝날 때까지 여기서 기다리곤 했거든요. 방금도 페이천 엄마 기다리다보니 그때 생각이 났어요. 애들은 정말 빨리 크나봐요. 어느새 학교 갈 때가 다 되고."

"크리스는 유치원 어디 나왔어요?"

천원셴은 량자치가 건네준 메뉴판을 보면서 두 시간 안에 다시 회사로 들어갈 수 있을지 따져보고 있었다. 생각에 빠져있느라, 량자치가 '유치원'이라는 세 음절을 들은 순간 얼굴이 어두워진 걸 알아채지

• 홍콩식으로 간단하게 식사도 하고 차도 마실 수 있는 레스토랑

못했다. 천원셴이 고개를 들고 종업원에게 뭘 물어보려 하자, 량자치
는 무표정한 얼굴로 단어 하나를 툭 내뱉었다.

"메이얼아이美兒愛."

천원셴은 전에 뉴스에서 봤던, '메이얼아이'라는 유치원을 바로 떠
올렸다. 장위러우가 직접 보도한 곳이어서 기억하고 있었다.

장위러우가 생각나자 천원셴은 메뉴판을 쥔 손에 힘을 주었다. 그
러고는 량자치의 시선을 피했다. 눈빛을 보면 뭔가 걱정거리가 있다는
걸 상대방이 금방 알 수 있기 때문이었다.

장위러우는 고등학교 시절 천원셴과 전교 1, 2등을 다투던 사이였
다. 장위러우가 모의고사에서 전교 1등을 하면 천원셴이 2등을 하는
식이었다. 경쟁 관계이다보니 복도에서 눈이라도 마주치면 예의상 목
례만 하고 지나가곤 했다. 그러다 둘이 같은 대학에 들어가게 되었다.
대학교 1학년 때는 아무래도 외롭기도 하고, 기숙사도 같은 층이어
서 자주 어울려 다녔다. 새로운 대학 생활이 어떤지 이야기하기도 하
고, 때로는 겉만 화려한 이 도시가 싫어지기도 한다며 푸념을 늘어놓
기도 했다. 타이베이 아이들과 대화할 때면 몸에 배어 있는 우월감이
느껴져서 쉽게 어울리기 힘들었다. 타이베이에서 자란 아이들은 지방
에 대해 보고 들은 거라곤 기이한 풍경밖에 없다는 듯한 뉘앙스를 풍
겼다. 장위러우와 천원셴은 같이 새해를 맞이했던 일을 계기로 친해졌
다. 어느 날 양이자가 남자친구를 만나러 나가 심심했던 천원셴은 장
위러우에게 뭐 재미있는 일 없느냐고 물어봤다. 그 길로 둘은 나란히
학교 후문으로 나가 신이취로 향했다. 수많은 인파가 새해 카운트다
운을 외칠 때, 하늘을 찌를 듯이 높은 타워가 불꽃에 휩싸이는 광경

을 직접 두 눈으로 확인하기 위해서였다. 돌이켜 생각해보면 천원셴이 양딩궈를 만나기 전까지만 해도 천원셴과 장위러우 둘 사이에는 좋은 추억이 많았다. 공교롭게 장위러우도 그 무렵 연애를 시작하면서 둘은 자연스럽게 연락이 뜸해졌다. 그래도 일 년에 두세 번은 꼬박꼬박 만났다. 천원셴이 아이를 낳자 장위러우가 아기 목욕용품 세트와 천원셴이 좋아하는 다빙•을 들고 산후 조리원을 찾아왔다. 장위러우는 타블로이드 신문 기자가 되어 막 자리를 잡은 상태였다. 규모는 그리 크지 않았지만 기자들이 재량껏 일할 수 있도록 윗선에서 많이 도와주는 신문사였다. 천원셴은 장위러우의 용기가 대단하다고 생각했다. 하지만 아무리 오랜 시간 꿈꿔왔던 일이라 해도 그렇게 낮은 보수를 받아가며 업무를 한다는 게 도무지 이해가 가지 않았다. 천원셴은 그래도 장위러우에게 용기를 북돋아주며, 오랜 친구가 한껏 재능을 발휘할 수 있기를 바랐다.

산후조리원에서 나온 뒤로도 천원셴은 장위러우와 밖에서 여러 번 만났다. 아이를 낳고 나서 두 번째로 만난 건 천원셴이 시댁에서 갓 분가했을 때였다. 아무도 도와주는 사람 없이 혼자 육아를 하던 때라 천원셴은 페이천을 안고 약속장소로 나갔다. 페이천이 울고불고 하는 통에 툭하면 대화가 끊기기 일쑤였다. 결국엔 음식을 시킨 지 30분 만에 천원셴이 먼저 자리를 뜨는 수밖에 없었다. 천원셴은 장위러우에게 양해를 구하며 다음에 만날 땐 꼭 둘이서만 만나서 마음껏 수다를 떨자고 다짐했다. 그다음에 만났을 때는 육아도우미가 아이를 봐줄 때여서 아이 때문에 불안할 일도 없었고 아이 울음소리 때문에

• 밀가루 반죽을 둥글고 크게 만들어서 구운 빵

주위 눈치를 볼 필요도 없었다.

마지막으로 만난 건 페이천이 유치원에 들어가기 1년 전쯤이었다. 그때는 천원셴이 먼저 약속을 잡고 훠궈 집을 예약했다. 마침 추석 보너스를 받은 김에 천원셴이 한 턱 내기로 한 날이었다. 한 시간 전까지만 해도 둘은 흥미진진하게 수다를 떨었다. 천원셴은 도중에 몇 번이나 젓가락을 내려놓고 대화에 열을 올렸다. 그러나 이른바 '흥미진진'이라는 단어는 천원셴의 관점에서 나온 표현이었다. 장위러우의 입장에서는, 천원셴을 만난 지 30분 만에 기자로서 '인내심'이라는 사회생활 모드가 작동되었다. 그렇게 한 시간쯤 지나자, 혼자 쉴 새 없이 떠드는 천원셴을 장위러우는 더 이상 견딜 수 없었다.

"원셴, 너 많이 변한 것 같다. 대학 다닐 때 우리끼리 놀리던 아줌마 같아, 너 지금."

"어?" 천원셴은 어안이 벙벙했다. 목이 타들어가는 듯한 느낌이었지만 장위러우가 무슨 의미로 하는 말인지 모르지는 않았다.

"너 지금, 남편이나 아이 얘기 아니면 시아버지 원망만 하고 있잖아. 다른 얘기는 그렇게 할 게 없냐? 너 힘든 건 알아. 얼마나 참고 사는지도 아는데, 난 하소연이나 들어주려고 너 만나는 거 아니거든. 너 저번에도 계속 모유수유 하는 거 힘들다고 해서 그러면 모유수유 끊으라고, 애들은 분유만 먹어도 잘 큰다고, 내가 몇 번이나 말했어? 그런데도 내 말은 안 듣고 계속 징징대기만 했잖아."

"내 말 들어주기 싫었으면 진작 말을 하지. 그랬으면 이런 얘기 너한테 안 했을 텐데. 넌 친구 고민쯤은 잘 들어주는 사람인 줄 알았어. 미안해, 내 생각이 짧았나봐."

"네 얘기를 무조건 다 듣기 싫다는 말이 아니야. 비중, 우리 대화에서 차지하는 비중의 문제라고. 어쩌다 한 번도 아니고 나만 만나면 신세한탄만 늘어놨잖아. 그리고 너희 시아버지가 너무한 건 맞는데, 그렇다고 네가 이제 와서 할 수 있는 게 뭐가 있어? 시아버지 탓을 한다고 그 집이 네 명의로 바뀌겠냐? 윈셴, 내가 이렇게 말하면 기분 나쁠지도 모르겠지만, 그래도 이참에 솔직히 다 말해야겠다. 매번 너 만나고 집에 가면 결혼하기도 겁나고, 여자는 결혼 안 하는 게 낫겠다는 생각까지 들어. 내가 그런 생각한다는 것도 못 느꼈어? 너 예전에는 안 그랬는데 요즘 들어서는 남 탓만 하면서 사는 것 같아."

둘 사이에는 저기압이 흐르고 공기 중에는 침묵이 감돌았다.

만일 천윈셴이 그 당시 은행 입사 시험 결과를 기다리고 있는 상황이 아니었다면, 아이는 육아도우미에게 맡겨버리고 엄마라는 사람은 시험 준비에만 신경을 쓴다는 죄책감이 없었더라면, 가슴 속에 들끓고 있는 시아버지에 대한 분노를 다스릴 길이 있었다면, 장위러우가 실은 우정을 다시 예전처럼 돌이키고 싶어서 부리는 투정이라는 걸 천윈셴도 알아챌 수 있었을 것이다. 두 사람은 학교 다닐 때만 해도 어린 나이였고 열정과 패기, 원대한 꿈이 있었다. 둘은 만날 때마다 신나게 수다를 떨곤 했다. 그간 있었던 일들을 나누고, 항간에 떠도는 가십거리들을 공유하기도 했다. 그러나 천윈셴이 결혼이라는 새로운 시련에 봉착하게 되면서 둘 사이의 아름다운 우정도 거기서 끝이 났다. 천윈셴이 장위러우에게 처음부터 끝까지 곧 죽어도 하소연만 늘어놓은 건 실은, 내 친구가 지금 나한테 구조 요청을 하고 있구나, 라는 걸 장위러우가 알아주길 바랐던 것뿐이었다.

천윈셴에겐 친구가 제 처지를 이해해주길 바라는 마음이 있었다. 장위러우가 자기 푸념을 기꺼이 받아줄 마음이 없다는 걸 깨닫자 자존심이 짓밟힌 기분이 들었다. 천원셴도 지지 않고 맞받아쳤다. 두고 두고 후회할 반격이었다.

"그래, 나 그런 거밖에 할 얘기 없다. 내 인생이 볼품없다는 건 나도 인정해. 그럼, 그러는 너는?"

"나?" 장위러우의 눈이 휘둥그레졌다. "그게 나랑 무슨 상관이야?"

"위러우, 너 지금 그렇게 당당하게 나오는데 그래, 내 처지에 비하면 네가 낫긴 하지. 근데, 그래서 너한테 지금 있는 게 뭔데?"

"원셴, 무슨 말이 하고 싶은 거야? 눈에 보이는 걸로만 따질 수는 없는 거잖아? 그렇게 해서라도 딴 데로 말을 돌리고 싶어?"

"딴 데로 말을 돌리는 게 아니라, 네가 다른 사람을 손가락질 하면 나머지 손가락은 너 자신을 가리키고 있다는 걸 먼저 생각해보란 말이야." 천원셴은 숨을 크게 들이쉬고는 공격에 박차를 가했다. "내 인생이 시시하다고 말하는, 그러는 너는? 연애나 제대로 해봤어? 너 만나면서 바람 안 피운 남자가 한 명이라도 있었냐고. 그래, 나 교양도 없고 재미없는 얘기만 늘어놓는 아줌마야. 난 그렇다 치고, 그러는 너는 뭐가 그렇게 잘났는데?"

"야, 천원셴. 너 말 다했어? 지금 여기서 내 연애 얘기가 왜 나와?"

"그래, 그럼 그 얘기 말고 딴 얘기 해보자. 넌 배려가 부족한 인간이야." 천원셴은 눈시울이 시큰거렸다. "나 대학친구 두 명밖에 없는 거 알지? 너랑 양이자. 내가 이런 얘기를 양이자한테 할 수 있을 거라 생각해? 못하지, 시누이인데. 시아버지 얘기는 너밖에 할 사람이 없다구. 내가 시아버지 원망해봤자 소용없다는 거 나도 알아. 그렇지만 네가 이런 일을 당했다고 생각해봐. 너라면 안 그러겠어? 아이고, 그래. 넌 아직 젊고 꿈도 있으신 몸이니 절대 그런 일 당할 리는 없겠지. 자아실현이라는 말, 넌 아무렇지 않게 할 수 있겠지만 난 그 말이 곱게 안 들려."

"천윈셴, 너 진짜, 아이씨, 너 정말 미쳤구나!"

장위러우는 몹시 화가 나서 온몸이 떨렸다. 지갑에서 지폐를 몇 장 꺼내 테이블 위에 던져놓고 밖으로 나갔다.

천윈셴은 넋이 나간 표정으로 그 자리에 그대로 앉아 있었다. 양씨 집안 사람들 앞에서는 말할 수 없는, 결혼에 대한 불만을 장위러우에게 모조리 쏟아 부은 자신을 반성했다. 아, 내가 잘못했네. 천윈셴은 젓가락을 들고 먹다 남은 훠궈를 마저 다 먹었다. 장위러우를 다신 만나지 않는다고 해도 아쉬울 거 하나 없었다. 두 사람의 세계는 서로 다른 길로 갈린 지 이미 오래였다.

정신을 겨우 다잡은 천윈셴은 고개를 끄덕이며 자기가 아직 메뉴판을 보고 있음을 표시했다.

"메이얼아이, 유명한 유치원이잖아요. 거기 들어가려면 한참 전에 등록해야 한다던데."

커다란 메뉴판은 차 종류가 두 페이지나 꽉꽉 차지하고 있었다. 차 이름도 워낙 다양해 오대양 육대주를 넘나드는 언어로 되어 있었다. 천윈셴은 눈이 침침해져 메뉴판을 내려놓고 음식점의 인테리어를 둘러보았다. 방금 들어올 때만 해도 잘도 흘러가는 시간에 신경이 곤두서 있었는데, 자리에 앉고 보니 주위가 온통 노란색 다관으로 둘러싸여 있었다. 홀 중앙에는 우뚝 솟은 원기둥이 하나 있고 그 위에도 다관이 가득 놓여 있었다. 티베트의 마니차•를 연상케 했다.

"차 마셔도 밤에 잠 잘 와요? 난 잠이 안 와서 보통 디카페인 차만 마셔요. 혹시 갑각류 알러지 있는 건 아니죠? 랍스터 샐러드 하나 시켜서 같이 먹으면 어떨까 해서, 저 사람들처럼."

천원셴은 량자치의 손가락이 가리키는 방향대로 시선을 돌렸다. 커플 한 쌍의 테이블 위에는 랍스터 샐러드임이 분명한 요리가 한 접시 놓여 있었다. 초록색과 주황색이 어우러진 싱싱한 랍스터 밑에는 큐빅 모양으로 다듬어진 아보카도가 깔려 있었다.

"맛있게 생겼죠? 괜찮으면 1인분 시켜서 나눠 먹어요. 혼자 먹기에는 부담스러우니까."

천원셴은 천천히 숨을 내쉬었다. 나눠 먹는다는 말로 량자치가 오늘 밥값을 낸다는 거 아닐까, 짐작해보았다. 메뉴를 다 주문한 뒤 량자치가 물었다. "오늘은 일부러 휴가 낸 거예요?"

"아, 아니요. 저희 회사는 볼 일 있을 때는 자유롭게 들락날락할 수 있어요. 본인 할 일만 다 해놓으면 상관없어요." 천원셴은 표정 하나 안 바꾸고 거짓말을 했다.

"다행이네요. 내가 잡은 약속 때문에 괜히 곤란할까 봐 걱정했어요. 그래서 약속 시간을 바꿔도 된다고 말하고 싶었는데……."

"아니에요. 업무가 탄력적인 편이라 미리 말만 해놓으면 상사한테 밉보이거나 그럴 일은 없어요."

천원셴은 량자치처럼 한쪽 의자에 가방을 올려놓아도 될지 생각해보고 있었다. 친구에게 부탁해서 인터넷 사이트에서 정가의 절반도 안 되는 가격에 산 가방이었다. 친구는 정품이라고 했지만 솔직히 살짝 미심쩍은 건 사실이었다.

"일하는 여자들은 확실히 분위기가 다른 것 같아요. 봐봐요, 오늘

• 티베트 불교인 라마교의 불경이 적혀 있는 원통형 기둥으로 크기도 모양도 다양하다. 마니차를 돌리며 기도를 드리면 경전의 불력이 세상에 퍼진다고 여긴다.

도 페이천 엄마는 굽 있는 신발 신고 나왔는데, 나는," 량자치는 테이블 밑에서 다리를 꺼내며 말했다. "이렇게 굽도 없는 거 신고 왔잖아요. 뭘 좀 꾸미고 싶어도 보여줄 사람도 없으니까 그냥 이러고 다니게 되네. 예전에 미국에서 유학할 땐 롱부츠도 신고 다녔는데."

천원셴은 량자치를 응시했다. 이제야 량자치의 생김새를 제대로 들여다볼 수 있었다. 뚜렷한 이목구비도 아니었고 얼굴이 입체적인 편도 아니었다. 일반적인 기준에서 예쁜 얼굴이라 할 수는 없었다. 새하얀 피부가 량자치의 최대 장점이었다. 피부가 하얀 사람은 기품이 있어 보이기 마련이었다. 이런 사람을 보면, 뚜렷한 이목구비는 아니어도 늘 캐스팅이 들어오고 으레 조연 역할만 하는데도 관객들이 기억하는 여배우가 떠올랐다.

"미국에서 유학하셨어요? 진짜 멋지다. 전 아직 미국 한 번도 못 가봤어요."

"아, 미국 안 가보셨어요?"

"실은 해외에 나가본 적도 없어요." 천원셴은 어깨를 으쓱해 보이고는 물을 벌컥벌컥 마셨다.

"신혼여행 때도?"

"네. 결혼할 때 시어머니가 편찮으셨거든요."

천원셴은 량자치를 흘긋 쳐다봤다. 아직 친해진 것도 아닌데 공연히 이런 이야기를 꺼냈다가, 걸핏하면 아무한테나 마음을 터놓는 외로움 타는 여자로 오해를 사는 건 아닐지 걱정스러웠다. 량자치는 아무렇지 않아 보였다. 오히려 천원셴이 하던 이야기를 계속 듣고 싶다는 듯한 얼굴이었다. 천원셴은 잠시 멈추었다가 말을 이어 나갔다. 한번 입을 떼고 나니 마음의 여유가 생겼다. 하다 만 이야기를 마저 다

해버리고 싶어졌다.

"혈액암이셨어요. 잘 극복하실 줄 알았는데 안타깝게도 1년 반 만에 돌아가셨어요. 애 아빠랑 서둘러서 결혼한 것도, 그래야 시어머니 마음이 놓이실 것 같아서였거든요. 남편 나이가 저보다 여덟 살 많아요. 아들이 서른이 다 되도록 결혼도 못했다고 저희 시어머니 걱정이 이만 저만이 아니셨죠. 어머니 돌아가신 뒤로는 아이 때문에 해외까지 나가기가 쉽지 않더라고요. 해마다 올해는 꼭 나갔다 오자고 말만 하다가 결국에는 시간이 없어서 못 갔어요."

종업원이 요리를 내오자 천원셴은 안도의 한숨을 내쉬었다. 대화의 화제가 본인에게 오래 머무르는 걸 원치 않았고, 분위기가 가라앉는 것도 바라지 않았기 때문이다. 향긋한 차 향기가 코를 간지럽혔다. 그릇이 세팅되자 종업원은 차분하게 설명했다. 녹차와 레몬을 섞은 소스가 아보카도와 마요네즈의 느끼함을 잡아준다고. 천원셴은 와아 탄성을 질렀다. 누가 봐도 공들인 요리와 정성스런 서비스였다. 반면 량자치는 이런 상황에 익숙한 듯 아무 반응도 하지 않았다. 량자치가 그토록 담담하다는 건 천원셴이 세상 물정을 잘 모른다는 반증이었다.

차를 한 모금 마셔보니 따뜻한 기운이 느껴졌다. 천원셴은 입을 뗄 용기가 생겼다.

"자치, 고마워요."

"갑자기 무슨 말이에요?"

"쑹런초등학교요."

"고맙긴요, 나한테도 도움이 되니까 그런 거죠. 그 얘기 해줬더니 크리스가 얼마나 좋아했는지 모르죠?"

"댁에 누가 되지 않았으면 좋겠어요."

"별 거 아니에요. 쑹런초 설립자가 시아버지 가까운 친구 분이세요."

그 말을 들은 천원셴은 이 일에 차질 같은 건 생길 리가 없겠다는 확신이 들었다. 한편으로는 어쩐지 부담스럽기도 했다. 하지만 뒤집어 생각하면, 량자치가 이 일을 대수롭지 않게 여기는 건 상대방에 대한 배려의 표현이기도 했다. 그렇다면 적어도 천원셴이 그렇게까지 고마워할 필요는 없어 보였다.

천원셴은 고심을 거듭한 끝에 마지막으로 한 마디만 하기로 했다. "우리 남편이 진짜 복이 많은가봐요. 이렇게 좋은 사장님도 만나고."

"윈셴, 자꾸 그러면 우리 사이만 어색해져요. 이번 일은 크리스한테도 좋은 일이니까 안 그래도 돼요."

천원셴이 계산하려고 했더니 량자치가 못하게 했다.

둘이 자리에서 일어서며 마지막 인사를 나누려던 찰나, 량자치가 의자 밑에서 오렌지색 작은 쇼핑백을 꺼냈다. 그 안에는 플라스틱 통이 하나 들어 있었다. 살짝 들여다보니 알록달록한 사각형 모양의 젤리들이었다.

량자치는 웃으면서 말했다. "오는 길에 산 러시아 젤리예요. 마침 자기 만나기로 해서 내 거랑 두 개 샀어요."

"뭘 이런 걸 다 사오셨어요. 전 아무 것도 준비 못 했는데……."

"아유, 윈셴, 우리 사이에 그러지 않기로 했으니까 고마워할 필요 없어요. 집에 가서 남편과 아이는 주지 말고 혼자만 먹어요. 안 그러면 너무 아깝잖아. 홍차에 설탕 넣지 말고 같이 먹으면 잘 어울려요. 집에 홍차 있죠?"

천원셴은 고개를 끄덕였다. "네, 그럼요." 거짓말도 하다보면 늘기 마련이었다.

두 사람은 밖으로 나와 손을 잡은 채 서서 인사를 나누고 나서야 헤어졌다. 사무실로 돌아온 천원셴은 젤리를 뜯지도 않은 채 고스란히 후배에게 주었다. 한 시간이나 늦게 들어온 입막음용이었다. 또 량 자치에게 자꾸 신세지고 싶지 않아서이기도 했다. 자리에 앉아 인터넷으로 검색해보니 작은 통 하나에 490위안이나 하는 젤리였다. 천원셴은 안경을 고쳐 썼다. 네티즌들이 젤리에 대해 하는 말을 머릿속에 단단히 새겨두어야 했다. 그래야 다음에 만나면 잘 먹었다는 식의 말을 할 수 있었다.

□

입학하기 며칠 전, 양딩궈 계좌로 큰돈이 들어왔다. 차이완더가 과연 약속을 지킨 것이다.

입학 전날 밤, 천원셴은 친정엄마의 전화를 받았다.

"량잉한테 들었는데, 애 학교를 1년에 몇 십만 위안이나 하는 데 보내기로 했다면서?"

길고 긴 침묵 끝에 천원셴이 그 말을 인정했다. "응. 근데 엄마, 쑹런은 타이베이 엄마들이 자기 애 못 보내서 안달인 그런 초등학교야. 원어민 교사도 많고, 페이천이 거기 다니면 유명한 집 애들도 알게 될거야."

"학비가 그렇게 비싸다는데, 혹시라도 제대로 못 내면 그때 가서 어떻게 하려고?"

"엄마, 그런 말 하려고 전화한 건 아니지?"

"엄마가 물어보고 싶은 거는, 그렇게 비싼 학교 보낼 돈은 있으면서 왜 둘째는 안 낳느냐는 거야. 페이천이 벌써 여섯 살인데."

"엄마, 둘째 낳으란 말 좀 그만해." 천원셴은 살짝 화를 냈다.

"요즘 젊은 사람들은 도대체 무슨 생각으로 사는지 모르겠다니까. 네가 그 학교 보내자고 한 거야, 아니면 딩궈야? 원래 공립 초등학교 보낸다고 했었잖아. 왜 뭐가 잘 안 된 거니?"

"딩궈도 아이 일은 내가 더 잘 안다고 생각해서 아이에 관한 거라면 무조건 내 결정에 맡겨. 엄마, 이제 시대가 변했어요. 요즘 사람들은 애 많이 안 낳는다고. 그런다고 애를 제대로 안 키우는 것도 아니고. 엄마와 아버지는 고향에만 계시니까 바깥세상이 어떻게 돌아가는지 몰라서 그래요. 요즘 애들 경쟁이 얼마나 치열한데. 타이완 애들하고만 경쟁하는 것도 아니고 나중에 미국 유학 가려면 홍콩, 싱가포르, 중국 애들까지 다 경쟁 상대야."

"정말 돈을 그렇게까지 들여서라도 그 학교에 보내야겠니?"

"당연하지. 나도 대학 들어가서 보니까 친구들보다 한참이나 뒤처져 있었단 말이야. 다들 악기 하나씩은 다룰 줄 알고, 그것도 아니면 미국에 친척이 있어서 여름방학 때 미국 가고 싶다고 말만 하면 갈 수 있는 애들도 많았어. 근데 나는? 난 그런 거 없었잖아? 그래서 하나만 낳아서 잘 키우겠다는데 그게 뭐 잘못이야?"

말이 나오는 대로 뱉어버리자, 천원셴은 슬며시 후회가 들었다.

그런 뜻으로 한 말은 아니었지만, 자칫하면 부모 노릇을 잘 못했다는 질책처럼 들릴 수도 있는 말이었다.

천원셴은 목소리를 낮추고 엄마를 달랬다. "아니야, 알았어, 엄마. 페이천한테는 좋은 일이니까 그냥 기분 좋게 넘어가자. 쑹런초등학교는 들어가고 싶다고 다 들어갈 수 있는 학교도 아니야. 아는 사람 없으면 돈 있어도 못 들어가는 데야. 페이천도 딩궈 회사 사장이 도와줘서 들어가게 된 거고. 엄마, 쑹런초 교복, 내가 본 교복 중에서 제일 멋있다. 지금 사진 보내줄게."

까딱하면 서로의 말을 삐딱하게 받아들이게 될까봐, 천원셴은 다른 핑계를 대고 서둘러 전화를 끊었다.

□

쑹런초등학교 1학년은 8반까지 있었다. 양페이천과 차이하오첸은 같은 반에 배정되었다.

초등학교 입학식은 아이에게 의미 있는 순간이기에 천원셴도 아이를 학교에 직접 데려다주고 싶었다. 그런데 하필이면 그날 아침에 예더이가 회의를 잡는 바람에 회사를 빠질 수 없었다. 뾰족한 수가 없는지 한참을 궁리해보다가 결국 남편에게 신성한 순간의 바통을 넘기기로 했다.

"딩궈, 당신이 오늘 페이천 학교에 데려다 줘야겠어. 스쿠터 타고 가. 학교 앞에는 대기 불편하니까 길 건너에 있는 모스 버거 앞에 세워놓고. 거기서 운동도 할 겸 걸어가. 그리고 페이천은 쑹런부속유치원에서 올라온 게 아니어서 선생들도 우리 애는 오늘 처음 볼 거야. 그러니까 우리 페이천 담임한테 인사 좀 시켜줘. 우리 애 잘 부탁한다는 말도 해주고."

"그러면 이상해 보이지 않을까? 특별대우 해달라는 것 같은데." 양 딩궈는 별로 내키지 않는 눈치였다.

"그런 생각까지는 안 해도 돼. 다른 애들은 쑹런유치원 출신이니까 페이천 담임도 그 애들만 예뻐할 수가 있잖아. 그리고 아무래도 같은 유치원 나온 애들끼리 어울리지 않겠어? 그러니까 페이천이 잘 적응할 수 있게 도와달라는 말이야."

머리끈을 입에 문 천원셴은 머리카락을 뒤로 모아 묶으며 남편을 흘겨보았다. 나 몰라라 하는 남자들의 그런 태도가 진절머리 났다. 아이에 관련된 문제를 맡기면 꼭 나태하게 일처리를 하는 남자들이.

"테드 아들, 크리스도 같은 반인데, 크리스랑 놀면 되지." 양딩궈는 마뜩찮은 얼굴로 아이의 손을 잡고 나갈 채비를 했다. 인상을 구기고 있는 아내의 얼굴을 보자 빨리 이 상황을 모면하고 싶었다. "너무 염려 안 해도 돼. 아직 첫날이잖아."

양딩궈는 자신의 어린 시절을 떠올렸다. 엄마가 늘 이것저것 챙겨주기는 했지만 이 정도로 사사건건 심하게 간섭한 기억은 없었다. 제 아이가 유독 응석받이로 자라고 있는 건지, 아니면 제 역할이 자식에서 아버지로 바뀌었기에 다소 근엄한 태도로 아내의 양육 방식을 들여다보고 있는 건지 판단하기가 어려웠다.

페이천은 새로 산 책가방을 메고 아빠를 한 번 쳐다봤다가 엄마를 한 번 쳐다봤다. 무슨 일로 그러는 건지는 정확히 몰라도 엄마 아빠가 자기와 관련된 일 때문에 화가 나 있다는 건 느낄 수 있었다. 페이천은 눈을 크게 뜨고 뭐 때문인지 곰곰이 따져보고 싶었지만, 새벽 4시쯤 일어난 터라 지금은 너무 졸렸다. 이른 시간이었지만 학교에 늦을까봐 다시 잘 수가 없었다. 침대에 누워 천장을 바라보며 시간이 어서 흘러가기만을 기다렸다. 그러다보니 칠흑 같았던 하늘이 차츰 푸르스름한 빛을 띠며 밝아졌다.

페이천은 엄마를 향해 피곤함이 묻어나는 미소를 지으며 작은 손을 허공에 대고 흔들었다. 천원셴은 아빠와 아들이 차례로 엘리베이터에 타는 모습을 지켜보았다. 엘리베이터 층수를 나타내는 숫자가 빠른 속도로 줄어들었다. 천원셴은 낮게 한숨을 쉬었다. 마음은 이미 제 몸을 벗어나 남편과 아들을 따라가고 있었다.

천원셴은 체념하고 옷을 갈아입었다. 고작 회의 하나 때문에 아이 입학식도 못 간다는 생각이 들자 예더이에 대한 불만이 눈덩이처럼 커졌다. 말은 이렇게 해도 스타벅스에서 커피를 주문하고 핸드폰을 꺼내 메시지를 보냈다.

"소피아 팀장님이 좋아하는 블루베리 베이글도 샀어요. 회의 있는 날이라고 몸 혹사시키지 마세요. 오전 8:15"

예더이에게 곧장 답장이 왔다. "윈셴, 어디야? 회사 다 와가는 거야? 회의 준비는 다 끝났어. 오전 8:16"

천원셴은 순간 멈칫했다. 이 여자는 감정을 관장하는 뇌의 한 부분이 완전히 고장난 건 아닐까? 핸드폰 키패드 위에서 손가락이 기계적으로 움직였다. "다 왔습니다. 곧 들어갈게요."

사무실 자리는 80퍼센트쯤 채워져 있었다. 천원셴은 늦게 온 편이긴 해도 지각은 아니었다. 영화관 맨 앞자리를 지나가는 것처럼 등을 굽힌 채 제일 앞에 앉아 있는 동료를 지나갔다. 예더이가 쇼핑백을 열어보더니 기특하다는 듯한 눈빛을 보냈다. 그러나 천원셴은 괜히 뿌듯해하지는 않았다. 어차피 그건 예의상이라는 걸 알았기 때문이다. 그 눈빛은 사실, 예더이가 부하 직원의 이런 수고로움 쯤이야 당연하게 여긴다는 걸 보여줄 따름이었다.

예전 같았으면 예더이가 늘 하는 그런 행동에 어김없이 상처를 받았겠지만 이제는 달랐다. 천원셴에게도 새로운 희망이 생긴 것이었다. 아이의 새 교복에서 나던 좋은 냄새를 떠올리자 울분을 가라앉힐 수 있었다. 이제껏 살면서 꿈에서나 그려보던 선물이 생긴 터였다. 예더이 때문에 저버렸던 기대와 희망, 새롭게 생겨난 기대와 희망이 서로 맞물리면서 운명의 균형이 맞춰진 게 아닐까 하는 생각까지 들었다.

회의가 끝나자 몰래 화장실로 들어갔다. 변기 뚜껑을 내리고 엉덩이를 변기에 대고 앉았다. 남편이 과연 사진을 보냈을지 한시 빨리 확인하고 싶었다.

양딩궈는 약속대로 등굣길에 찍은 아이 사진을 여러 장 보내왔다. 그중 몇 장은 각도가 꽤나 훌륭했다. 노련한 연예기획사 대표처럼 천원셴은 제일 잘 나온 사진을 과감하게 고르고는 '사진 다운로드'를 클릭했다. 저장해놓았다가 페이스북에 올릴 요량이었다.

천원셴은 다른 엄마들처럼 아이의 페이스북 계정을 따로 만들어서 '아이 말투'로 아이 대신 글을 올리는 스타일은 아니었다. 그런 피드를 보면 닭살이 절로 돋았다. 고백하건대 사실은 천원셴도 요즘 SNS에 아이 사진을 올리는 데 푹 빠져 있었다. 어쩌다 그렇게 됐을까? 이토록 귀여운 우리 아이를 나 혼자서만 보기는 아깝다는, 이 세상 모든 엄마의 속내 때문이었다. 또 다른 이유는 SNS 자체가 분위기를 조장해서였다. 천원셴이 본인 일상을 찍은 사진을 올렸을 때 나오는 반응이나 호응도는 페이천 사진을 올렸을 때보다 한참 떨어졌다. 그러다보니 어쩔 수 없는 측면도 있었다.

시간이 흐르면서 천원셴도 유행을 온전히 받아들이기로 했다. 사람들의 관심을 받는 느낌을 누가 마다할 수 있단 말인가? 여자가 절대 질투할 리가 없는 대상은 자식밖에 없다. 자식의 외모가 매력적일수록 다른 이들의 사랑을 받을 확률이 높다. 여자는 이를 더 없는 영광으로 생각한다.

천원셴은 SNS에 뭐라고 써서 올릴지 고민했다. 시간이 없었다. 화장실에 죽치고 앉아 있을 수는 없는 노릇이었다. 얼른 피드를 올리고 나가야 했다.

그때 핸드폰 화면에 메시지가 떴다. 량자치였다.

"오늘 왜 안 왔어요? 오전 9:38"

"방금 보니까 스티븐밖에 없어서요. 오전 9:39"

"자기 어디 갔는지 물어보려다가 담임이 찾는 바람에 못 물어봤어요. 오전 9:39"

천원셴은 가슴이 철렁했다. 안 물어봤다니 다행이었다. 양딩궈더러 량자치를 만나보라고 했으면 분명 일이 꼬였을 터였다.

"어제 열이 나서 병원에 가봤더니 의사가 감기래요…… 아이한테 옮을까 걱정돼서요. 오전 9:40"

"페이천하고 이틀이나 떨어져 있었어요. 당분간 곁에 못 오게 하려고요. 오전 9:40"

독감은 언제나 완벽한 핑계거리다.

타이완은 땅덩어리가 좁고 인구 밀도가 높아서 바이러스나 세균이 전염되기 쉬운 편이다. 그래서 독감에 걸렸다는 핑계를 대면 누구에게든 어떤 의심도 사지 않는다. 뿐만 아니라 정말 독감에 걸린 것처럼 하고 다니는 것도 별로 어려운 일이 아니다. 다음에 만날 때 마스크를 쓰고 나가서 목에서 가래가 나올 것처럼 하거나, 기침이 나오면 손사래를 치며 걱정하지 말라고 다 나았다고 말하면 그만이다. 이 모든 절차가 제대로 이루어지면 성공인 것이다. 천윈셴은 여기에 페이천도 고려 사항에 넣어야 한다는 걸 깜빡할 뻔했다. 괜히 섣불리 거짓말을 했다가 량자치가 자기 아들더러 페이천 옆에 가지 말라고 할 수도 있었다.

무엇보다 아이들 입학 전후가 천윈셴과 량자치의 관계가 돈독해질 수 있는 가장 중요한 시기였다.

"괜찮아요? 요즘 독감 굉장히 심하던데. 내 주위에도 걸린 사람 많아요. 오전 9:41"

"거의 다 나았어요. 며칠 쉬기만 하면 돼요. 신경 써줘서 고마워요. 시간 있을 때 또 얼굴 봐요. 오전 9:41"

"그래요. 몸조리 잘해요. 오전 9:42"

천윈셴은 물 내리는 버튼을 누르고 핸드폰을 주머니에 가볍게 넣었다.

예더이는 다른 부서의 브리핑을 듣느라, 사무실로 들어오는 천윈셴을 눈여겨보지 않았다.

◻

천윈셴은 운동장 한쪽에 서서 교정에 걸린 현수막을 둘러보았다. 녹음이 우거진 교정 곳곳에서 이파리가 속삭이고 새가 지저귀고 있었다.

페이천이 쑹런초에 들어간 지도 벌써 2주가 지났건만 천원셴은 아직도 제 아이가 이런 좋은 환경에서 교육 받고 있다는 사실을 믿을 수가 없었다. 사치를 하다가 별안간 검소해지기는 힘든 법이다. 이전에 페이천을 공립 초등학교에 보내자고 어떻게 자신을 설득했는지 이제는 생각이 잘 나지 않았다. 천원셴의 잘못된 선택으로 아이가 육 년 내내 허송세월을 할 뻔했던 것이다.

며칠 전쯤 천원셴 가족은 우연히 그 공립 초등학교 앞을 지나게 되었다. 천원셴은 걸음을 멈추고 학교를 바라봤다.

"담장이 왜 이렇게 낮아?" 천원셴은 한심하다는 듯이 작은 소리로 중얼거렸다.

"뭐라고?" 양딩궈가 물었다.

"학교 담장이 너무 낮다고."

"그게 뭐 어때서?"

"며칠 전에 뉴스 못 봤어? 이상한 남자가 학교 담 넘어와서 교정에서 커터칼 들고 돌아다녔다는 거. 봐봐, 담장이 이렇게 낮으니 담 넘어 들어가는 건 식은 죽 먹기 아니겠어? 우리 애가 여기 다녔으면 아마 걱정돼서 잠도 못 잤을 거야."

"뭐 하러 그런 쓸 데 없는 생각을 하고 그래? 우리 애는 쑹런초 다니고 있는데."

"그건 그래."

아이가 쑹런초등학교에서 교육을 받고 있다고 생각하니 천원셴은 뿌듯했다. 방금 교정에 들어서기 전에 천원셴은 학교 앞에 세워져 있는, 아이를 데리러 온 자동차들을 유심히 쳐다봤다. 저 차들의 가격을 다 합하면 얼마 정도 될까, 천문학적인 숫자에 놀라움을 금치 못했다.

그 순간, 우리 아이의 앞날에 탄탄대로가 열리겠구나 하는 생각에 다시 한 번 확신을 가질 수 있었다. 그런 차를 타고 다니는 사람들이 자녀 교육을 대충할 리가 없었다. 이들이 추구하는 모든 것이 자신의 행동에 배어나오게 될 터였다. 그리고 이는 자연스레 주변 사람들에게 영향을 미치게 될 것이고, 그중에는 천원셴의 아이도 끼어 있을 것이었다.

아이의 교실로 들어가기 전에 천원셴은 다른 교실들도 자세히 살펴보았다. 모든 교실의 크기나 시설이 똑같은지 궁금했다. 솔직히 말하자면 국제반의 시설이 이중언어반보다 좋은지 확인해보고 싶은 마음이었다.

페이천과 하오첸 둘 다 이중언어반이었다.

사립 초등학교는 일반반, 이중언어반, 국제반으로 나뉜다. 일반반은 타이완의 중·고등학교 커리큘럼과 연동되어 있어 별 다른 특이점이 없었고, 이중언어반이나 국제반은 나중에 유학을 생각하고 있는 아이들이 대부분이었다. 쏭런초등학교는 8반까지 있었는데 그중 6개가 이중언어반이었고 나머지 2개가 국제반이었다. 하오첸과 페이천은 이중언어반이었다.

페이천이 이중언어반에 들어간 건 어쩌면 당연한 일이었다. 하지만 차이완더가 왜 자기 자식을 국제반에 보내지 않았는지 천원셴은 의아했다. 페이천에게 들은 바로는 하오첸은 미국에서 태어났다고 했다. 당연히 미국 국적일 것이었다. 설마 차이완더는 자기처럼 제 아이를 조기유학 보내고 싶지 않은 것일까? 아니면 차이완더 부부는 그래도 미국 유학을 보내야 되지 않을까 고민 중인 것일까?

이중언어반의 장점은 들어가고 싶을 때 들어갈 수 있고, 나오고 싶을 때도 얼마든지 나올 수 있다는 거였다. 그렇기에 차이완더 부부가 아이를 멀리 보내지 않고 곁에 두고 싶어서일 수도 있었다.

사립 초등학교를 졸업하고 타이완에 있는 국내 중고등학교로 진학하건 유학 가는 길을 택하건 상관없이 이중언어반 아이들은 언제든지 국제반으로 갈 수 있었다.

천원셴은 뺨을 살짝 두드렸다. 이제 러우이柔伊 선생을 만나야 하니 쓸 데 없는 생각은 접어둬야 했다.

천원셴이 오늘 학교에 온 건 러우이 선생과 약속이 있어서였다.

전날 밤에 아이 책가방을 챙겨주고 있는데 페이천이 말했다. "엄마, 내일 나 데리러 올 때 교실로 와줄 수 있어?"

"왜?"

"조 티처가 엄마 오래."

"누가?"

"우리 영어쌤이 엄마한테 할 말 있대."

듣고 보니 그다지 좋은 일 같지는 않아 천원셴은 콧잔등을 찡그렸다.

"선생님이 무슨 일 때문인지는 말 안 했어? 너 학교에서 뭐 잘못한 거 있는 거 아니야?"

"아니야. 나 잘 하고 있어."

"그럼 뭐 때문이지?"

"나도 몰라. 조 티처는 엄마가 오시면 좋겠다고만 했어."

천원셴은 아이가 잘못한 게 있어서일까 반신반의하며 교정으로 들어섰다.

쑹런초등학교는 공립 초등학교보다 수업이 네 시간이나 늦게 끝났다. 그런데도 맞벌이 부부를 위해 방과후반을 만들어놓았다. 그러면 아이들이 학교에 있는 시간을 6시까지 연장시킬 수 있었다. 천원셴은 8시 반에 출근해 5시 50분에 퇴근했다. '아이 데리러 가려고 조퇴를 해?'라고 하는, 예더이가 심어놓은 지뢰를 밟지 않고도 6시 10분이면 학교에 도착할 수 있었다. 10분쯤 늦게 아이를 데리러 가는 건 교사 입장에서도 봐줄 수 있는 수준일 터였다. 사립 초등학교가 워킹맘을 '허둥지둥 이리 뛰고 저리 뛰어다녀야 하는 운명'에서 꺼내준 것에, 천원셴은 다시금 감사한 마음이 들었다.

교실 뒷문으로 들어가 보니 수업은 이미 끝나 있었다. 페이천은 책가방을 챙겨놓고 얼굴을 숙인 채 책상에 엎드려 있었고, 다른 아이들은 삼삼오오 수다를 떨거나 끼리끼리 아웅다웅거리고 있었다. 30대 초반처럼 보이는 여자가 교실 앞에 앉아 상냥한 미소를 띤 얼굴로 학생들의 행동을 일일이 살펴보다가 천원셴이 들어오자 자리에서 일어났다. 여자는 아이들에게 이제 수업이 끝났으니 학교 정문으로 조용히 이동하라고 말했다. 그러고 나서 페이천의 책상으로 간 여자는 허리를 숙이고 아이의 팔을 톡톡 쳤다. 무슨 말을 한 건지 천원셴은 알수 없었다. 천원셴이 서 있는 자리에서는 아이가 다시 책상에 엎드리는 모습만 보였다. 여자는 아이들과 처음부터 끝까지 영어로 대화했다. 천원셴도 대화를 따라가기는 했지만 무척 힘에 부쳤다. 머리에 쥐가 날 정도였다. 영어 듣기와 독해는 그래도 어느 정도 하는 편이었지만 회화 실력은 형편없는 수준이었다. 눈앞에 서 있는 여자가, 학생도 아닌 자신에게 부디 영어로 말하지 않기를 기도했다.

여자가 다가오자 천원셴은 선수를 칠 작정을 하고, 조심스레 중국어로 말을 건넸다. "러우이 선생님이세요?"

러우이는 고개를 끄덕였다. 움직이지 않고 그대로 서서 거리를 유지한 채 천원셴을 쳐다보고 있었다. 상황 파악을 하려는 듯이 보였다.

천원셴의 기도는 이루어지지 않았다. 러우이는 영어로 자기가 누군지 밝힌 뒤 곧장 본론으로 들어갔다. 페이천이 듣고 있는 영어 수업의 수준을 조절해주는 게 좋겠다는 이야기였다. 천원셴은 러우이가 하는 말을 필사적으로 들어보려 했지만 간신히 맥락만 이해할 수 있었다. 간단하게 정리하자면, 쑹런초 신입생들은 영어 반편성 배치고사를 봐야 한다. 점수에 따라 영어 수업을 보통반에서 들을지 심화반에서 들을지 결정한다. 페이천은 딱 심화반 합격 커트라인 점수를 받았다. 몇 번 수업을 하다보니 러우이는 안되겠다 싶은 판단이 들었다.

천원셴이 제대로 못 알아 들었을까봐 러우이는 중국어로 다시 말했다. "제임스는 보통반으로 옮겨서 공부하는 게 더 좋을 것 같아요. 음⋯⋯." 러우이는 고개를 기울였다. 이어서 하려는 말이 중국어로 잘 생각이 안 나는 눈치였다. "대개는 아이들이 본인의 수준보다 높은 반에 있으면 스트레스를 많이 받는다고들 하니까요."

러우이는 팔짱을 낀 채 여유 있게 대답을 기다리고 있었다.

천원셴은 순간 멈칫했다. 결국엔 영어로 말할 생각을 접고 중국어로 침착하게 의사 표현을 했다. 러우이가 천원셴의 엉망진창인 영어 발음을 들었다가는 페이천이 보통반으로 가야 한다는 생각만 더 굳어질 게 뻔했다.

"러우이 선생님, 우리 집 아이에게 신경 써주셔서 감사합니다. 근데 저는 우리 아이가 지금 있는 반에서 꾸준히 수업을 들었으면 싶어요. 제가 페이천 성격을 잘 아는데, 아직은 수업을 잘 못 따라가도 앞으로는 다른 친구들 실력 따라잡으려고 열심히 노력할 거예요."

러우이는 이내 무언가 이해한 듯 보였다. 어깨를 으쓱거리고 콧잔 등을 매만지는 모습이 마치 무언가를 닦아내버리고 싶은 것 같았다.

그런 모습을 본 천원셴은 러우이의 생각은 다르다는 걸 짐작할 수 있었다. 또 '기대만 부풀어 있는' 부모야? 라는 생각을 하고 있는 모양이었다.

"그리고 우리 아이 친구가 심화반에 같이 있어서 갑자기 보통반으로 바꿨다가는 힘들어 할지도 몰라서요."

"친구요? 친구 누구요?" 러우이는 정신이 번쩍 들었다.

"차이하오첸이라고 크리스 있잖아요. 우리 집 아이랑 친구거든요. 크리스도 심화반이죠?"

"아, 네. 맞아요. 크리스도 같은 반이에요. 둘이 원래 아는 사이였군요."

러우이는 고개를 끄덕이며 천원셴의 눈빛에 이는 미세한 변화를 지켜봤다.

"페이천도 어드밴스반에서 계속 공부했으면 좋겠어요." 천원셴은 입장을 한 번 더 밝혔다. "페이천은 영어 유치원을 나온 게 아니어서 다른 아이들에 비해 영어로 입을 열기가 쉽지 않을 수 있거든요. 엄마 입장에서는 이해가 가요. 단어의 뜻은 다 아는데 말이 잘 안 나오는 걸 거예요. 선생님께서 인내심 있게 지켜봐주시면, 우리 아이 실력이 얼른 늘도록 영어 공부 열심히 봐줄게요."

"아, 네. 그럼 일단은 그렇게 해보죠, 뭐." 러우이는 결국 설득되었다. "페이천이 아주 적응을 못하는 건 아니니 우선은 어드밴스반에서 꾸준히 해보고, 나중에 반을 옮기더라도 그때 가서 다시 생각해보는 게 좋을 것 같네요. 이렇게 하면 괜찮으시겠어요?"

러우이는 교실로 들어가 페이천을 데리고 나왔다.

천원셴은 고맙다는 인사를 하고 학교를 나왔다. 학교에서 한참 멀어지자 페이천에게 중얼거리듯이 말했다.

"러우이 선생님 영어로 대화한다는 거, 엄마한테 왜 미리 안 알려줬어? 마음의 준비도 안 하고 가서 엄마 너무 놀랐잖아."

페이천은 자기가 왜 이런 말을 들어야 하는지 억울했다. 급기야 모자를 벗어서 손에 꼭 쥔 채 목청을 높였다. "엄마가 쌤 외국인이냐고만 물어봤잖아. 엄마가 제대로 물어보지도 않고 왜 나보고 뭐라 그러는 거야?"

천원셴은 순간 당황했다. 생각해보니 아이 말이 맞았다. 천원셴이 대답도 하기 전에 페이천이 또 한 방을 날렸다.

"엄마가 영어 못해서 그런 거잖아. 크리스 엄마는 조 티처랑 말할 때 영어만 쓰는데."

천원셴은 목구멍에서 쓴 맛이 났다. 침을 삼키고 대화의 화제를 다른 데로 돌리기로 했다.

"아 참, 너 지금 영어 수업 하고 있는 반에 적응 잘 했어? 선생님이 너 좀 떨어진다고 하던데?" 천원셴은 아이의 표정을 살폈다. "선생님이 우선 보통반으로 가서 열심히 하다가 영어 잘 하게 되면 그때 다시 심화반으로 바꾸라던데? 그게 너한테도 도움 된다고 하면서."

"그래서 뭐라 그랬어?" 페이천은 다소 긴장한 듯 엄마 쪽으로 고개를 돌렸다.

"그냥 지금 있는 반에서 꾸준히 하면 좋겠다고 했지." 천원셴은 아이의 손을 잡았다. "따라갈 수 있겠지? 엄마가 너 생각해서 러우이 선생님한테 페이천 잘할 거라고 아주 장담을 해놨는데. 엄마 맥 빠지게 하면 안 된다."

"엄마, 정말 조 티처한테 그렇게 말했어?"

"그럼, 당연하지. 그리고 너 크리스랑 말할 때 영어로 하니?"

페이천은 천천히 도리질을 했다. "중국어로만 말해."

"그럼 안돼. 오늘부터 크리스와 대화할 때는 영어로 해, 알겠지? 그래야 너도 영어 실력이 늘지."

"영어로만 하면 이상하잖아?" 페이천은 인상을 찌푸렸다. "싫어."

천원셴은 잠시 생각해보다가 한 발 물러서기로 했다. 아이웨이가 언어는 '자연스럽게' 접근하는 게 가장 중요하다는 글을 올린 적이 있었다. 특히 어린 아이일 경우 압박감만 주는 식으로 언어를 배우게 하면 회피하려고만 든다는 것이었다. 천원셴도 아이웨이가 말한 대로 해보기로 했다.

얼른 아이의 손을 잡은 천원셴은 더 이상 아무 말도 하지 않고 집으로 가는 발걸음을 재촉했다.

20분 만에 집에 도착했다. 천원셴은 이른바 '아이웨이의 마법'이 이번만큼은 통하지 않았단 걸 깨달았다. 아이를 키우다가 마음에 걸리는 일이 생기면 블로거들의 의견, 특히 아이웨이의 글을 찾아보곤 했다. 집에 들어오자마자 서류 가방을 내려놓고 식탁 의자에 철퍼덕 앉았다. 러우이의 말이 내내 머릿속을 맴돌았다.

"진짜 엄마가 영어책 안 사줘도 돼?"

"나 책 필요 없어, 학교에 많단 말이야."

"그럼 엄마가 어떻게 도와줘야지 영어 실력이 늘 것 같아?"

페이천은 스스럼없이 말했다. "아이패드 사줘. 그걸로 영어 공부할 거야."

천원셴은 인상을 썼다. "아이패드 사주면 영어 공부 잘 할 수 있다는 거야? 말도 안 되는 소리 하지 마."

"진짜야."

"그럼 아빠한테 가서 말해봐. 뭐라고 하시는지."

천원셴은 일부러 그렇게 말했다. 양딩궈는 아이 교육에 별다른 의견이 있는 사람은 아니었다. 하지만 양딩궈에게도 원칙이 하나 있었다. 아이가 어릴 땐 전자 기기를 갖고 놀지 못하게 해야 한다는 주의였다.

얼굴이 빨개진 페이천은 떼를 쓰며 발을 동동 굴렀다. "크리스도 있고 우리 반 애들도 다 있어. 걔네 다 그걸로 다운 받아서 게임한단 말이야. 게임하고 싶을 때 나만 크리스한테 빌려달라고 해야 돼."

"그거 봐, 그래서 아이패드 사달라는 거구나. 게임하려고."

"계속 크리스보고 빌려달라고 하기 싫어. 걔도 게임해야 되는데 자꾸 빌려달라고 하면 짜증낸단 말이야. 나도 아이패드 갖고 싶어. 엄마, 제발 사줘라. 크리스가 아이패드 하나도 안 비싸다고 엄마한테 사달라고 하면 될 거라고 했어."

"돈 때문에 그러는 거 아니야."

"그럼 왜 안 사주는 건데?"

"아이패드 가지고 게임하다 눈 나빠지면 어쩔 거야? 아빠가 걱정하시잖아."

"그럼 게임 30분 하면 10분씩 꼭 쉴게, 맹세." 페이천은 오른손을 높이 올리고 왼손은 가슴에 대는 시늉을 하며 티브이에서 배운 동작을 흉내 냈다.

천원셴은 페이천을 쏘아봤다. 오늘 천원셴의 기분이 별로였던 터라 페이천이 생떼를 부리는 것처럼 보이는 걸 수도 있었다.

페이천이 영어 공부 좀 하라는 식의 말만 하지 않았어도 천원셴은 아들 앞에서 아이패드를 사줄까 말까 고민하는 척이라도 했을 것이었다. 몸을 추스리고 천천히 일어섰다. 오늘 아이에게 신경쓸 힘은 이미 다 써버린 듯 했다. 나머지 부분은 양딩궈가 처리해야 할 터였다. 더는 아들과 말씨름을 할 생각이 없는 천원셴은 비칠거리며 주방으로 들어갔다.

□

저녁 무렵 천원셴은 화장대 앞에 앉아 로션을 바르고 있었다. 양딩궈가 방으로 들어오더니 뒤에서 껴안았다. 등에서부터 어깨선까지 코를 대고 천천히 움직였다. 양딩궈는 아이를 어르는 듯한 부드러운 미소를 띠고 아내의 잠옷 속으로 손을 집어넣었다.

"우리 자기, 오늘 또 뭐 때문에 뿔이 나셨을까?"

천원셴은 남편의 손을 뿌리치며 언짢은 표정으로 턱짓을 했다. 양딩궈는 천원셴이 가리킨 방향으로 고개를 돌렸다. 천원셴의 핸드폰이 놓여 있었다.

양딩궈가 바라보자 천원셴은 화난 듯한 목소리로 말했다. "당신이 직접 봐봐."

양딩궈는 입을 삐죽거렸다. 오늘 밤에는 좋은 일이 있을 리 없겠다 싶은 생각에 건성으로 핸드폰 비밀번호를 입력했다.

"이건 뭐 하는 그룹채팅방인데 다 영어로 되어 있어?"

"이보세요, 양 선생님, 뭐 하는 그룹채팅방이라니요? 당신 아들 영어반 그룹채팅방입니다. 아이한테 관심 좀 가져주실래요? 페이천이 심화반에 배정되었는데 '조라는 영어 선생을 오늘에서야 처음 만났어. 좀 까다로운 여자더라고."

"그래? 왜? 그 선생이 어쨌는데?"

"뭐 어쨌다기보다는 본인이 잘났다고 생각하는 스타일 같아."

두세 시간 전 즈음 양딩궈는 아이패드를 사달라는 아이의 요구를 매몰차게 거절했다. 페이천은 토라져서 먹던 탕을 내려놓고는 울면서 방으로 들어가 문을 쾅 닫았다. 따라 들어가려는 천원셴을 양딩궈가 말렸다. "내버려 둬. 그깟 아이패드 안 사준다고 저렇게 성질을 부려? 무조건 싸고돌면 애 버릇만 나빠져."

천원셴은 입을 실쭉거렸다. 이번에는 아이가 아닌 남편 편을 들기로 했다.

한동안 기다려도 페이천의 방에서는 아무런 기척이 없었다. 문을 따고 들어가보니 아이는 울다 지쳐 침대에 엎드려 자고 있었다. 깨워서 씻고 자라고 해야 할까? 아니다, 천원셴도 지금은 무척 피곤한 상태였다. 이 사태를 수습할 기력이 더는 남아 있지 않았다. 천원셴은 아이 방에서 나와 노트북을 켰다. 요즘 가장 인기 있는 한국 드라마를 보며 기분 전환을 하고 싶었다. 예더이는 이런 식으로 스트레스를 풀어본 적이 단 한 번도 없는 여자였다. 한국 드라마 대사는 어쩜 그렇게 현실과 동떨어져 있냐는 식이었다. 말도 안 되는 스토리에 왜 그리 많은 여자가 열광하는지 도저히 이해가 안 간다고도 했다.

천원셴은 머리핀으로 머리카락을 말아 올리며 혼잣말을 했다. "당신 같은 상사가 현실에서 부하 직원의 일거수일투족을 감시하고 있으니 우리가 비현실적인 세계로 도피하는 거 아니겠습니까? 집에서 쉴 때마저 당신 같은 인간을 떠올려야겠냐고……"

'띵띵' 소리가 나면서 핸드폰 화면이 밝아졌다. 라인 메신저의 알림음이었다.

천원셴은 원래는 그냥 내버려둘 작정이었다. 이 시간에 연락 올 사람은 예더이일 확률이 컸다. 한참을 망설이다가 마지못해 드라마 일시 정지 버튼을 눌렀다.

Big Family of 108 (advanced).

그룹채팅방으로 초대한 사람은 영어 선생 러우이였다.

"그룹채팅방 하나 가지고 왜 그렇게 울상이야?

"그럼 당신도 초대할까?"

"됐어." 양딩궈는 선을 그었다.

"왜 나만 이런 데 신경 써야 되는데? 나 혼자 낳은 애도 아니고."

"당신도 봐봐, 여기 엄마들밖에 없네. 내가 들어가면 이상하잖아."

양딩궈는 엄지손가락을 핸드폰 화면에 대고 위아래로 움직였다. 괜히 자기한테 불똥이 튈까봐 대화의 화제를 다른 데로 돌렸다.

"당신한테 '하이hi'라고 쓴 사람은 누구야? 미국에들 있었다더니 영어 감이 좋네."

"바로 위에 써 있는 거 안보여? 크리스라고 되어 있잖아. 그것도 몰라? 아니면 내가 똑똑한 건가?" 천원셴은 짜증을 내며 말했다.

한눈을 팔다보니 손바닥에 에센스를 너무 많이 덜었다. 천원셴은 값비싼 액체 덩어리를 물끄러미 쳐다보다가 한숨을 푹 내쉬었다. 에센스를 얼굴에 바르고 남은 건 목에도 발랐다. 그러고는 손가락으로 평소보다 더 세게 얼굴과 목을 두드렸다. 양덩궈는 빠르게 대화창을 훑어봤다. 글 올라오는 속도가 매우 빨랐다. 양덩궈는 회사 직원들끼리 하는 그룹채팅방이 처음 생겼을 때를 떠올렸다. 그때도 처음엔 그랬지만, 한두 달이 지나고 새로운 맛이 없어지자 대화의 빈도수가 확 줄어들었다. 그마저도 마지못해 몇 마디 하다 끝나는 식의 영양가 없는 대화였다.

"여기 선생이 연달아 올린 말들은 뭐야? 영어라서 하나하나 다 읽기 귀찮다. 당신이 통역 좀 해줘." 양덩궈가 핸드폰을 건네주었다.

"심화반 진도랑 부모들 도움이 필요한 부분은 그 동안 아이들한테만 알려줬었는데 이제부터는 그룹채팅방에도 같이 올리겠대. 성의 있게 애들 좀 챙겨달라고 하면서. 궁금한 거 있으면 여기다 물어봐도 되고."

"괜찮은 선생 같은데, 외국인이야?"

"나도 몰라. 중국어 할 줄 알면서도 굳이 나한테 영어로 하더라니까. 그러면 외계인 아니야?"

"그게 그렇게 화날 일이야?"

양덩궈가 태연하게 대응하니 천원셴은 순간 머쓱해졌다가 이내 빈정이 상했다.

"오늘 아들한테 영어 못 한다고 무안 당한 사람이 당신은 아니잖아요, 양 선생님. 그러니까 거기 서서 나보고 쓸데없이 화만 낸다고 하지. 그리고 당신도 방금 봤잖아. 이 여자들이 얼마나 무섭냐면, 선생이 글 올린 지 30분도 채 안 되서 열 몇 명이 '읽음'으로 뜬다니까. 선생한테 영어로 답할 줄도 알고. 나 스트레스 받아, 그 여자들처럼 전업맘도 아닌데다가 유학파도 아니잖아. 직장까지 다녀야 하고."

한동안 정적이 흐르다가 양딩궈가 어색하게 입을 열었다. "쑹린도 당신이 보내자고 한 거 아니야?"

"그럼 이게 다 나 때문이라는 거야?" 천원셴이 인상을 찌푸렸다.

"그런 뜻이 아니라, 자꾸 나한테 뭐라고 하니까 그렇지." 양딩궈는 난감한 표정으로 얼굴을 문질렀다. "내 말은, 쑹린 학부모의 태반은 그런 집안 사람들이란 거 당신도 애초부터 알고 있었던 거 아니냐고. 그 여자들이랑 어울리려면 스트레스 심한 거 알아. 그래도 일일이 연연해 하지마. 당신도 말했다시피 당신은 직장을 다니니까, 그룹채팅방 같은 건 시간 날 때 잠깐씩 확인하고 그러면 되잖아."

"당신은 그런 게 얼마나 스트레스인지 몰라서 그래. 하긴 우리 애 태어났을 때부터 지금껏 당신은 아는 게 하나도 없었으니까."

천원셴은 남편을 쳐다보다가 제 심정을 이해시키고 싶은 생각을 포기했다.

양딩궈가 어떻게 이해할 수 있을까? 엄마가 된다는 것과 아빠가 된다는 것은 달랐다.

페이천은 태어나자마자 이런저런 검사를 받고, 키와 몸무게를 정기적으로 재러 다녔다. 분명히 양딩궈도 그 자리에 같이 있었건만 의사는 꼭 천원셴에게만 시선을 고정한 채 말을 했다. 아이의 키와 몸무게가 두 달 내내 변화가 없으니 산모가 식단을 조절해야 한다는 말이었다. 그 말에 천원셴은 한참을 우울해했다. 모유와 분유의 비율을 다시 조절해야 하는지 심각하게 고민했지만 양딩궈는 그 말에 아무런 영향을 받지 않았다. 오히려 천원셴더러 스트레스 받지 말라며, 아이들은 자기만의 성장 속도가 있다는 말을 아무렇지 않게 내뱉었다.

천원셴은 정말 불공평하다는 생각이 불쑥 들곤 했다. 왜 나만 아이에게 더 신경을 써야 하는 걸까? 왜 의사는 양딩궈가 아닌 나한테 시선을 고정한 채 말을 할까? 설마 아이의 성장 속도는 엄마가 책임지고 관리해야 한다고 여기는 걸까?

양딩궈가 엄마들 간의 은근한 경쟁심리를 이해한다는 건 불가능한 일이었다.

워킹맘은 직장일 때문에 아이를 제대로 돌보기 힘들다고 말할 수 있는 처지가 아니었다. 량자치 같은 엄마들은, 아이를 학교에 보내놓고 느긋하게 홍차나 한 잔 우려 마시면서 신문이나 잡지를 보고, 여유 있게 아침을 챙겨먹을 터였다. 하지만 천원셴은 달랐다. 완전히 다른 유형에 속했다. 지하철역에 들어서자마자 출근할 생각만 하면 심장 맥박이 빨라졌고, 에스컬레이터 왼편에 서서 가는 사람만 봐도 이상한 조바심과 긴장이 일었다. 하지만 그런다고 세상 사람들이 엄마로서의 천원셴을 평가하는 기준을 낮춰줄 리 만무했다.

양딩궈는 아내가 불만이 많았다는 걸 눈치채고는 말없이 두 사람의 핸드폰을 각각 충전기에 꽂았다. 그러고는 침대에 기대 잡지를 펼치고 가만히 읽어 내려갔다. 천원셴은 침대에 드러누웠다. 기분이 울적했다. 힘든 하루를 보내고 진이 다 빠진 상태에서 또 다른 걱정에 사로잡혔다. 러우이 앞에서 했던 바보 같은 행동들이 나중에라도 러우이와 학부모들의 이야깃거리가 되지 않을지, 천원셴이 없는 자리에서 웃음거리가 되지 않을지 걱정스러웠다.

이 생각 저 생각 하다보니 눈꺼풀이 슬슬 무거워졌다. 천원셴은 이불을 꼭 끌어안은 방비 태세로 꿈속으로 돌진했다.

□

며칠 뒤 천원셴은 새로운 그룹채팅방에 초대되었다. 그것도 두 개나. 하나는 페이천 담임교사인 아이茇 선생이 만든 그룹채팅방이었다. 중국어를 주로 쓰고 영어는 가끔 섞어 쓰는 방이어서 천원셴은 안도의 한숨을 내쉬었다. 다른 하나는 학부모들만 들어갈 수 있는 그룹채팅방이었다. 천원셴은 들어가자마자 화면을 대충 캡처해 양딩궈에게 보냈다. "학부모 그룹채팅방(X), 선생들 뒷얘기 하는 그룹채팅방(O)"

천원셴은 량자치를 따라 했다. 주로 다른 사람들의 반응만 살펴보다 잠수를 타는 식이었다. 필요할 때만 대답을 했다. 학부모 그룹채팅방이야말로 페이천이 쑹런초에 들어간 이래 제일 눈여겨봐야 할 모임이라는 게 며칠만에 분명해졌다.

페이천 반에는 총 스물여덟 명의 아이들이 있었는데, 그중 세 명이 다문화가정 아이였다. 이상하게도 그룹채팅방에는 학부모가 스물다섯 명밖에 없었다. 어느 날 저녁, 천원셴은 따로 시간을 내 방금 나온 비상연락망을 보며 그룹채팅방 멤버와 일일이 대조해보았다. 그 결과 타이완 아이 둘, 다문화가정 아이 하나의 부모가 초대받지 못했단 걸 발견했다. 핸드폰 화면을 보며 천원셴은 가는 목소리로 혼잣말을 했다. 왜 초대를 안 한 거지…….

제일 자주 들어오는 사람은 뜻밖에도 그룹채팅방을 만든 왕이펀이었다. 왕이펀 아들은 쑹런초 부속유치원 출신이었고 딸은 쑹런초 고학년이었다. 여러 대화들로 보아하니, 왕이펀은 본인이 쑹런초의 행사나 전통을 곧잘 안다고 떠벌리느라 정신이 없었다. 이렇게나 신경써야 할 일이 많은 역할을 나서서 맡을 사람이 있다니, 어떤 엄마들은 부담이 덜해졌다고 좋아하는 듯했다. 며칠 되지도 않았는데 왕이펀은 벌써부터 운영자 행세를 하고 있었다. 왕이펀을 지목하여 질문을 하고, 바쁘더라도 꼭 왕이펀이 대답해주길 바라는 엄마들도 있었다.

고등학교 때 천원셴은 왕이펀 같은 류의 사람을 유독 싫어했다.

그런 사람들은 불의를 참지 못하는 면도 있기는 하지만 인정이 많고 정의감에 불탈수록 으레 멍청하다는 건 사실이라고 천원셴은 생각했다.

자질구레한 일을 도맡아하면 친구를 쉽게 사귈 수 있었다. 하지만 천원셴은 그럴 바에야 손 놓고 앉아 제 능력이나 명성으로 다른 사람이 적극적으로 접근해오도록 만드는 게 백 배 낫다는 입장이었다. 사실 십여 년이 지나 워킹맘이 된 지금은, 이 나이에도 나서서 그런 역할을 기꺼이 맡겠다는 사람이 있다는 게 참 감사했다. 왕이펀 같은 사람이 있으면 복잡한 일도 간단한 일로 바뀌었다. 천원셴이 먼저 물어보지 않아도 왕이펀과 다른 엄마들이 그룹채팅방에서 나누는 대화만 잘 살펴보면 꽤 많은 정보를 얻을 수 있었다. 그중에는 민감한 화제도 없지 않았다.

예를 들어 한 엄마가 그룹채팅방에 이런 질문을 던진 적이 있었다.

"저희 남편이 학부모 위원회에 관심이 있다고 해서요. 왕이펀 남편분이 학부모 위원회 하신 적 있죠? 거기 들어갈 수 있는 방법이 따로 있나요?"

왕이펀은 질문이 올라옴과 거의 동시에 답했다. "저한테 개인적으로 물어보시는 게 좋을 것 같네요. 여기서는 되도록이면 다른 분들도 관심 있어 하는 문제만 토론했으면 해요."

천원셴은 당황스러웠다. 그 문제의 답을 알고 싶어하는 이는 천원셴뿐만이 아닐 터였다. 학부모 위원회에 들어가면 좋은 점이 무엇인지 속속들이 알고 싶었다. 아이웨이가 쑹런초등학교 학부모 위원회에 들어간 심경을 써놓은 글을 본 기억이 났다. 재미있게 읽은 기억에 다시 찾아보았지만 이미 삭제되고 없었다. 아이웨이에게 따로 쪽지를 보내 물어보기에는 천원셴도 멋쩍었다.

왕이펀이 그 일은 비밀리에 논하자고 밝히자 천원셴은 더욱 관심이 생겼다. 설마 학부모 위원회에 들어가면 외부인은 알지 못하는 이익이 생기는 걸까? 아니면 기부금을 내야 한다든지 하는 떳떳하지 못한 일이 있어서일까? 그렇다면 왜 그렇게 많은 사람들이 서로 들어가려고 안달인 걸까?

천원셴은 메시지를 보내 량자치를 살짝 떠보기로 했다. "왕이펀은 아는 게 참 많은 거 같아요. 오전 11:35"

량자치는 오후가 되어서야 답장을 했다.

"그러게요. 그 엄마 애들이 둘 다 쑹런초 다니잖아요. 오후 2:24"

"미안해요. 요가 갔다 오느라 이제 봤어요. 오후 2:25"

"혹시 차이완더 사장님이나 크리스 엄마도 학부모 위원회에 관심 있으세요? 오후 2:37"

"담임이 테드 의견을 물어보기는 했어요. 우리 남편도 분명히 관심 있을 거예요. 오후 2:55"

"남편이 애 교육에 굉장히 신경을 쓰거든요. 오후 2:56"

대화는 여기서 끊겼다. 천원셴은 손으로 가슴을 눌러 내리며 명치에서부터 끓어오르는 불쾌감을 진정시키려 애썼다. 이 기분을 어떻게 감당해야 할지 몰랐다. 페이천 반 학부모들을 일렬로 쭉 세워놓고 보면 차이완더가 정계나 재계에 친분이 가장 많을 터였다. 아니면 두 번째로 많을 법한 사람이었다. 상식적으로 담임교사가 차이완더의 의견을 물어본 걸 가지고 뭐라고 할 수는 없는 노릇이었다. 여태껏 그런 건 공평한 경쟁으로 이루어지는 줄로만 알았기에 순간적으로 기분이 이상할 뿐이었다.

□

학부모 그룹채팅방은 일주일에 한두 번씩은 꼭 소란이 일었다.

어떤 엄마가 그룹채팅방에 읽을거리를 하나 올렸다. 천원셴은 예더이의 눈치를 살피며 그룹채팅방을 재빠르게 훑었다. 제목은 '동성 결혼, 당신이 꼭 알아야 할 10가지'였다.

최근 몇 년 사이 동성결혼 합법화 안건의 진전 상황이 너무 빨라 천원셴 부부는 해당 이슈를 제대로 파악하기도 힘들었다. 천원셴은 뉴스에 나오는 내용을 가끔 보기는 했어도 찬성과 반대 양측의 입장 모두 허점이 보여 어느 한 쪽으로 의견이 기울거나 하지 않았다. 동성결혼을 지지하지 않았지만 그렇다고 반대하는 입장도 아니었다.

천원셴은 링크를 클릭하지 않고 쉴 새 없이 키보드를 두드렸다. 프레젠테이션에 필요한 문서를 예더이가 정한 마감 시간에 맞춰 제출해야 했다.

그때 량자치가 메시지를 보내왔다. "그룹채팅방 난리 났네요…… 오후 3:34"

천원셴은 태연하게 동작을 멈추고 핸드폰을 주머니에 집어넣었다. 그러고는 슬그머니 일어나 화장실로 갔다.

그 링크는 처음에는 그다지 주목을 받지 못했다. 바로 밑에 한 엄마가 홍콩 디즈니랜드 특별 이벤트에 관한 글을 올렸기 때문이다. 삼십 분 내내 그룹채팅방의 화두는 '어느 디즈니랜드가 가장 좋은가'였다. 엄마들 몇몇은 서로 질세라 의견을 내놓았다. 본인이야말로 '디즈니랜드 팬'이라며 전세계에 있는 디즈니랜드를 모두 가봤다고 자랑하는 엄마도 있었다. 그중에서도 도쿄는 아이를 데리고 작년에만 세 번을 갔다 왔다고 했다.

그때 어떤 엄마가 불쑥 의견을 냈다.

"죄송한데 말씀드릴 게 있어요. 여기서 민감한 주제는 꺼내지 말았으면 좋겠네요. 오후 3:11"

천원셴은 손끝으로 머리를 빗어 내리며 잔야친詹雅琴이 누구인지 기억해내려 애썼다.

썬 엄마였다. 썬은 왕이펀 아들과 같은 쑹런부속유치원 출신이라 둘이 꼭 붙어 다녔다.

잔야친도 왕이펀과 친분이 있을 거라 상상하기는 어렵지 않았다.

"동성결혼이 여기 그룹채팅방이랑 무슨 관련이 있는지 모르겠네요. 오후 3:12"

왕이펀이 재까닥 반응을 보였다. 대화창에서 한 시도 나가본 적이 없는 건 아닌지 의심스러울 정도로 빠른 속도였다.

"다음부터는 그러지 맙시다. 엄마들끼리 정보 교류하는 독립된 공간이니 정치 이야기는 꺼내지 않는 게 좋겠죠. 오후 3:13" 이 말 끝에 왕이펀은 방긋 웃는 얼굴 이모티콘을 덧붙였다. 누가 봐도 비웃음의 표시였다.

"죄송해요. 잘못 눌러서 여기로 글이 올라갔네요. 이런 걸로 심려

끼쳐드려서 정말 죄송합니다. 오후 3:23" 해당 글을 올렸던 엄마가 답했다.

양측의 대화를 읽어보다가 천원셴은 량자치와의 대화창으로 다시 돌아갔다.

"살벌하네요. 저도 앞으로는 아무 글이나 올리고 그러면 안 되겠어요. 오후 3:40"

"그러게요. 우리는 그냥 제삼자가 되는 게 좋을 것 같아요. 제삼자가 보는 눈이 더 정확한 법이니까. 오후 3:42"

'함께' 제삼자가 되기로 약속하자마자 이를 적용해볼 상황이 벌어졌다.

보통 감기 걸린 아이가 한 명 있으면 다른 아이 세 명에게 감기를 옮긴다고 생각한다. 아이들이 범인을 지목한 것임이 분명했다. 재채기를 가장 먼저 한 친구는 브라이언이라고 했다. 어느 날 브라이언이 학교에서 재채기를 계속 해대는데도 마스크를 쓰지 않았다는 말이었다. 천원셴이 아이를 데리러 갔다가 만난 엄마랑 수다를 떨다보니 그 이야기까지 나왔다.

그 엄마는 어깨를 들썩이는 시늉을 하며 지적했다. "그럴 줄 알았어요. 브라이언 맘이 웨딩 플래너 회사를 다니느라 이리 뛰고 저리 뛰고 엄청 바쁜가봐요. 우리 딸이 그러는데 브라이언은 허구한 날 준비물을 빠뜨리고 온다네요. 정말 안타까워요. 애 잘못이 아닐 텐데 말이죠."

천원셴은 미소를 띤 채 건조한 목소리로 대꾸했다. "요즘 들어 감기 바이러스가 갈수록 심해지는 것 같네요."

천원셴은 대번에 누군가를 평가하기는 싫었다.

천원셴도 워킹맘이었으므로.

저녁이 되자 페이천 가족은 천원셴이 시장에서 사온 면요리와 간장에 졸인 오리고기를 먹었다. 그러고 나서 페이천은 숙제를 했고 양딩궈는 핸드폰을 만지작거렸다. 양딩궈가 핸드폰 게임을 하는 건지 업무 관련 일을 하는 건지 천원셴은 별로 알고 싶지 않았다. 그저 보다만 한국 드라마를 업데이트된 회차까지 마저 보고 싶다는 생각뿐이었다. 소파에 누워 있던 천원셴은 간신히 노트북 앞으로 이동했다. 핸드폰을 집어 들어 화면을 켰다. 아, 정말 싫다, 또 왕이편이었다.

보고도 못 본 척하고 싶었지만 손가락은 이미 대화창을 클릭하고 있었다.

"조너선이 학교에서 돌아오고 나서 계속 열이 나길래 방금 병원에 다녀왔어요. 의사 말이 독감이래요. 우리 애가 네 번째 피해자네요. 물도 못 마시고 있는 애를 보니 엄마 된 입장에서 정말 마음이 안 좋아요. 근데 아무리 안쓰러워도 자기 방에 격리시켜놔야 할 것 같아요. 우리 딸한테 옮을까봐서요. 오후 8:23"

"어머나, 조너선 괜찮은 거예요? 오후 8:25" 한 엄마가 물었다.

"조너선의 쾌유를 빌어요. 썬도 오늘 집에 와서는 머리가 어지럽대요. 오후 8:30" 잔야친이 말을 받았다.

"웬일이야, 내가 글을 몇 번이나 올렸는데. 이번 유행성감기 아주 독하다고 엄마들이 신경 좀 써달라고. 노파심에서 한 말을 그냥 흘려들은 엄마들이 감기 걸린 애들을 무작정 학교에 보냈다니, 유감이에요. 우리 아들 말고도 적어도 세 명은 옮은 거네요. 다시는 이런 일이 일어나지 않았으면 좋겠어요. 마지막으로 다른 엄마들에게 당부할게요.

아이가 열이 나거나 하는 감기 증세를 보이면 학교에 보내지 말고 꼭 집에서 쉬도록 해주세요. 아무리 직장일이 중요하다지만 다른 사람 권리에 영향을 끼쳐서는 안 되겠죠. 오후 8:46"

천원셴은 기분이 썩 유쾌하지는 않았다. 왕이펀은 왜 굳이 '아무리 직장일이 중요하다지만'이란 말을 붙인 걸까? 워킹맘이어도 중요한 일은 꼬박꼬박 참여하는 사람도 있는데, 왜 한꺼번에 싸잡아서 무책임한 사람을 만드는 걸까?

그 와중에 벌써 열세 명이나 '읽음'으로 떴다.

그중에는 브라이언 맘이 속해 있을지도 몰랐다. 그렇다면 천원셴은 브라이언 맘에게 남몰래 동병상련의 감정을 느낄 것이었다. 브라이언 맘 마음 다 알아요, 나였어도 아이를 학교에 보냈을 거예요, 안 그러면 내가 할 수 있는 게 없는 상황이니까. 회사에 휴가 내고 집에 있다가 또 예더이에게 밉보이라는 건가? 말도 안 된다, 그 정도 대가까지 치를 수는 없다. 그러니 아이 얼굴에 마스크를 씌워서라도 학교에 보내는 수밖에.

양딩궈는 바보처럼 히죽히죽 웃었다. 천원셴은 저 인간이 지금 핸드폰 게임을 하고 있구나, 확신했다.

천원셴은 소파 위에 있던 베개를 남편 쪽으로 던졌다. "그러고 있을 거면 애 숙제나 봐줘."

이틀 뒤, 천원셴은 방과후반 외에 다른 선택지는 없는지 물어보러 담임교사를 찾아갔다. 페이천에게는 잠깐 기다리고 있으라고 했다.

담임교사는 복도에서 여자 두 명과 대화를 나누고 있었는데 그중한 명은 키가 꽤 컸다. 말할 때 손동작이 컸고 다소 격앙된 표정이었다. 다른 한 명은 아담한 체구에 다소곳한 이미지였다. 하얀 피부에 주근깨가 진하게 박힌 얼굴이었다. 천원셴은 잠깐 서 있는 동안, 키 큰 여자가 왕이펀이라는 걸 알았다. 왕이펀은 생각보다 젊고 강해 보였다. 옆에 있는 여자는 누구인지 알 수 없었다.

"전에도 브라이언 맘이 브라이언한테 전혀 신경을 안 쓰는구나, 느낀 적이 있어요."

천원셴은 입술을 비죽거렸다. 세상에, 아직도 그 얘기를 하고 있다니.

담임교사가 먼저 알은체를 했다. "하이, 제임스 어머님, 무슨 일이세요?"

"방과후반에 대해서 여쭤보고 싶은 게 있어서요."

왕이펀과 옆에 있던 다른 여자가 뒤돌아서 천원셴에게 인사를 했다. 상냥하지 않은 그렇다고 무례하지도 않은 태도였다.

"잠깐만 기다려주시겠어요? 조녀선 어머님이랑 썬 어머님이랑 따로 상의할 일이 있어서요."

"괜찮아요, 기다릴게요."

얼굴에 주근깨가 있는 여자가 바로 잔야친이었다.

천원셴은 야무지지 못한 제 자신을 나무랐다. 왕이펀과 같이 나타난 여자면 누군지 바로 눈치 챘어야 하는 거 아닌가?

여자들은 하던 이야기를 마저 이어갔다.

"사실은 저도 그렇게 느낀 적 있어요. 브라이언 맘이 집에서 아이 공부는 하나도 안 봐주시는 것 같아요. 제가 보통 다음날 수업 진도를 매번 그룹채팅방에 올리는데도 수업시간에 브라이언을 시켜보면 하나도 모르더라고요. 이런 적이 한두 번이 아니에요……" 담임교사는 막무가내 식으로 말했다. "저희도 교사여서 이렇다 저렇다 말을 많이 할 수는 없는 입장이에요. 지켜야 할 선이 있으니까요. 아 참, 조너선 어머님, 또 말씀드릴 게 있어요. 조너선한테는 말씀하시면 안돼요. 조너선이 쑥쓰러워할지도 몰라서요. 브라이언이 수업시간에 대답 못하면 조너선이 잘 도와줘요."

왕이펀은 미소를 지었다. 마음이 사르르 녹아내린 듯한 표정이었다. "맞아요, 우리 집 조너선이 애가 원체 그래요. 게자리 애들이 정이 많다잖아요. 우리 애도 다른 사람 난처해하는 건 못 견뎌요. 근데 선생님이 보기에도 브라이언이랑 친하게 지내는 바람에 조너선이 감기 옮은 것 같죠? 선생님, 브라이언 맘이랑 꼭 다시 얘기해보세요. 일도 일이지만 애도 돌봐야 한다고."

"알겠어요. 기회 되면 주의 부탁드린다고 다시 한 번 말씀드릴게요. 정말 죄송해요. 제 책임도 있죠. 브라이언의 증세가 심상치 않다는 걸 조금이라도 빨리 알아챘어야 하는데……."

"선생님, 그런 말씀 마세요. 한 반에 학생이 몇 명인데, 매일 수업하시랴 애들 관리하시랴 그것만도 힘드실 텐데." 잔야친도 재차 강조했다. "이번 일은 사실 복잡할 게 없어요. 브라이언 맘이 엄마 노릇을 제대로 안 한 거죠 뭐."

천원셴은 이 자리를 빠져나가고 싶어졌다. 손을 들고 어색하게 웃어보이며 말했다. "선생님, 전 이제 괜찮아요. 방금 생각났는데 제가 여쭤보고 싶었던 부분은 학교 홈페이지에 가면 있을 것 같아요. 집에 가서 제가 알아서 찾아볼게요."

"아, 네. 그럼 또 물어볼 거 있으시면 연락주세요."

담임교사가 큰 목소리로 말했다.

천원셴은 그 자리에서 페이천을 끌고 나왔다. 왕이펀의 목소리가 들리지 않는 곳까지 오자 아들에게 물었다.

"너 브라이언 알아?"

페이천은 고개를 끄덕였다. "내 앞에 앞에 앉는 애야."

"어머, 그래? 넌 감기 안 옮아서 다행이다. 브라이언 감기 걸렸다며."

"응, 엄마. 걔 며칠 동안 계속 콧물 흘리고 다녔어."

"그럼 엄마가 지금 하는 말 잘 들어."

천원셴은 걸음을 멈추고 아이의 크고 아름다운 두 눈을 물끄러미 바라봤다.

"아침에 일어났는데 몸이 안 좋다 싶으면 엄마한테 꼭 말해야 돼. 학교에 병가 내줄테니까. 그럴 때는 절대 무리하지 말고, 알았지? 학교 가서 콧물 나오면 엄마가 큰일 나."

"왜?" 페이천은 영문을 모르겠다는 듯 고개를 갸웃거리며 방금 엄마가 한 말이 무슨 뜻인지 알아내려 애썼다.

"어른들 일은 몰라도 돼."

□

10월이 되자 첫 시험이 끝났다. 천원셴은 페이천이 5등을 했다는 사실이 믿겨지지 않았다. 지금보다는 더 안간힘을 써야 쑹런초의 이 중언어반 커리큘럼을 따라갈 수 있을 줄 알았다. 담임교사와 면담할 때도 페이천이 잘하고 있다고 느낀 적은 없었다. 천원셴은 신이 나서 양딩궈에게 이 사실을 알렸다. 양딩궈는 그런 천윈셴에게 찬물을 끼얹었다.

"페이천이 쑹런에서 그 정도로 공부를 잘할 줄은 생각도 못했어. 영어 점수도 잘 나오고 하니까 우리 열심히 돈 모아서 페이천 유학 보내줘야 할 것 같은데?"

"기껏해야 초등학교 들어가서 본 첫 시험인데 호들갑 떨지 마. 그거 하나 가지고 무슨 생각까지 하는 거야?"

남편 말에도 일리는 있었다. 천윈셴은 흥분을 숨기기 어려울 따름이었다. "여보, 애가 그렇게 시험을 잘 본 걸 보니 우리 유전자가 그래도 괜찮은가봐, 그렇지? 생각해봐, 걔네 반 애들 대부분 쑹런부속유치원에서 올라왔잖아, 아무래도 출발선이 우리 페이천과는 다른 거나 마찬가지라고. 그런 데서 우리 애가 5등을 한 거야. 그러니까 내가 좋아하는 거 가지고 너무 뭐라고 하지 마."

천윈셴은 남편에게 다가가 뒤에서 끌어안았다.

"우리 이 정도로 행복하기도 어려운 것 같지 않아? 느닷없이 하늘에서 좋은 기회가 내려왔으니. 나 사실 페이천이 적응 잘 못할까봐 걱정했거든. 근데 우리 애가 그런 애들하고 경쟁해도 뒤지지 않는다니, 상상도 못했던 일이야."

양딩궈는 무언가 이야기하려는 듯 입술을 움직이다가 결국은 아무 말도 하지 않았다. 그저 이렇게 평온한 순간을 아내와 즐기기로 했다.

양딩궈가 감정을 내색하지 않기로 한 게 천윈셴도 느껴졌다. 시아버지가 신이취 아파트를 날려버렸다고 실토한 뒤로 양딩궈는 예전 같지 않았다. 처음 만났을 때 배어 나오던 확신이나 단호함을 이제는 도무지 찾아볼 수 없었다. 아내와 한 약속을 저버렸다는 걸 누구보다도 잘 아는 양덩궈였기에 집에서 차마 큰 목소리를 낼 수 없었다. 천윈셴도 그런 남편의 처지를 모르지 않았다.

페이천은 식탁에서 엄마를 힘나게 하는 소식을 또 하나 전했다.

"오늘 크리스 기분이 별로 안 좋아 보였어. 어제 집에서 엄마한테 혼났대."

"왜?"

"시험 못 봐서, 엄마가 화나서 크리스랑 말도 안 했대."

"어머, 그랬대? 얼마나 못 봤기에, 너도 알아?"

"처음에는 크리스가 말 안 해줬어. 나중에 나보고 몇 등 했냐고 물어봐서 네가 먼저 말해주면 나도 알려주겠다고 했지. 자기는 17등 했대. 난 5등이라고 했더니 크리스가 아무 말도 안 했어."

"그래서 너 크리스 위로해줬어?" 양덩궈가 물었다.

"아니, 어떻게 위로해줘야 할지 몰라서."

"우와, 우리 페이천 대단하다. 크리스를 완전히 꺾어버렸네. 우리끼리는 축하해도 돼. 우리 아들 뭐 갖고 싶은 거 있어?"

"응?" 페이천은 신나서 얼굴을 들었다. "선물 줄 거야?"

"그럼. 성적 잘 나왔으니까 엄마가 상 주는 게 당연하지. 아니면 앞으로 2주 동안 밤 10시까지 티브이 볼 수 있게 해줄게."

"진짜야?" 들뜬 마음을 감추려는 어조였다. 페이천의 시선이 아빠 쪽을 향했다.

양덩궈는 아이의 성장발육을 방해할까봐 늦게 자는 걸 내켜하지 않았다.

천윈셴은 아들의 손을 끌어당겼다. 행복의 거품이 온몸에서 퐁퐁 솟아오르는 듯한 기분이 들었다. "당연히 진짜지."

천원셴은 잠자리에 들기 전에 양딩궈에게 물었다. "이상하지 않아? 크리스가 그 정도로 시험을 못 보다니."

양딩궈는 옷을 갈아입으려던 참이었다. 셔츠 단추를 반쯤 풀다가 손동작을 멈추고는 아내 말이 끝나길 기다렸다. "난 사실 이해가 잘 안가. 량쯔치가 크리스 공부도 잘 봐주는 것 같았는데, 어떻게 설명해 주면 이해를 잘하는지까지 나한테 알려주곤 했거든. 근데 정작 자기 애는 시험 성적이 왜 그 모양인지." 천원셴은 본인 말투가 날카롭다는 걸 인지하지 못했다.

"이번에 크리스가 시험 운이 안 좋았나 보지, 뭐."

"그런 거면 등수가 몇 등 정도만 밀려나야지, 17등까지 밀려났으면 그게 걔 실력인 거야."

"거기까지는 나도 잘 모르겠다."

양딩궈는 천원셴이 남의 불행을 고소해한다는 게 느껴졌다. 하지만 그런 아내의 생각에 동조하고 싶지는 않았다.

크리스가 어찌 되었든 테드의 아들이라는 게 첫 번째 이유였다. 사장 아들이 힘들어하는 걸 보면 자기도 모르게 불편한 마음이 생길 것 같았다. 그리고 크리스와 자기 아들이 경쟁 관계라고 여기지 않는다는 게 두 번째 이유였다. 양딩궈와 사장의 관계를 고려해보았을 때 페이천이 공부를 잘한다는 사실이 크리스에게 상처가 될 수도 있는 상황이었다.

"당신, 회사 사장한테 크리스 얘기 뭐 들은 거 없어? 걔 유치원 다닐 땐 공부 잘했대?"

"남의 집 애 일에 뭐 그리 신경을 써?"

"어떻게 신경을 안 써? 우리 집 애 학비를 그 집 아빠가 내주고 있는데."

득의양양한 아내 모습에 비해 양딩궈의 눈빛엔 생기가 없었다. 아내의 들뜬 기분에 도리어 불안감을 느낀 듯했다. 양딩궈는 헛기침을 한 번 하고는 "이제 그만 자자, 내일 아침에 회의 있어"라며 말문을 닫았다.

천원셴은 잘 생각이 없었다. 핸드폰을 보니 반갑게도 아이웨이의 새 글이 올라와 있었다.

아이웨이는 임신했을 때 적어도 한 달에 한 번은 강좌를 들으러 다녔습니다. 달마다 아이 교육에 관련된 잡지도 구독했고요. 큰딸이 유치원에 들어갈 때는, 집에서 가깝고 아이도 건강하고 즐겁게 다닐 수 있으면 굳이 영어 유치원은 보낼 필요가 없다는 게 남편과 시어머니의 입장이었어요. 아이웨이도 그 말에 설득당할 뻔했습니다. 그런데 어느 날 밤, 태어나자마자 영어 학습 교재를 구독한 우리 딸아이를 떠올리니, 몇 년이나 노력했는데 이제 와서 포기하기엔 아깝다는 생각이 문득 들더군요…… 아이에게도 미안하고, 엄마 노릇도 제대로 못 하는 게 아닐까 하는 걱정도 들었어요. 그러다 생각해낸 방법이 있는데, 전문가들의 글을 모으는 거였습니다. 아이 언어 발달의 황금기를 놓칠 수 없다는 내용이었지요. 저는 이내 남편을 설득해냈고 그 결과 시어머니도 제 의견을 믿고 따라주셨답니다. 아이에게 필요한 게 무엇인지, 어떻게 해야 잘 자랄 수 있는지, 그걸 가장 잘 아는 사람은 다름 아닌 엄마입니다. 그러니 아빠들도 엄마만큼 아이에게 정성을 쏟을 수 있다는 말은 절대 믿지 마세요. 아이 문제에 있어서만큼은 엄마 자신의 입장이 확고해야 해요. 그렇지 않으면 아이 교육에 관련된 문제까지 쉬이 양보하게 됩니다. 꼭 알아두어야 할 사항입니다. 내가 한 발 양보하면 다른 사람은 한 발만 더 양보하라고 하기 십상입니다. 저도 다른 사람들 말에 흔들릴 뻔한 적이 있기에 이렇게 글을 쓰게 되었습니다. 경고하는 글이 아니라 우리 서로 다독여주며 함께 노력하자는 의미로 쓴 글입니다.

망설임 끝에 천원센은 용기를 내어 댓글을 남겼다. "아이웨이님 말이 백 번 옳아요. 남자들은 진짜 아이 교육이 뭔지도 잘 몰라요. 오늘도 아이 일 가지고 남편이랑 얼굴 붉혔네요. 우리 애가 학교 성적이 잘 나와서 아이에게 실컷 칭찬을 해주고 싶었지요. 그래야 아이도 이참에 자신감이 생길 테니까요. 남편은 별것도 아닌 시험 가지고 호들갑 떨지 말라는 식이었어요. 그런 일로도 기분이 상할 수 있구나, 생각하니 참 지치더라고요. 에휴, 아이야말로 결혼생활의 진정한 시련이지 싶어요……. 저도 아이웨이님처럼 지혜로운 여자가 되면 좋겠네요. 좋은 글 공유해주셔서 감사합니다. 오늘도 많이 배워갑니다."

□

페이천의 승부욕 덕에 뜻밖에 또 좋은 일이 생겼다. 천원센에게 량자치가 아닌 다른 친구가 생긴 것이었다. 장페이언이었다.

장페이언도 같은 반 엄마였고 셸리가 딸이었다. 장페이언이 먼저 천윈셴에게 아이의 중국어 공부법을 물어보았다. 첫 시험에서 페이천은 중국어 과목 1등을 했고, 셸리는 끝에서 3등이었다.

집에서 아이 공부를 어떻게 봐주는지, 물어오는 사람이 있을 때마다 천원셴은 굉장히 뿌듯했다. 장페이언의 질문에도 열심히 대답해주다가 서로 친해졌다. 요즘 들어 천원셴이 개인적으로 연락하는 학부모가 두 명 있는데, 바로 량자치와 장페이언이었다.

일곱 살 때 부모를 따라 미국으로 이민을 간 장페이언은 미국에서 대학까지 무난하게 마치고 취업을 했다. 서른한 살 무렵에는 미국으로 박사를 밟으러 온 남편을 만나 결혼을 하고 아이도 낳았다. 그러다 3년 전 즈음 장페이언 남편이 수입이 괜찮은 곳으로 이직을 했다. 타이완에 있는 직장이었다. 결국 장페이언은 남편을 따라 타이완으로 돌아왔다. 이런 인생 스토리는 종종 장페이언의 자조 섞인 푸념거리가 되었다. "우리 아빠가 늘 그래요. 그럴 줄 알았으면 그렇게 큰돈을 들여서 미국에 데려가지 않았을 거라고. 미국에서 어렵게 뿌리내려놨더니 도로 타이완으로 돌아왔다는 거죠."

그 말만 들어도 장페이언의 성격을 어렵지 않게 짐작할 수 있었다. 활발하고 농담도 잘하는 데다 단 한 번도 젠체하는 법이 없는 여자였다. 장페이언은 다른 엄마들과 교류가 거의 없었다. 같은 반 엄마인 외국인 세 명과만 말이 통하는 편이었다.

장페이언은 천원셴에게 친구 역할은 물론 '언어 교환 상대'라는 중요한 역할까지 겸했다. 장페이언의 부모는 딸이 미국 생활에 어서 적응했으면 하는 욕심에 집에서는 최대한 영어만 쓰도록 했다. 그렇게 오랜 세월이 흐르자 장페이언은 중국어 표현이 서툴러졌다. 타이완으로 돌아온 지 벌써 3년이나 되었지만 셸리가 영어 유치원에 다니는 바람에 중국어 때문에 스트레스받을 일이 없었다. 그런데 남편이 앞으로는 중국어가 중요하다면서 올해 셸리를 이중언어반에 보낸 것이었다. 그제야 장페이언은 일이 심상치 않게 돌아가고 있음을 깨달았다.

모녀는 '이를 악물고' 중국어 공부를 해야 하는 처지가 되어버렸다.

장페이언은 그룹채팅방에서 다른 사람들이 나누는 잡담마저 제대로 이해하지 못할 때도 있었다. 그럴 때마다 천원셴에게 메시지를 보내 자기가 이해한 게 맞는지 확인하곤 했다.

천원셴도 영어를 '몇 년이나 손 놓고 있었다'고 실토했다. 그 뒤로 장페이언이 제안을 하나 했다. 상대방이 서툰 언어로 대화를 나누면서 서로 부족한 부분을 채워주자는 거였다. 제법 좋은 아이디어인 것 같아 천원셴은 두 손 들고 찬성했다.

천원셴은 새로 생긴 우정을 맘껏 즐겼다. 장페이언은 언제부터인가 다른 엄마들하고는 전혀 어울리지 못했다. 미국에서 오래 살다 와서 대화에도 잘 끼지 못했지만 다들 장페이언을 싫어하지는 않았다. 장페이언의 그 고귀한 '미국 국적'을 은근히 부러워할 따름이었다.

천원셴은 어느새 장페이언 앞에서는 뭐든지 속시원히 털어놓게 되었다. 시도 때도 없이 설치고 다니는 왕이펀이 마음에 안 든다는 말에서부터 대화할 때 괜한 우월감을 드러내는 엄마들을 비난하는 말까지, 죄다 털어놓을 수 있었다. 장페이언은 천원셴의 하소연에 크게 웃으며 화답했다. 그런 장페이언 보고 있으면 이따금씩 장위러우가 생각났다. 지금 눈앞에 있는 하소연의 상대가 장위러우였다면 감동과 기쁨이 두 배가 됐을 텐데, 라고 아쉬워하며.

□

회사 업무 시간에 량자치에게서 메시지가 왔다.

"원셴, 오늘 회사 바빠요? 우리 따로 만나서 수다 떤 지 너무 오래됐네요. 오후 3:23"

꽤나 매력적인 데이트 신청이었다. 천원셴은 책상 위에 있던 달력을 보았다. 페이천이 학교에 들어간 지 어느새 두 달 반이나 된 시점이었다.

크리스는 방과 후 수업을 듣지 않았다. 량자치가 따로 과외를 시킨다고 했다. 바꿔 말하면 천원셴이 페이천을 데리러 갈 때 량자치와 마주칠 일이 없다는 의미였다. 두 달 반 사이에 천원셴과 량자치가 따로 만난 건 총 세 번이었다. 그것도 두 번은 만나서 밥만 먹고 헤어졌고, 한 번은 아이들을 데리고 넷이 영화를 보러 간 게 전부였다. 그날은 하필 또 영화관 이벤트가 있는 날이라 영화관 전체가 발 디딜 틈이 없을 정도로 붐볐다. 그 바람에 천원셴과 량자치는 각자 아이를 챙기느라 정신이 없어 둘은 따로 대화할 시간이 없었다. 천원셴은 그제야 언제 한 번 날 잡고 량자치와 둘이서만 만나야겠다는 생각이 들었다. 량자치와 차분히 앉아서 요즘 고민을 터놓고 이야기하고 싶었다. 그런 생각이 무르익을 무렵 선수를 친 쪽은 량자치였다.

천원셴은 예더이 자리를 힐끔 보았다. 안 보는 게 좋을 뻔했다. 고개를 돌리는 순간 눈이 마주친 것이다. 천원셴은 얼른 시선을 피했다. 조금 한가하다 싶으면 다른 직원들을 감시하는 예더이의 나쁜 버릇이 언제쯤이면 고쳐질지, 정말 죽을 맛이었다.

슬그머니 빠져나가기에 좋은 타이밍은 아니었다. 예더이 얼굴에는 '나 오늘 기분 영 별로야'라고 써 있었다.

아무리 배가 아프다는 이유를 대더라도 예더이는 꼭 잔소리를 몇 마디라도 하고 넘어갈 사람이었다. 천원셴은 심각하게 고민했다. 서둘러 답장을 해야 했다. 량자치가 기다리다 못해 다른 약속을 잡아버리면 어쩌지, 하는 생각이 들었다.

중대한 결정이다보니 천원셴은 머리가 다 몽롱했다. 절호의 기회가 눈앞에서 사라져버릴까 싶어 여러 생각할 것 없다는 결론을 내렸다.

천원셴이 일어서자마자, 무슨 일이냐고 심문하듯 예더이의 시선이 따라붙었다. 천원셴은 심장이 떨리고 혈관이 움직이는 소리까지 들렸다. 헛기침을 하고는 말을 꺼냈다. 속내를 드러내지 않으면서도 상대가 친밀감을 느낄 수 있게 하는 말투였다.

"소피아, 저 조금 이따 먼저 나가봐도 될까요?"

예더이는 무표정한 얼굴로 천원셴을 빤히 쳐다봤다. 속으로는 이미 자기 마음대로 결론을 내렸다는 듯이 말했다. "왜 또 애 때문에 그래?"

"아니요, 아니에요. 오늘은 제 일이에요."

"그래? 무슨 일인데? 괜찮아?"

"별 거 아니에요. 그냥 머리가 좀 어지러워서요. 저희 아이가 엊그제 친구한테 독감을 옮아왔는데 저도 옮은 것 같아서요."

"그럼 얼른 집에 가서 쉬어." 예더이는 무언가 석연찮은 표정을 지었지만 별다른 말은 덧붙이지 않았다.

이번 약속 장소는 량자치가 좋아하는 차를 파는 레스토랑이었다. 량자치는 얼굴이 발그레하니 윤기가 흘렀고 기분도 좋아 보였다. 점심 때 요가를 다니는데 쑤뤄란이 추천해준 수업이라며, 천원셴에게도 다음에 같이 요가 수업을 듣자고 말했다. 쑤뤄란은 밤에 한숨도 못 잘 정도로 스트레스가 심한 적이 있었는데, 지금 요가 강사를 만난 뒤로 불면증이 거의 없어졌다고도 했다.

"쑤뤄란은 잘 지내는 것처럼 보여서 불면증이 있을 줄은 생각도 못 했는데요?"

천원셴은 설탕을 가볍게 저어서 녹였다. 차를 홀짝홀짝 마시며 생각했다. 량자치가 애들 성적 얘기를 꺼내면 뭐라고 말해야 될까? 너무 겸손하게 굴면 일부러 그러는 게 티 날 테고, 그렇다고 대수롭지 않다는 듯 말하면 아이 성적에 관심도 없는 엄마로 오해할 텐데, 그건 또 싫었다. 기분이 들쭉날쭉했다. 숨도 차분하게 내쉴 수가 없었다.

"그거 다 안 그런 척하고 다녀서 그런 거예요." 량자치는 입을 가리고 웃었다. "나중에 기회 되면 쑤뤄란한테 말해줘야겠네, 천원셴이 쑤뤄란 잘 지내는 줄 알고 있었다고. 그 말 들으면 엄청 좋아할 걸요? 안 그런 척, 연기를 잘한 거니까."

"그럼 원래는 안 그렇다는 말이에요?"

"쑤뤄란 지난 일 년 동안, 많이 힘들어했어요. 몰랐어요? 지난번에 한 번 보지 않았나? 그때……."

"크리스 생일파티 때요."

"아, 맞네. 그때 쑤뤄란 집안에 자금 회전이 잘 안 되고 있다는 보도가 나왔었죠, 반년 전쯤에. 솔직히 그 정도로 자금이 부족한 것도 아니었는데 뉴스란 게 원래 좀 과장이 끼어 있잖아. 하는 수 없지, 뭐. 그런 게 뉴스인데. 그래도 쑤뤄란 남편이 정말 다안취大安區에 있는 건물 가운데 하나를 팔기는 했다나봐요. 그 집으로선 별일 아닌 거긴 할 텐데, 기자들이 하도 떠들썩하게 보도를 하다보니 쑤뤄란은 마음이 심란했던 거지. 그러던 중에 지금 요가 강사 도움을 받은 거고."

겉으로는 량자치의 말을 듣고 있었지만 천원셴의 생각은 딴 데 가 있었다.

량자치는 특별한 여자였다. 크리스 생일파티 때 천원셴은 다른 사람들의 감정이 어떤지, 무얼 필요로 하는지 파악하고 맞춰주는 게 량자치에게는 얼마나 식은죽 먹기인지 두 눈으로 목격했다. 량자치가 속으로는 혼자만 잘났다는 생각을 하리라 확신했지만, 실은 절대 그렇지 않다는 걸 량자치와 친해지고 나서야 알게 되었다. 말투나 태도, 생각으로 미루어보아 교양 있고 자신감 있고 여유도 넘치는 여자였다. 그 누구라도 량자치를 좋아하지 않을 수 없었다.

그런 량자치가 쑤뤄란의 일을 이런 식으로 다 말해주다니, 천원셴은 약간 혼란스러웠다.

량자치와 쑤뤄란의 친분, 그리고 자신과 량자치의 친분을 따져보더라도 굳이 그런 이야기까지 할 이유는 없었다. 량자치가 천원셴을 그 정도로 스스럼없이 생각할 줄은 몰랐던 것이다. 여기에는 두 가지 가능성이 있었다. 하나는 량자치가 쑤뤄란을 별로 신경쓰지 않을 경우다. 다른 하나는 량자치가 쑤뤄란보다 천원셴을 더 좋아할 경우다. 확률은 희박했지만 천원셴은 두 번째 가능성이 더 좋았다.

"그래서 쑤뤄란 집 일은 이제 잘 처리된 거죠?" 천원셴은 계속해서 량자치의 속내를 떠봤다.

"네, 다 잘 끝났대요." 량자치는 싸늘하게 말했다. "수천만 위안 손해 보고. 테드가 그러는데 쑤뤄란 남편이 욕심이 과했대요. 투자를 성급하게 하다 보니 크게 손해보거나 떼돈을 벌거나 둘 중 하나였던 거죠. 그 집이 그때 운도 안 좋았나봐. 그렇다 해도 투자하는 족족 돈을 벌 거라고 누가 장담할 수 있겠어요? 이 바닥에서 몇 천만 위안 안 날려본 사람이 누가 있다고. 다음에는 좀 더 신중하게 투자하면 되는 거 아닌가?"

"그럼요, 맞아요."

지금 상황에서는 천원셴이 무슨 말을 해도 자기 약점을 폭로하는 꼴이 될 터였다. 천원셴은 차를 한 모금 마셔서 꼭 뭔가 다른 할 일이 있는 것처럼 보이게 했다.

"페이천은 요즘 적응 잘하고 있어요?"

"영어 말고 다른 걱정은 없어요. 이런 말 하기는 그렇지만 전에 영어 공부를 게을리한 것 같아요. 스피킹 연습을 제대로 안 했거든요. 영어 그림책도 읽어주고 이중언어 유치원도 보내고 했는데 그걸로는 부족했는지…… 저희 남편이, 아무래도 사장님 댁 같은 유학파가 유리하다고 했어요. 아이가 태어날 때부터 출발선이 다르다면서."

이 말은 즉시 효과가 나타났다. 마음이 움직인 듯 량자치가 함박 웃음을 지었다. 추켜세워주는 말을 마다하지 않고 칭찬으로 받아들였다.

량자치는 찻주전자를 흔들었다. 안에 물이 없었다. 종업원이 재빨리 찻주전자를 거두어 갔다.

"원셴, 진짜 신기한 게 있어요. 원셴이랑 같이 먹으니까 나 입맛이 살아요. 평소에는 이렇게 많이 안 먹거든."

"많이 먹는 게 좋지요. 너무 마르셨어요."

"에이, 듣기 좋은 말은 안 해도 돼요. 그 엄마들 못 봤어요? 다들 말로는 몸매에 신경 안 쓴다지만 사실은 엄청 신경들 쓰는 거."

"그러게요, 정말 그렇더라고요."

이상한 현상이 또 하나 있었다. 상식적으로 그 여자들은 시중에 나와 있는 음식이란 음식은 모두 사먹을 수 있는 여유 있는 사람들이었다. 비만이 될 정도로 날마다 5성급 요리를 실컷 맛볼 수도 있었기에, 미각을 섭섭하게 할 필요가 전혀 없는 이들이었다. 하지만 실제로는 음식을 피하는 것처럼 행동하며 쑤뤄란처럼 하나같이 날씬한 몸매를 유지했다. 특히 쑤뤄란은 천원셴이 이제껏 본 중에서 가장 얇은 손목과 발목의 소유자였다.

"아 참, 그리고, 량자치. 그룹채팅방에 없는 엄마들도 있던데 그건 왜 그런 거예요?"

"나도 몰라요. 라인을 안 하거나 그룹채팅방에 들어오고 싶지 않은가 보죠."

"네, 그럴 수도 있겠네요."

"그룹채팅방 얘기가 나왔으니 말인데, 원셴, 궁금한 게 있어요. 왜 8시나 9시가 넘어야 그때 그룹채팅방에 들어와요? 낮에는 일이 바쁜가?"

"아," 천원셴은 긴장했다. "뭐라고 말해야 될지, 쑹런초에서 내주는 숙제나 아이들이 참여해야 하는 활동이 너무 많아서 그렇다고 해야겠네요. 저도 처음에는 바로 바로 답장을 하고 싶었어요. 근데 다들 글 올리는 속도가 워낙 빠르다보니 여차하면 못 따라가겠더라고요. 그래서 나중에는 아예 저녁때까지 쌓아놓았다가 퇴근하고 나서 하나하나 천천히 보게 됐어요."

"그랬구나, 난 일이 바빠서 그런 줄 알았네."

"일도 어느 정도는 상관이 있기는 해요……." 천원셴은 어디까지 말해야 할지 난감했다.

"윈셴, 일하는 거 좋아해요?"

"뭐라 그래야 될까, 좀 쉬고 싶다는 생각을 한 지는 오래됐어요. 상사랑 갈수록 안 맞는 것 같아서."

천윈셴은 사실대로 말했다. 량자치는 그제야 알았다. 천윈셴이 이런 중요한 이야기는 하지 않고 여태껏 별 거 아닌 문제들만 늘어놓았다는 걸.

"그럼 왜 일을 안 쉬어요? 전에 천윈셴이랑 차 한 잔 하고 싶다는 같은 반 엄마도 있었는데. 페이천이 반에서 워낙 인기가 많다 보니까 다들 천윈셴이랑 친해지고 싶어해요. 내가 그랬어요, 천윈셴은 평일에는 일해야 해서 약속 잡기 어렵다고."

머리 아픈 질문들이 하나씩 조여들어왔다. 천윈셴은 까딱하면 버텨내지 못할 뻔했다. 신중하게 대답해야 했다.

결국 미소를 짜내며 말했다. "제가 좀 불안해서 그래요. 저도 수입이 있어야 될 것 같아서."

실상은 이랬다. 양딩궈의 수입으로 아파트 대출 이자와 원금, 보험료, 식비, 교통비, 여가생활비를 내고 나면 남는 돈이 생각보다 많지 않았다. 한번은 싹 계산을 해본 적이 있었다. 매달 쓰는 돈이 평균적으로 12~13만이나 되었고, 한 달에 5만 위안 되는 아파트 대출 이자와 원금이 가장 큰 비중을 차지했다. 그다음으로는 보험료가 많이 나갔고 페이천의 교육비가 뒤를 이었다. 양딩궈의 수입으로 각종 고정지출을 감당하고 천윈셴의 수입은 저축하는 형태가 천윈셴 가족의 재무 포트폴리오였다. 이렇듯 꼭 필요한 곳이 아니면 돈을 쓸 수 없는 형편이었다. 매년 모으는 돈은 천윈셴의 연봉보다 40만 위안 정도밖에 많지 않았다. 다시 말해 천윈셴이 집에 있느라 수입이 사라질 경우

1년에 40만 위안밖에 모으지 못하는 꼴이엇다. 그 액수로는 안락한 노후를 보장할 수 없었다.

이게 바로 천원셴이 양딩궈가 하루빨리 승진하길 간절히 바라는 까닭이자, 오랫동안 집안일과 직장일을 병행하느라 기진맥진한 이유이기도 했다. 천원셴은 정신적으로나 체력적으로 이미 무리한 상태였다. 천원셴은 침을 삼켰다. 가슴이 쿵쾅거렸다. 같은 여사 입장에서 남편 승진에 대한 기대를 솔직히 말하는 게 현명한 선택일까?

한참을 고민하던 천원셴은 량자치가 다른 이야기를 꺼내는 바람에 운을 뗄 수 있는 좋은 기회를 놓쳤다.

"원셴, 그런 거였으면 진작 말하지 그랬어요. 내가 도와주면 쉽게 처리할 수 있는 걸. 딱히 따로 업무는 안 해도 되는 일이 있어요. 일주일마다 한 번 나가서 사인 몇 개만 하면 끝이야. 단점이라면 한 달 수입이 3만여 위안밖에 안 되는 거지만."

"그런 일이라면 좀 위험한 일 아닌가요……."

"걱정 안 해도 돼요. 법에 어긋나고 그런 거 전혀 없는 떳떳한 일이니까. 그럴만한 근거도 있고. 저번 선거 때 테드한테 신세 진 친구들이 있어요. 테드도 자선사업가는 아니니 이제는 그 친구들한테 받을 때도 됐지. 어때요? 정말 원셴이 따로 할 일은 없어. 그 일 자체를 다른 사람이 하는 거여서 일주일에 한 번씩 잠깐 시간 내서 얼굴만 비추면 돼. 잘 생각해봐요, 나도 이런 걸로 아무나 도와주고 그러는 사람 아니니까……."

와플을 하나 더 시킬까 말까 이야기하는 것처럼 량자치는 생글생글 웃으며 천원셴을 바라봤다.

끝이 없는 관계였다. 양페이천이 쑹런초등학교에 들어갈 수 있게 도와준 관계이자 천원셴의 일자리를 알아봐준 관계인 것이다. 이런 인간관계는 정교하고도 팽팽한 그물망으로 엮여 있어서 아무리 어려운 문제라도 이 거대한 그물망에 닿기만 하면 해결할 수 있었다. 아마도 그점이 천원셴과 량자치의 관계가 양딩궈와 차이완더의 관계와는 다른 부분일 터였다.

"좋은 제안 감사해요. 집에 가서 남편과 상의해볼게요."

굉장히 중요하면서도 여기저기 걸려 있는 부분이 많은 일이었다. 천원셴은 풍선처럼 둥실 떠오르는 마음을 다잡아야 했다.

달걀은 한 바구니에 전부 담으면 안 되는 법이다. 같은 이치로 모든 리스크를 차이완더 집에 전부 걸면 위험할 터였다. 아무래도 살짝 겁이 나지 않을 수 없었다. 차이완더 집안이 양딩궈 집안에 깊이 관여하고 있는 격이었기에. 아이도 그 집 덕택에 지금 학교를 다닐 수 있게 되었고, 양딩궈는 테드 회사에서 일하는 직원이었다. 여기다 천원셴의 일까지 연결되는 날에는 차이완더 집안의 은혜를 갚을 길이 있을 것인지, 나중에라도 량자치를 모른 척할 수 있을 것인지 의문이었다.

"원셴, 이런 거 가지고 전혀, 절대로 부담 갖지 말아요." 량자치는 천원셴 얼굴에 나타난 표정 변화를 눈치챈 듯했다. 량자치는 손을 내밀어 천원셴의 손 위에 얹었다. "난 그저 천원셴이 오래된 친구 같아서 그런 거예요. 자기가 고생하는 거 못봐주겠어서."

천원셴은 잠자코 듣고만 있었다. 소금물에 빠졌다가 금세 설탕청에 미끄러져 들어간 기분이었다.

헤어질 때 량자치는 무언가 문득 생각난 듯 테이블 밑에 있는 소지품 바구니에서 단단한 쇼핑백을 꺼냈다.

커다란 C자가 반대로 포개져 있는 걸 보자 천원셴은 숨을 깊게 들이마셨다. 아무리 좋아봤자 쇼핑백일 뿐이겠지, 천원셴은 생각했다. 요즘엔 너도나도 유럽 명품 쇼핑백에 책이나 기념품, 자그마한 선물 따위를 넣고 다니는 게 유행이었다. 천원셴이 상상하고 있는 물건이 저 쇼핑백 안에 들어 있다면, 오늘밤은 불면증에 시달릴 수밖에 없을 것 같았다.

"원셴, 저번에 만났을 때 보니까 백이 약간 헐었던데. 테드랑 프랑스에 갔다가 백이 원체 싸기도 하고 세금 환급도 돼서 친구들 주려고 많이 사왔어요. 이제 원셴도 내 친구니까 받아요."

□

다음 날 출근한 천원셴에게 예더이는 혀를 차면서 퉁명스럽게 물었다. "의사가 뭐래?"

천원셴은 몇 초 동안 머리가 멍했다. 순간적으로 어제 했던 거짓말이 떠올라 얼른 말을 지어냈다. "괜찮대요. 독감은 아니고 그냥 감기래요."

천원셴은 자리로 돌아왔다. 재무재표와 해도 해도 정리가 안 되는 분석에 애써 집중해보려 했지만 마음은 저도 모르게 어제에 가 있었다.

량자치와 헤어지자마자 천원셴은 지하철역에 있는 화장실로 살짝 들어가 쇼핑백 안에 들어 있는 박스를 꺼냈다. 금장 체인이 달린 소가죽 엠보싱 퀼팅백이었다. 가슴이 울렁거리면서 몹시도 행복했다. 마치 박스 안에 코브라 한 마리가 쉭쉭 소리를 내며 혀를 날름대고 있는 것처럼 천원셴은 얼른 박스를 닫았다. 첫 번째 이유는 기쁨을 주체할 수 없었기 때문이고, 두 번째 이유는 화장실 냄새가 박스 안으로 들어갈까 걱정되어서였다.

천원셴은 화장실에서 나와 걸으면서 핸드폰으로 검색을 했다. 백의 정가를 확인하고는 깜짝 놀라 소리를 지를 뻔했다. 13만 위안짜리 명품백은 처음이었다. 침을 꿀떡 삼켰다. 천원셴도 13만 위안이 없는 건 아니었다. 그러나 13만 위안짜리 백을 사려면 마음에 차곡차곡 쌓이는 죄책감부터 견뎌내야 했다.

이 정도 백을 살 돈이 있다는 것과 이 정도 백을 다른 사람에게 선물할 만큼의 돈이 있다는 건 전혀 다른 차원이었다.

누군가 천원셴을 쳐다봤다. 천원셴 손에 들린 쇼핑백을 유심히 보고 있었다. 그 젊은 여자의 눈빛에서 천원셴은 자기가 야무지지 못했다는 걸 알아차렸다. 지하철을 타고 가면 안 되는 거였다. 그러면 다른 사람들은 천원셴이 명품 쇼핑백에 잡다한 물건을 넣고 다닐 뿐이라고 여길 터였다. 천원셴은 지하철역에서 나와, 걸어서 페이천을 데리러 가기로 했다. 보는 사람이 많을수록 좋았다. 매일 지금처럼 뽐내고 다닐 수는 없는 노릇이었기에.

쑹런초에서도 상위권을 차지한 아들에겐 명품백을 매고 다니는 엄마가 있었다.

천원셴은 행복에 겨운 탄성을 질렀다. 지난 몇 년 사이 삶에 이토록 충족감을 느낀 적은 없었다.

페이천은 선생님이 다른 애들 앞에서 같은 반 친구 둘을 칭찬해줬다고 말했다. 조너선과 크리스였다.

"걔네 부모님이 우리 반 일 잘 도와주셨다고 쌤이 걔네한테 고맙다고 했어."

"그런 거면 걔들 아빠한테 학부모 위원회 맡아줘서 고맙다고 해야지. 애들한테 고맙다니 참 이상하네."

왕이펀의 등장이 의외는 아니었다. 왕이펀 남편이 언론과의 관계가 워낙 좋다보니 학교에서도 왕이펀 남편이 학부모 위원회를 맡아주길 바랐을 것이다. 의아한 건 학부모 위원회 위원이라는 직함을 얻게 된 다른 엄마였다.

페이천은 입술을 샐쭉거렸다. 엄마의 말을 이해하기 힘들었다. 흘러내리는 책가방 어깨끈을 추스르며 얼굴을 들고 엄마를 바라봤다. "엄마, 우리 학교에서 반별 학예회 하는 거 알고 있었어?"

천원셴은 신호가 바뀌는 걸 지켜보며 침착하게 되물었다. "반별 학예회?"

"응. 반마다 무슨 발표할지 정해야 한대. 뭘 해야 좋을지 조너선 엄마가 도와준다고 했어."

천원셴은 라인 대화창을 열고 수백 개 메시지 가운데 가능성 있는 메시지를 골라냈다.

"그래, 봤어……"

1월에 있을 반별 학예회가 무엇인지 왕이펀이 자세히 설명해놓은 글이었다.

길을 건너자 천원셴은 걸음을 멈춘 채 그 글을 읽어보았다.

"반별 학예회는 신입생들이 쏭런초라는 대가족의 구성원이 되고 나서 정식으로 열리는 첫 번째 행사입니다. 이 대회를 통해 신입생들은 반별로 단결력을 키울 수 있고 단체생활 적응력도 기를 수 있을 것입니다. 벌써 6학년이 된 우리 딸아이는 아직도 매년 있었던 학예회의 주제를 모두 기억하고 있답니다. 그런 의미에서 부모님들이 최대한 적극적으로 동참해주시길 바라며 우리 아이의 소중한 성장 과정을, 특히 이렇게나 중요한 행사는 놓치지 마시길 바랍니다. 오전 9:25"

"이번 대회는 조녀선 맘이 거들어주신다는 말씀이지요?"

"그럼요. 저번에 조녀선 누나네 반도 도와주셨대요. 그 결과 두 번이나 1등을 했고요. 선생님도 조녀선 맘이 대단한 거라고 하셨어요. 우리 아이들이 조녀선과 같은 반인 게 참 행운이죠."

"학예회 때는 뭐 하는 거예요? 주제를 하나 고르는 거예요? 무대에서 공연하고?"

"선생님 말씀이 공연 소품을 마련해야 한다네요. 소품을 잘 만들수록 1등할 확률이 높아진다고."

천원셴은 눈을 흘겨 떴다. 초등학교 1학년 행사 하나에 이 정도까지 열을 올려야 하나 싶었다.

아직 연필도 제대로 쥘 줄 모르는 초등학교 1학년 아이들이 무슨 수로 그 복잡한 소품 디자인을 한다는 건가? 천원셴은 도저히 이해할 수 없었다. 대체 누구를 위한 경쟁인 걸까? 반 아이들? 아니면 학부모들?

□

천원셴은 량자치와의 대화 내용을 양딩궈에게 알렸다. 자기 의견도 덧붙여서.

양딩궈는 미간을 찌푸렸다. "안 좋을 것 같아. 그 일, 당신이 가서 사인만 해도 문제없는 거야?"

"대신에 일할 필요가 없잖아. 일 안 해도 수입이 생기는데 안 좋을 게 뭐가 있어?"

"생각 좀 해볼게. 내 직감으로는 정상적인 일 같지가 않아."

"나 정말 이쯤에서 한숨 돌려야 돼. 더이상 두 가지 일은 동시에 못하겠어."

"차라리 당신이 아예 일을 그만두는 게 나을 것 같아."

양딩궈는 머리를 전부 물속에 집어넣고 보글보글 거품을 뿜었다. 둘은 욕실에 있었고 페이천은 티브이를 보고 있었다. 페이천의 웃음소리가 간간이 부부 귓가에 들려왔다. 천원셴은 반신욕 중인 남편에게 득달같이 달려들 것이 아니라, 쉴 시간을 주었어야 했다. 하지만 참을 수 없었다. 일분 일초도 기다릴 수 없었기에 욕실로 뛰어들어간 것이었다.

"당신 설마 돈 모을 생각이 없는 건 아니지?"

"내 솔직한 심정 듣고 싶어? 지금 돈이 문제가 아니야."

천원셴은 가슴이 조마조마했다. 고개를 들어 남편에게 시선을 집중하고는 남편의 얼굴을 뚫어져라 쳐다봤다.

결혼하고 난 뒤로 천원셴은 남편과의 나이 차를 종종 잊어버리곤 했다. 결혼 전에는 세상 물정 모르는 아이처럼 양딩궈가 어디로 가자고 하면 군말 없이 따라갔다. 끌려다니는 느낌이 좋았다. 책임지고 결정해야 하는 역할은 머리만 아플 뿐이었다. 차라리 믿을만한 사람을 따라다니는 게 나았다. 하지만 결혼하고 나서는 달랐다. 천원셴이 긴장하고 애태우며 고민해야 하는 선택들이 허다했다. 천원셴이 맨 앞에서 모든 걸 끌고 가는 사람이 되었고, 양딩궈는 뒤에서 밀어주는 역할을 맡은 듯 굴었다. 집에 따박따박 돈만 가져다줄 수만 있으면 제소임을 다한 거라는 식이었다. 어느 날부턴가 집안 곳곳 타일 한 조각에도 이 집 안주인의 생각과 의지가 흐르고 있었다. 량자치의 말이 귓가에 아스라이 메아리쳐오는 듯했다. 이 바닥에서 몇 천만 위안 안 날려본 사람이 누가 있다고.

몇천만 위안, 쑤뤄란 시댁은 살아남았지만 양딩궈 집은 버텨낼 수 없었다.

량자치는 다음에는 좀 더 신중하게 투자하면 되는 일이라고 말했다.

문제는, '다음'이 없는 사람이 양딩궈 부친 말고도 우리 사회에 널렸다는 사실이었다.

천원셴은 고개를 떨구고 바닥에 시선을 고정했다. 소용돌이치는 감정을 진정시키기 위함이었다.

"뭐 그렇게 말 못할 게 있다고? 우리 둘 다 우리 집 잘되라고 그러는 건데."

양딩궈의 눈에 주저하는 기색이 스쳐 지나갔다. 양딩궈는 정면을 똑바로 쳐다보며 수염이 난 까끌까끌한 턱살을 만지작거렸다.

"당신 잠시라도 쉬는 게 좋을 것 같아. 그게 우리 애한테도 좋을 것 같고……."

"왜?"

"우리 집 모습이 기대했던 거랑 달라서. 어떻게 해야 내가 원하는 집으로 바꿀 수 있을지는 잘 모르겠어. 그래도 당신이 쉬고 싶다고 하니, 일단은 그렇게 해보자는 거야."

"당신이 그랬던 모습은 뭔데?"

"하아." 양딩궈는 한숨을 내쉬었다. 얼굴에는 고통스러운 표정이 고스란히 나타났다. 양딩궈는 질문에 답하고 싶지 않았다.

"말해봐, 당신이 말도 안 하는데 뭐가 문제인지 내가 어떻게 알아."

불안감이 느껴질 때까지 침묵이 이어진 뒤에야 양딩궈는 말을 꺼냈다. "우선 강조하고 싶은 건, 내가 이런 말 한다고 해서 당신 탓하는 게 아니라는 거야. 나도 당신 힘든 거 알아. 감정 조절 잘 안 되는 팀장 만나서. 근데……." 양딩궈는 아내의 표정을 살핀 뒤 계속해서 말을 했다. "우리 아들이 안쓰러울 때가 있어. 우리가 일하느라 바빠서 애랑 같이 못 있어주잖아."

"그래도 페이천이 그거 가지고 투정부린 적 없는데."

"그건 페이천이 우리를 배려해서 그런 거지. 예더이가 힘든 일 떠맡길 때마다 한동안 집안 분위기 싸한 거, 당신 못 느꼈어? 그때마다 나랑 페이천은 당신이 시끄럽다고 할까봐 당신 앞에서는 입도 뻥긋 못한다고. "

"회사에서 안 좋은 일 있으면 당신도 집에 와서 그러잖아?" 약점이 찔리자 천원셴은 무의식적으로 똑같이 되받아쳤다.

"맞아, 나도 그럴 때가 있기는 해." 양딩궈는 선뜻 인정했다. 의외였다. "하지만 적어도 난 회사에서 스트레스받을 때만 그러지, 당신은 아니야. 당신은 쑹런초등학교 일 가지고도 그러잖아. 페이천을 쑹런초등학교에 보낸 것도 우리 애가 더 나은 환경에서 좋은 교육을 받고 자랐으면 해서 그런 거 아니었어? 처음에는 당신도 즐거워했는데……

몇 달 지나고 나니까 감정 기복이 심해지더라. 같은 반 엄마들이랑 교류하는 거에 스트레스받아서 그렇다는 거는 알아. 쑹런초등학교는 워낙 행사도 많은 학교고."

한꺼번에 많은 말을 쏟아낸 양딩궈는 얼굴에 어쩔 줄 몰라 하는 기색이 역력했다. 말을 멈췄다. 욕조 마개를 빼내자 콸콸 물 빠지는 소리가 났다. 그 덕에 일순간 할 말을 잃은 상황이 난감하지는 않았다. 몸을 일으켜 욕조에서 나온 양딩궈는 목욕 타월을 꺼내 몸을 닦았다.

"어떻게 말해야 할지 모르겠는데, 윈셴, 도대체 뭐가 문제야? 다 페이천 잘 되라고 쑹런초등학교에 보낸 거잖아. 근데 봐봐, 페이천이 당신한테 학교 얘기 할라치면 당신은 라인부터 확인하지? 그런 적이 한두 번도 아니고."

"담임이 그룹채팅방에 수업 관련 정보를 올리니까 그렇지."

"애한테 시간 좀 내주는 게 그 정도로 어려운 일이야? 어떨 때 보면 그룹채팅방을 확인하는 게 아니라 다른 엄마들이 있는 얘기 없는 얘기 늘어놓는 것만 구경하고 있는 거 같아. 그 사람들이 우리 애보다 더 중요해?"

"내가 얼마나 애매한 위치인지 당신이 잘 몰라서 그래." 천윈셴은 자기도 모르게 목소리가 쩌렁쩌렁해졌다. "난 그 엄마들처럼 전업맘이 아니라고. 그 여자들은 엄마 노릇만 하면 끝나는데, 나는? 낮에는 직장 나가서 하루종일 예더이한테 시달리고 감시당하고. 저녁때라도 같은 반 엄마들하고 관계 다져놓지 않으면, 언젠가는 나도 브라이언 맘처럼…… 따돌림당할지 누가 알아?"

"브라이언 맘? 그 사람은 또 누구야?"

천윈셴은 독감 때문에 반에서 한바탕 난리가 났던 사건을 간단히 설명했다.

"당신들 정말 별것도 아닌 거 가지고 유난이다." 양딩궈는 믿을 수 없다는 듯이 고개를 절레절레 흔들었다.

"당신들이라고 하지 말아 줄래? 난 그 사람들처럼 한가한 사람 아니거든." 천원셴은 단호하게 정정했다.

"알았어, '그 여자들' 진짜 시간 많은가봐. 감기 하나 가지고 그렇게 예민하게들 반응하다니, 이해가 안 가. 왕이펀하고 그 누구 있지, 그 여자들은 일자리를 좀 알아봐야겠다. 그래야 밤낮으로 다른 사람 트집 못 잡아서 안달이 안 나지."

"그 여자들 이미 하고 있는 일 있어. 전업맘이라니까."

"그것도 직업이라 칠 수 있는 거야?"

"양딩궈, 어디 가서 그런 소리 하지 마."

"알았어, 취소할게. 사실, 테드도 그런 말 한 적 있어. 이놈의 학교에는 신경 곤두세우고 사는 엄마들이 너무 많은 것 같다고. 크리스가 유치원 다닐 때 자기 와이프가 한참을 고생했다면서."

"량자치가 다른 사람 때문에 고생을 했다구? 그게 말이 돼? 그 여자, 어디 가서 꿀릴 사람 아닌데."

천원셴은 남편의 말을 무의식적으로 믿지 않았다. 자기를 위로해주려고 남편이 지어낸 이야기가 아닐까 의심할 정도였다.

량자치가 인간관계 때문에 곤욕을 치른 적이 있다는 건 상상도 못할 일이었다.

물고기가 익사할 수 있다는 말인가? 말도 안 된다.

"진짜야. 똑똑히 기억나. 그때 한동안 테드가 다른 사람 시켜서 크리스 등하교시켰거든. 와이프가 지쳤다면서."

"그, 그럼 왜⋯⋯."

천원셴은 입을 뗼 수가 없었다. 하나씩 꼬리를 무는 의문들이 가슴속에서 천천히 떨어져 나가게 내버려둘 수밖에 없었다. 량자치는 왜 그 일을 단 한 마디도 입 밖에 꺼내지 않은 걸까? 둘이 대화하다 유치원 이야기가 나왔을 때도 아무 말 없었던 걸로 기억하는데.

"윈셴, 조언할 게 하나 있는데, 참고만 해. 꼭 내 말대로 해야 되는 건 아니니까."

"말해봐."

"다른 엄마들이 하는 말에 너무 휘둘리지 마. 그 여자들은 시간이 워낙 많아서 그런 것뿐이야. 그래, 전업주부여서 아이 키우는 데만 매달리는 거고, 그것도 좋지. 그렇다고 해서 그게 꼭 출근하는 엄마들이 좋은 엄마가 아니라는 뜻은 아니잖아? 당신 지친다고 했지, 업무 스트레스 때문에 숨도 못 쉬겠다고. 한발 물러나서 잠시 쉬어 가는 거는 나도 두 팔 벌려 찬성이야. 근데 만약 그 엄마들이 당신 결정에 영향을 미친 거라면 나도 잘 모르겠지만⋯⋯ 충동적인 선택 아닐까?"

양딩궈 말이 맞았다. 이보다 더 맞는 말이 나올 수 없을 정도로.

그러나 그런 정확한 말은 듣고 싶은 말이 아니었다. 천원셴이 듣고 싶은 건 승낙이었다.

승낙이란 내가 어떤 선택을 하건 선택의 대가를 나와 같이 책임질 누군가가 있다는 의미였다.

"여보, 당신 말이 맞다는 건 나도 알아. 근데⋯⋯ 에휴, 뭐라 그럴까, 그래도 잠시 쉬고 싶어. 그 엄마들 때문이 아니라 내가 생각해도 지친 것 같아서. 나 지금 중간에 끼어서 이러지도 저러지도 못하는 거 안 보여? 예더이가 왜 나만 그렇게 못살게 구는지 알아? 애 있는 여자한테 편견이 있어서지. 예더이는 나 같은 여자들이 업무에 백퍼센트 집중하는 건 불가능하다고 여기는 사람이야. 그런데다 쑹런초 엄마들은 또 나를 어떻게 생각하게? 앞에서는 듣기 좋은 말만 하고 뒤에 가서는 직장일에만 신경 쓴다고 생각할걸? 그리고 마지막으로 또 하나, 우리가 제대로 생각해보지 않은 게 있어."

천원셴은 양딩궈가 자기 말을 귀 기울여 들었으면 하는 마음에 '나'에서 '우리'로 얼른 주어를 바꿨다.

"쑹런초에 그렇게 많은 인맥이 있는데 우리 둘만 회사일에 정신 팔려 있는 거 이상하지 않아?"

양딩궈는 한숨을 지었다. "알았어, 우선 그렇게 흥분 좀 하지마. 애가 우리 싸우는 줄 알겠다."

"지금 쟤 우리한테 관심 없어. 티브이 보느라 정신없을 텐데."

천원셴은 욕실문을 살짝 열고 문틈으로 거실을 내다보았다. 천원셴의 추측은 틀리지 않았다. 페이천은 간만에 여유를 즐기고 있었다. 티브이 모니터 바로 앞에 눈을 갖다 대고 두 손은 바짓가랑이를 꽉 움켜주고 있었다. 자그마한 입은 살짝 벌어져 있었다. 욕실의 열기가 열린 문 틈새로 빠져나가자 순간적으로 싸늘한 기운이 느껴졌다. 숨을 깊게 들이키고는 몸을 돌려 남편을 다시 쳐다봤다.

"여보, 나 회사 그만두는 거 받아들일 수 있겠어?"

양딩궈는 옷을 주섬주섬 입었다. 수건으로 머리를 닦으며 눈은 바닥에 고정시킨 채 아내의 시선을 피하고 있었다.

그렇게 시간이 흘렀다. 30초, 아니면 1분쯤 흘렀을까, 천원셴은 목을 눌러보았다. 경동맥이 팔딱팔딱 심하게 뛰고 있었다.

"그럼 이렇게 하자. 내 조건은 하나밖에 없어. 당신이 잠깐 쉬면서 집안일을 돌보는 게 나을 거 같아. 난 그거면 돼. 일 얘기는, 량자치가 한 제안은 거절해."

"아깝지 않아? 좋은 방법이 있는데도 왜 활용을 안 하는 거야?"

"윈셴, 진짜 아직도 잘 모르겠어?" 양딩궈는 딱딱한 투로 말했다. "우리 애 학비를 테드가 내주고 있는데, 당신 일까지 테드 와이프가 관여하면 난 뭐가 돼? 그럴 바에야 내가 기를 쓰고 야근이라도 해서 사장한테 인정받는 게 낫지."

"근데, 그렇게 하면…… 돈이 부족하잖아."

"일단은 급한 대로 저금해둔 거 꺼내 쓰면 돼. 이럴 때 쓰라고 모아둔 거 아니야?"

"내가 당신한테 부담주는 것처럼 느껴져?"

천윈셴은 그런 바보 같은 질문은 하면 안 된다는 걸 분명히 알았다. 하지만 참을 수 없었다. 지금까지 해온 결혼생활 중에서 일을 쉬는 게 집 사는 거에 버금갈 정도로 중요한 결정이기 때문이었다. 두려움과 설렘이 몸속 깊은 곳에서 쉬지 않고 뻗어 나와 천윈셴의 감각 기관을 콕콕 찔러댔다.

"결혼할 때 내가 당신한테 약속한 게 있어. 돈 문제는 내가 책임지겠다고 했던 거. 그리고 어떤 선택이든 우리 집이 잘 되고 페이첸도 행복하길 바라는 마음에서 나온 거라고 믿어. 당신이 행복하면 우리 애는 더 행복해할 거야."

천윈셴은 놀라우면서도 기쁜 마음을 감출 수 없어 남편을 바라봤다. 눈앞에 있는 양딩궈가 아득히 멀게만 느껴지기도 했고, 코앞에 있는 것처럼 가까이 느껴지기도 했다.

천윈셴은 부인할 수 없었다. 결혼하고 나서 양딩궈에게 날이 갈수록 실망만 했음을. 위기의식도 없이 현재에 안주하는 남자라고 생각했다. 하지만 오늘 양딩궈의 모습을 보니 천원셴 마음속 깊이 자욱하게 깔려 있던 안개가 싹 걷히는 느낌이었다. 우리 부부가 일심동체라는 걸, 우리 집에 닥친 위기를 함께 해결해나갈 수 있다는 걸, 다시금 믿게 되었다.

□

양딩궈가 응원을 해주었지만, 천원셴은 생각만큼 마음의 짐이 덜어지지 않았다.

도저히 잠을 잘 수 없었다. 양딩궈의 말과 천원셴 자신의 기분이 뒤섞여 머릿속을 쉴새 없이 휘저었다. 천원셴은 자리에서 일어나 거실로 나갔다. 라벤더차를 한 잔 타고는 종이와 펜을 꺼내 몇몇 선택지의 장점과 단점, 리스크를 쭉 써내려갔다. 날이 밝아오며 창밖으로 새들이 지저귀는 소리가 들렸다. 마지막 돌파구를 시도해보기로 마음 먹었다. 무급휴직의 가능성을 예더이와 상의해볼 심산이었다.

천원셴은 이 세계에 발을 들인 뒤로 관찰을 통해 일부 현상의 원래 모습을 파악할 수 있었다. 쑹런초 엄마들의 위치를 피라미드에 빗대 보자면, 천원셴이란 인물은 최하위 계층에 속할 것이었다. 일을 해야 했고 그 일이란 것이 무슨 대단한 직함이 있는 것도 아니어서 '자아실현'이라는 네 음절과는 더더욱 거리가 멀었다.

량자치와 비슷한 조건의 엄마들은 미국 유학파에 유창한 영어 실력에, 집안도 좋고 시집까지 잘 간 여자들이었다. 시댁이 타이베이나 중국, 미국에 부동산을 가지고 있거나 아니면 남편 연봉이 아내의 학식이나 교양을 다른 곳이 아닌 상류층 아이를 정성껏 키우는 데 쓸 수 있는 정도가 되었다.

천윈셴은 그만하면 피라미드에서 꼭대기 계층을 차지할 수 있을 줄로만 알았다. 그 위에 다른 계층이라고는 전혀 없는.

그러나 지난 몇 달 동안 옆에서 지켜본 결과, 량자치로 대표되는 계층이 결코 최상위 계층은 아니었다. 가장 꼭대기에 있는 계층은 남편이나 아이 이름이 따라붙지 않아도 본인 이름만으로 사회생활을 할 수 있는 여자들이었다. 아멜리아 엄마인 아이비가 그랬다. 아이비의 친정은 신발 제조업으로 가세가 번창해 아이비 남매가 사업을 물려받았다. 디자인을 배운 아이비는 남동생에겐 마케팅을 배우라고 독려했다. 결국 남매는 참신한 브랜드를 론칭해 요 몇 년 사이 유명세를 떨치기 시작했다. 아이비는 몇 번이나 명사 인터뷰에 응해 여성 창업자로서의 소감을 밝히고 브랜드를 키운 비법을 공유했다.

아이비 남편은 친정아버지의 친한 친구 아들로, 시아버지가 설립한 전문 건설업체에서 일하는 남자였다. 부부는 각자 사업에 전력을 다해 뛰어들었다. 들리는 소문에 따르면 아이비는 1년에 1000만 위안이나 되는 배당금을 받는다고 했다. 아멜리아의 일상을 가장 잘 아는 건 보모였다. 아멜리아의 보모는 타이완에 온 지 10년이 넘은 필리핀 사람이었는데 중국어가 여전히 서툴렀다. 중국어로 대화할 사람이 없기 때문이었다. 아이비가 그룹채팅방에 답장하는 경우는 극히 드물었다. 하지만 한 번씩 그룹채팅방에 들어올 때마다 다른 엄마들은 그 어느 때보다 들썩거렸다. 서로 나서서 아이비와 한마디라도 해보려 애썼다. 교사가 질문하면 용기 있게 손을 들고는 "저요, 저요" 하는 입 모양을 하고 앉아 있는 아이들 같았다.

천원셴은 물론이고 그 누구라도 아이비와 대화하는 걸 영광으로 생각했다.

천원셴도 '잡지나 티브이에 나오는 인물'과 같은 그룹채팅방에 있다는 사실을 떠올릴 때마다 생겨나는 허영심을 밀어내기 힘들었다. 아이비 같은 여성도 '커리어우먼'이라 부르기는 했지만, 분류상 적합한 표현이 생각나지 않아서 붙인 호칭일 따름이었다. 아이비가 누리고 있는 찬탄과 면죄부는 성공한 남성과 다를 바 없었다. 만약 아멜리아가 감기 바이러스를 학교에 몰고왔다면, 집에 있는 보모에게 한마디 하라고 아이비를 부추길 수는 있을지언정 감히 아이비를 책망할 사람은 단 한 명도 없을 것이라고, 천원셴은 단언할 수 있었다. 아이비 같은 여성은 량자치도 할 수 없는 일을 해낸 사람—아이의 성적에 연연해할 필요가 없어도 되는 사람—이었다. 량자치보다도 한 차원 높은 부류였다. 아이비는 다른 엄마들, 심지어는 왕이펀까지 벌벌 떨게 만드는 여자였다. 아이비가 학교 일에 관여했다면 분명히 그룹채팅방의 운영자가 되어 왕이펀의 자리를 차지했을 터였다. 아이러니한 것은 아이비가 그 자리에 전혀 흥미가 없다는 점이었다.

또 다른 부류가 하나 더 있었는데, 천원셴은 그 부류를 피라미드 어느 층에 넣어야 할지 아직도 생각 중이었다.

같은 반에 있는 아이리스라는 아이의 엄마 둥첸董倩은 인지도가 있는 '유명 여류인사'였다. 연예인 게시판에서는 둥첸이 요즘 한창 인기 있는 연예인과 패션쇼 애프터파티에서 같이 찍은 사진을 볼 수 있었다. 둥첸이 한가운데에 서서 찍은 사진은 아니고, 연예인 옆에 끼어서 들러리처럼 보이는 단체사진이었다. 그렇다고 다른 엄마들이 둥첸을 덜 부러워하는 일은 없었다. 다들 이제는 열다섯이나 열여섯 소녀가 아니었다. 리모컨만 돌려가며 "쟤는 누구야, 인기도 없는 게!"라며 티브이 속 인물을 대놓고 비웃는 일은 없었다. 서른이 넘은 나이였다. 그 나이면 중요한 사실을 일찌감치 깨달은 뒤였다. 잡지에서 용케도 작은 지면을 차지하거나 티브이에 몇 초라도 지나가는 것도 그야말로 천재일우의 기회라는 걸. 본인은 전 재산과 맞바꾼다 해도 그런 대우를 받기는 힘든 처지라는 걸.

둥첸도 아이비처럼 아이에게 온갖 정성을 쏟아 붓는 그런 류의 엄마가 아니었다.

사촌언니가 아이리스 가족과 같은 단지에 살고 있다던 같은 반 엄마가 량자치에게 해준 이야기가 있었다. 둥첸은 패션쇼 애프터파티에 참석하느라, 아이 픽업이랑 저녁 준비, 과외 선생 대접 같은 걸 몽땅 친정엄마더러 거들어달라고 한다네요. 자기는 밤 11시, 12시나 되어야 집에 들어오고. 어떤 날은 한밤중 넘어서 택시 타고 집에 오기도 하고, 그러면 애는 벌써 자고 있대요.

량자치는 천원셴에게 그런 소문을 전하면서 보기 드물게 몇 마디를 덧붙였다. "둥첸이 저번에 잡지 인터뷰를 했는데, 아이 교육에 어떤 식으로 신경 쓰는지에 대한 내용이었대요. 그래서 다들 대상을 잘못 골랐다고, 그럴 거면 둥첸 친정엄마를 인터뷰하지 그랬냐고 했지 뭐예요."

원칙대로라면 브라이언 맘보다 둥첸의 행동이 심한 건 맞았다. 더 많은 이의 질타와 비난을 불러일으켜야 마땅했다. 하지만 그룹채팅방에 있는 엄마들은 둥첸에게 감정이입을 과하게 하곤 했다. 학교 일을 자주 깜빡하는 둥첸이 이것저것 물어볼 때마다 엄마들은 부드러운 말투로 상냥하게 차근차근 설명해주었다. 천원셴은 그렇게까지 하는 엄마들을 보며 혀를 내둘렀다.

결론만 말하자면, 그 피라미드란 것이 참 이상했다. 피라미드 중간 층에 속한 엄마들과 그 밑에 층에 있는 엄마들은 은근히 자식 교육 에 열을 올렸다. 하지만 정작 피라미드 최상층에 속한 엄마들은 자식 교육을 으레 남의 손에 맡겼다. 그렇다고 아이 성적에 특별히 신경을 쓰는 것도 아니었다. 재미있는 건 최상위층 사람들은 다들 이런 식으 로 아이를 기른다는 점이었다.

다시 왕이펀 이야기로 돌아오자. 왕이펀은 조건이 여러모로 량자치 와 비슷했지만 다른 점이 하나 있었다. 까놓고 말해서 조금 촌스러웠 다. 왕이펀은 권력이 탐나면 힘으로 쟁취하곤 했던 것이다. 분명히 왕 이펀은 아이비나 둥첸과 따로 연락한 적이 있을 거라 천원셴은 짐작 했다. 아이비가 그룹채팅방에서 왕이펀을 콕 집어서 우리 아이 반 일 에 신경 써줘서 고맙다고 한 뒤로 왕이펀은 그 누구도 넘볼 수 없는 자리에 올라섰던 것이다.

천원셴은 예더이 밑에서 일하는 게 고역이었다. 그래도 인정해야 했 다. 본인이 전업맘 역할을 제대로 해낼 수 있으리라고는 장담 못 한다 는 걸. 천원셴은 심지어 이런 의심까지 해본 적이 있었다. 전업맘은 과 연 본인의 위치에 만족할까? 일을 그만두면 나도 피라미드의 최하층 에서 중간층으로 올라갈 수 있는 걸까?

량자치에 비해 왕이펀은 전업맘 역할을 좋아한다는 게 천원셴 눈 에도 보였다. 그렇다면 량자치는? 몇 번 되지는 않지만 량자치와 만났 을 때를 떠올려보았다. 천원셴만의 착각이 아닐지도 모르겠지만, 량자치는 늘 크리스와는 거리를 두는 느낌이었다. 크리스 이야기가 나올 때마다 량자치는 괴로워하며 그 순간을 못 견뎌했다. 이게 바로 전업맘의 부작용이 아닐까? 아이한테만 온갖 신경을 다 쏟다 보니 시간이 갈수록 지쳐가는 것.

아이웨이가 이와 관련된 글을 써서 공유한 적이 있었다.

저는 직장을 그만 두고 귀염둥이들에게 전념했습니다. 그러던 중에 세월이 아득하게만 느껴지던 시간을 겪게 되었습니다. 특히 직장 생활을 열심히 하는 엄마들을 보면 내가 제대로 된 선택을 한 건지 의구심마저 들었습니다. 아이와 자꾸 마찰이 생길 때면 엄마들에게 으레 생기는 의구심이었습니다. 전에는 아이 얼굴만 봐도 세상을 다 가진 것 같은 기분이었는데 이제는 아니라는 생각이 머릿속에 맴돌았습니다. 내 아이의 성적이 다른 워킹맘 아이보다 안 좋으면 어떻게 하지? 누군가 나더러 엄마 자질이 부족하다고 하지는 않을까? 이런 쓸데없는 생각에 한 번 빠지면 전처럼 아이들을 참을성 있게 사랑으로 대하기 힘들었습니다. 그러던 어느 날, 제가 이상하다는 걸 알아챈 남편이 대체 왜 그러는지 물었습니다. 집에서 아이들 자라는 걸 보며 기뻐하던 모습이 왜 사라졌냐는 것이었지요. 제가 물었습니다. 여보, 만약에 내가 애들 훌륭하게 못 키우면 나 원망할 거야? 남편은 대답했습니다. 당연히 아니지, 당신이 얼마나 최선을 다해서 애들을 키우는지 내가 다 아니까. 이 말을 들은 저는 그제야 한숨 돌릴 수 있었습니다. 그 말은 아이들이 3등 안에 들지 않아도 괜찮다는 거나 다름없었습니다. 어쨌거나 아이들 유전자는 부모에게서 물려받은 것이니 남편 책임도 어느 정도는 있지 않겠어요?(웃음) 목숨 걸고 아이들을 가르쳐봤자 아이들은 온종일 흰자위를 드러낸 채 엄마인 나를 노려보기나 할 뿐이겠죠. 다행히도 사랑스런 두 아이는 쑹런초를 다니는 내내 시험을 보거나 경연대회를 나가면 무조건 좋은 성적을 거두었습니다. 아이들에게 그 많은 수업을 듣게 한 일이 허사가 되지 않은 것입니다. 아이들의 상장을 보면 근심 걱정은 대부분 날아가곤 했습니다. 전업맘이 희생은 훨씬 많이 하겠지만 아이로부터 그만큼 풍부한 보상을 얻게 될 겁니다. 여러분도 이 사실을 믿어보시기 바랍니다.

이제와 다시 보니 처음 읽었을 때는 몰랐던 감흥을 느낄 수 있었다. 이토록 많은 여자가 워킹맘 아니면 전업맘으로 사느라 고생을 하는 건, 두 갈래길 모두 미묘한 고통도 있고 기묘한 만족도 있어서가 아닐까? 하는 생각이 들었다. 식탁에 엎드린 천원셴은 무급 휴직을 잠시라도 빠져나갈 구멍으로 삼기로 마음먹었다. 무급 휴직은 지금 상황에서 취할 수 있는 가장 보수적인 전략이었다. 예더이를 어떻게 설득하느냐가 관건이었다.

아직 정리되지 않은 생각이 하나 더 있었다. 인간관계를 지금보다 넓혀야 한다는 거였다. 더 많은 엄마들과 관계를 다져놓아야 할 시점이었다.

□

예더이에게 거절당할 가능성이 있다는 건 천원셴도 어느 정도 예상은 하고 있었다. 그러나 예더이가 그 정도로 지독하게 나올 줄은 꿈에도 몰랐다.

"자기도 알지, 미국 지사 출장 가는 거 자기도 같이 갈 수 있게 내가 힘쓰고 있다는 거. 윈센, 회장님이 이번 출장 중요하게 생각하시는 거 알잖아. 이런 시기에 쉬겠다는 게 말이 돼?"

"소피아, 죄송해요, 눈여겨봐주셔서 정말 감사합니다. 근데 집에서도 절 필요로 해서요······."

"눈여겨봐줘? 그런 말 한다고 뭐가 달라져? 이 일을 인생의 프라이어리티priority로 삼고 있는 거 맞아? 내가 볼 땐 아닌 것 같아. 그게 아니면 욕심을 이렇게 한도 끝도 없이 부릴 수야 없겠지. 지금 자기 위치를 얼마나 많은 사람이 노리고 있는 줄 아냐고. 자기보다 학벌이며 경력이며 훨씬 좋은 인재가 깔리고 깔렸어, 그쯤은 모르지 않겠지. 옛정을 생각해서 남아 있게 해줬더니 이제 와서 이런 식으로 뒤통수를 쳐?"

일찌감치 마음의 준비를 하긴 했지만, 그런 말이 실제로 귓가를 파고들자 마음속에서 울리는 메아리 소리에 귀청이 터질 것만 같았다. 심장이 금방이라도 목구멍 밖으로 튀어나올 것처럼 쿵쾅거렸다. 과장해서 말하면 그런 심장을 눌러 내리느라 제 가슴을 감싸쥘 뻔했다. 어쩜 저렇게 뻔뻔스러운 말을 할 수가 있지? 천원셴은 영원히 잊지 못할 것이었다. 고깃덩어리를 발견한 매처럼 사무실에서 천원셴의 행동 하나하나를 얼마나 감시해댔는지, 페이천이 아프거나 다쳐서 어쩔 수 없이 휴가를 내려 갈 때마다 천원셴 등 뒤에다 대고 어찌나 비꼬는 듯한 말을 던졌는지. 한번은 어쩔 수 없이 예더이와 같이 야근을 한 적이 있었다. 새벽 3시가 다 되어 예더이와 택시를 기다리고 있을 때 천원셴의 눈이 연신 감기자, 예더이가 신이 나 천원셴의 어깨를 두드렸던 일은 더욱 잊히지 않을 터였다. 우리가 이런 걸 다 견뎌냈다니, 나중에 그 시절을 떠올려보면 분명히 스스로에게 감사하게 될 것만 같았다. 아니지, 우리라니, 나는 너랑 완전히 다른데, 천원셴은 정신이 혼미하고 지친 상태에서 생각했다.

어찌 보면 예더이가 딱하다고 할 수도 있었다. 예더이는 대부분의 시간을 업무에 쏟아 붓는 여자였다. 그러면서도 현명한 선택을 한 것인지, 본인조차도 확신이 없었다. 자신의 선택을 인정받고 성취감을 맛보기 위해선 그런 느낌을 후배들한테 쥐어짜낼 수밖에 없었다.

예더이를 진심으로 존경하던 마음이 이젠 더 이상 상대하지 못하겠다는 마음으로 바뀌어버렸다. 내가 졌다. 그냥 때려 치자. 천원셴은 생각했다. 나중에 다시 일을 한다 해도 그 여자를 꼭 다시 대면해야 되는 건 아니잖아? 생각은 이렇게 했지만 입만 열면 다른 말이 나왔다. "소피아, 제가 사리 분별에 어둡고 선배님이 잘 봐주신 은혜를 저버린다는 것도 알아요. 그래서 저도 이런 결정을 내리게 되어 무척 힘드네요. 아이가 초등학교 1학년이라 이런저런 일들이 자꾸 생겨서 그런 것뿐이에요. 저희 남편도 지금부터 아이 관리를 잘 해야 된다는 입장이에요. 안 그러면 나중에 아이 일에 관여하고 싶어도, 그때 가서는 아이가 우리 말을 안 들을 수도 있다면서." 반만 맞는 말이었다. 그런 식으로 말하다보니 천원셴도 켕기는 구석이 없지는 않았다. "소피아, 제가 기대를 저버렸다고 생각하셔도 선배님 마음 이해할 수 있어요. 백퍼센트 다 제 잘못이니까요. 제가 워낙 이기적이어서……."

예더이는 바로 반응을 보이지 않았다. 천원셴의 진심이 닿았는지 예더이의 매정함이 약해진 듯했다.

"무슨 말을 또 그렇게 해."

순간 천원셴의 눈썹이 살짝 올라갔다. 일단은 한 발 물러서자는 전략이 효과적이었음을 깨달았다.

"제 근속연수나 인사고과가 회사 내규로 봐도 부족하지는 않은데…… 지금 시기가 안 좋은 거죠?"

"시기 문제만은 아니지. 아이고, 이거 진짜 곤란하네."

"소피아, 저도 이러면 안 되는 거 알지만 이제 선배님이…… 제 작은 성의를 받아주셨으면 해요."

천원셴은 테이블 밑에 있던 소지품 바구니에서 부피가 작지 않은 쇼핑백을 하나 꺼냈다. 보고 들은 것도, 아는 것도 많은 예더이였다. 하지만 쇼핑백에 써 있는 반대로 포개진 C자를 본 순간 눈빛에 생기가 도는 것만은 피할 수 없었다. 천원셴은 지금껏 자신을 무겁게 짓누르고 있던 돌덩어리가 싹 날아가버린 듯한 느낌이었다. 예더이는 들떠서 볼이 발그스름해졌다. 천원셴도 그런 얼굴을 한 적이 있었다. 천원셴은 기어코 손에 들린 패를 모두 내밀었다.

"윈셴, 이게 지금 뭐 하는 짓이야?"

"소피아, 친구 신혼여행 가는 데 부탁해서 산 거예요. 선배님이 좋아하실지는 모르겠지만 제가 나름대로 골라 봤어요."

예더이의 왼손이 허공에서 한참을 주춤거리다가 쇼핑백 손잡이를 잡았다.

그 순간 천원셴은 상황이 호전되리라 생각했다.

"아니, 뭘 또 이런 걸 굳이."

"소피아, 그런 말씀 마세요. 저 뽑아주신 거 늘 감사하게 생각하고 있어요. 근데 저희 애 학교에 툭하면 일이 생기다보니 남편이 절 탓하기 시작했어요. 다른 엄마들처럼 아이 태어날 때부터 모성애가 흘러 넘치지 않는대나. 집에서 아이만 잘 건사했으면 좋겠다고 시아버지가 하신 말씀까지 전하면서 말이에요. 그 일로 남편하고 싸우다 이혼까지 갈 뻔했어요. 아무리 생각해봐도 다른 길은 없다는 걸 깨달았어요, 염치불고하고 선배님께 부탁드리는 수밖에 없다는 걸요. 제가 이기적이라는 건 잘 알아요. 근데 소피아, 제 고충도 좀 알아주셨으면 해요. 선배님 아니면…… 구원의 손길을 내밀어줄 사람이 없거든요."

천원셴은 휴지를 한 장 뽑아 부어오른 눈두덩을 훔쳤다. 원래 울 생각까지는 없었다. 이런 상황까지 오자 눈물이 자연스럽게 흘러나왔다.

"소피아, 제발 작은 성의라도 받아주세요. 제가 너무 심한 요구를 하고 있기는 하죠. 고심 끝에 선배님께 도움을 청하기로 마음먹고는 세상에, 내가 어떻게 이런 식으로 선배님을 곤란한 상황에 밀어넣을 수가 있지, 라는 생각이 들었어요. 그래서 그냥 선배님을 뵙기에는 면목이 없어서 뭐라도 해야겠다, 싶었어요. 저희 집 형편이 보통 수준이라는 거는 선배님도 잘 아시잖아요……."

예더이는 손을 다시 거두고 의자 뒤로 기대앉았다. 이마에 손을 대고 고개를 절레절레 내저었다.

테이블 크기에 비해 쇼핑백의 크기가 너무 컸다. 보는 사람마다 놀랄 정도였다. 다른 테이블에 있던 손님들의 시선이 날아왔다가 황급히 되돌아갔다.

심문을 기다리는 범인처럼 천원셴의 호흡과 심장 맥박이 심하게 빨라졌다.

"원셴, 그거 알아? 내가 자기 같은 여자들 질색하는 거."

천원셴의 눈이 동그래졌다. 그 순간 두 사람을 둘러싸고 있던 분위기에 웃지못할 변화가 생겼다.

"그때 같이 면접 들어갔던 면접관들이 내가 자기 마음에 들어하는 걸 알고는 찬물을 끼얹었더라고. 자기는 딱 봐도 나중에 사직서 내고 집에서 애나 볼 여자라는 거였지. 난 안 믿었어. 다 안 된다고 해도 내 의견을 끝까지 밀어붙였지. 그러곤 가장 힘든 업무를 자기한테 맡긴 거야. 지금도 내 안목이 맞을지 내기를 하고 있는 셈이지. 그러니 내 눈이 삐었다는 걸 증명할 일은 결코 없을 거야."

입술에 침을 바른 예더이는 시선을 일부러 천원셴 쪽에 두지 않았다.

"지금 봐봐, 어떻게 하고 있는지. 애가 학교에 적응 못한다고 일은 내팽개치고 애 보러 간다고? 자기 입으로 말했지, 반년만 쉬겠다고. 그럼 나도 물어보자. 반년이 지났는데도 애가 아직도 적응 못했다 그러면, 그때 가서 어쩔 건데?"

"소피아, 정말 약속드릴게요, 이번 한 번만……."

"안돼." 예더이는 천원셴의 말을 잘랐다. "이제 와서 이번 한 번만이라고 다음에는 절대 이런 일 없도록 하겠다고 하려고? 원셴, 내 밑에서 그렇게 오래 일했으면서 아직도 내 성격 모르겠어?"

천원셴 눈에 겁이 서렸다. "소피아, 무슨 말씀이신지……."

"두 갈래 길을 제시할게. 하나는 오늘 있었던 일을 없던 걸로 하고 원래 계획대로 차질 없이 진행하는 거야. 마음 독하게 먹고 미국 출장을 악착같이 준비하는 거지. 보고서 쓰는 건 자기한테 맡길 테니까 크레딧도 자기가 가져. 다른 하나는 여길 아예 관두고 집에 가서 애한테나 시달려가며 이리 뛰고 저리 뛰는, 애가 울면 달려가서 달래고 30분 있다가 또 달래고, 하루 종일 애랑 실랑이나 벌이는 그런 여자가 되는 거고."

"소피아, 제발 부탁드릴게요……."

"나한테 빌어봤자야, 두 마리 토끼를 다 잡을 수 있는 일이 이 세상에 어디 있다고. 자긴 어떻게 된 게 이러는 거까지 내가 눈감아줄 거라고 생각하는 거야? 이번에 봐주면 또 얼마나 많은 사람이 자기처럼 하려고 하겠어? 자기 정말 해브 잇 올have it all 할 수 있다고 생각하는 거야?" 천원셴의 고통이 극에 달하지 않는 꼴은 절대 못 보겠다는 듯 예더이는 기세를 몰아 공격에 박차를 가했다. "백도 다시 집어넣어. 내 성의를 그렇게 무시하고 이런 백 하나로 만회할 수 있을 것 같아?"

담판이 결렬되자 천원셴은 백을 손에 들었다. 발걸음이 무거웠다. 다음 길목까지 걸어가던 천원셴은 분노를 주체할 수 없었다. 길가에 서 있는 쓰레기통을 뻥 차버렸다. 다른 사람의 시선도 전혀 개의치 않았다. 예더이가 원망스러웠다. 안되면 그걸로 그만이지 최후의 보루까지 무너뜨리려 하다니. 천원셴은 자신을 달랬다. 이렇게 된 것도 나쁘진 않아, 적어도 예더이에게 고마워하지 않아도 되니까. 천원셴은 문득 자기 처지가 몹시 딱하다는 생각이 들었다. 량자치나 왕이핀, 아니면 장페이언의 인생에도 이토록 견디기 힘든 순간이 있었을까? 그 여자들 인생이야말로 해브 잇 올 아닐까?

물방울이 얼굴 위로 떨어졌다. 어떤 집 에어컨에서 물이 새나보다 했는데 아니었다. 빗방울이 떨어지고 있었다. 천원셴은 어두침침한 하늘을 올려다보고는 가까운 백화점으로 살짝 들어갔다. 인적이 드문 편인 층을 골라 화장실에 발을 들여 놓았다. 변기에 앉자마자 주먹을 쥐고 훌쩍거리며 울었다. 우는 소리를 들으면 사람들, 적어도 옆 칸에 있는 사람은 놀랄 것 같긴 했지만 상관없었다. 한바탕 후련하게 울 자격이 있는 사람이라고 천원셴은 생각했다. 그렇게 한번 마음먹자 창피하다는 생각이 사라지면서 펑펑 울기 시작했다.

□

두 달 뒤, 화장실에서 목 놓아 울던 제 모습이 떠오르자 천원셴은 웃음이 터져나왔다. 가능하다면 타임머신을 타고 가서 울고 있는 자기 자신을 토닥여주고 싶었다. "울지마, 일 그만두고 나서 삶이 더없이 좋아졌다고."

더 정확히 말하자면, 천원셴은 직장을 그만두고 한 달 동안 몹시도 행복했다. 한 달 전, 천원셴은 양딩궈에게 그날 있었던 일을 털어놓지 않을 수 없었다. 양딩궈는 자꾸 아내에게 '솔직하게' 말하라고 했다. 예더이가 오랜 시간 같이 일한 후배를 그런 식으로 대했을 리 없다는 거였다. 보다 못한 천원셴이 예더이의 전화번호를 알려주며 직접 전화해서 물어보라고 했다. 양딩궈는 그제서야 추궁을 그만두었다.

그런데 또 하나의 복병이 있었다. 친정이었다. 천원셴은 회사를 그만두었단 말을 천량잉에게 먼저 했다. 천원셴이 엄마, 아버지에게 이 말을 전해달라고 한 뒤에야 천량잉은 전화를 끊었다. 그와 거의 동시에 집전화가 울렸다.

"페이천 학비 비싸다고 하지 않았니? 지금 같은 시기에 회사 그만 둬도 괜찮은 거야?"

"엄마, 돈은 문제없어. 시아버지가 도와주셨거든. 그 정도면 우리 몇 년간은 돈 걱정 없이 지낼 수 있어." 천원셴은 눈 하나 깜짝 안하고 줄

줄이 거짓말을 했다. "그리고 나 요새 양딩귀랑 둘째 낳을까 생각 중이야. 내 친구가 그러는데 형제끼리 나이 차이가 많이 나면 같이 어울리기 힘들대. 페이천도 이제 여섯 살이잖아."

이 말로 화젯거리를 성공적으로 돌릴 수 있었다. 엄마는 이제야 무거운 짐을 벗어버렸다는 듯 탄식을 내뱉었다.

"너희가 언제쯤에야 둘째를 나을지 너희 아빠랑 늘 그 생각만 하고 살았다. 우린 아예 안 낳을 줄 알았지."

"우리도 생각은 있었는데 결정을 못하고 있었던 것뿐이야. 요즘 우리나라 전체적인 분위기가 안 좋잖아. 하나만 낳는 게 압박감도 덜한 편이고 해서 그랬지."

"근데 둘째 낳는다고 일까지 그만둘 필요가 있니?"

"엄마, 제발 돈, 돈, 돈 거리지 좀 마. 페이천 태어나고 나서 내가 페이천을 제대로 돌봐준 적도 거의 없는 거 같아. 이제야 숙제도 잘 봐줄 수 있게 됐고. 애들 숙제가 정말 너무 어렵더라고. 나도 모르는 영어 단어가 많이 나와서 핸드폰으로 찾아봐야 할 지경이라니까. 그리고 내가 아침, 저녁 다 해주니까 딩귀랑 페이천이 얼마나 좋아하는지 몰라. 둘 다 이제서야 집이 생긴 느낌이라고 하던데."

딸의 확신에 찬 말투에 엄마는 한 발 뒤로 물러섰다.

천원셴의 주부생활은 요동치는 와중에도 본격적인 궤도에 올랐다. 다행인 건 천원셴이 들인 노력이 거의 바로 수확을 거두었다는 점이었다. 천원셴은 예더이에게 시달렸던 악몽에서 빨리 벗어나려고, 예전 같았으면 무시하며 비웃었을 반별 학예회 준비에 열을 올렸다. 페이천과 같은 반 아이들의 집안 환경에 대해서도 잘 알게 되어 아들과 대화할 때 고개를 끄덕이는 횟수도 꽤 늘어났다. 반 아이들 이름은 이제 단순히 아이의 이름 자체에 그치지 않았다. 그 아이의 생김새, 심지어 배경까지 의미하게 되었다.

예를 들면 존이 자꾸 수업 시간에 선생님 말에 끼어든다고 페이천이 불평했을 때, 천원셴은 안 좋은 쪽으로 생각했다. '의외는 아니네, 존 엄마도 그러던데. 엄마들끼리 얘기할 때도 그 엄마가 몇 번이나 말을 끊잖아. 그렇게라도 안 하면 우리가 자기 말 안 들어줄 것처럼.' 사립 과학기술대를 졸업하고 집안도 평범한 여자였던 존 엄마는 운 좋게도 이름난 식품회사 사장의 아들을 만나 임신을 하게 되었다. 시댁에서는 아들이 몇 년 사귄 홍콩 여자친구와 다시 만나길 바랐지만, 아들 뜻에 따라 마지못해 결혼을 승낙했다. 물론 당사자 입에서 나와 퍼지게 된 소문은 아니었다. 같은 반 엄마의 먼 친척 중에 그 식품회사 사장의 친형에게 시집을 간 사람이 있어서 돌게 된 소문이었다.

몇몇 엄마는 소문의 당사자가 없는 자리에서 곁눈질을 해가며 존 엄마를 '아들 덕에 대접받는 엄마'라며 비웃었다. 호불호를 나타내는 경우가 극히 드문 량자치도 코끝을 찡그리며 말했다. 크리스가 존처럼 그랬으면 난 돈을 들여서라도 선생한테 애 버릇 좀 고쳐달라고 했을 텐데, 애더러 그러고 다니라고 우리가 이렇게 정성 들여서 키우는 건 아니니까. 엄마 학벌이 아이 교육에 많은 영향을 끼친다는 걸 모르는 사람은 없었다.

천원셴은 겉으로는 진지하게 맞장구를 치면서도 속으로는 그런 건 나랑은 상관없는 일이겠거니 하는 태도를 취할 수가 없었다. 공부 꽤나 한 축에 들지 않았다면 오늘 자기가 다른 사람들의 놀림거리가 되지 않았을까, 싶었다. 마음속에서 옅게 피어오르는 불안감을 떨쳐내려고 존 엄마를 조롱하는 진영으로 들어갔다. 다른 엄마들이 선을 그을 때 선 밖으로 밀려나지 않으려고 천원셴도 그 엄마들이 하는 대로 따라했다.

고등학교 시절로 돌아간 듯 천원셴은 자신이 표적의 대상이 되지 않으려 애썼다. 수시로 분위기를 파악하다가 필요할 때면 목소리가 큰 파벌로 끼어들어 갔다. 스트레스는 받았지만 자신이 어떤 집단에 속해있다는 걸 분명히 하는 느낌도 꽤나 괜찮았다. 직장 다닐 때보다 훨씬 젊어진 기분이었다.

반별 학예회에서 페이첸 반이 1등을 차지했다. 축하 파티를 열기 위해 왕이펀이 저녁 식사 시간에 맞춰 이탈리안 레스토랑을 빌렸다. 축사를 할 때 왕이펀은 학예회에 공을 세운 엄마들을 일일이 호명하며 감사의 말을 전했다. 천원셴 차례가 되자 왕이펀은 천원셴을 살짝만 언급하고 넘어가지 않고 도리어 과장스레 추켜세웠다. "원셴, 손재주가 너무 뛰어나요. 원셴이 만든 소품은 한눈에 알아보겠더라고요. 유난히 정교해서 꼭 원셴 이름이 쓰여 있는 것 같았다니까요." 이 말의 방점은 '원셴' 두 음절에 찍혀 있었다. 그 자리에 있는 엄마들이 모두 이런 영광을 누릴 수 있는 건 아니었다. 왕이펀은 다른 사람을 언급할 때 누구누구 엄마라는 호칭에 더 익숙해져 있었다. 본인이 생각할 때 아주 중요한 사람이어야만 경의의 표시로 이름을 기억해두는 스타일이었다.

다행히도, 왕이펀이 량자치를 언급할 땐 조금 더 살갑게 캣이라고 불렀다. 천원셴은 안도의 한숨을 내쉬었다. 직감적으로 왕이펀이 자기만 특별히 대하면 량자치가 그냥 넘어가지 않을 것 같았다. 소품을 만들거나 연극 줄거리를 짤 때 자기가 뛰어난 실력을 보였다고 천원셴은 생각하지 않았다. 왕이펀이 천원셴의 이름까지 기억해둘 정도는 아니었다. 그렇다면 무엇 때문일까? 골똘히 생각해본 끝에 가장 설득력 있는 이유를 찾아냈다. 두 번째 시험에서 페이친 성적이 2등으로 뛰어오른 덕분이었다. 시험 결과가 나왔을 때 천원셴은 미친 듯이 기뻤다.

아이의 실력이 향상된 건 자기가 전업맘이 되어 아이와 늘 같이 있어준 결과라 여겼다.

양딩궈가 없을 때 천원셴은 사랑하는 아들에게 당부했다. "이 등수에 절대 만족해서는 안 된다. 엄마가 널 어떻게 키웠는데, 엄마 노력이 수포로 돌아가지 않도록 해야 돼. 엄마가 많은 걸 희생해서 네가 쑹런초에 다닐 수 있게 된 거니까."

□

천원셴이 갑자기 일을 그만두고 생긴 불안감을 달래준 건 왕이펀의 친절만이 아니었다. '선란深嵐 모임'에 들어간 것도 한몫 했다. 량자치의 조심스러운 소개로 천원셴은 '선란 모임'에 들어가게 됐다. 그 모임에는 수뤄란도 있었고 크리스 생일파티 때 봤던 얼굴도 더러 있었다. 그외엔 모르는 인물들이었다. 개중 가장 중요한 사람은 왕녠츠였다. 왕녠츠는 엄밀히 말해 이 작은 그룹의 왕이펀이었다. 왕녠츠의 시댁은 '선란'이라는 작은 음식점을 했다. 저녁나절에야 영업을 시작하는 탓에 종업원들은 나머지 시간에는 사장 일가가 무언가 일을 시켜주기만을 기다리는 식이었다. 왕녠츠는 쑹런초 4학년인 딸과 해마다 크리스 생일파티에도 참석해왔는데, 올해는 일가족이 미국에서 상을 치러야 해서 오지 못했다. 그게 아니었더라면 천원셴은 그날 왕녠츠를 만났을 터였다.

매주 목요일, 아이를 학교에 데려다주고 난 여자들은 선란으로 행차했다. 천원셴은 신입이어서 말은 거의 하지 않고 귀만 내놓고 경청하는 역할을 했다. 량자치가 발언권을 줄 때만 조심스레 몇 마디 답하는 식이었다.

다소 의외였던 건 천원셴이 그런 역할을 기꺼이 받아들였다는 점이다. "원셴, 미안해요, 우리 얘기만 한 것 같네, 시끄럽지 않아요?"라고 묻는 사람이 있으면 천원셴은 꼭 고개를 세차게 가로저으며 "아니에요, 전혀 그렇게 생각 안 해요"라고 대꾸했다. 그러면 말을 걸었던 사람은 티 나지 않게 천원셴에게서 관심을 거두고 끊겼던 대화를 이어나갔다. 대화는 그렇게 평온을 되찾곤 했다.

고백하건대 천원셴은 대화를 듣고만 있는 게 진심으로 좋았다. 여자들이 말할 때 자연스럽게 배어 나오는 도도함이 좋았고, 아무렇지도 않게 명품 얘기를 하는 게 좋았다. 집에 이십여 만 위안이나 되는 벽 조명을 바꿀지 고민하는 이유가 싫증나서라는 것도 좋았다. 구찌 필통이 몹시 귀엽다는 말도 좋았다. 천원셴은 여태껏 구찌에서 문구류가 나오는지조차 모르고 있었다.

부유하다고 젊음을 지속시킬 수 있는 건 아니지만 젊다는 느낌을 지속시킬 수는 있었다. 여자들이 하는 말을 듣고 있노라면 천원셴은 10년은 젊어진 느낌이었다. 열여덟, 열아홉인 여자애들은 고민보다는 제 욕망이나 결핍에 대해 이야기하는 걸 훨씬 좋아하기 마련이었다.

선란 모임에 들어간 지 얼마 되지 않았을 무렵, 천원셴은 왕녠츠의 말을 듣고 깨달은 바가 있었다.

　한번은 언론에서 부잣집 마나님들을 수박겉핥기 식으로 보도한 적이 있었다. 왕녠츠는 눈을 흘기면서 경멸하는 투로 힐난을 했다. 오래 전부터 해왔던 생각인 듯했다. "상류층 사모님들이라고 하면 아침 먹고 점심 먹고 미용 시술 하고는 명품 숍에 가서 하루 종일 선물이나 고르면서 사는 줄 아는 사람들 많죠? 그건 그저 일반인들이 보고 싶은 것만 보는 것 뿐이에요. 알고 보면 사업이 얼마나 할 일이 많은데. '부, 명예, 권력, 인맥', 눈만 뜨면 이 네 가지 때문에 허덕여요. '땔감, 쌀, 기름, 소금, 간장, 식초, 차'●보다 몇 배는 얻기 힘들다고. 선물을 해도 그냥 하는 게 아니라 상대방 마음에 드는 걸 해야 되니까, 그 사람이 뭘 좋아하는지 평소에 관찰도 해놓아야 하고. 같이 밥을 먹으면 또 누구는 초대해도 되고 누구는 안 되고, 정말 힘들어요. 류씨를 초대하면 리씨를 부르면 안 되고, 리씨를 부르면 쑨씨를 피해야 되는 그런 식이지. 참 골치 아프다니까. 게다가 남편 사업에다 아이들 숙제까지 죄다 여자들이 신경 써야 하잖아요. 우리 같은 여자가 직업도 없이 한가한 사람이라고 생각하면 아주 큰 오산이야. 상류층 여자들이야말로 가장 힘든 '전업 직장인'이라니까."

　사실 왕녠츠가 자기 생각을 가장 뛰어나게 표현한 건 이때가 아니었다. 천원셴이 가장 좋아하는 왕녠츠의 논리는 버킨백 수집에 대해 논할 때 나왔다. 쑤뤄란이 나중에 가치가 오를 만한 색깔로 버킨백을 고른다는 말을 꺼내자 왕녠츠가 덤덤하게 말했다. 고작 가격 차이를 노리고 색깔이 특이하니 평범하니 따지는 건 아무래도 피곤하지, 버

● 타이완 사람들의 7대 생활 필수품

킨백도 내가 좋아서 사야 예뻐 보이지 않나? 이 화제가, 가방이라면 셀 수 없이 많은 왕녠츠의 시동을 걸었다. 왕녠츠는 한 걸음 더 말을 이어나갔다. "명품 가방을 왜 사는데요? 우리가 천박해서? 허영덩어리라서? 명품은 장인이 만든 거라 우리 가치가 돋보여서? 다 맞는 말일 수 있죠. 근데 이런 말들은 중요한 걸 하나 빼먹은 셈이지. 우리 같은 사람들은 하루 종일 다른 사람들이 옆에 붙어 다니잖아요. 다들 우리 돈 좀 어떻게 해보려고, 우리 연줄을 어떻게든 써먹어보려고 그러는 거 아니겠어요? 그런 상황에서 어찌 자기감정을 싹 다 가방에 쏟지 않을 수 있겠냐고요. 가방은 우릴 배신하지 않거든요. 사람들 상대하다보면 얼마나 지치는데. 가방이랑 구두를 하나하나 꺼내서 줄 세워놓고 감상하고 관리한다고 피곤할까요? 그럴 리 없지, 오히려 기분이 좋아질걸요. 형편이 안 좋은 친구가 날 비웃은 적이 있어요, 가까운 사이도 아니었는데. 내가 물질적인 거에 집착한다나, 너무 안됐다는 거야. 그래서 내가 웃으면서 다른 사람들한테나 희망을 걸고 이리 뛰고 저리 뛰는 사람이야말로 정말 가여운 거지, 라고 맞받아 쳐줬죠."

기가 막히게 맞는 말이어서 천원셴은 눈이 휘둥그레졌다. 속으로 힘껏 박수를 쳐줬다.

인간은 살면서 악재를 만나기 마련이다. 상류층 여자들이라고 악재를 운 좋게 모면할 길은 사실상 없었다. 남편이 외도를 한다든지 시댁 식구가 감옥을 간다든지 또는 시어머니가 과도하게 간섭을 한다든지 그것도 아니면 친정 쪽 먼 친척이 빌붙어서 이용해 먹으려고 한다든지, 이런저런 문제가 많다는 걸 여자들의 대화 속에서 찾아낼 수 있었다. 그런데 무슨 심리인지 가만히 듣고 있으면 그런 이야기들이 특히 재미있었다. 시아버지가 봉건시대의 고집스러운 영주가 되기도 하고, 친정 엄마는 신데렐라에 나오는 계모가 되기도 하는 이야기 말이다. 내레이터는 물론 선란 모임에 고정적으로 나오는 여자들—지성과 미모를 겸비한 여주인공—이다. 자신의 선량함과 지혜를 최대한 활용해 행복의 길을 가로막는 가시덤불을 없애버려야 하는 역할을 맡은 여자들.

천윈셴은 골똘히 생각해본 적이 있었다. 왜 이런 평범한 소재가 그 여자들의 입에서 나왔을 때는 흥미진진한 이야깃거리가 되는 걸까? 단지 재산이 많아서? 이게 답이 될 가능성이 컸다. 뜬구름 잡는 가십거리로 뭉친 명문가의 사랑과 전쟁도 막상 뜯어보면 막장 드라마거나 시댁 험담 같은 시답지 않은 일들이었다. 그런데도 사람들은 왜 그렇게 그런 얘기들을 알고 싶어하고 듣고 싶어하는 걸까?

이게 바로 사람들이 너도나도 상류사회에 들어가고 싶게 만드는 주요 원인 아닐까? 똑같은 고통이어도 버킨백을 들고 다니는 사람 입에서 엉겁결에 튀어 나오는 고통이라면 남다른 것이리라. 또 하나, 상류사회의 추한 꼴이나 불안감을 감상하는 건 일반인들에겐 놀라운 치유 효과가 있었다. 봐봐, 돈 있어봤자 뭐해, 나랑 다를 것도 없는데.

하지만 이들 사이엔 꽤 큰 차이가 있었다. 적어도 상류층의 이혼 소식은 뉴스에서 볼 수 있다는 거였다.

때때로 천윈셴은 그 여자들이 황당할 때도 있었다.

한번은 엄마들끼리 만났을 때, 왕녠츠와 쑤뤄란이 어마어마한 비용을 들여 아이들을 여름 캠프에 보낸 적이 있다는 이야기를 꺼냈다.

9박 10일 동안 이란宜蘭에 머물며 대자연과 친해지고 독립심도 기르는 프로그램이라고 했다.

여기까지 설명하다가 쑤뤄란이 핸드폰을 꺼내 사진을 한 장 한 장 보여줬다.

"봐봐요, 산에 올라가서 곤충 체험하는 야외탐방 날 사진이에요."

"이건 논에 나가서 모내기 한 사진이고요. 농부들이 얼마나 힘들게 일하는지 알게 되는 거지. 어머, 우리 딸 좀 봐, 전통모자 쓴 모습 너무 귀엽지 않아요? 딸아이가 이 모자 가지고 오고 싶다고 했는데 싫더라고요. 그래서 그냥 어디다 둘 데가 없다고 둘러댔죠."

다른 엄마들도 흥미진진하게 사진을 보며 연신 고개를 끄덕였다. 천원셴만 이 상황이 이해가 안 간다는 듯한 기색이었다. 천원셴은 이해할 수 없었다. 고향에 가면 어디서나 볼 수 있는 풍경 아니었던가? 천원셴이라면 지겹도록 봐왔던 풍경에, 질리도록 해왔던 생활을 아이에게 체험해보라며 그 큰돈을 들이다니? 천원셴 고향에서 그리 멀지 않은 곳에 작은할아버지가 고구마나 채소를 심는 밭이 있었다. 작은할아버지에게 아이들을 보낼 테니 고구마 캐는 것 좀 가르쳐달라는 부탁을 한다고 치자. 하루에 아이 한 명이면 고구마 천 개는 캘 수 있을 텐데 괜찮으시겠어요?

작은할아버지는 틀림없이 입을 헤벌쭉 벌리고 웃으며 되물을 것이다. 당연히 좋지, 근데 어디 그런 바보 같은 사람이 있으라고?

보세요, 지금 여기 제 눈앞에 최소한 두 명은 있잖아요. 돈 처들여서 아이더러 농촌 생활을 '체험'해보라는 바보들이요.

□

이날 모임이 끝나고 천원셴은 량자치와 함께 선란을 빠져나왔다. 량자치는 같이 백화점 지하 마트에 가서 저녁을 사가자고 했다. 밥하기 싫어하는 나태한 여자였다. 량자치는 880위안짜리 스시 세트 두 개를 카트에 넣었다. 천원셴은 야채만 샀다. 량자치랑 헤어지면 따로 집 근처 마트에 갈 생각에서였다. 전에 직장 다닐 때는 보상심리에서인지 먹을 거에 돈을 아낌없이 썼지만 이제는 달랐다. 조금이라도 아껴 써야 했다.

헤어지기 전에 량자치는 스시 한 세트를 내밀었다.

"이거 가져가요. 우리 집은 하나도 다 못 먹어요."

천원셴은 거절하지 않고 가볍게 웃으며 말했다. "어머, 고마워요. 세심하기도 하셔라."

이게 다 선란에서 배운 팁이었다. 쑤뤄란이 시댁 투자 건으로 암흑의 나날을 보내고 있을 때, 왕녠츠가 비행기 티켓과 5성급 호텔 숙박권을 내주면서 천신위와 기분 전환을 하고 오라고, 그 김에 호시탐탐 기회를 노리는 언론도 좀 피해 있으라고 한 적이 있다고 했다. 쑤뤄란이 그 이야기를 꺼낼 때 말투는 담담했다. 그다지 대단한 은혜를 베푼 건 아니라는 듯. 천원셴도 처음에는 쑤뤄란만 '사리 분별을 못하는' 사람인 줄 알았다. 그런데 가만히 보니 다른 엄마들도 통 큰 선물을 했던 이야기를 할 때면 다들 말투가 그랬다. 냉담하지도 그렇다고 들뜨지도 않은 말투. 그런 이야기를 하면서도 마음속에는 그 어떤 파장도 일지 않았던 것이었다. 천원셴은 그제야 알게 되었다. 선란 모임 분위기에 철저하게 녹아들려면 자기도 반드시 그런 불문율을 익혀야 한다는 걸.

그런 일들을 당연시하는 연습을 하면 다른 사람도 당연히 당신에게 잘해주게 될 것이고, 당신은 자연스럽게 비싼 선물을 받게 될 것이다. 두 눈이 휘둥그레지거나 숨을 크게 내뱉지 않도록 해야 한다는 걸 꼭 명심해야 한다. 너무나도 과분한 선물을 받았다는 식으로 감탄해대면 다른 사람이 당신을 더 좋아하게 만들 수 없다. 도리어 당신을 궁상맞은 사람이라고 생각할 것이다. 쑤워란처럼 심지어는 량자치처럼 입을 가볍게 벌린 채 고개를 살짝 끄덕이며 고맙다는 말 한 마디면 되지, 더 이상의 반응은 필요 없다.

몇 시간 뒤, 천원셴은 아들을 데리고 집으로 돌아왔다.

원래는 저녁으로 비싼 스시를 먹자고 말할 생각이었는데, 아들의 벌게진 두 눈, 축 처진 입을 보자 생각이 달라졌다.

"무슨 일 있었니? 왜 그렇게 기분이 안 좋아 보여?"

"……." 무언가 말하려다가 페이천은 입을 다물었다. 불만 가득한 표정이 한층 심해졌다.

"무슨 생각하고 있는 건지, 엄마한테 솔직히 말해줄 수 있어? 누가 너 괴롭혔어?"

"아니."

"그럼 도대체 왜 그러는 건데?"

"엄마, 이제 곧 내 생일인 거 까먹은 거 아니지?"

"아직 한 달도 더 남지 않았어?"

"그게 얼마 안 남은 거지. 내 생일에 뭐 해줄 거야?"

"무슨 말이야? 저번처럼 피자랑 치킨 사먹고 백화점 가서 선물 고르고 하면 되는 거지."

아이는 실망했다는 듯 숨을 깊게 내뱉었다. "싫어."

"그럼 어떻게 하고 싶은데? 저번에도 그런 식으로 했잖아?"

"저번은 저번이고, 이번은 이번이지." 페이천은 눈시울이 빨개질 정도로 골이 나 있었다. "나도 크리스처럼 생일파티 하고 싶단 말이야."

천원셴은 순간 멍해졌다가 이내 아들이 왜 고집을 피우는지 알 것 같았다.

"우리 집에는 다른 사람들 초대 못해."

"왜 못하는데? 크리스는 집에서 생일파티 했잖아."

"얘가 정말!" 천원셴도 화가 치밀었다. "넌 어떻게 된 애가 그렇게 네 멋대로야. 크리스네 집이 얼마나 큰 건지 생각도 안 해봤어? 우리 집은 절반도 안 되는데 네 친구들이 어떻게 다 들어와? 아주머니들까지 같이 와봐, 더 좁아지지."

여기서 말하는 아주머니란 아메이 같은 외국인 도우미를 뜻했다. 어떤 엄마들은 아이를 데리고 아이 친구 생일파티에 갈 때면 외국인 도우미를 대동하곤 했다. 그러면서 하는 말은 이랬다. "아무래도 도우미가 옆에 있으면 우리 아이 봐줄 눈이 하나 더 생기는 거니까." 천원셴은 그 말이 일리가 없지는 않다고 여겼다. 연예인이 외국인 도우미에게 무거운 물건을 들게 하고 아이를 건사하라고 시켜서 고용노동부의 처벌을 받은 사건을 뉴스에서 본 적이 있었다. 량자치는 물론 많은 엄마들이 부지불식간에 법을 어기고 있었던 것이다.

"그럼 엄마가 다른 장소라도 알아봐주면 안돼?"

"아이고, 밥만 먹을 줄 알았지 정작 그 밥값은 얼마인지도 모르는 녀석아, 그런 데 빌리는 게 한두 푼인 줄 알아?"

"그게 무슨 상관이야. 다른 애들도 생일파티 하니까 나도 할 거야."

천원셴은 페이천을 쏘아보며 말했다. "그렇게 네 생각만 하면 안돼, 알았어?"

"다른 애들은 다 하는데 왜 나만 못 하게 해?"

"방에 들어가서 공부나 해, 엄마가 나오라고 하기 전까지는 밖에 나오지도 말고."

천원셴의 손가락이 페이천의 방을 똑바로 가리켰다.

엄마가 불같이 화를 내자 당황한 페이천은 콧물을 양쪽으로 줄줄 흘리며 소리쳤다. "난 엄마가 제일 싫어."

페이천이 시선에서 벗어나자 천원셴은 녹초가 되었다. 의자에서 꼼짝달싹 할 수 없었다. 그런 자신에게 물을 한 잔 따라주었다. 아들의 말이 틀린 말은 아니었다. 쑹런초등학교든지 선란모임이든지 간에 아이 생일파티 치르느라 고생이라고 아우성이었다. 그 여자들 고민은 예산이 아니라 어떻게 하면 아이들이 혹할만한 파티를 열 수 있을지였다. 량자치가 작년에 요술풍선 만들기 강사를 불렀던 이야기를 해준 적이 있었다. 강사가 아이들이 원하는 동물을 일일이 만들어주었더니 아이들은 좋아서 난리였다고 했다. 그날 파티가 끝나고 량자치는 며칠씩이나 두통에 시달린 탓에 올해는 평소대로 간단하게 음식에만 경비를 쓴 거라는 말이었다.

"다행히 올해는 크리스 엄마가 우리를 봐줬네요. 저번에 요술풍선 이벤트 했을 때 애들이 집에 와서는 하나같이 자기들 생일파티는 왜 이렇게 재미가 없냐고, 크리스 생일파티 때처럼 재밌지 않다고 투덜댔다지 뭐예요." 왕녠츠는 량자치의 말이 끝나기도 전에 반 농담조로 량자치를 비웃었다.

"자기 얘기 아니라고 아무렇지 않게 말하네." 쑤뤄란이 바로 말을 받았다. "자기는 올해 스티커 사진 기계까지 빌려다놓았다면서요?"

스티커 사진 기계는 한 번 빌리는 데 1만5000위안이었다. 기계 조작을 도와주는 사람까지 부르면 1만8000위안이 들었다.

"어쩔 수 없지 뭐, 요술풍선은 캣이 했으니 우리는 할 게 없어도 최선은 다해야지." 왕녠츠가 말했다.

그때 누군지는 기억 안 나지만 천윈셴에게 이렇게 물어본 엄마가 있었다. "그럼 페이천 엄마는요? 아이 생일 어떻게 챙겨줄 생각이에요?"

천윈셴은 순간 표정이 굳었다. 대답하기 곤란한 질문이었다.

"그 얘긴 그만하고, 이제 곧 설날인데 다들 갈만한 데 좀 어디 없어요? 난 유니버설 스튜디오는 이제 가기 싫어요. 3년 내리 가니까 줄서는 걸로 크리스랑 싸우기나 하고. 그래서 올해는 무슨 일이 있어도 엄마 말 들어야 된다고, 엄마는 타이완에만 있을 거라고 일러뒀죠." 천윈셴의 망설이는 기색을 눈치 챈 량자치 덕에 겨우 곤경에서 벗어날 수 있었다.

하지만 량자치가 막아준다 해도 그 질문은 변함없이 찾아올 터였다. 천윈셴은 절대 다른 사람이 자기네 집 문턱을 넘도록 하지 않을 작정이었다. 천윈셴 집은 량자치 집에 비해 좁고 어수선했다. 그렇다고 5~6만 위안이나 들여 다른 장소를 대여할 수도 없는 노릇이었다. 꽉 끼는 머리띠를 하고 있는 것처럼 두피가 팽팽하게 당겼다. 현관에서 손잡이 돌리는 소리가 들려왔다. 양딩궈가 등허리를 굽히고 신발을 벗고 있었다. 시선이 아내와 마주치는 순간 공기 중에서 전쟁터의 냄새를 맡았다. 이삼 초 정도 머뭇거리다가 나름대로 전략을 세운 양딩궈는 비위를 맞추는 듯한 어조로 물었다. "우리 아들은?"

"방에서 공부해."

"애 저녁은 먹었고?"

"준비 다 해놨는데 먹기 싫대."

"아, 그랬어?" 양딩궈는 정보 탐색을 이 정도로 끝냈다.

분위기를 풀어보려고 양딩궈는 자주 가는 분식집 이야기를 늘어놓았다. 얼마 전에 갔을 때 보니 빨간 색 종이에 까만 글씨로 쓰인 푯말이 붙어 있었다고 했다. '상가 임대료가 오른 관계로 메뉴 가격을 5~10위안 인상합니다.' 양딩궈는 소파에 다리를 꼬고 앉은 채 상한 손톱을 후벼 파며 투덜거렸다. "오늘 계산하는데 평소보다 20위안이나 더 나왔어. 한 달에 열흘 먹는다 치면 200위안이니까, 이제 거기서 음료수라도 좀 덜 사먹어야겠어."

"당신이랑 의논할 일 있어. 페이천 생일파티 해주려고."

"오, 좋아, 근데……." 양딩궈는 집을 한 번 싹 돌아보고는 난처하다는 듯 웃었다. "페이천 친구들이 오면 비좁지 않을까 싶은데." 양딩궈는 말을 하다 말고 애처롭게 한 마디를 내뱉었다. "윽, 피 난다."

"나도 페이천 친구들을 우리 집으로 들일 생각은 아니고, 밖에다 장소 하나 빌리려고."

"무슨 장소?"

"내가 다 검색해봤어, 스린취土林區에 있는 거. 페이천 생일 껴 있는 주말에 예약이 안 찬 곳이 하나 있더라고. 페이스 페인팅이랑 요술풍선 만들기 같은 이벤트에 20인분 정도 간단히 먹을 거까지 같이 하면 1만2000위안이야. 4000위안 추가하면 우리가 정한 테마로 꾸며주고. 테마도 정해서 꾸며달랠까 생각 중이야. 페이천이 어릴 때부터 캡틴 아메리카 좋아했잖아."

"다 합하면 1만6000위안 아니야?" 양딩궈가 멍하니 쳐다봤다. "1만 6000위안이나 들여서 생일파티 하느니 차라리 아이패드 사주는 게 낫지. 안 돼, 난 받아들일 수 없어. 애 좀 그렇게 오냐오냐 키우지 마. 이제 겨우 초등학교 1학년인데, 이러다 6학년 되면 3~4만 위안은 들여야 되는 거 아니야?"

"비용만 생각하지 말고 가치를 생각해봐." 마음이 조급해진 천원센은 문득 쑤뤄란이 입버릇처럼 하던 말이 떠올랐다.

"우리 어른들이야 생일파티라는 게 뭐 별다를 게 없지만, 페이천은 아직 애잖아. 애들한테는 생일파티가 무엇보다도 중요할 수가 있지. 내 자식한테 잊지 못할 추억 만들어주는데, 1만6000위안이면 비싼 것도 아니잖아?"

"1만6000위안이나 들여야 애한테 잊지 못할 추억을 만들어줄 수 있다는 거야?"

양딩궈의 입장은 흔들리지 않았다. 천원센을 바라보고 있는 양딩궈는 아내의 생각이 도저히 납득이 안 되는 눈치였다.

"페이천이 크리스랑 비교를 하잖아. 크리스는 생일파티 하는데 왜 자기만 못 하냐고."

"그때가 바로 제대로 교육할 수 있는 기회지. 이번 기회에 페이천한테 알려줘. 누구나 다 크리스처럼 살 수 있는 건 아니라고. 쑹런초 학부모들이 죄다 1만6000위안씩이나 들여서 애 생일파티 해주고 싶어 한다는 거, 난 안 믿어."

양딩궈가 감정적으로나 도리상으로나 우위에 서 있었다. 천원센은 남편의 말을 반박할 수 없는 처지였다.

"에휴, 정말이지, 뭐든지 그 사람들 하는 대로만 따라하면, 당신만 힘든 게 아니라 나도 힘들어져."

양딩궈가 뻐근해진 목을 돌리자 우두둑 소리가 났다. 사무실에 하루 종일 앉아 있는 탓에 몸이 찌뿌둥한 모양이었다.

천원셴은 자기가 계속 같은 자리에 서 있었다는 걸 발견하고는 식탁 앞에 앉았다.

그 사람들은 그 사람들이고 우리는 우리라는 말이, 양딩궈가 그 사람들과 우리 사이의 경계선을 넘어갈 마음이 없단 걸 의미하는 걸까? 천원셴의 시선이 남편을 뚫고 지나가 남편의 등 뒤 벽 위에 초점이 맞춰졌다. 누가 또 전기 모기채를 안 쓰고 모기를 잡은 거지? 모기 사체가 벽 위쪽에 붙어 있었다. 더러운 피까지 묻어 있어 눈에 거슬렸다.

"애 생일파티도 안 해주면, 그 여자들이 날 애한테 신경도 안 쓰는 여자 취급할거야."

"그 여자들이 누군데?"

"다른 엄마들 전부 다."

"페이천 반 애들이 모조리 다 생일파티를 한단 말이지?"

"꼭 그런 건 아니어도 활발하다 싶은 애들은 거의 다 해."

천원셴은 입을 비죽였다. 물밀듯이 밀려드는 고통이 가슴을 쓸고 지나갔다. 그동안 꽤나 치밀한 계획을 세우고 계산도 꼼꼼히 해놓았다. 테마를 지정하지 않으면 1만2000위안이었다. 사실 1만6000위안이라고 해봤자 기껏해야 왕녠츠가 스티커 사진 기계를 빌리는 값이었다. 물론 기계 조작을 도와주는 사람 비용은 포함되지 않은 가격이다.

"원셴, 당신 계획에 찬성 못하겠어. 말도 안 되는 소리야." 양딩궈는 곤혹스러운 듯 머리카락을 움켜쥐었다. 손가락 끝과 두피가 마찰하면서 듣기 싫은 소리가 났다. "우리랑 비슷한 집 엄마들이랑 만나면 안 돼? 나도 밖에서 죽도록 일하다가 집에 와서는 또 예전에는 없던 문제로 골치 아프기 싫어."

"알았어, 당신이 안 도와줘도 상관없어. 내가 지금해둔 걸로 하면 돼."

"그게 그거 아니야? 돈은 제일 중요한 데 써야지, 당신 정말 왜 그렇게 이상한 생각을 못 버려?"

"다른 엄마들이 날 자기들하고 다른 사람 취급하는 거 싫어."

양딩궈는 아내가 꽉 쥐고 있는 두 손을 뚫어지게 쳐다봤다. 남편의 복잡미묘한 표정에서, 천원셴은 당혹감과 연민을 읽어낼 수 있었다. 아, 그 여자들처럼 되고 싶다는 말을 끝내 해버렸구나, 상심한 천원셴은 생각했다. 몇 년 전과 비교해봐도 천원셴은 하나도 변한 게 없었다. 아직도 그 꼬락서니였다. 과거의 자신과는 완전히 다른 사람, 천량잉이나 아니면 천량잉보다 더 잘사는 사람이 될 수 있을 거라 여기는.

"에휴, 당신이랑 정말 말 안 통한다. 내 말은 귀담아 듣지도 않잖아."

"페이천 나와서 밥 먹으라고 해." 양딩궈는 손을 무릎 위에 놓았다.

"그럼 생일파티는?"

"차분히 생각해본 다음에 다시 얘기하자."

예약 기한일까지도 천원셴은 양딩궈의 동의를 구하지 못했다. 천원셴은 액수만 멀거니 바라봤다. 차마 업체에 전화를 걸 용기가 나지 않았다. 한사코 고집대로 밀고 나갈 수도 있었지만, 남편의 뜻을 거스르면서까지 고집을 부리고 싶지는 않았다.

□

세 번째 시험이 첫 학기 마지막 시험이었다.

겨울방학이 다가오자 왕녠츠가 같이 홍콩에 가자는 의견을 냈다. 왕녠츠가 팀을 꾸려 여행을 가는 건 이번이 처음은 아니었다. 선란 모임 회원들은 대부분 왕녠츠와 함께 홍콩, 오사카, 도쿄, 오키나와에 다녀왔다. 량자치가 먼저 나서서 입장을 밝혔다. 자기는 안 갈 거라고, 홍콩은 차라리 언니나 여동생이랑 갔다 오는 게 낫다고, 아이를 데려가면 무얼 해도 신이 안 난다고. 량자치가 이렇게 말하자 천원셴은 난관을 빠져나갈 방법이 생각났다. 며칠 전에 발바닥에 염증이 생기는 바람에 의사가 오래 걷는 건 좋지 않다고 한 변명을 댔다.

모임이 끝나자 바로 집으로 가려는 천원셴에게 량자치가 말을 걸었다.

"원셴, 다리는 괜찮은 거예요?"

"아, 네, 네. 괜찮아요. 많이 걷기 힘든 것뿐이에요. 오래 걸으면 아파서요."

"붕대 좀 갖다줄까요? 저번에 일본 갔을 때 잔뜩 사다놓고는 잘 쓰지도 않아서."

"괜찮아요."

"아 참, 원셴, 얘기할 게 하나 있는데, 지금 말해도 될지 잘 모르겠네……."

"무슨 일인데요? 자치, 나한테는 뭐든 말해도 돼요."

"뭐냐면, 그 일은, 내가 이리저리 생각해봤는데, 원셴밖에 도와줄 사람이 없더라. 아, 그리고 스티븐한테는 절대 말하면 안돼요."

천원셴 마음에 한 줄기 훈풍이 불었다. 누군가 날 필요로 한다는 느낌이 이토록 따스한 거였다니. 마침내 천원셴이 공급자가 되고 량자치는 수요자가 된 것이었다. 과도한 해석을 할 생각은 없지만 마음속에서는 이미 수많은 거품이 퐁퐁 생겨나 천원셴 가슴을 그득 채우고 있었다.

량자치는 천원셴을 조용하고 구석진 곳으로 데려갔다. 주위에 누가 없는지 살핀 뒤에야 운을 뗐다.

"윈셴, 우선 축하해요. 방금 아이㶨 선생한테 들었는데, 이번 시험, 그 집 아들이 되게 잘 봤다면서? 우리 집 크리스는, 한 시간에 1000위안짜리 과외까지 붙여줬는데도 시험을 못 봤다네."

"아…… 정말 안타깝네요."

"이런 제안 해도 될지 모르겠지만, 그래도, 사실 우리 애 이런 성적 가지고는 시어머니 뵐 면목이 없어서…… 이 녀석이 정말 왜 그런지 모르겠네. 테드랑 나도 공부는 어느 정도 했던 사람들인데, 크리스는 어릴 때부터 뭐든 배우는 게 느린 편이었어요. 우리 시어머니가 그런 손주에 만족을 못하세요. 테드 어렸을 때보다 한참 뒤떨어진다면서……."

계속 말하다가 량자치는 끝내 손을 들어 벌겋게 달아오른 얼굴 쪽으로 부채질을 했다. 눈가가 촉촉했다.

천원셴의 득의양양한 가슴이 바늘에 콕 찔려 그 구멍으로 공기가 천천히 빠져나가는 듯 했다. 뭐라 위로의 말을 뱉고 싶었지만 입을 떼려다 다시 닫았다. 딱히 할 말이 없었던 건지 후회할 말이 나올까봐서였는지는 알 수 없었다. 량자치가 천원셴에게 무슨 도움을 청하려는 걸까?

천원셴은 옴짝달싹할 수 없었다. 숨만 겨우 쉴 수 있을 정도였다.

"윈셴, 이번 시험 과목 몇 개만 우리 애 점수를 페이천 거랑 바꿀 수 있을까?"

"그, 그걸 어떤 식으로……"

"담임 쪽에는 미리 말해뒀어요. 우리가 점수 바꿀 수 있도록 도와줄 거예요."

천원셴은 질겁을 하며 량자치가 사용한 단어가 '우리'라는 걸 인식했다.

"성적을 바꾸는 방법밖에는 없나요?"

"그게, 담임이 반 평균을 이미 제출한 상태라고 해서……"

"무슨 과목을 바꿔야 되는데요?"

"중국어랑 수학. 페이천은 97점, 95점이라면서요? 크리스는 중국어 79점, 수학은 80점 받았어요."

"페, 페이천이랑 의논해봐야 할 것 같아요. 페이천이 이번 시험은 아주 열심히 준비한 거고, 우리 남편도 점수를 꽤나 중요하게 여기는 편이어서요. 그리고 남편이 페이천한테 이번 시험 3등 안에 들면 아이패드를 사주겠다고 했어요. 페이천이 그거 갖고 싶어서 열심히 공부한 거라서."

"그럼 이렇게 하면 되겠네. 페이천 아이패드 필요한 거 맞죠? 내가 최신 모델로 하나 사줄게."

"이건, 그래도 제가 다시……" 이마에서는 진땀이 흘렀다. 량자치를 설득하는 게 예더이를 설득하는 것보다 훨씬 어려웠다. 이유는 간단했다. 천원셴이 지금 이 자리에 있을 수 있었던 건 전부 이 집안의 후한 대접 덕택이었기 때문이다.

"윈셴, 아직도 생각 중이에요?"

천원셴은 경악하며 량자치를 빤히 쳐다봤다. '아직도'라니?

천원셴이 틀림없이 승낙하리란 걸 량자치는 어쩜 그리도 굳게 믿고 있는 걸까?

학기가 시작하자마자 30만 위안을 보내왔기 때문일까?

"아이패드로 부족하면 이렇게 하죠. 여름방학 때마다 왕녠츠는 애를 캘리포니아 여름 캠프에 보내거든요? 캘리포니아에 친척이 있어서. 올해는 크리스도 같이 보낼 생각인데, 페이천도 간다고 하면 그 비용은 내가 절반 정도는 부담할게요."

아이패드 한 대가 2만 위안이고, 미국 여름 캠프 비용은 10만 위안이었다.

"알겠어요. 그럼 그렇게 하는 걸로 해요. 다만 염려되는 게 있는데, 해외 나가보는 게 페이천 소원이었거든요. 그래서 그런 말은 한번 들으면 절대 까먹지 않을 거예요. 제 말은, 그러니까, 여름캠프 갈 수 있는 거 확실한 거죠? 기대만 심어주고 나 몰라라 할 순 없어서요."

"그야 당연하죠. 왕녠츠 쪽에 혹시라도 무슨 일이 생기면, 나도 캘리포니아에 친척 있으니까 문제없을 거예요. 원셴, 고마워요. 자기 덕에 내가 한 시름 놓았네. 자기 같은 좋은 친구를 사귀다니 난 정말 복이 많은가봐."

서늘한 기운이 느껴졌다. 뱀 한 마리가 발밑에서 야금야금 살갗을 집어삼키면서 천원셴 등골까지 올라온 것만 같았다. 량자치 표정은 자못 부드럽고 너그러워 보였다. 어딜 가든 누구나 좋아할 만한 여자였다. 상식적으로, 량자치의 웃는 얼굴을 보면 소용돌이치던 불안감쯤은 잠재울 수 있어야 했다. 하지만 이번에는 효과가 없었다. 천원셴은 스스로에게 물었다. 뭐가 그리 겁나는 거지? 이런 미소를 머금은 여자가 설마 날 나락으로 밀어버리진 않겠지…….

□

　페이천의 반감이 생각보다 심했다. 말을 꺼낸 지 몇 분 되지도 않았는데, 페이천은 눈물을 흘리기 시작했다.

　"왜 성적을 바꿔야 되는데? 조너선이랑 이번 수학 시험 누가 더 잘 볼지 내기했단 말이야."

　"엄마 말 들어봐." 천원셴은 아이의 작고 여린 어깨를 붙들었다. "엄마가 지금 네 도움이 무지 필요해서 그래."

　"싫어, 듣기 싫어." 페이천은 몸부림을 치며 있는 힘을 다해 엄마의 손아귀에서 벗어나려 애썼다.

　"너 그렇게 멋대로 굴지 마. 엄마 한번 도와주는 게 너한테도 도움 되는 거야, 알겠어?"

　천원셴은 평소에 페이천에게 큰소리치는 경우가 드물었기에 방금 호통을 친 게 효력을 발휘했다.

　페이천은 더 이상 발버둥치지 않았다. 눈을 뜨고 엄마를 멍하니 쳐다봤다. 죄책감이 파도처럼 밀려와 천원셴의 이성적인 판단을 건드렸다. 페이천은 아무 잘못이 없었다. 높은 점수를 받은 것도 페이천이었다. 멋대로 굴려는 사람은 다름 아닌 나 자신이었다. 놀라 있는 아들을 달래주고 싶어서 손을 내밀려던 찰나…… 아니야, 안 돼지. 아직 목적이 달성된 건 아니니까.

　"착하지, 엄마 말 들어, 너 크리스랑 친하지?"

천윈셴은 계획을 다 세워놓은 상태였다. 페이천도 그러겠다고 할 줄로만 알았다. 페이천이 바로 대답하지 않을 줄은, 바닥에서 무언가가 페이천의 눈빛을 빨아들이고 있기라도 한 양 바닥만 처다보고 있을 줄은, 미처 몰랐다. 그건 페이천이 어릴 때부터 곤란한 일이 있을 때 하는 행동이었다. 천윈셴은 순간 멍해졌다. 아들이 이런 식으로 반응하리라고는 생각조차 못했기 때문이다. 배 안에 뚫린 구멍을 제대로 메우지도 못했는데 또 다른 구멍을 발견한 격이었다.

"페이천, 왜 말이 없어? 크리스랑 무슨 일 있었어?"

페이천은 입술을 오므렸다 폈다를 반복했다.

"엄마, 크리스 개 말을 심하게 하는 것 같아."

"왜? 뭐라 그랬는데?"

"우리 반 애들 다 있는 데서 제임스네 아빠가 자기네 아빠 밑에서 일하는 거라고, 우리 아빠가 자기네 아빠 부하라고 했어."

"페이천, 크리스 말이 틀린 건 아니야. 아빠가 크리스네 아빠 회사 직원인 건 맞아."

"그것뿐만이 아니란 말이야."

페이천은 시뻘개진 얼굴로 두 주먹을 부르쥔 채 말했다. "며칠 전에는 내가 쑹런초 다니게 된 것도 자기 아빠가 도와줘서 그런 거래. 자기네 아빠 아니었으면 난 다른 초등학교 갔을 거라면서. 내가 거짓말하지 말라 그러니까 크리스가 웃었어."

"크리스가 정말 그렇게 말했어?"

이런 일을 크리스에게 말할 만한 사람은 량자치밖에 없었다. 아이에게 왜 그런 말을 한 걸까? 크리스는 또 왜 다른 애들 앞에서 그 이야기를 꺼낸 거고? 의문이 꼬리에 꼬리를 물었다. 천윈셴은 이 상황을 감당해내기가 힘들었다.

"엄마, 나 크리스랑 성적 안 바꿀 거야. 나 인제 크리스 별로 안 좋아해."

"아니면 이렇게 하자. 이번 한번만 엄마 도와주면 꼭 아이패드 갖게 해줄게."

"아이패드?"

"그래, 크리스 아빠가 부탁한 일이어서."

"그러면," 페이천은 진퇴양난에 놓였다. "꼭 두 과목 다 바꿔야 되는 거야? 수학은 안 바꾸면 안 돼?"

"응, 두 과목 다 바꿔야 돼."

"그럼 좀 더 생각해볼게."

"아이패드 말고도 이번 여름방학 때 미국 여름 캠프도 갈 수 있어."

미국이라는 단어를 듣는 순간 페이천의 태도는 눈에 띄게 수그러졌다. 페이천은 미간을 좁혔다. 두 가지 비용을 가늠해보고 있는 듯했다.

"페이천, 이번 시험 성적은 올해만 지나면 금세 기억도 안 날 거야. 근데 미국 가는 거는, 생각해봐, 얼마나 좋은 추억이 되겠어. 너 외국 가보고 싶어했잖아?"

"그래도 성적 바꾸는 건 컨닝이야…… 쌤도 알게 될 거고……."

"그거는, 크리스 아빠가 대단한 분이시잖아. 실력 있는 프로그래머에게 부탁해서 해결하기로 했어. 선생님은 절대 몰라. 너랑 엄마, 크리스네 가족만 아는 거야. 아 참, 아빠한테는 절대 말하면 안 된다."

"왜 안 되는데?"

"왜냐하면," 천원셴은 한쪽 눈썹을 치켜뜨고 적당한 핑계거리를 골랐다. "왜냐하면 아빠가 원래 아이패드 못 사게 하시잖아. 그거 때문에 실랑이를 벌이기도 했고. 그래서 엄마가 크리스 엄마한테 부탁해둔 거야. 너 아빠 앞에서 이 얘기 꺼내면 아빠가 아이패드 압수할지도 몰라."

몇 년 뒤, 천원셴은 모든 일의 원인과 결과를 돌이켜 정리해볼 수 있게 되었다. 냉정하고 객관적인 입장으로 지난 일을 바라볼 수 있었다. 그러나 페이천더러 그 계획에 동참하라고 설득하던 장면이 떠오르기만 하면 그럴 수 없었다. 그 장면을 멈추고 확대해서 보고 싶은 마음이 일었다. 나중에 '그 일'이 일어날 것이란 걸 예상해볼 수 있는 시점을 택해보라면, 분명 그 순간일 터였다. 천원셴은 량자치의 제안에 응했다. 아이의 성적을 건네주고는 '아이를 위한 최선'이라는 이유로, 부당한 일이 벌어지는 것에 동의했다.

그렇기에 량자치가 이 점을 이용했다고 해서 천원셴도 량자치를 탓할 수만은 없었다.

□

아이패드가 생기자마자 페이천은 '성적 바꿔치기' 사건을 까맣게 잊어버렸다. 게임을 다운로드 받아 화면에서 눈도 떼지 않을 정도로 몰두했다. 양딩궈는 그런 페이천의 행동에 별로 신경쓰지 않았다. 그저 넘어가는 말로, 조금만 더 열심히 하면 되지, 아직 초등학생인데 뭘, 할 뿐이었다.

아이패드에 대해서는, 천원셴이 만반의 준비를 해두었다. "량자치가 우리 애 생일 선물로 준 거야."

양딩궈는 그 말을 믿었다. 실없는 소리만 한 마디 했다. "이렇게 좋은 걸 주다니, 나중에 크리스 생일이라고 우리보고도 이런 거 달라고 하지 말라 그래."

"그 여자 그럴 사람 아니야. 애한테 돈을 얼마나 잘 쓰는데, 우리까지 나서서 거들어줄 필요 전혀 없어."

진지하게 말해보자면, 가장 마음에 걸리는 건 사실 천원셴 자기 자신이었다. 처음에는 며칠만 지나면 마음 한켠에 자리한 죄책감이 차츰 사라질 줄 알았다. 그러나 밤마다 과연 제대로 된 선택을 한 건지 생각하다보면 다시 일어나 앉을 수밖에 없었다. 아이에게 안 좋은 본보기를 보인 건 아닌지도 걱정스러웠다. 어느 날 밤에는 잠이 안 와 한참을 뒤척이다가 침대에서 빠져 나왔다. 어둠 속을 더듬으며 거실로 간 천원셴은 차를 뜨겁게 한 잔 우렸다.

식탁 앞에 앉으니 갑자기 머리가 지끈거렸다.

크리스 생일파티는 마치 상자 속에 또 하나의 상자가, 그 안에 또 하나, 또 하나가 포장되어 있어 마지막 상자를 열기 전에는 안에 무엇이 들었는지 알 수 없는 것과 같았다. 천원셴이 흔치 않은 기회를 잡은 것일까? 아니면 기회가 천원셴을 움켜쥔 것일까? 천원셴은 컵을 두 손으로 들고 페이천 방으로 걸어 들어갔다. 대자로 누워서 자고 있는 아이 입가에는 침이 한 덩이 말라붙어 있었다.

아들, 넌 기억 못하겠지? 조금만 더 크면 엄마가 그런 일을 시킨 적이 있다는 걸 까먹게 될 거야.

천원셴은 생각하고 또 생각했다. 마룻바닥의 서늘한 기운이 발바닥을 통해 전해졌다. 문득 피로가 몰려왔다. 하지만 이 피로감이 천원셴을 어두컴컴한 바다를 넘어 편안하게 잠들 수 있는 피안까지 데려다줄 수는 없을 터였다. 천원셴은 초조해하며 차를 한 모금 마셨다. 생각의 실타래가 갈수록 자신을 옥죄어 오는 것만 같았다.

□

겨울방학이 눈 깜짝할새 왔다가 쏜살같이 지나가버렸다. 설날이라는 촉매 탓에 겨울방학은 순식간에 지나더니 금새 끝나버렸다. 천원셴은 설 연휴에 페이천을 데리고 원린으로 내려갔다. 언니 천량잉도쌍둥이를 데리고 왔다. 아이들 셋이 한 데 어울려 노는 걸 보니, 마음속에 드리워져 있던 짙은 안개가 사라져버리는 듯한 기분이었다. 천원셴은 이참에 언니에게 속사정을 털어놓았다.

천원셴은 량자치, 왕이펀, 장페이언, 반 그룹채팅방, 선란 모임의 다른 엄마들 생각 따위를 대충 다 말했다. 언니한테 무시당할까봐 량자치가 점수를 바꾸자고 한 이야기는 하지 않았다.

"그쪽 엄마들은 서로를 힘들게 하는 관계네."

"무슨 말이야?"

"서로 이것저것 하게 만드는 꼴이잖아. 누가 애 데리고 디즈니랜드 가면 난 우리 애 데리고 유니버설 스튜디오 가야 되고. 누가 애한테 시간당 800위안짜리 과외를 시킨다고 하면 우리 애한테는 시간당 1000위안짜리 시켜야 되고. 아닌 거 같아? 원래는 다들 멀쩡했는데 그런 얘기를 하도 오래 듣다보니 머리가 이상해진 거지. 난 그런 생각 해본 적 없거든. 그저 애 학교 보내고 시간 맞춰 데려다주고 데리러 가고 그러는 거지. 반 그룹채팅방은 들어가긴 하는데 어쩌다 확인만 해. 메시지가 쉴 새 없이 뜰 때는 그냥 놔두기도 하고."

"근데 우리 그룹채팅방에서는 말 없던 사람도 억지로 말하게 돼……"

"그건 그 동네 여자들이 다 이상하니까 그런 거지…… 하루 종일 거기서 자기 애 나중에 사회 나오면 경쟁력이 없진 않을까 걱정이나 하고 앉아 있고, 그래서 또 제 아이를 위해서라면 무엇이든 제일 좋은 것만 해주려고 하지. 좋은 걸 못해주면 신경만 날카로워져서는 자기 능력 탓을 해대구. 지금 네가 이러고 있는 것처럼."

천량잉과 남편은 양육 방식이 일치했다. 아이가 공부에 재능을 보이면 발벗고 나서서 혼신의 힘을 다해 교육시킬 생각이었다. 아쉽게도 두 아이는 공부에 취미가 없었다. 공부를 강요할 마음은 없었다. 아무리 공부를 못해도 나중에 유학을 보내주면 그만이라고, 천량잉은 생각했다. 천원셴은 천량잉의 소극적인 교육 방침을 참을 수 없었다. 그러나 이제는 되레 그런 언니가 부러웠다. 언니는 자기보다 훨씬 자유로워 보였다. 반면 자기 자신은 긴장과 자극이 넘쳐나는 게임에서 물러나는 게 불가능하단 걸 알았다. 그렇다고 본인이 게임에서 질거라고는 생각하지 않았고 항복할 마음도 없었다.

타이베이로 돌아온 뒤 생각해보니 언니와 나누었던 대화가 새로운 에너지가 되어 천원셴 마음속에 들어온 것만 같았다.

3월 초, 천원셴은 타이완에 초청받아 오는 미슐랭 셰프가 모 유명

호텔에서 한 달간 머물며 객원 셰프를 맡는다는 소식을 량자치에게 들었다. 왕녠츠가 넓은 인맥으로 셰프를 귀국 전에 비밀리에 집으로 초청해 요리 시연회를 열 거라는 말도 함께.

"녠츠가 나보고 한 명 더 데리고 올 수 있다는데, 윈셴, 같이 갈래요?"

천윈셴은 왕녠츠가 자기를 직접 초대한 게 아니어서 다소 신경이 쓰였지만 금세 마음이 풀렸다. 천윈셴과 왕녠츠는 서로 안 지도 얼마 되지 않았고, 어차피 량자치가 바로 천윈셴을 떠올렸으니까. 다른 생각은 일단 접어두고 가겠다고 답했다.

천윈셴은 인터넷으로 셰프의 경력과 시연 요리 4개의 재료를 검색했다. 종이를 한 장 가져다가 몇몇 재료의 이름을 베껴 썼다. 혼자만 아무것도 모르는 사람처럼 보이고 싶지는 않았다.

그날, 량자치까지 무려 다섯 명이나 아메이 같은 도우미를 데려왔다. 아메이는 량자치와 천윈셴 중간에 서서 셰프의 손놀림을 집중해서 보고 있었다. 가끔 고개를 끄덕이기도 하는 것이 어느 정도는 이해가 되는 모양이었다. 량자치는 쑤뤄란과 어깨를 맞대고 서 있었다. 쑤뤄란도 집에서 도우미를 데려왔는데, 딱 봐도 서른도 채 안 되는 아메이 같은 여자아이였다. 그 도우미는 입으로 무어라 웅얼거리면서 손으로 셰프의 동작을 살며시 따라해보고 있었다. 천윈셴은 난처했다. 아메이와 가까이 서 있고 싶지 않았다. 내심 아메이와는 사회적 지위가 다르다고 생각했기 때문이다. 이름난 셰프에게 요리를 배울 수 있는 기회를 놓치고 싶지도 않았다. 고심을 거듭한 끝에 왼쪽으로 이동했다. 아메이와 거리를 유지하면서도 량자치와 쑤뤄란의 대화를 엿들을 수 있는 자리였다.

쿠스쿠스 샐러드까지 진도가 나갔을 때, 쑤뤄란의 목소리가 들렸다.

"크리스 이번 시험 잘 봤다면서요? 역시 과외 선생을 자주 바꾸더니 드디어 공부 머리가 트였나보네."

"그러게요." 보일락 말락 할 정도로 몸을 살짝 떠는 량자치의 모습이 천원셴 눈에 들어왔다.

둘의 대화를 제대로 못 들을까 싶어 천원셴은 엉덩이에 힘을 바짝 준 채 귀를 쫑긋 세웠다.

"지금도 크리스 과외, 타이베이대학 다닌다던 학생한테 받고 있어요?"

"네." 량자치가 불쑥 앞으로 걸어가더니 아메이 곁에 딱 붙어서 무어라 귓속말을 했다.

"아메이가 제대로 못 들은 거 있으면 내가 여기서 살짝 살짝 말해주려고요."

자신의 돌발적인 행동을 설명하듯 말한 뒤, 량자치는 주위를 둘러보았다. 크리스 이야기가 나오자 량자치는 안절부절못하는 듯했다. 안타까운 건 쑤뤄란이 그 말을 못 듣고 삐져서 입이 나왔다는 거였다. "캣, 과외 선생 전화번호 좀 알려줘요."

"네?" 량자치는 일부러 못 알아들은 척했다.

"이번 학기에 신위 성적이 시원찮아서 내가 스트레스가 심해요, 우리 시어머니가 뭐라고 한 것도 아닌데. 바이올린 레슨 쌤도 우리 애가 바이올린에는 소질이 없다고 하고. 자오위肇宇가 세 살이 되기만 기다렸는데, 이대로 가다간 시어머니가 자오위를 놓아주지 않을까봐 걱정이에요."

자오위는 쑤뤄란의 아들이었다. 이제 막 만으로 세 살이 되었는데 지금껏 조부모와 같이 살고 있었다.

일전에 선란 모임에서 이런 이야기가 나온 적이 있었다. 결혼 전에는 아이를 몇 명 낳을 계획이었는데 결혼하고 실제로 몇 명 낳았는지에 대한 이야기였다. 쑤쭤란은 얼굴을 비비면서 생각에 잠긴 듯이 있다가 툭 말을 던졌다. "애 둘을 낳았는데 한 명만 낳은 것 같은 기분이에요."

쑤쭤란은 그날 따라 유난히 피곤해보였다. 어쩐지 표정이 부드러워 보이기도 했다. 다들 차마 그게 무슨 뜻이냐고 쑤쭤란에게 물어볼 수 없었다.

량자치가 천원셴에게 그 말의 의미를 살짝 알려주었다. 쑤쭤란 남편은 누나가 두 명, 여동생이 한 명인 외아들이어서 자오위는 2대 독자가 되었다. 자오위의 조부모는 2대 독자가 태어나자마자 시댁으로 데려가버렸다. 쑤쭤란은 아이를 하나 더 낳을 생각이었는데 가장 좋은 건 아들을 낳는 거였다. 시부모가 대놓고 뭐라고 하지는 않았지만, 말속에서 아들이 많아야 집안이 잘된다는 생각이 묻어났기 때문이다. 천원셴은 량자치의 말을 듣고 나자 쑤쭤란에게 전에 없던 연민이 일었다. 솔직히 말하면 예전에는 늘 쑤쭤란을 수선스러운 여자라고 생각했다. 쑤쭤란은 말을 받을 때 종종 동문서답을 했고 단지 말하기 위해 말을 하는 것 같은 느낌을 상대방에게 주곤 했다. 그 이야기를 듣고 나자 천원셴은 그런 쑤쭤란이 어느 정도는 이해가 되었다. 천원셴은 생각했다. 사회적인 명성이나 지위는 달라도 다 똑같은 인간이구나. 다들 지금 당장 체면을 유지하려고 살얼음판을 걷고 있는 거구나.

량자치는 쑤쭤란의 말에는 무관심한 태도를 보였다. 팔짱을 꼭 긴 채 발의 중심을 이리 바꿨다 저리 바꿨다 하고 있었다.

"그 선생 과외 스케줄이 꽉 차 있어서 우리도 수업 시간 조정하기 힘들 때가 있는데."

"어머, 그래요? 정말 아쉽네……." 쑤뤄란은 안쓰러워 보이는 웃음을 지었다.

"신위 과외 선생을 다시 바꿔보면 어떨까, 싶어서 한 말이었어요."

셰프가 농어를 어떻게 손질하는지 시연하고 있었다. 천위셴은 눈을 가늘게 뜨고 털이 수북하게 난 셰프의 손을 바라봤다. 셰프는 생선 양쪽에 비스듬히 칼집을 냈다. 하나, 둘, 셋, 칼집을 세 번 냈다. 온 힘을 실은 손으로 저 칼을 쥔다면 사람 몸 깊숙한 곳까지 가볍게 쑤셔 넣을 수 있을 것만 같았다. 셰프가 생선을 다루는 방식에는 의외로 확고한 부드러움이 흘러 넘쳤다. 소금과 후추 냄새가 레몬 향과 뒤섞여 코를 자극했다. 천위셴은 손을 비볐다. 에어컨 바람이 너무 셌다. 통역사가 뭐라고 하는지 정확히는 안 들려도 천위셴은 열심히 고개를 끄덕거렸다.

기분이 상해 있던 쑤뤄란이 목을 약간 기울인 채 또 입을 놀렸다.

"캣, 그럼 이번에 테드가 굉장히 좋아했겠네요? 수학을 그렇게 잘한다니, 아빠 닮았나봐."

랑자치는 정면을 똑바로 쳐다보며 뜨뜻미지근한 말투로 대꾸했다. "그냥 그래요. 아직 초등학교 1학년이라고 남편은 대수롭지 않게 생각해요."

"그렇죠? 집에 가서 남편한테 말해봐야겠어요. 우리 신위한테 너무 스트레스 주지 말라구요."

왕녠츠는 선도부장처럼 다들 열심히 집중하고 있는지 한쪽 눈으로 주위를 휙 둘러보았다.

그러고는 이쪽의 동정을 살피자마자 걸어왔다. 집게손가락을 쭉 뻗어서 입술 정중앙에 얹은 왕녠츠는 속삭이는 듯한 목소리로 말했다.

"집중하세요, 수다만 떨지 말고. 저 셰프 대단한 분이에요. 돈 엄청 들여서 겨우 초빙한 분이라니까."

천윈셴은 재빠르게 량자치의 표정을 살폈다. 무거운 짐을 내려놓은 듯한 기색이었다. 왕녠츠의 개입 덕분이었다. 량자치는 꽉 끼고 있던 팔짱을 풀었다. 천윈셴은 량자치 옷 속에 숨어 있는 피부에 살짝 붉은 멍이 들었다는 걸 감지할 수 있었다.

직접 이 장면을 목격할 수 있어 다행이었다.

량자치는 나보다 더 고통스럽겠지, 이것도 범죄라면 량자치야말로 주범이고 나는 공범일 뿐이니까, 그리고 담임도 잘못했지, 분명히 량자치가 무슨 수를 써서라도 담임을 매수했을 거야, 그러니 교사란 작자가 이런 위험천만한 일에 뛰어들었겠지, 천윈셴은 생각했다. 언젠가 음모가 들통 나면 적어도 천윈셴 자신은 량자치와 담임교사 같은, 대신 책임져줄 사람이 있는 셈이었다.

생각이 여기까지 미쳤을 때 천윈셴은 다시 셰프에게 집중했다. 셰프는 농어 몸통에 올리브유를 한 큰술이나 두르고 있었다. 누군가의 귓속말이 들려왔다. 어머머, 저 생선 통통한 것 봐.

남자주인공과 달리 여자주인공은 통통하면 안 된다. 통통한 여주인공은 가난하다는 착각을 불러일으키기 때문이다.

프로그램이 끝나자 천윈셴은 핸드폰을 꺼내 양딩궈에게 연락해 먹을 것 좀 사갈까, 물어보려던 참이었다. 대가의 솜씨를 만끽하며 맘껏 요리를 즐겼더니 배가 터질 것 같았다. 오른손으로 메시지를 보내며 왼손으로는 배꼽을 중심으로 둥글게 원을 그리며 부드럽게 마사지했다. 아직 흥이 다 가시지 않은 듯 토마토냉국의 여운을 느끼는 중이었다. 천원셴은 량자치가 곧장 집으로 갈 줄 알고 손을 흔들어 인사를 했다. 가까이 다가올 줄은 생각 못했다.

량자치는 목소리를 누르며 물었다. "바로 집으로 갈 거예요? 어디 가서 잠깐 얘기 좀 하다 갈래요?"

천원셴은 쓰고 있던 메시지의 나머지 절반 정도를 재빨리 지우고 다시 썼다. "오늘 저녁은 알아서 먹어. 테드 와이프가 얘기 좀 하자고 해서."

바로 메시지 알림음이 울렸다. "알았어, 걱정 마."

타이베이 길가에는 가랑비가 내리기 시작했다. 량자치는 천원셴을 베란다로 데리고 갔다. "얘기하다 갈 수 있어요?"

"아, 남편이 페이천 데리고 치킨 먹으러 갈 것 같아요."

"우리 여기서 잠깐 기다려요. 기사가 아메이 먼저 실어다주고 바로 올 거예요."

천원셴은 창밖으로 손바닥을 내밀어 빗줄기 세기를 가늠해보았다.

"잘됐네요, 우리 남편이었으면 거들어줄 생각조차 안 했을 텐데."

"차이 사장님은 회사일이 바쁘시잖아요. 아이 챙길 여유야 없으시 겠죠. 이해할 수 있을 것 같아요."

"아니에요, 그런 거. 뭐라 말해야 될까, 테드가 크리스한테…… 다른 사람들이 생각하는 것만큼 살갑지는 않아요. 다른 남자들은 회사가 바빠도 웬만하면 집에서 시간 보내고 싶어하잖아요. 근데 테드는……."

천원셴은 마음이 일렁였다. 학교 다닐 때 교사도 이런 식으로 여러 번 말을 하려다 멈추곤 했다. 그때마다 반 친구들은 그러고 싶지 않아도 눈치 있게 목소리를 낮췄다. 교사 입에서 튀어나오려던 말은 평소에 하던 말보다는 진실에 가까운 이야기일 터였다. 진실이란 이치에 맞는 말보다도 사람을 끌어당기는 맛이 있었다.

"너무 복잡하네, 한마디로 다 설명하기는 그렇고, 나중에 기회 되면 말해줄게요."

"괜찮아요, 말하고 싶을 때 하셔도 돼요. 전 그냥 크리스가 외아들이어서……."

"외아들이 뭐…… 예쁨 많이 받을 거라고? 다들 그렇게 생각하는 거죠?"

천원셴이 말 속에 숨어 있는 진실을 눈치채려 할 찰나 량자치가 한껏 고양된 목소리로 말했다. 아, 차 왔다. 천원셴은 량자치의 손짓을 따라 시선을 옮겼다. 기사가 차창을 내리며 손을 힘껏 흔들었다. 찻길 가장자리에는 빨간 선이 그어져 있고 차들이 물밀듯이 밀려와 기사는 차를 길가에 세울 수 없었다. 량자치는 그냥 비를 맞고 차까지 걸어가자고 했다. 두 사람이 차 안으로 뛰어들어갔을 때 머리와 옷은 물기로 뒤덮여 있었다.

"사모님, 안녕하세요. 천 사모님도 안녕하세요."

"왕 기사님, 테드…… 저녁 때 어디 간 거예요?"

"사장님은 리젠트 호텔로 가셨습니다. 대학 친구분이 미국에서 들어오셔서요."

량자치와 가까워질수록 분명해지는 일이 하나 있었다. 량자치와 차이완더 부부는 서로를 손님 대하듯 깍듯이 대한다는 거였다. 량자치는 항상 중간에 있는 제삼자를 통해서만 차이완더의 행선지를 파악할 수 있었다. 처음에 량자치는 천윈셴에게 이런 모습을 보여주길 꺼려했다. 두 사람이 친해지면서 량자치는 그런 거에 별로 신경 쓰지 않게 되었다. 천윈셴도 자연스레 이들 부부가 겉으로 보이는 것처럼 금실이 좋은 적은 단 한 번도 없었다는 걸 눈치챘다.

자리를 잡고 앉자마자 량자치가 투덜대기 시작했다.

"쑤뤄란은 진짜 때와 장소도 가릴 줄 모르는 여자야. 오늘 요리 시연회도 왕녠츠가 온갖 연줄 동원해서 잡은 거라는 거 뻔히 알면서. 왕녠츠 체면 깎이게 제대로 보지도 않고 말이야. 왕녠츠는 또 사람이 참 단순해서 비위만 맞춰주면 만사 오케이라니까."

천윈셴은 량자치를 쳐다봤다. 천윈셴 앞에서 량자치가 지금처럼 부정적인 감정을 드러낸 적은 극히 드물었다.

"쑤뤄란이 나한테 와서 말 걸 때 왕녠츠가 몇 번이나 눈짓을 했는데, 쑤뤄란도 분명히 봤다니까요. 자기 생각만 하고 날 붙들고 계속 얘기한 거지. 녠츠한테 메시지 보내서 설명하면 되겠죠? 내가 녠츠의 호의를 저버렸다는 오해를 사지 않으려면."

"저도 방금 그런 생각이 들긴 했어요. 쑤뤄란의 행동이 별로 좋아 보이지는 않더라구요. 통역사가 무슨 말 하는지 저도 몇 번이나 잘못 들었거든요."

"그거 봐, 나도 그렇게 생각해요. 아이고, 쑤뤄란도 고생이긴 하지. 그쪽 시부모가 쑤뤄란을 별로 탐탁지 않게 생각하거든요."

"왜요? 얼굴도 예쁘고 학벌도 좋은 사람을?"

"그런 거 다 소용없어요. 얼굴 예쁘고 공부도 잘하는 여자는 널렸는데 뭐. 쑤뤄란이 천윈샹陳雲詳과 결혼하기 전에 시댁에서 단골 점집에 가서 두 사람 궁합을 봤대요. 점쟁이가 이 여자는 시댁을 살릴 기운이 아니라고 했다더라고요. 그래서 시어머니가 결혼을 반대한 거지. 쑤뤄란이 영리한 게 시어머니가 자기 안 좋아하는 거 눈치 채고 나서 어떻게 처신해야 하는지 딱 알았던 거예요. 울지도 않고 난리 치지도 않고 천원샹한테 이 말만 했대요. 당신이 어떤 선택을 하든 난 다 받아들일 마음의 준비가 되어 있다. 어릴 때부터 부모 말 잘 들으면서 공부만 한 남자가 그런 말에 어떻게 넘어가지 않을 수 있겠어요? 집에 가서 부모랑 한바탕 싸우고는 기어이 쑤뤄란을 집으로 들인 거지."

량자치는 상대를 깔보는 표정으로 코웃음을 쳤다.

"억지로 딴 열매가 달콤할 리가 없잖아요. 쑤뤄란이 어렵사리 아들을 낳아서 그걸로 간신히 점수를 따려던 참에 시댁에 자금 문제가 터진 거예요. 시어머니가 그 점쟁이 정말 용하다고, 자기 아들이 장가 잘못 가서 그런 거라고 말하고 돌아다닌대요."

천원셴은 고개를 갸우뚱하며 량자치의 사나운 이목구비를 바라봤다. 쑤뤄란이 그 정도로 량자치에게 잘못한 건 아니라는 생각이 들었다. 량자치의 반응이 왜 이렇게 격한 걸까? 천원셴은 곁눈질로 기사를 흘깃 보았다. 기사는 이런 상황에 익숙한 듯 무표정한 얼굴로 전방의 차들을 응시하고 있었다. 이 집에서 일한 지 몇 년씩이나 된 기사라면 틀림없이 언론에 던져줄 만한 정보가 적지는 않을 터였다.

여기까지 생각하다보니 차는 이미 길가에 잘 세워져 있었다. 량자치가 자주 가는 카페 앞이었다. 차에서 내리자마자 카페를 유심히 보던 천원셴은 자다가 날벼락을 맞은 기분이었다. 예더이가 가장 좋아하는 카페였던 것이다.

카페 안에는 투박한 뿔테 안경을 낀 예더이가 다리를 꼰 채 맥북을 뚫어져라 쳐다보고 있었다. 천원셴은 다리에 힘이 풀렸다. 어찌 이 생각을 못한 걸까. 예더이는 랑자치 집과 300미터도 안 되는 곳에 살고 있었다. 둘 다 비싼 돈을 내고서라도 원산지가 표시된 커피를 마셨다. 두 사람이 똑같은 카페를 좋아하는 건 어쩌면 당연한 일이었다.

천원셴은 그 자리에 그대로 서 있었다. 앞으로 한 발자국도 내디딜 수 없었다. 고개를 푹 숙이고 왼손으로 얼굴을 가렸다.

"원셴, 왜 그래요?"

"자치, 저, 저 집에 볼 일이 있어서…… 갑자기 생각났어요……."

"무슨 일인데? 기사한테 전화해서 집에 데려다줄까요?"

두 사람이 입구에서 내는 기척이 매장 안에 있던 손님들의 시선을 끌었다. 어떤 이들은 천천히 몸을 돌려 문 쪽으로 앉기도 했다. 예더이의 입은 곡선을 그리며 벌어져 있었다. 눈빛은 사냥감이라도 발견한 듯한 흥분으로 번뜩였다. 예더이는 두 사람 쪽으로 성큼성큼 걸어왔다.

안돼, 이쪽으로 오지 마. 천원셴은 속으로 외쳤다.

재빨리 랑자치 쪽으로 고개를 돌린 천원셴은 난감했다. 느닷없이 들이닥친 위기에 어떻게 대처해야 할 것인가.

"자치, 오늘도 커피 마시러 오셨어요?"

두 사람은 동시에 얼굴을 돌려 소리가 나는 쪽을 쳐다봤다.

예더이가 랑자치를 안다고?

미간을 좁힌 예더이는 두 눈을 가늘게 뜬 채 코를 벌름거리며 소리쳤다. "원셴, 자기가 왜 여기 있어?"

"잠깐만, 둘이 아는 사이예요?" 이번에는 랑자치 머릿속이 안개가 낀 듯 뿌얘졌다.

"윈셴이 예전에 제 밑에서 일했었어요." 대화의 흐름을 이어가려고 예더이가 먼저 말을 던졌다.

"이런 우연이 다 있네요."

"둘이 아는 사이인 줄 정말 몰랐어요."

예더이는 미소를 짓고 있는 것 같기도 했고, 무언가 알아내려고 천원셴과 량자치의 표정이나 동작을 자세히 살펴보고 있는 것 같기도 했다.

"윈셴 남편이 우리 남편 회사에서 일해요. 애들끼리도 마침 같은 초등학교에 다니고 있고. 그러다보니 어느새 우리도 같이 다니는 사이가 됐어요."

천원셴은 얼굴이 창백해졌다. 아무렇지 않게 행동할 엄두가 나지 않았다.

량자치는 천원셴의 차가운 두 손을 쥔 채 기사에게 전화를 걸어 당장 차를 돌리라고 했다. 전화를 끊자마자 량자치는 가슴을 쫙 펴고 예더이 앞으로 걸어갔다.

"미안해요. 윈셴 몸이 좀 안 좋아서 윈셴부터 집에 데려다줄게요."

"아, 안타깝네요. 그럼 자치, 제가 저번에 말한 그 건은……"

"미안한데 이제 됐어요."

량자치는 예의는 갖췄지만 거절의 의미가 짙게 배어 있는 웃음을 지어 보였다. 예더이가 량자치에게 잘 보이고 싶어하는 표정이 공중에 허망하게 매달려 있었다.

"그럼 제가 직접 차이 사장님을 한 번 뵈러 갈까요? 그것도 좋은데."

"아니, 내 뜻을 오해한 것 같은데, 내 말은 나랑 우리 남편이 갑자기 다른 계획이 생겼다는 거였어요. 미안한데 괜찮으면 내 친구부터 먼저 집에 데려다줄게요. 얼른 집에 가서 쉬라고."

차이 씨 집안 승용차가 사람들 시야에 들어왔다. 량자치가 천원셴의 오른팔을 꽉 붙들자 둘 사이에 있던 틈이 거의 사라졌다. 량자치가 차 문을 열자 천원셴은 못 이기는 척 량자치에게 떠밀려 뒷좌석으로 비집고 들어갔다. 천원셴은 용기를 내서 뒤쪽을 쳐다봤다. 불만으로 가득 찬 예더이의 얼굴을 볼 수 있었다. 거친 피부가 유독 도드라져 보였다. 천원셴은 겁이 나면서도 통쾌했다.

"자치, 고마워요."

"고맙긴, 자기가 날 위해 해준 게 얼만데." 량자치가 창밖을 내다보며 말했다. "그나저나 나도 원래 저 여자 별로 안 좋아했어요. 나랑 알게 되자마자 내 연줄로 다른 돈 있는 사람한테 접근하려는 인간들이 딱 질색이야. 저 여자 시장 보는 안목은 있는 것 같긴 해도 그걸로 자기 단점 가리기에는 한참 부족하지."

"근데, 자치, 제가 저 여자 싫어하는 거 어떻게 알았어요?"

량자치는 입을 가린 채 여자애들처럼 깔깔대며 웃었다. "자기 얼굴에 다 써 있어."

"저랑 정면으로 부딪힌 적도 없는데, 왜 그런지는 모르겠지만 무슨 일이든 꼭 저를 걸고 넘어지더라고요. 근데 몇 년씩 같이 일하다 보니 알게 됐어요, 그 여자가…… 절 질투하는 것 같다는 걸."

"무슨 말이에요?"

"결혼은 하고 싶은데 결혼할 남자를 못 만난 거겠죠. 처음에는 결혼한 여자들한테 엄청나게 관심이 많았어요. 그러다 전에 한번은 제 앞에서 부잣집으로 시집 간 고객들을 비웃는 거예요. 하루 종일 하는 일도 없이 끼리끼리 모여서 남편이랑 애들 흉만 본다나? 그렇게 말하는 건 좀 아닌 것 같아서 동조를 안 해줬죠. 그러니까 그 다음부터는 불똥이 나한테 튀더라고요."

천원셴은 거듭 변하는 량자치의 표정을 살폈다. 예더이에 대한 반감이 생길 때까지, 량자치의 호감을 뿌리까지 싹 뽑아놓아야 했다. 천원셴은 살갗이 오싹할 정도였던 경계심을 방금 예더이의 표정을 보고 나서야 내려놓을 수 있었다. 량자치는 갑자기 숨을 가쁘게 쉬고 머리까지 흔들며 믿기 힘든 모습을 보였다. 그러고는 천원셴의 가냘픈 어깨를 가볍게 쓰다듬었다.

"고생했네, 자기가 말 안 해줬으면 난 그 여자가 그렇게 얄미운 인간인 줄 정말 몰랐을 거예요. 실은 자기 만나서 걱정거리 좀 털어놓으려 했는데, 그 여자 때문에 기분만 망쳤네. 며칠 뒤에 다시 약속 잡고 지금은 우선 집으로 데려다줄게요. 아 참." 량자치가 조수석으로 손을 뻗어 쇼핑백을 하나 뒷좌석으로 옮겨 왔다. "원셴, 이거 가져요. 쓸 만한지 한 번 보고."

천원셴 손에 건네진 건 기능성 화장품이었다. 토너에서부터 에센스까지 없는 게 없었다.

"내 친구가 직접 개발한 거예요. 걔가 민감성 피부라서 자기 같은 사람들도 쓸 수 있는 화장품을 만들고 싶어했거든."

천원셴은 일단 받아두었다. 이것저것 사는 데 굉장히 욕심이 많은 량자치는 잘 안 쓰는 건 다른 사람에게 선물로 주는 여자였다. 천원셴은 호기심이 일어 왜 그런지 묻고 싶은 적도 있었다. 하지만 그러면 량자치가 자기를 남의 일에 쓸데없는 간섭이나 하는 여자로 생각할 것 같아 관뒀다. 됐어. 천원셴 입장에서도 받을 선물이 있다는 건 좋은 일이 아니겠는가?

행복감이 천원셴을 희미하게 감쌌다. 오늘은 정말 아름다운 날이었다. 량자치가 천원셴을 더 좋아하게 되었단 걸 확인한 날이었고, 복수의 달콤함도 맛본 날이었다. 창밖을 내다보니 오토바이를 타고 있는 남자애들이 이쪽을 쳐다보고 있었다. 천원셴이 자리하고 있는 공간을 몹시 부러워하는 눈빛이었다. 천원셴은 꽉 막힌 타이베이 찻길이 마음에 들었다. 벤츠 S500 정도면 남들 눈에 그럴싸해 보이겠지?

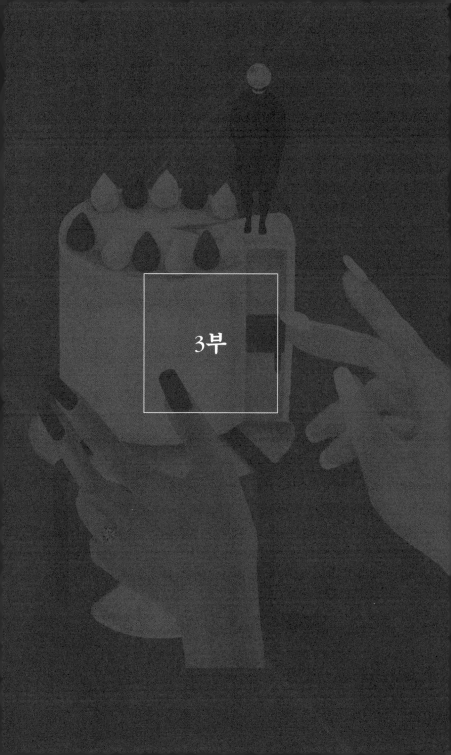

3부

□

별 다를 게 없는 평범한 하루였다.

일기예보에서는 기온이 18도에서 26도로 대체로 맑은 날씨라고 했다. 2학기 첫 번째 시험이 막 끝나고 이제껏 조용했던 쑹런초 1학년 각 반에는 은근히 경쟁하는 분위기가 감돌았다. 모범생 선거* 때문이었다. 모범생을 뽑는 과정은 이랬다. 학기 초에 담임교사가 반 아이들에게 공지를 하고, 첫 번째 시험이 끝나면 성적순으로 1등부터 10등까지를 후보로 삼는다. 그리고 1인 1표로 반 선거를 한다. 개중 득표 수가 가장 많은 세 명을 가린다. 마지막으로 각 과목별 교사가 셋 중 한 명을 모범생으로 선출한다.

지난 학기에 왕이펀 아들은 반 선거에서 아깝게 한 표차로 떨어져 세 명 안에 들지 못했다.

• 타이완은 유치원, 초등학교, 중학교, 고등학교에서 매 학기 각 반마다 모범생을 1명씩 뽑는다.

장페이언이 모범생 선거를 화제에 올리자 천원셴은 호기심이 발동했다.

"이번 모범생은 조너선 아니면 크리스겠지. 오후 1:33"

"크리스? 오후 1:35"

"응. 둘이 오버한 거긴 해. 한 명은 삼일 내내 반에 음료수를 돌리고, 다른 한 명은 치킨까지 샀대. 오후 1:40"

"크리스 성적이 그렇게 좋은가? 오후 2:00"

"셸리가 그러는데 크리스는 담임이 특별히 후보로 올려준 거래. 10등 안에 못 들었어도 학예회 열심히 못했다면서. 오후 2:38"

"셸리한테 누구 뽑을 거냐고 했더니 크리스가 치킨 사줘서 크리스 뽑을 거래."

"페이천은 그런 얘기 안 하던데. 이따 오면 알게 되겠지. 오후 2:45"

사실 페이천이 먼저 나서서 탄산음료나 치킨 따위의 이야기를 꺼낼리는 없었다. 천원셴이 못 먹게 하는 것들이었다. 페이천이 그런 얘기를 했다가는 집에서 탄산음료나 치킨을 먹을 기회가 대폭 줄어들 게 뻔했다. 전날 밤에 천원셴이 콜라를 못 마시게 했던 것처럼.

천원셴은 장페이언과 메시지를 주고받으면서 한편으로는 구름처럼 몰려드는 의심을 날려버리려 애썼다.

량자치는 천원셴 앞에서 모범생 선거에 대해 단 한 번도 언급한 적이 없었다. 그러면서 뒤에서는 그토록 신경 쓰고 있을 줄 누가 알았겠는가?

페이천의 득표수는 또 왜 세 손가락 안에 들지 못한 걸까? 인기가 없는 것도 아닐 텐데.

천원셴은 핸드폰을 내려놓고 세탁기 앞으로 걸어갔다. 오늘 두 번째로 돌린, 세탁할 수건이 몇 장밖에 없어서 쾌속 모드로 돌린 빨래가 다 됐다. 천원셴은 노래를 부드럽게 흥얼거리며 몸을 기울여 바깥의 눈부신 햇볕을 바라봤다. 이렇게나 빨리 한여름의 무더위가 느껴지다니. 수건을 한 장 한 장 빨래집게로 고정시키며 생각했다. 이런 날씨라면 페이천을 데리고 오기도 전에 다 마르겠는데. 천원셴은 거실로 가 소파에 드러누웠다. 선풍기에서는 시원한 바람이 느릿느릿 전해지고 있었다. 3킬로미터 떨어진 쑹런초등학교에 지금 어떤 폭풍이 몰아치려 하는지, 천원셴 가족이 이 폭풍으로 말미암아 얼마나 큰 대가를 치르게 될지는 전혀 모른 채, 천원셴은 눈을 감았다.

☐

아이 선생이 출석을 불렀다. 학생이 한 명 없었다. 린판샹이었다. 반 아이들과 학부모들이 모르고 있는 게 있었다. 린판샹이 린중양林重洋 저다澤大 금융그룹 회장의 금쪽같은 딸이란 걸. 린판샹의 집안에 대해 절대 아무도 모르게 해달라고, 린판샹이 입학할 때 린중양이 특별히 부탁했었다. 린판샹 엄마도 신비주의에 싸인 인물이었다. 그룹채팅방에서도 목소리를 내는 경우가 거의 없었다. 남편 직업이 뭔지 누가 묻기라도 하면 늘 '금융업'이라는 애매모호한 말로 넘어가곤 했다. 린판샹을 픽업하는 린씨 집안 차도 그저 평범한 렉서스 ES250이었다. 린판샹은 성적도 보통인 편이었다. 가끔은 까탈스럽게 굴 때도 있었지만 여섯, 일곱 살짜리 여자애들이 다 그렇지 않겠는가? 아이 선생은 내심 흡족해했다. 수업을 할 때 반 아이들 누구나 똑같이 대한 것을, 다른 애들도 린판샹을 평범한 아이라고 여기는 것을, 한 학기를 같이 보내며 이제껏 누구를 차별대우한 적이 없다는 것을.

불길한 예감이 누에고치처럼 아이 선생의 마음을 뽕잎 삼아 갉아먹고 있었다. 선생의 얼굴에는 애들처럼 아직도 주근깨가 있었다. 그 덕에 서른이 넘은 나이에도 대학을 갓 졸업한 여자로 오해를 받곤 했다. 쑹런초에서 아이들을 가르친 지도 9년이 흘렀다. 저학년 아이들을 좋아하지는 않았지만 늘 최선을 다했다. 인간과 작은 동물의 경계에 있는 존재를 일일이 타일러가며 차근차근 가르쳐왔다.

아이 선생은 화장실부터 찾아봤다.

여자애가 어릴 때부터 불리던 아명을 부르며 찾아다녔다. 샤오샹小香, 샤오샹. 린판샹 엄마도 샤오샹이라 불렀다. 시간이 흐르자 아이 선생도 린판샹을 아명으로 불렀다. 린판샹으로 호명했을 때보다 샤오샹이라 호명하며 질문할 때 대답을 더 잘했기 때문이다. 화장실에도 아이는 없었다. 선생은 우두커니 서서 침착하려 애썼다. 바닥에서 물이 배어나오듯 손바닥에서 땀이 배어나왔다. 이쪽저쪽 돌아보다가 마침내 린판샹을 발견했다. 50미터 떨어진 학교 운동장 우측 놀이터에서. 린판샹은 미끄럼틀 바닥에 의식을 잃고 쓰러져 있었다. 다가가 보니 머리에서 새빨간 피가 흐르고 나사못 하나가 머리에 박혀 있었다. 일전에 단단하게 고정시키기 위해 흔들말을 뽑아간 적이 있었는데, 흔들말 받침대와 그 위에 있던 나사못이 지금껏 남아 있었던 것이다. 한번 날을 잡아 사람을 시켜 제거할 계획이라고, 교장이 말한 적이 있었지만 여태껏 그대로 놔두었던 게 화근이었다.

아이 선생은 린판샹을 들어 옮길 엄두가 나지 않았다. 눈이 부실 정도로 새빨간 피, 공기 중에 퍼져 있는 달착지근한 쇠냄새 같은 피비린내에 겁이 났다. 린판샹은 점점 몸을 움직이지 않았다. 아이 선생은 미친 듯이 달려가 린판샹을 들고 비틀거리며 보건실로 갔다. 12분 뒤, 앰뷸런스가 쑹런초등학교에 도착했다. 귀가 찢어질 듯한 사이렌 소리에 수업 중이던 아이들이 고개를 돌려 창밖을 내다봤다. 앰뷸런스가 병원 앞에 있는 전용도로로 진입했다. 포르쉐 카이엔 한 대가 바로 뒤따라왔다. 그 차엔 린판샹 엄마가 타고 있었다. 차에서 내리는 여자의 서슬 퍼런 눈빛에 기가 눌린 보건 교사는 무더운 날씨에도 오싹한 느낌이 들었다.

"샤오샹한테 무슨 일이라도 생기면 당신네들 가만 안 둘 거야."

린판샹은 운이 좋았다. 의사는 옆으로 몇 도만 빗겨갔어도 큰일 날 뻔했다고 말했다. 검사 결과 별다른 이상은 없었다. 뇌진탕 증상도 없다고 했다. 떨어질 때 땅에 부딪치면서 놀라 의식을 잃은 것뿐이었다.

다친 부위가 나중에 흉질 가능성이 있다는 게 가장 큰 문제였다.

린판샹이 깨어났을 때는 어쩌다가 미끄럼틀에서 떨어진 건지 잘 기억하지 못했다. 그러나 당시 상황을 기억하고 있는 같은 반 아이들이 있었다. 한 아이는 그때 애들 둘이 유독 교실에 늦게 들어왔다고 했다. 틀림없이 그 애들이 뭔가 알고 있을 거라고 말했다.

둘 중 한 명이 크리스였고 다른 한 명은 제임스였다. 둘은 친한 친구였다.

반 애들이 제보한 자료와 린팡샹이 깨어나 부모에게 알려준 실마리가 약속이나 한 듯 일치했다. 린판샹은 미끄럼틀에서 떨어지기 전에 크리스, 제임스와 미끄럼틀 타는 순서를 가지고 싸운 기억이 난다며, 그러던 중에 셋 다 수업시작 종소리가 울리는 걸 들었다고 했다. 린판샹은 새치기를 하고 싶었다. 집에서 사랑을 한 몸에 받고 자랐기에 다른 애들도 당연히 자기한테 양보해주리라 믿었던 것이다.

린판샹 엄마가 한발 나아간 질문을 했다. "누가 민 건지 기억나?"

린판샹은 눈썹을 찡그린 채 머리에 감긴 붕대를 쓰다듬으며 말했다. "모르겠어."

이 네 음절로 인해 페이천과 천원셴은 불운의 길로 들어서게 되었다.

□

그날 오후 4시, 천원셴은 량자치의 전화를 받았다.

"원셴, 어쩌죠. 우리 애들이 사고를 쳤대요."

"네? 무슨 사고요?" 별안간 정신이 들어 소파에서 벌떡 일어난 천원셴의 표정은 심각했다.

"애들끼리 미끄럼틀에서 놀다가 어떤 여자애를 밀었대요. 하필이면 그 애 아빠가 저다 금융그룹 회장이라네요. 지금 병원으로 실려 갔는데 다행히 많이 다친 건 아닌가봐요. 문제는 얼굴에 흉터가 남을 수도 있다고……."

"저다 금융그룹 회장이요?" 천원셴은 심장이 덜컹 내려앉았다. 그렇게 대단한 인물이 우리 애랑 같은 반 아이의 부모였다니.

"오늘 다친 아이 누군지 기억나요? 린판샹, 챈털이라는 여자애라는데. 나도 깜짝 놀랐어요. 그 애가 린씨 집안 딸인지는 정말 몰랐거든. 어쨌든 문병부터 가봐야 될 것 같네. 원셴, 혼자 올 수 있죠? 병원 주소랑 병실 호수 알려줄게요. 난 우리 집 운전기사랑 출발할게요."

"네, 전 택시 타고 가면 돼요. 근데…… 자치, 학교에 들러서 애들도 데리고 가는 게 낫지 않을까요? 우리 애들 때문에 일어난 일인데, 병문안을 가더라도 애들이 직접 가서 사과하는 게 좋을 거 같아서……."

"그래요, 그게 좋겠네. 그럼 애들도 같이 가지, 뭐."

"그, 그럼 옷만 갈아입고 곧장 출발할게요."

"알겠어요, 윈셴, 좀 이따가 병실 앞에서 봐요."

천윈셴은 전화를 끊자마자 안방으로 들어가 9부 바지로 갈아입었다. 양딩궈에게 전화를 걸었지만 회의 중인지 전화를 받지 않았다. 천윈셴은 문자 메시지를 보냈다. "이거 보면 당장 전화해. 페이천이 학교에서 사고 쳤대."

코트를 대충 걸친 천윈셴은 허둥지둥 집 열쇠를 챙겼다. 간신히 택시를 잡아타고는 핸드폰을 꺼냈다. 양딩궈는 아직 메시지를 확인하지 않은 상태였다. 량자치에게서도 다른 연락은 없었다. 쑹런초등학교에 도착하자 수위실 앞에 서 있는 아들의 모습이 눈에 들어왔다. 아들은 얼굴이 새하얗게 질려 있었다. 이상하네, 크리스는 어디 있지? 량자치가 먼저 왔다 간 건가? 그럴지도 몰랐다. 뛰어가 아들의 손을 꽉 붙들고 택시에 밀어넣었다. 택시기사에게 병원 주소를 큰 소리로 외치고는 아들을 다그쳤다. 천윈셴은 치미는 화를 더는 주체할 수가 없었다.

"어떻게 된 거야? 너랑 크리스가 어쩌다가 다른 애를 민 거야?"

"아니야, 나 아니야…… 크리스가 그런 거야……. 난 미끄럼틀 타려고 줄 서 있기만 했어. 수업 시간이 다 돼가는데 내 앞에 두 명이나 있었고, 크리스는 내 뒤에 서 있었어. 근데 챈털이 갑자기 뛰어 와서는 자기가 먼저 타겠다는 거야. 그래서 내가 그거 새치기라고 안 된다고 했어."

페이천은 흥분했는지 새하얗던 얼굴이 새빨갛게 달아올랐다. 입가에는 계속 침이 흘렀다.

"난 그냥 미끄럼틀을 타려고 서 있다가 챈털보고 새치기하지 말라고만 했어. 내 앞에 서 있던 애가 다 탈 때까지 기다렸다가 내 차례가 돼서 얼른 타고 교실로 뛰어간 거고……."

"그러고는?"

천원셴은 자기도 모르게 아이의 손목을 힘주어 잡았다.

"한참 뛰어가다 보니까 크리스가 안 오는 거야. 왜 안 오냐고 물어보려고 했는데, 그때 '꽉' 소리가 나서 뒤돌아봤더니……."

"너 크리스가 그 여자애 미는 거 봤어?"

"아니, 챈털이 땅에 떨어져 있는 것만 봤어."

"그럼 크리스는 그때 뭐하고 있었어?"

"날 보더니 미끄럼틀을 타고 내려와서 나 있는 데로 뛰어왔어. 챈털은 어떻게 하다가 떨어진 거냐고 물어보니까 새치기 하다가 자기 혼자 떨어진 거래. 챈털이 괜찮은지 보러 가려고 했는데, 크리스가 우리 늦었다고 지금 안 가면 쌤한테 혼난다면서 막 뛰어가는거야. 나도 같이 뛰어갔어. 챈털이 어떻게 된 건지 걱정됐어. 챈털이 교실에 없는 걸 보더니 쌤이 찾으러 나갔어."

"그럼 선생님이 너보고 뭐라고 말씀하신 거 있어?"

"응. 쌤이 교실로 들어오면서 애들한테 제일 늦게 들어 온 사람이 누구냐고 물어보니까 다른 애들이 나랑 크리스를 가리켰어. 그래서 쌤이 우리를 밖으로 불러내서 챈털이 왜 거기 떨어져 있냐고 물어봤어. 내가 크리스를 쳐다보니까……."

"크리스가 뭐라 그랬는데?"

"고개를 저으면서 챈털은 못 봤고, 우린 그냥 미끄럼틀을 타고 교실로 들어온 거라고 했어."

"페이천, 엄마한테 솔직하게 말해야 돼. 너 챈털 밀었어 안 밀었어? 똑바로 말해, 거짓말 하지 말고. 너 지금 겁먹은 거 엄마도 다 알아." 천원셴은 아이의 눈을 가만히 쳐다봤다. 둘 다 몸이 떨리고 있었다.

"무슨 일이 있었던 건지 엄마한테 다 말해줘야 돼."

"엄마, 진짜야."

양페이천의 눈동자가 왈칵 흐려졌다. "나 진짜 엄마한테 거짓말하는 거 아니야."

"손님, 다 왔습니다."

택시 기사가 무미건조한 목소리로 끼어들었다.

천원셴은 가방에서 지갑을 꺼내 택시비를 냈다. 아이를 끌고 약 냄새가 진동하는 병원으로 들어선 천원셴은 린판샹이 입원해 있는 병실을 찾아다녔다. 그러면서 량자치에게는 두 번 더, 양딩궈에겐 한 번 더 전화를 걸었다. 둘 다 받지 않았다. 병실 문 앞에 다다랐을 때, 불현듯 량자치가 왜 아직도 차이하오첸을 데리고 나타나지 않는지 이상하다는 생각이 들었다. 그 순간, 누군가 병실 문을 열었다. 토즈 에나멜 로퍼를 신은 세련된 옷차림의 여자였다.

그 여자는 천원셴을 흘끗 쳐다보고는 페이천 쪽으로 눈을 돌렸다. 잠시 숨소리조차 들리지 않는 정적이 흘렀다. 그 여자가 입을 뗐다.

"페이천 어머니 되시나요?"

"……네."

여자의 눈에 돌연 분노가 치솟았다.

"도대체 왜······."

"죄송해요, 딸아이는······."

천원셴은 조급한 마음에 여자의 감정부터 다독여주려고 한 말이었다. 죄송하다는 말은 제 아이가 잘못해서 사과한다는 의미가 아닌, 같은 엄마 입장에서 나온 말이었다. 그러나 부들부들 떨리고 있는 여자의 손을 보고 그제야 천원셴은 자기가 말을 잘못 꺼냈음을 깨달았다. 천원셴은 입술이 바싹 타들어가는 것만 같았다. 자기 자신한테 얼른 물을 찾아주고 싶었다. 그리 멀지 않은 곳에 있는 정수기 쪽으로 시선이 갔다······.

량자치는 왜 아직도 안 나타나는 걸까?

꽃이나 건강식품을 사오느라 시간이 걸리는 걸까?

"그 쪽이랑 그 쪽 아이, 이제 어떻게 할 거예요?"

"잠시만요, 뭔가 오해가 있으신 것 같은데······ 우리 애가 그런 거 아니에요"라고 말하며 천원셴은 저도 모르게 뒷걸음질을 쳤다. 엄마 손을 잡고 있던 페이천도 덩달아 뒤로 확 밀려났다.

"얼렁뚱땅 발뺌할 생각하지 마시고. 애들 담임이 그쪽 아이랑 크리스가 교실에 제일 늦게 들어왔다던데. 캣하고도 방금 통화했는데 크리스는 미끄럼틀만 탔대요. 당신 아들, 어떻게 이런 끔찍한 짓을 저지를 수가 있죠?"

누가 입을 틀어막은 것마냥 천원셴은 숨을 내쉴 수도 들이쉴 수도 없었다.

입술까지 바들바들 떨렸다. 이게 대체 어찌 된 일이지? 량자치가 이 여자한테 전화를 걸었다면 왜 그전에 나랑 먼저 상의하지 않은 거지? 량자치는 왜 그런 말까지 한 거고? 설마 진짜 페이천이 챈털을 밀었다는 건가? 고개를 천천히 돌려 양페이천을 쳐다봤다. 아이는 어안이 벙벙한지 보기 싫게 입을 벌리고 있었다. 아이는 머뭇거리며 말했다. "아니에요, 저 아니에요……."

여자가 한 발짝 다가가 천원셴의 어깨를 확 밀었다. 그래도 분이 풀리지 않는지 한 번 더 세게 밀었다.

"당신네들 어쩔 거냐고? 지금 당장 여기 들어가서 우리 애 좀 보라고. 애 얼굴에 흉 지면 어떡할 건데? 잘 들어요, 당신네들이 자꾸 아니라고 우기면, 당신네 애가 아무리 어려도 우리집 담당 변호사 팀 통해서 당장 고소해버릴 테니까."

몇 미터 떨어진 곳에 헌팅캡을 쓴 남자가 핸드폰을 들고 서 있었다. 남자는 핸드폰 카메라의 초점을 맞춘 뒤 동그란 동영상 촬영 버튼을 눌렀다.

□

병원에서 집으로 돌아오는 길에 천원셴은 량자치에게 수도 없이 전화를 걸었다. 제발, 자치, 전화 좀 받아주지, 천원셴은 처량하게 기도했다. 너무 놀라 넋이 나가버린 페이천은 엄마를 따라 힘없이 걸음을 옮겼다. 사거리가 나오자 페이천은 더듬거리며 말했다. "엄마, 나 진짜 챈털 안 밀었어."

"그럼 크리스는 왜 네가 밀었다는 거야?"

"나도 몰라, 진짜 내가 그런 거 아냐, 난 챈털 안 밀었어. 엄마, 나 맹세할 수 있어, 믿어줘."

페이천의 얼굴이 일그러졌다. 천원셴은 허리를 숙여 아들 눈가에 흐르는 눈물을 닦아주었다.

천원셴과 페이천 두 모자는 양딩궈를 애타게 기다리고 있었다. 양딩궈가 집에 돌아와 신발을 벗기도 전에 천원셴은 쿵쾅쿵쾅 거실을 가로질러 가 남편 눈앞에 섰다. 천원셴은 눈이 부어서 튀어나올 것만 같았다. 눈을 깜빡이는 것도 힘들고, 틈만 나면 눈물이 흘렀다.

4시 무렵 량자치의 전화를 받았을 때부터 병원을 빠져나와 지금까지 있었던 일을 천원셴은 낱낱이 고했다.

양딩궈는 미간을 좁힌 채 아내의 손을 꼭 잡고 나지막이 말했다. "정말 페이천이 한 짓이 아니란 거 장담할 수 있어?"

"여보, 난 우리 아들 믿어. 얘가 한 거면 내 눈에도 딱 보였을 거야. 사장한테 전화 한 통만 해줄 수 있어? 량자치는 아무리 전화를 해도 안 받아. 나 진짜 미치겠어. 도대체 뭐가 어떻게 된 거지? 그 여자애가 중심을 못 잡아서 떨어진 거 아닐까? 그럼 왜 크리스는 우리 아들 짓이라고 말한 거야?"

"일단은 긴장부터 풀어. 뭔가 오해가 있었을 거야."

"무슨 오해, 그 여자가 우리 고소하겠다고 했단 말이야."

'고소'라는 단어를 듣는 순간 양딩궈는 온몸이 굳었다. 그제야 사태의 심각성을 깨달았다.

두 사람의 시선이 마주쳤을 때 익숙한 핸드폰 벨소리가 둘 사이를 파고들었다. 천원셴은 휘청거리며 핸드폰 앞으로 달려갔다. 천량잉에게서 걸려온 전화였다. 전화를 받자마자 천량잉의 찢어질 듯한 목소리가 들려왔다. 천원셴은 무의식중에 핸드폰을 귀에서 멀리 떨어뜨렸다.

"원셴, 너랑 페이천 지금 뉴스에 나왔어."

"무슨 뉴스?"

"얼른 티브이 켜봐." 천량잉은 여동생에게 해당 채널을 켜보라고 했다. "저거 너네 맞아?"

화면에는 '애지중지 키운 딸 사고, 저다 금융그룹 회장 부인 통제력 잃고 상대 밀쳐내'라는 속보가 떠 있었다. 페이천의 얼굴은 모자이크 처리되어 있었다. 천원셴의 실루엣과 옷차림은 알 만한 사람은 한 눈에 다 알아볼 수 있었다. 화면이 바뀌자마자 린중양 저다 금융그룹 회장이 다급하게 해명하는 장면이 나왔다. "저희 아내가 딸아이를 봤을 때는 머리에 큰 상처가 나 있는 상태였고, 또 상대 아이 집에서 사과를 제대로 하지 않아서 홧김에 그만…… 물의를 빚어서 죄송합니다. 아이가 다쳐서 그 지경이 된 걸 보고 엄마 된 입장에서 순간적으로 자제력을 잃어 나온 행동이니, 부디 너그럽게 이해해주시기를 부탁드립니다."

린판샹 엄마가 자기를 힘껏 밀치는 장면이 화면에 반복해서 방영되는 걸 본 천원셴은 쓰러지기 일보 직전이었다.

"언니, 나 정신부터 좀 차리고 나중에 설명할게."

천원셴은 완전히 진이 빠져 소파에 축 처져 있었다. 남편에게 어떻게 설명해야 할지도 제대로 생각해보지 못한 상태였다. 핸드폰 벨소리가 또 울렸다. 이번에는 량자치였다. 천원셴은 핸드폰을 노려보았다. 무슨 폭탄 스위치라도 건드리는 것이라는 양 도저히 전화를 받을 엄두가 나지 않았다. 천원셴은 핸드폰을 들고 양딩궈 앞으로 갔다. 꼼짝 않고 선 채로 양딩궈에게 통화 버튼과 스피커폰 버튼을 누르라는 눈짓을 했다. 양딩궈는 진지하게 버튼을 눌렀다. 량자치의 한결같이 침착한 목소리가 두 사람의 귓가를 파고들었다.

량자치가 조용히 말했다. "윈셴, 수고했어요."

양딩궈는 화들짝 놀라며 천원셴을 빤히 응시했다. 순간 제 귀를 의심했다.

천원셴의 새하얗게 질린 얼굴이 단번에 더욱 창백해졌다. 천원셴은 떨리는 목소리로 되물었다. "그게 무슨 뜻이에요?"

"전에 내가 페이천 미국 여름 캠프 보내주기로 한 거, 자기도 동의했잖아. 꼭 보내줄게요."

"왜 그걸 지금 얘기하는 거죠……?" 긴장한 천원셴은 소리쳤다.

"윈셴, 정말 수고 많았어요. 걱정 마요. 사람 시켜서 병원에 연락해봤는데, 챈털 증상이 많이 안정되었다네. 근데 흉이 질 것 같아서 나중에 작은 수술을 해야 한대요. 자기가 그쪽이랑 얘기 잘 되도록 내가 도와줄게. 자기는 긴장할 필요 없어, 다 우리가 컨트롤 가능한 일이니깐. 푹 쉬고 나 대신 페이천 좀 토닥여줘요."

□

천원셴은 그 뒤로 있었던 일은 기억이 끊겼다 이어졌다 했다.

양딩궈, 엄마, 아버지, 천량잉, 양이자는 하나같이 다 천원셴에게서 무슨 말 한 마디라도 끄집어내지 못해 안달이었다. 천원셴이 무슨 부추김을 받았기에 본인과 제 아이를 한 발 한 발 낭떠러지까지 몰고 간 건지 몹시 궁금해했다.

타이베이로 올라온 천량잉은 두 눈이 벌겋게 부은 여동생을 위로했다. 거기까진 천원셴도 기억이 났다. 천량잉은 자초지종을 대충 들어보고는 천원셴의 순진함을 나무랄 생각이었다. 허나 여기저기 끌려다니는 여동생을 보니 그런 말은 애써 삼킬 수밖에 없었다.

기억의 편린들 중에 천원셴은 양딩궈와의 언쟁만 유독 선명하게 떠올랐다. 그 장면은 천원셴 머릿속에 수차례나 반복 재생되었다. 양딩궈는 히스테리 부리듯 천원셴에게 소리를 질렀다. 천원셴이 자기 욕심에 눈이 어두워 이 사달이 났다는 것이었다.

심지어 양딩궈는 집 창고에서 그 백을 찾아내 천원셴 얼굴 앞에 대고 흔들었다. 비웃는 얼굴을 한 양딩궈는 원망스러운 어조로 물었다. "이거 때문이야? 명품 백 더 비싼 거, 더 많이 갖고 싶어서 우리 애한테 죄 뒤집어씌우겠다고 한 거야, 량자치한테? 그런 거였으면 나한테 말을 하지 그랬어. 지금 당장이라도 다른 사람한테 무릎이라도 꿇을 수 있는데, 돈 빌려달라고 해서 당신 가방 사주게."

천원셴은 사력을 다해 고개를 흔들었다. 얼굴은 눈물범벅이었다. "그렇게 심하게 말하지 마, 우리 애더러 뒤집어쓰라고 한 적 없어."

"내 말 사실이잖아. 이해가 안 간다. 다른 사람이 시킨다고 시키는 대로 다 해? 그럼 우리 애 갖다 팔라고 하면 그때도 순순히 팔아먹을 거야?" 양딩궈는 얼굴에 핏대를 세운 채 버럭버럭 소리를 질렀다.

"나 그런 식으로 모욕하지 마." 천원셴도 두 눈이 시뻘개져서는 소리쳤다.

"당신이 지금 하고 있는 짓이 애 팔아먹는 거랑 다를 게 뭐냐고. 우리 애 일은 당신한테 맡긴다고 맡겼는데, 이게 뭐야."

옆집에서 다 들린다 해도 상관없다는 식으로 양딩궈는 소리를 있는 대로 질렀다. "이게 무슨 꼴인지 보란 말이야."

"그래, 근데 문제는 왜 우리 애 일을 나 혼자만 맡아서 하냐는 거야.

나도 억울한 척 할 생각은 없어. 근데 방금 내 욕심에 눈이 어두워서 그런 거라고 했지? 아버님이 당신 좋을 대로 집 한 채 날려버린 거 때문이잖아? 아버님이 당신 아들 생각, 당신 손주 생각 해주신 적이 있기나 해?"

"그래, 좋아, 드디어 그 소리 나왔네. 내가 몇 번이나 물어봤지, 우리 아버지 원망 안 하냐고. 그때마다 당신 뭐라 그랬어, 아니라며. 근데 이제 와서 뭐야, 원망했던 거 맞네. 내가 바보인 줄 알아? 당신이 그 사건 한시도 잊은 적 없다는 것도 모를 정도로 멍청한 줄 알았냐고. 아니면 내가 왜 그렇게 몇 년 동안이나, 내 의견 물을 때마다 당신만 좋으면 됐다는 식으로 대답했겠어? 당신이 후회한다는 거 나도 아니까 그런 거였지."

양딩궈는 경멸하는 눈빛으로 아내를 노려보았다. 천원셴이 지금껏 양딩궈의 그런 표정을 본 건 처음이었다.

"그게 무슨 말이야? 내가 뭘 후회한다는 거야?" 천원셴은 자기도 모르게 목소리가 높아졌다.

"모르는 척 하지 마, 무슨 뜻인지 알잖아. 내가 그렇게 허영만 쫓지 말라고, 무조건 다른 사람들 말대로 하지 말라고 할 때마다 무슨 생각했어? 내가 너무 기분 내키는 대로 산다고, 당신처럼 우리 가족 생각은 하나도 안 한다고 하지 않았어? 여태껏 내가 아무런 반박 안 한 건 당신이 그 아파트 얘기가지고 난리 칠까봐 그런 거였어. 어쨌거나 당신이 지금 이렇게 그 말 꺼냈으니까 나도 한번 물어보자. 우리 집이 당신 기대 저버렸다고 생각하는 건 좋아, 그렇다 쳐. 그럼 당신은? 당신이 나서서 상황이 나아진 거라도 있어? 우리 아들이 왜 좋은 집 도련님은 못 될망정 그 지경이 되어 뉴스에 나와? 요 며칠 사이, 티브이

에 그 장면 몇 번이나 나왔는지 알아? 그 망할 놈의 토론 프로그램에
는 입만 산 것들이 나와서 이러쿵저러쿵, 무슨 사립 초등학교에도 왕
따 문제가 있다느니, 에이 씨발, 내 아들이 왜 그런 데서 희생양이 되
어야 하냐고? 당신이 엄마 노릇 잘해준 거에 나랑 페이천이 지금 당
장 무릎 꿇고 감사라도 해야 된다는 거야 뭐야? 하긴 다 우리 아들
잘 되라고 그러신 거니까. 왜 말이 없어? 이제 당신이 얘기해봐."

아빠의 보호 덕에 페이천은 아주 오랫동안 학교에 가지 않았다. 방
문을 걸어 잠근 채 방에서 나오지 않았고 엄마에게는 가까이 가지 않
으려 했다. 엄마가 그날 자기를 병원에 데리고 갔을 때, 엄마가 크리스
네 엄마가 시키는 대로 했다고, 크리스가 얼굴을 내밀지 않아도 되도
록 엄마들끼리 자기에게 몽땅 뒤집어씌우기로 약속했다고, 페이천은
믿고 있었다. 뭘 먹고 싶은지부터 시작해서 크리스에게 쌓인 불만까
지, 아빠에게만 의사 표시를 했다. 페이천이 차라리 울기라도 하면서
울분을 토해냈다면 천원셴의 마음은 그나마 좀 나았을 터였다. 페이
천은 모든 감정을 마음 속 깊이 묻어두었다. 큰 두 눈에서 예의 그 따
뜻함과 자신감은 찾아볼 수 없었다. 타인에 대한 경계심과 의구심만
남아 있는 눈빛이었다. 여기서 말하는 타인에는 아마도 천원셴도 포
함될 것이었다.

□

페이천이 학교에 가지 않은지 5일째 되던 날이었다. 린판샹이 학교

로 돌아왔다고, 머리에 난 상처는 잘 아물었으며 잘하면 흉도 지지 않을 거라고 장페이언이 말해줬다. 천원셴은 마음의 무거운 짐을 내려놓을 수 있었다. 그러나 염려되는 일이 하나 더 있었다. 량자치가 며칠 내내 천원셴의 연락을 안 받는다는 거였다. 전화도 안 받고 메시지에 답장도 없었다. 린씨 집안에서도 페이천의 잘잘못을 따질 기미는 없어 보였다. 천원셴은 린씨 집안 전화를 조마조마한 마음으로 기다렸다. 끝내는 핸드폰 벨소리를 환청으로 듣게 될 지경이었다. 설마 량자치가 직접 이 사건을 '억누르고' 있는 건 아닐까? 천원셴은 본인이 나서서 린씨 집안에 연락을 취해야 할지 생각해보고 있었다. 안타깝게도 린판샹 사건이 페이천과 관계가 없다는 증거가 없었다. 괜스레 먼저 연락했다가 페이천이 주동자라는 걸 린씨 집안에서 재차 확인하는 꼴이 될까 싶어 선뜻 나설 수 없었다. 아무래도 가만히 기다리고 있는 수밖에 없다는 결론을 내렸다. 하루하루 흘러가는 시간이 흡사 능지처참을 당하는 고통과도 같았다.

7일째 되던 날, 천원셴은 익명의 문자를 한 통 받았다.

문자로 보내온 링크를 눌러 들어가보니 장위러우가 2년 전 즈음 쓴 기사였다.

문자에는 한마디가 적혀 있었다. "이 기자가 뭘 좀 알고 있을 거예요."

좋은 의도처럼 보이는 문자는 아니었지만 천원셴에겐 어둠 속 한 줄기 빛과 같았다. 문자를 보낸 이의 의도를 분명히 알 수는 없었지만, 천원셴은 스스로에게 말했다. 집에서 무기력하게 시들어가지 않고 자리에서 일어나 뭐라도 해볼 수 있을 것만 같아졌다고.

장위러우에게 만나자고 연락하기 전에 천원셴은 한참을 고민했다. 서로 모르는 사이도 아니고 지금 천원셴 자신의 꼴이 장위러우가 보고 싶어하는 모습은 절대 아닐 것이었다. 아이의 미래를 위해 다른 이들의 가십거리가 되었고 가정을 위해 직장도 잃었다. 그런 판국에 이것저것 자기가 망쳐 놓은 것들을 만회하기 위해 연락이 끊긴 친구에게까지 도움을 청해야 했다. 뜻밖에도 장위러우는 '어찌 된 영문인지' 묻지도 않고 흔쾌히 약속에 응해주었다. 마지막으로 만난 날 좋게 헤어졌다는 전제 하에 약속을 잡은 것마냥 자연스러웠다.

카페 문을 밀고 들어갔을 때 장위러우는 자리에 앉아 잡지를 읽고 있었다. 천원셴이 다가가는 발소리도 못 들은 채 집중하고 있었다. 천원셴은 장위러우 앞에 백을 내려놓고 가볍게 인사를 했다. 그러고는 곧장 음료와 디저트를 주문하러 카운터로 갔다.

"어디서부터 말을 꺼내야 할지 생각 좀 해봐야겠다……."

천원셴은 흐느끼며 꿈 같았던 생일파티부터 이야기하기 시작했다. 장위러우는 천원셴의 말을 자르지 않았다. '량자치'라는 세 음절을 들은 순간 이맛살을 찌푸리며 콧잔등을 찡그릴 뿐이었다. 천원셴은 그런 미세한 움직임을 놓치지 않았다. 장위러우와 만나러 오는 길에 천원셴은 생각했다. 장위러우에게 시시콜콜 다 털어놓지는 말자고. 하지만 입을 열자마자 단 일초도 자제할 수 없었다. 누구 이야기건 어디서 일어난 일이건 가리지 않고 다 말했다. 그 사건이 터지게 된 과정, 그동안 했던 혼잣말, 밝은 대낮에 느꼈던 행복과 기쁨, 한밤중에 했던 발악과 후회, 모든 걸 모조리 전부 내뱉었다. 천원셴은 미쳐버릴 것만 같았다. 마치 구토하듯이 자초지종을 주르륵 쏟아냈다.

종업원이 물의 표면장력처럼 팽팽하게 부풀어오른 두꺼운 머핀을 들고 왔다. 천원셴 얼굴은 눈물 콧물 범벅이 되어 있었다. 장위러우는 종업원이 오래 서 있으면 난처해할까봐 차분하게 테이블 너머로 손을 뻗어 쟁반을 받았다.

"미안해. 내가 너무 오래 참고 살았나봐. 너한테 이런 말들을 들이붓다니."

"문자 누가 보낸 건지 알아낼 수 있겠어?"

"하나하나 걸러내는 식으로 해야 할 것 같아. 우리 집 전화기에 연락처가 있기는 한데, 같은 반 엄마들 번호밖에 몰라."

"그중에서 네가 한번 확인해봐. 메이얼아이 유치원 나온 애가 있는지."

"메이얼아이에서 대체 무슨 일이 있었던 거야?"

"불법으로 신입생을 모집했다고 해서 메이얼아이를 조사해본 적이 있어. 처음에는 관련 제보를 받으려고. 메이얼아이가 미취학 아동을 모집해서 단기 보충학습반을 종일반으로 운영했거든. 그게 불법이었던 거지. 근데 파고들다보니까 신입생 모집 방법도 문제였지만, 원어민 교사의 절반 이상이 범죄경력 증명서가 없었던 거야. 근데 넌 이런 거는 관심 없잖아?"

천원셴은 솔직하게 고개를 끄덕였다. 아무래도 상관없다는 듯 어깨를 으쓱해 보인 장위러우는 천원셴이 원하는 대로 화제를 전환했다.

"내가 그때 메이얼아이 학부모들을 많이 만나보러 다녔어. 그러던 중에 한 친구로부터 소개받은 학부모한테 어떤 소문을 듣게 된 거야. 소가 뒷걸음치다 쥐 잡은 거지. 당사자 측이 차이완더 부인이라 내 호기심을 자극한 거야."

"량자치 말하는 거야?"

"응. 아무튼, 또 다른 당사자는 리샤오룽李筱容이라는 여자인데 피부 관리사야, 개인숍도 있는. 남편은 자동차 세일즈맨이고. 솔직히 말하자면 부부 수입은 보통인데 애를 메이얼아이에 보낸 거지. 그러면 상류층 사람들도 자연스럽게 알게 된다는 계산이었겠지. 리샤오룽이 그중에서 고객을 찾을 수도 있다는 말을 친구한테 들었다나봐. 사실 그 방법이 아주 잘 먹혔던 모양이야. 애가 메이얼아이에 들어간 뒤로 리샤오룽 고객이 된 엄마들이 꽤 있었으니까. 그 엄마들이 리샤오룽한테 수십만 위안짜리 프랑스 살롱 화장품까지 사고. 리샤오룽은 원체 말을 잘하는데다 다른 사람 말도 잘 들어주는 스타일이어서 그 많은 엄마들이 자기도 모르는 새 리샤오룽이랑 친해졌대. 친구가 된 여자들 중에 량자치도 있었던 거야. 차이완더가 전 여친이랑 바람이 나서 살림까지 차린 게 그 즈음에 들통이 났고. 그래서 망연자실한 량자치가 애를 데리고 자주 리샤오룽 피부관리숍에 들러서 이 얘기 저 얘기하곤 했던 거래……."

"잠깐만, 량자치 남편이 전 여친이랑 바람이 나서 살림까지 차렸다고?"

"그래, 그건 그 집에서 기사화 안 되게 막은 거고. 차이완더 부모는 물론이거니와 측근들까지 차이완더가 두 집 살림하는 거는 다 알고 있대. 그 여자가 글쎄 애까지 낳았다더라, 차이완더 아들하고 두 살 차이밖에 안 나는. 리샤오룽 얘기로 돌아오면, 량자치 그 여자 뭐라고 해야 할까, 자괴감에 시달린 거 같아. 남편이 바람난 거 주위에 알 만한 사람은 다 아는 거잖아. 그러니까 리샤오룽 같이 그런 소문은 알리가 없는 사람한테 기댄 거지. 리샤오룽도 늘 애들끼리 같이 놀게 하고. 담임까지 애들 둘이 친한 거 알고 항상 같이 앉게 해줬대."

약간 매스꺼운 느낌이 났다. 천원셴은 장위러우 말을 들으면 들을수록 기분이 언짢아졌다.

방금 들은 이야기는 기시감이 너무 강했다.

"나중에는 어떻게 됐는지 모르겠지만, 어쨌든…… 어느 날, 같은 반 여자애 하나가 생일선물로 받은 카메라를 잃어버린 거야. 그 애가 어쩔 줄 몰라 하니까 담임이 책가방 검사를 했지……."

"애가 학교에 카메라를 가져왔다고?" 천원셴은 장위러우의 말을 끊었다.

"애들용 어린이 카메라 같은 거, 하나에 2000~3000위안짜리. 일반 카메라와는 좀 달라. 그건 중요한 게 아니고, 결국 누구 가방에서 카메라가 나왔을 것 같아?"

"리샤오룽 아들 책가방?"

"맞아, 근데 그 아들이 자기는 안 훔쳤다고, 차이완더 아들이 집어넣은 거라는 거야. 솔직히 말하면 누가 훔친 건지 진실은 아무도 모르는 거야, 라쇼몽 현상처럼. 리샤오룽 아들은 반에서 왕따를 당하기 시작했대…… 그 일 누가 꾸민 일인 줄 알겠어?"

"카메라 잃어버린 여자애?"

"원셴, 그러니까 네가 그렇게 당하는 거야. 왜 그렇게 단순해? 정답은 차이완더 아들이야." 장위러우는 눈썹을 치켜세운 채 미묘한 웃음을 지었다. "얼마 안 가서 리샤오룽 아들은 전학을 갔대, 그 뒤로 리샤오룽 숍도 문을 닫았고."

□

장위러우와 헤어진 뒤 천원셴은 문자를 보냈다.

"누구세요?"

천원셴은 아무런 실마리도 건지지 못할 줄 알았다.

아니었다. 10분 뒤 천원셴이 포기하려는 순간, 놀랍게도 그 번호로 두 번째 문자가 왔다.

"아들을 도와주고 싶나요?"

"어떻게 돕는다는 거죠? 도대체 누구세요?"

다시 연락이 끊겼다. 아무리 전화를 걸고 문자를 보내봐도 연락이 없었다. 천원셴은 낙담한 채 집으로 돌아왔다. 이때 불현듯 머릿속에 한 가지 생각이 스쳤다. 재빨리 노트북을 열고 이메일함에서 같은 반 엄마들 연락처를 뒤져보았다. 확률은 희박하더라도 한번 해보고 싶었다. 그 여자 핸드폰 번호를 찾아내 한 치의 망설임도 없이 열한자리 숫자를 단숨에 눌렀다. 벨이 열한 번 울리고 전화가 연결되었다. 상대가 말을 꺼내기도 전에 천원셴은 선수를 쳤다.

"쉬는 날 전화해서 죄송해요. 물어볼 게 있어서 그러는데, 혹시 크리스가 메이얼아이 다닐 때 있었던 일 알고 계세요?"

전화를 받은 쪽에서는 아무 말이 없었다. 침묵이 흐르는 몇 초가 영원처럼 느껴지더니 여자가 입을 열었다.

"만나서 얘기하죠. 지금 시간 괜찮아요? 난 나가기가 좀 그래서, 우리 집으로 올래요? 주소 알려줄 테니까 택시 타고 오면 돼요. 사람 내보내서 밑에서 기다리고 있으라고 할게요."

"알겠어요, 바로 갈게요." 천원셴은 왼쪽 귀와 어깨 사이에 핸드폰을 끼운 채 오른손으로 주소를 받아 적었다.

아파트 밑에서 기다리던 비서가 천원셴의 택시비를 대신 내주었다. 천원셴은 31층짜리 초고층 아파트를 올려다보았다. 평형대도 90평과 160평밖에 없는 아파트는 독특한 건축 설계로 꽤나 유명했다. 천원셴은 비서를 따라 로비로 들어갔다. 좌우 양측 복도에는 유리장이 쭉 늘어서 있었다. 그 안에 있는 예술품은 조명에 비쳐 한층 진귀해 보였다. 당고머리를 한 아파트 관리인이 천원셴을 보자마자 안내 데스크에서 종종걸음으로 나왔다. 비서는 관리인에게 고개를 끄덕여 보이고는 다가가 관리인 귓가에 대고 몇 마디를 했다. 관리인은 미동 없이 네, 네, 알겠습니다, 대답하고는 안내 데스크로 뛰어가 원래 자리에 섰다. 천원셴은 비서를 따라갔다. 로비 뒤로 가니 아파트 정원이 나왔다. 거대한 연못은 수생식물로 가득했고 사자 얼굴 모양의 분수에서는 물이 콸콸 쏟아져 내렸다. 연못가를 부드럽게 감싸고 있는 꽃잎 형상의 울타리가 보였다. 그 위에는 생기 넘치는 청개구리 두 마리가 앉아 있었고, 울타리의 황동색 재질은 모든 풍경을 한층 고풍스럽게 만들어주었다. 비서가 어떤 방으로 들어가더니 재빠르게 불을 켜고 에어컨도 틀었다. 살짝 몸을 숙여 인사를 하며 여기서 잠깐 기다리시라고 했다.

별로 오래 기다리지도 않았는데 그 여자가 나타났다. 손에는 자그마한 가방과 딱 봐도 제법 무거워 보이는 열쇠가 들려 있었다.

"미안해요. 조너선이 열이 좀 나는 것 같아서 나가기가 애매했어요."

손으로 치맛자락을 정리한 왕이펀은 자세를 잡고 앉으며 높은 목소리로 말했다. "캐럴, 우리 마실 것 좀 갖다줘요."

"차가운 걸로 드실래요, 따뜻한 걸로 드실래요?"

"다 좋아요."

"커피 마시면 잠 못 자요?"

"아니에요."

"그럼 커피 두 잔."

비서가 바쁜 걸음으로 벽 너머에 있는 공간으로 갔다. 거기엔 홈바, 에스프레소 머신, 양문형 냉장고가 있었다.

"자기가 오해할까봐 먼저 분명히 해둘 게 하나 있는데, 그 문자 보낸 거 나 아니에요. 근데 나도 가만히 있을 수만은 없었어요. 자기한테 문자 보낸 사람도 어느 정도는 날 도와주려고 한 거여서. 나도 그 여자가 이렇게 할 줄은 생각도 못했네. 당황하고 놀랐다면 내가 대신 자기한테 세이 쏘리say sorry 할게요. 그리고 궁금한 게 있는데, 어떻게 내가 이 일에 관련이 있단 생각을 한 거죠?"

"조녀선 맘이 애들 반에서 일어나는 일들은 잘 아시니까요."

"똑똑하다, 한 번에 맞췄네. 사실 어떤 엄마가 나한테 말해준 게 있어요. 그 집 아이가 어떤 일을 목격했다고 하더군요."

"무슨 일이요?"

"그건 우리 거래로 합시다. 내 질문에 답해주면 말해줄게요. 량자치가 부정행위하는 거 도와준 적 있어요?"

천원셴은 숨을 크게 몰아쉬곤 아무런 대꾸도 하지 않았다.

"다들 알다시피 난 우리 애들한테 엄청 관심이 많아요." 왕이펀은 어깨를 으쓱하는 시늉을 했다. "조녀선 누나가 첫 학기에 모범생으로 뽑혔으니까 조녀선도 전통을 이어갔으면 했죠. 그래서 담임한테 시험 끝날 때마다 반 애들 성적을 카피해달라고 했어요. 근데 지난 학기 마지막 시험이 끝나고 나서 보니 뭔가 이상한 거예요. 담임이 나한테 준 버전이랑 최종적으로 발표한 버전이랑…… 다르더라고요."

비서는 조심조심 쟁반을 내려놓고 두 사람 앞에 잔을 놓았다. 그러고는 벽 너머에 있는 공간으로 되돌아가 왕이편의 지시가 있기만을 조용히 기다렸다.

"페이천하고 크리스 점수가 바뀌었던데요. 두 아이 점수 차가 이렇게 많이 나는데, 착오가 있을 리 없잖아요……. 크리스 유치원 때부터 공부 못했던 건 누구나 다 아는 사실이고, 성적이 단번에 이렇게 많이 올랐다니 말이 되냐고요. 자기 생각은 어때요?"

왕이편은 커피를 한 모금 마시며 차분하게 천원셴을 응시했다.

"무슨 말인지 잘 모르겠네요."

"페이천 학비 자기네 집에서 내주는 거라고, 크리스가 반 애들한테 떠들고 다닌대요. 조녀선이 그러던데."

"우리 남편이 크리스 아빠 회사에서 일해요. 직원 복지 차원에서 그런 거예요."

"아, 그래요? 담임은 그런 말은 안하고, 페이천 엄마가 관여했다고 하던데. 사장네 아들 부정행위 도와준 것도 직원 복지 차원? 원셴, 내가 진심으로 얘기하는 건데, 나 자기 정말 좋아해, 자기 지금 량자치한테 대응도 못하고 있고, 요 며칠은 린판상 때문에 자기 집에 분란까지 생겼잖아? 이건 비밀인데, 자기 남편네 사장 딴 살림 차려서 아주 행복하게 잘 살고 있대요. 거기서 낳은 애도 이번에 유치원 들어갔다고…… 차이완더 마음이 딴 데 가 있으니까 량자치가 그렇게 크리스를 목숨처럼 여기는 거겠지. 그러니 당연히 무슨 수를 써서라도 자기 애를 지켜내려는 거고."

"무슨 말이 하고 싶은 거예요?"

"자기 아들이 민 게 아니라고 증언해줄 수 있는 목격자가 있어요."

"목격자가 있으면 왜 직접 나서질 않는 건데요?"

"뭐 하러 직접 나선대? 그래 봤자 좋을 게 뭐가 있다고? 량자치한테 괜히 밉보이려고? 자기라면 먼저 나섰겠어요?"

"그럼 나한테 문자 보낸 게 무슨 소용이에요? 당신네들도 이 상황이 바뀌는 걸 바라지 않잖아요, 아니에요? 날 부른 것도 두 눈으로 내가 무너지는 꼴을 직접 봐야 속이 후련해서 그런 거예요, 설마? 그렇게 증거가 확실하다면서 왜 그걸로 날 도와줄 생각은 안하고."

"자기가 지금 한 말은 반만 맞는 거지. 자기 아들이 린판샹을 민 게 아니라는 거, 내가 자기한테 확실히 해줄 수도 있어. 목격자 정보 입수했다는 거 가지고 자기가 량자치한테 으름장 놓을 수 있는 좋은 기회잖? 자기한테 새로운 패가 생겼으니 내가 안 도와준 거라 할 수는 없지."

"원셴, 량자치와는 선을 확실하게 그어요. 그리고 남편 회사 생활은 걱정 안 해도 돼. 어차피 테드한테는 량자치가 영향력이라곤 거의 없으니까. 돈 말고는 테드가 량자치 때문에 뭔가를 희생할 양반이 아니거든. 자기가 돈 문제 때문에 망설여지면 내가 도와줄 수도 있고. 우리 집이 차이씨 집안만큼 넉넉하지는 않아도 그렇다고 또 거기 뒤지는 건 아니니까. 내가 바라는 건 딱 하나야. 내 뒤에서 애들 엄마 누군가가 수작을 부리지 않았으면 좋겠다는 거."

왕이펀은 자기가 무슨 그 반의 질서를 책임지는 수호자라도 되는 양 굴었다.

천원셴은 무언가에 물어뜯긴 듯한 느낌이었다. 왕이펀은 본인의 진짜 감정을 한 층 한 층 깊이 묻어놓고 보호 중이었다. 왕이펀은 대체 어디까지 알고 있는 걸까? 어째서 한꺼번에 털어놓지 않고 이런 식으로 미끼를 던져서 천원셴을 한 발 한 발 물러서게 하는 걸까?

"그렇게 잘 알면 왜 직접 량자치에게 말하지 않는 거죠? 당신네들 위치도 상당할 텐데."

왕이펀은 웃었다. 천원셴은 전혀 웃기지 않았는데 왕이펀이 웃은 것이었다. 희한한 생명체를 다 본다는 듯 왕이펀은 놀라운 눈빛으로 천원셴을 쳐다봤다. 그 눈빛에서 천원셴은 순간적으로 정답을 찾아 냈다.

"그거 알아요? 그쪽이랑 량자치 실은 되게 닮았다는 거."

왕이펀은 눈썹을 치켜들었다. 천원셴에게 맞받아칠 힘이 남아 있다 는 걸 왕이펀은 예상하지 못했다.

"둘 다 나같이 힘 없고 '빽' 없는 사람 이용하는 거잖아요. 자기들 필요할 때만 써먹고, 필요 없다 싶을 때는 아무렇지도 않게 버려버리 고."

"그래도 전 그쪽한테 고맙게 생각해요. 적어도 그 여자애를 우리 애 가 민 게 아니란 건 확실히 알게 됐으니까."

할 말을 다 끝낸 천원셴은 왕이펀의 생각 따위는 더 이상 관심이 없었다. 자리에서 일어난 천원셴은 왕이펀과 비서의 놀란 얼굴을 뒤 로 하고 아파트 단지 정문으로 휘적휘적 걸어갔다. 정문을 나오기 전, 으리으리한 초고층 아파트 단지를 다시 한 번 둘러보았다. 미쳤다, 미 쳐도 정말 단단히 미친 거지. 예전에 천원셴은 자기가 이 무리에 속해 있다는 걸 은근히 자랑스러워했다. 그러나 자신은 영원한 나그네일 수 밖에 없음을 오늘에야 알았다.

무리에 들어가 그 안에서 커피 한 잔쯤은 마실 수 있었다. 하지만 천원셴은 곧 자리를 빠져 나와야 하는 신세였던 것이다.

지하철역을 향해 걸음을 내딛기 시작했다. 사거리가 나오자 자리에 멈춰 신호등이 바뀌길 기다렸다. 한밤중에 부는 바람은 살짝 호흡을 방해했다. 머리가 약간 띵했다. 두 손을 호주머니에 찔러넣은 천원셴은 반대편 방향으로 지나가고 있는 인파를 멀거니 바라봤다. 사람들은 매우 빨리 걷고 있었다. 본인이 가려고 하는 곳에 굉장히 자신이 있다는 듯. 천원셴은 대체 어디로 가야 하는 것일까? 그간의 기억이 주마등처럼 스쳐 지나갔다. 그러다보면 또 어김없이 지난해에 있었던 생일파티 장면으로 되돌아갔다.

린판샹 사건이 일어나지 않았다면 천원셴은 아직도 량자치와 시시덕거리고 있을까? 아직도 무엇이든 털어놓는 가까운 사이로 지내고 있을까?

천원셴은 눈을 깜박였다. 자기도 모르는 새 얼굴이 눈물범벅이 되어 있었다.

□

천원셴은 장위러우, 왕이펀과 나눴던 대화를 하나도 빠짐없이 양딩궈에게 알렸다. 이로써 자기도 실은 억울한 부분이 있다는 걸 밝혔다. 그 일이 있고 나서 처음으로 양딩궈가 천원셴의 눈을 똑바로 쳐다본 순간이기도 했다. 량자치가 저지른 짓이 이미 참아줄 수 있는 한계를 벗어났다고 양딩궈는 생각했었다. 양딩궈는 테드와 직접 얘기를 해보겠다고 말했다. 고작 일곱 살짜리 애한테 죄를 뒤집어씌우려 하다니, 그렇게 어린 애더러 이리도 어마어마하게 불합리한 일을 겪게 하다니, 얼마나 잔인한 짓인가.

천원셴은 좋은 생각이라며 양딩궈 의견에 동의했다. 하지만 그 전에 자기가 직접 량자치를 만나 이야기해보고 싶었다. 량자치가 또 전화를 안 받으면 아예 아파트 단지 입구에 가서 지키고 서 있을 작정이었다.

천원셴의 그런 극단적인 행동은 실로 환상적인 담판 기회를 가져다주었다. 몇 년 뒤 그날 일을 다시 떠올렸을 때, 자신의 처절했던 상황이 그런 담판의 기회를 연출할 수 있었다는 데에는 의심의 여지가 없었다.

그날, 량자치는 집에서 입는 복장 그대로 나타났다.

천원셴을 보자마자 량자치는 웃는 얼굴로 관심을 표했다. "원셴, 얼굴이 창백해 보인다."

천원셴은 이런 결정적인 순간에도 가면을 벗을 마음이 없는 량자치에게 두 손 두 발 다 들고 말았다.

"여기서 얘기할 거예요?" 량자치는 안내데스크 뒤에서 깍지를 끼고 서 있는 관리인 둘을 손가락으로 가리켰다.

"우리 응접실로 이동해요. 내 대신 등록 좀 해주세요. 28A 응접실 사용할게요."

응접실에 들어가 자리를 잡고 앉기도 전에 천원셴은 입을 열었다.

단숨에 해치울 생각이었다. 말이 길어지면 불리했다. 량자치는 만반의 준비를 다 한 반면 천원셴은 방어 태세조차 갖추지 못했기 때문이었다.

"자치, 부탁할 게 있어요. 크리스가 한 짓이란 거 틀림없이 알고 있었죠?"

"아닌데."

"목격자가 있어요."

량자치는 순간 아무 말도 하지 못했다. 눈 속으로 한기가 스며들었다.

"목격자가 어쨌는데요? 당당하게 말할 수 있어요?"

"자치, 페이천을 위해서라면 난 뭐든 할 수 있어요. 내 아들이 뉴스에 나왔다고요. 아무리 모자이크를 해도 알 만한 사람은 한 눈에 다 알아봐요. 페이천 요 며칠 학교도 안 가고 집에 있어요, 친구들 얼굴을 어떻게 봐야 할지 모르겠다면서."

"자기 어쩜 나한테 그런 식으로 말할 수 있지? 원셴, 자기 남편이 우리 남편 부하직원이야, 자기 아들도 내가 테드 설득해서 우리 인맥으로 쑹런초 들어간 거고."

"그렇다고 우리 아들이 당신 아들 죄를 뒤집어써야 한다는 뜻은 아니죠."

"천원셴, 내 말 제대로 알아먹은 거 맞아요? 자기 나한테 이런 말할 자격 없지. 처음부터 내 제안 받아들인 건 자기니까, 우리 관계가 대등할 리도 없고. 자기 진짜 너무 순진하다. 여태껏 좋은 건 다 누리고 이제 와서 하기 싫은 건 안 하겠다는 심보인가?"

량자치는 소파로 가서 아예 자리를 잡고 앉았다. 밑에서 위로 천원셴을 째려보았다. 천원셴은 경솔하게 행동하고 싶지 않아 처음부터 내리 서 있기만 했다. 량자치는 마치 고대 시대 임금 같았다. 신하가 아뢰는 말을 임금이 앉은 채로 듣고 있는 모양새였다. 량자치는 당당한 얼굴로 천원셴을 질책했다.

"천원셴, 내 말 잘 들어요. 손뼉도 마주쳐야 소리가 나는 법이야. 일이 이렇게 된 게 지금 나 때문이라는 거야 뭐야? 뭘 잘했다고 그리 피해자 코스프레를 해? 내가 말했죠? 섭섭하지 않게 해줄 거라고. 이번 일만 잘 넘기면 자기 아들 여름 캠프 비용은 물론이고 올해 자기 생일에 맞춰서 고급 리조트 바우처까지 줄 생각이었어, 자기네 세 식구 편하게 쉬다 오라고."

"자치, 그런 건 내가 원하는 게 아니고, 난 단지, 단지……."

말이 목구멍에 걸려 좀처럼 나오지 않았다. 그렇다 치자, 그럼 천원셴이 원하는 건 대체 무엇일까? 페이천이 쑹런초에 다니며 유명인사 자제들에 둘러싸여 공부하면서도 천원셴과 양딩궈가 그것 때문에 경제적인 어려움은 겪을 필요가 없는 상황을 원하는 걸까?

"단지 뭐? 윈셴, 말이 나왔으니까 말인데 솔직히 말하면, 난 자기를 정말 친구로 생각했어. 자기는 집안도 평범하고 사람이 뭐랄까 꿍꿍이가 없어서. 이제 잘 생각해봐. 우리 오늘 한 대화, 난 없었던 걸로 할 수 있어. 그러면 모든 게 다 원래대로 돌아가는 거지. 페이천도 쑹런초에 지금처럼 잘 다니게 될 거고, 자기도 페이천이 잘 지냈으면 싶잖아."

천원셴은 무슨 말인지 알아들음과 동시에 량자치가 꾸민 모든 일이 또렷이 보였다.

량자치는 천원셴이 가장 마지막으로 대항해야 하는 악마가 아니었다. 진정한 악마는 바로 천원셴 마음 속에 자리한 탐욕이었다.

탐욕 때문에 천원셴은 자기 삶에 만족할 줄을 몰랐고 다른 사람들 삶을 선망했다. 량자치가 미끼를 던진 건 줄로만 알고 있었는데, 아니다. 그런 게 아니었다. 천원셴 얼굴에 비친 현재에 만족할 줄 모르는 비뚤어진 마음을 알아챈 량자치가 천원셴의 탐욕을 살살 부추겨준 것뿐이었다.

"그래요, 틀린 말은 아니네요. 자치가 날 너무 잘 알고 있던 거예요. 내가 내 주제를 몰랐던 거고. 그래도 딩궈가 테드에게 전화를 걸 거예요. 목격자가 있고 우리한테 증거도 있으니까. 페이천 그 어린 애를 쑹런에 보낸 것도 아이가 나중에 더 행복하고 즐겁게 살았으면 하는 마음에 그런 거지, 그쪽이 이렇게 우리 애 망치게 하려고 한 건 아니라고요. 그쪽 남편이 어떻게 할지는 모르겠지만 그쪽처럼 우리 입 막을 궁리를 하지 않을까, 싶은데. 아무튼 테드도 그쪽처럼 잔인한 사람인지까지는 나도 잘 모르는 상황이니, 일단은 신에게 빌고 있을 수밖에 없겠죠."

천원셴은 쓸쓸한 미소를 띠었다. 인사도 하지 않고 가벼운 발걸음으로 그 자리를 빠져 나왔다. 지금껏 자신이 비할 데 없이 행복하다고 믿게 해준 마천루를. 천원셴은 「타이타닉」의 잭처럼 아름다운 신대륙으로 가는 항해를 꿈꾸며 1분 1초를 다투어 배에 올라타기에만 급급했다. 배가 가라앉을 것까지는 짐작하지 못했다. 맨 밑층 선실에 자리해 가장 먼저 희생될 운명이었다는 것도.

□

그 사건의 후유증이 있었는지 말해보자면, 있었다. 분명히 있었다. 예를 들면 폭풍이 휩쓸고 간 듯 천원셴의 인간관계 카드패가 싹 다시

섞였다. 천원셴을 더는 괴롭히지 않게 된 사람들이 있는가 하면 한층 가까워진 사람들도 있었다. 마음에 가장 걸리는 남편과 아이를 떠올릴 때면 어두운 그림자가 천원셴의 눈가에 드리워졌다.

양딩궈는 전화를 걸어 애써 흥분을 가라앉힌 어조로 자초지종을 설명했다. 온 힘을 다해 테드에게 사건의 '진상'을 알리고 싶었다. 따져 묻는 것처럼 들리게 하고 싶지는 않았다. 하지만 "오, 그랬군, 아내분이랑 페이천이 요 며칠 사이 너무 놀랐겠네"라는 여유 있는 차이완더의 목소리를 듣게 됐을 뿐이었다. 대수롭지 않다는 듯 이럴 줄 알고 있었다는 듯한 말투였다. 마음의 준비를 단단히 해온 양딩궈도 순간적으로 당황했다. 차이완더가 단번에 인정할 줄 누가 예상이나 했겠는가? 양딩궈가 아무 말도 하지 않는다는 건 차이완더가 주도권을 쥐고 있다는 거나 다름없었다. "스티븐, 별 일 아닐세. 뉴스에까지 나와서 난처하다는 건 잘 아는데, 사람은 이삼일만 지나면 뭐든 까맣게 잊어버리는 존재 아닌가? 누가 이런 일에 신경 쓴다고. 근데……" 양딩궈는 말머리를 돌려 량자치의 잘못을 탓하기 시작했다. "자네 가족이 억울해한다는 건 나도 알고 있네. 이 일은, 캣이 진짜 괜한 일에 호들갑 떤 거지. 아, 진짜. 그 사람이 무슨 생각을 하고 사는지 나도 몰랐다니까. 나한테 말만 했어도 전화 한 통이면 해결될 일을. 거기 린씨 집안 어르신이 우리 아버지랑 알고 지낸 지 꽤 됐거든. 그런 걸 가지고 일을 이렇게 복잡하게 만드나. 아직 어린 애들인데 성적이 잘 안 나오면 애한테 가치관이라도 제대로 심어줬어야지, 자네 생각도 그렇지 않은가? 됐네, 이 일은 내가 처리할 테니 걱정 말게나. 아내 분 놀라셨을 텐데 내 대신 미안하다고 좀 전해주고. 페이천은 안심하고 계속 쑹런초 다닐 수 있게 해주겠네. 학비도 걱정하지 말게나. 내가 또 책임진다고 하면 끝까지 책임지는 사람이니까."

양딩궈가 스피커폰을 켜놓은 상태라 천원셴은 둘의 대화를 숨죽이고 듣고 있었다. 어째서인지는 몰라도 차이완더의 말을 듣고 나자 량자치를 원망하던 마음속의 응어리가 조금씩 녹아내리는 듯했다. 천원셴은 량자치가 실은 얼마나 외로운 사람인지 그 짧은 시간 안에 분명히 알 수 있었다. 차이완더가 량자치를 전혀 개의치 않는다는 것도 말투에서 느낄 수 있었다. 심지어는 크리스 양육 문제에 대한 관심도 시들하다는 것도. 차이완더는 이 사건을 대충 해치워버리고 싶어했다. 회사 일을 처리하는 데 들이는 힘의 3할 만큼만 써서.

오늘 일이 차이완더의 그 다른 여자에게 일어났더라면? 그 여자의 우는 얼굴에다가도 괜한 일에 호들갑 떠는 거라고 말했을까? 지금과는 완전히 다른 태도로 따뜻한 관심을 가지고 이 일을 처리하지 않았을려나?

아무도 모를 일이었다.

결국 전화 열 통 만에 차이완더는 이 일을 깔끔하게 처리했다.

차이완더가 린중양과 어떤 거래를 했는지는, 량자치는 물론 그 누구도 알지 못했다. 어쨌거나 더는 조사가 들어오지도 않았고 끔찍한 소송도 없었다. 피비린내를 맡은 상어 떼마냥 몰려드는 언론도 눈 깜짝할 새 종적을 감췄다.

이틀 뒤, 양딩궈는 승진을 했다.

승진 소식을 들은 양딩궈는 난감했다. 퇴근 후, 아내의 얼굴을 보면서 이야기하고 싶은 마음은 없었지만, 그렇게 할 수밖에 없었다.

한참을 말이 없던 천원셴은 덤덤하게 말했다. "이론상으로는 당신더러 이 기회를 잡으라고 하고 싶어. 그건 사장이 우리 가족에게 빚진 데 대한 도리니까. 하지만 감정적으로는 당신이 어떻게 생각하는지 알아. 그 자리가 우리 애를 희생한 대가라고 생각하는 거지? 당신이 그 자리 받아들이면 나보고 뭐라 그럴 입장이 못 되고."

양딩궈는 아무 말이 없었다. 천원셴의 추측이 사실이라는 걸 증명하는 셈이었다.

"날 믿어, 난 그렇게 생각 안 할테니까. 나한테 책임이 있단 것도 잘 알아."

"당신이 그때 도대체 왜 그런 건지 난 아직도 이해가 잘 안가."

양딩궈가 침묵을 깼다. 처음으로 속마음을 솔직하게 시인했다. "난 우리 애 성적 따위는 중요하게 생각 안 한다고 맨날 얘기했잖아. 당신 인정할 수 있어? 당신하고 대화하는 게 가끔은 참 힘든 일이었다는 거. 당신은 내가 애한테 신경 안 쓴다는 말만 했잖아. 근데 당신 말도 사실 틀린 거 없어. 내가 당신처럼 페이천 일거수일투족 신경 쓰는 건 아니니까. 그렇다고 내가 페이천한테 관심이 없다는 뜻은 아니야. 당신이 빡빡하게 애를 다루는데 나까지 그러면 페이천이 스트레스가 얼마나 심하겠어. 애가 숨이나 제대로 쉴 수 있었겠어? 그 어린 애가."

"당신이 그 얘기 꺼냈으니까 말인데, 일이 왜 이 지경까지 온 건지 말해줄게." 흥분한 천원셴은 표정이 잔뜩 일그러져 있었다. "한 가지 중요한 사실이 있어. 당신이 생각해도 참 이상하지 않아? 애 돌보는 건 부부 둘 다의 책임이라고들 하잖아, 근데 애를 어떻게 돌보고 있는지에 대한 얘기만 나오면 다들 엄마한테만 물어본다는 거. 결혼하고 나서 애 학교 문제 어떻게 할 거냐는 질문 받은 적 있어? 없지? 있다

해도 아, 잘 모르겠네요, 우리 와이프가 알아보고 있어서, 라고 대답했을 거야. 그럼 나도 당신처럼 그렇게 말할 수 있었을까?"

"내가 무슨 말을 했든 당신이 또 무슨 말을 했든 이거랑 상관없는 얘기는 하지 말아줄래?" 양딩궈는 언짢은 기색이었다.

"딴 얘기 하는 거 아니야. 그때 대체 왜 그랬던 거냐고 물어봤지? 지금 말해줄게. 이제 그 질문에 답을 하겠다고. 불안해서, 초조해서 그랬어. 페이천이 태어나고 나서 이유는 모르겠지만 내가 신경 써야 될 게 엄청 많아졌어. 그 많은 교육 전문가, 애를 똑똑하고 사랑스럽게 키워야 한다는 그 많은 블로거, 가정과 직장에서 모두 성공을 거둔 그 많은 여자들……."

양딩궈는 천원셴의 말을 잘랐다. "그건 또 무슨 말이야? 왜 또 그런 여자들하고 비교를 해?"

"말 좀 끝까지 하게 해줄래? 당신은 그게 문제야. 설마 당신 다른 학부모들이랑 비교할 줄 모르는 건 아니지? 설마 당신 테드랑 비교할 줄 모르는 거냐고. 다른 사람들 다 똑같은 게임하고 있는데 당신만 하기 싫다고 말할 수 있겠어? 다른 사람들한테 내가 성공한 여자라는 생각을 심어주려면 난 일도 해야 하고 애도 잘 키워야 해. 페이천이 지금 잘못 크고 있는 거 같아? 가서 걔 발음 들어봐. 우리는 평생 해도 그렇게 완벽한 영어 구사 못해. 페이천이 사귀고 있는 친구들도 가서 봐봐, 걔네들 중 집안이 보통인 애들이 몇 명이나 있나 한번 보라고. 내가 얼마나 노력했는데 얼마나 정성들여서 키웠는데 날 칭찬해주는 사람이 하나라도 있었냐고."

천원셴은 감정이 격해져서 말이 나올 때마다 눈물이 흘렀다. "량자치가 이기적인 걸 왜 내 탓을 해? 그래, 나도 잘못했다 치자, 그럼 내 입장은 조금이라도 이해해줄 순 없는 거야? 쓸데없는 생각만 한다고, 너무 긴장 속에서 산다고 나보고 뭐라 그런 거 말고 당신이 도와준 게 있기나 해?"

"잠깐만, 지금 당신 잘못 찾아내자는 게 아니잖아. 왜 또 나보고 뭐라 그러는 거야?" 천윈셴은 쪼그려앉아 가슴을 꾹 누른 채 대성통곡을 했다. "다들 나 멍청하다고 비웃었지, 바보처럼 량자치한테 코 꿰어 끌려다닌다구. 근데 그럼 내 불안감은 누가 이해해주는데? 내가 무슨 생각하는지 누가 관심이나 가진 적 있어? 이해해준 적 있냐고. 당신도 일이 어쩌다 이 지경이 됐냐고 그랬지? 엄마도, 언니도, 양이자까지 나한테 물어봤잖아? 나도 몰라. 일이 어쩌다 이 지경이 된 건지는 내가 물어보고 싶어. 나라고 왜 내가 안 밉겠어? 난 누구보다도 페이천을 사랑하고 내가 줄 수 있는 건 다 주고 싶은 사람인데. 지금 이 꼴 난 거 난 왜 후회가 안 되겠냐고. 난 뭐 그때로 다시 돌아가서 이런 일 안 막고 싶겠어? 당신까지 나 원망할 필요 없어, 날 제일 증오하는 사람은 바로 나 자신이니까."

양딩궈는 허공에서 주먹을 쥐었다 폈다를 반복했다. 한참을 주저하다가 양딩궈는 결국 떨리고 있는 아내의 어깨를 감싸쥐었다.

"우리 이제 비긴 걸로 하자."

"무슨 뜻이야?"

"당신이 이 집에서 살고 싶듯이 나도 그래. 우리한테는 이 가정이 필요해. 이렇게 된 이상 앞으로 서로 대화로 해결할 수 있는 방법을 찾자. 이제 다시는 그 일 입 밖에 내지 않을게."

"그게 말이 돼? 어떻게 언급 안 하는데? 본성이나 마찬가진데."

"그래, 당신 말이 맞아, 그건 본성이야. 나중에 나도 모르게 꺼낼지도 몰라. 그래도 내가 약속했다는 거는 적어도 내가 노력하겠다는 말이야. 마찬가지로 당신도 약속해. 오늘부터 우리 아버지가 사기 당한 얘기 다시는 꺼내지 않기로. 원망하는 것도 안 돼. 두 가지, 오늘로써 완전히 끝내자. 알겠지?"

천원셴은 물기 젖은 두 눈을 끔벅였다. 처음 만났을 때 고개를 끄덕였던 심정으로 예의 그 남자에게 그러겠노라 답했다.

페이천은 원래 있던 반에 계속 머물렀다. 어느 날, 린판샹 엄마가 학교에 찾아왔다. 왼손에 버킨백을 든 채 오른손으로 딸아이를 살짝 밀었다. 린판샹은 같은 반 친구들이 보는 앞에서 페이천과 악수하며 화해를 했다. 새로 바뀐 담임교사인 랴오廖 선생이 마이크를 건네주자 린판샹 엄마는 짧은 인사말을 했다. 앞으로 반 친구들끼리 사이좋게 잘 지내길 바란다고, 오해가 있더라도 판샹과 페이천처럼 계속 좋은 친구로 지내라고 말했다. 아이들은 교실 앞에서 벌어지고 있는 광경을 멍하니 쳐다봤다. 영문도 모른 채 랴오 선생이 시키는 대로 힘껏 박수만 쳤다. 그 뒤로는 차이완더의 예언처럼 시간이 제 역할을 해냄에 따라 천원셴 가족과 아이 선생을 제외한 다른 이들은 그 사건을 잊은 것 같았다. 물론 뒤에서 이러쿵저러쿵 속닥일 가능성은 있었지만, 어차피 천원셴이 그 뒷얘기까지 알 수는 없는 노릇이었다.

아이 선생은 어쩌다 책임을 지게 된 걸까? 당연히 차이완더와 린중양 두 남자가 대화를 나눈 뒤 내린 결론이었다.

애들이 무슨 잘못이 있겠는가, 어리고 솔직한 아이들이 제한된 시간 내에 미끄럼틀을 타고 싶었던 것뿐이었다. 별 생각 없이 서로 밀친 행동은 한번쯤은 그냥 넘어갈 수도 있는 일이었다. 아이들 잘못이 아니라면 누구 잘못일까? 물론 학교 측이 관리를 제대로 안 해서일 터였다. 학생이 없어진 걸 왜 제때 발견하지 못했는지? 학교에서 제공한 놀이공간이 위험하다는 걸 알고 있는 이가 왜 하나도 없었는지? 학교 측은 사건 당일 황급히 흔들말 받침판을 제거했다. 공식적으로 사죄를 표하기도 했다. 서무주임도 전근을 자원했지만 린판상 부모가 만류했다. 린중양은 일을 복잡하게 만들고 싶지 않다는, 담임교사가 학교를 떠났으니 그걸로 됐다는 입장이었다.

아이 선생은 10년쯤 몸담았던 쑹런초등학교를 그렇게 떠났다. 새로 온 랴오 선생은 왕이펀과 친척이라고 했다. 우연의 일치일까? 아니면 누군가 사소한 기회도 놓치지 않았던 걸까?

내막을 아는 건 당사자밖에 없었다. 사실 다른 사람들은 제삼자 입장이니 알 길이 없었다.

□

크리스는 전학을 갔다. 불가사의할 정도로 멀리 떨어진, 미국에 있는 학교로. 대담한 결정이었다. 량자치가 떠나고 나니 천원셴도 선란 모임에 나가기가 멋쩍어졌다. 왕녠츠는 한꺼번에 두 명이나 빠지면 적적하다며 거듭 만류했다. 천원셴은 잠깐 생각해보다가 솔직하게 말했다. 직장에 다시 나갈 계획이라고, 자기는 아무래도 회사 체질인 것 같다고. 왕녠츠는 이해가 잘 안 간다는 듯한 다소 불만이 서린 얼굴이었다. 그래도 체면을 차리느라 더 이상 물어보지는 않았다.

대화가 끝나기 전, 천원셴 머릿속에 강렬한 생각이 하나 스쳐 지나 갔다. 억누를 새도 없이 말이 입 밖으로 튀어나와버렸다.

"녠츠, 자치가 왜 갑자기 크리스랑 미국 유학을 간 거예요? 아세 요?"

왕녠츠는 의아하다는 듯이 천원셴을 빤히 쳐다봤다. "몰랐어요? 캣 이 말 안 했나?"

천원셴도 겸연쩍어서 쓴웃음을 지었다. 떨떠름한 웃음이 왕녠츠의 감정을 건드린 듯했다. 왕녠츠는 승부욕이 일어 안 하려던 말까지 해 버렸다. "캣은 그냥 다 내려놓고 싶었나봐. 무슨 뜻인지 알겠어요?"

"크리스는 미국에 잘 적응하고 있대요?"

"적응 못해도 해야지, 뭐. 솔직히 크리스 수준으로는 타이완에 적응 하기도 힘들었잖아."

천원셴만 이상한 사람이 되어버렸다. 알고 보니 당장 눈앞에 있는 이야기는 잘해도 예전 일은 섣불리 입 밖에 꺼내지 않는 여자들이 었다.

량자치의 선택이 여러 가지를 내려놓은 것이라니 량자치를 염려할 필요가 없어졌다.

왕녠츠는 어깨를 으쓱이는 시늉을 해보이고는 애매한 태도로 말을 이었다. "내 짐작인데 캣은 타이완에 있었어도 행복하게 못 살았을 거 야. 테드가 집에도 잘 안 들어오고 하니까. 우리가 그래서 량자치더러 그냥 도장 찍고 돈이나 챙겨서 미련 버리라고 설득한지도 꽤 오래됐 지. 그 여자 못 이긴다고, 자기도 지금처럼 젊고 예쁠 때 테드한테 뒤 지지 않는 상대 찾으라고 그랬는데, 캣이 끝내 싫다 그러더라고요. 그 렇게 시간만 끌다가 결국 얼마 전에 그 여자가 또 임신을 했다나봐.

이번에는 아들이라고. 캣이 아마 자극 받았을 거예요. 그러더니 크리스까지 데리고 미국에 연수 받으러 간다네. 캣이 얼마나 좋은 연수를 받는지, 몇 년 걸리는지는 아무도 몰라요. 그런 건 말 안하고 갔으니까."

당당하고 차분하게 말하는 왕녠츠를 보자 천원셴은 만감이 교차했다. 왕녠츠는 이제껏 량자치를 그런 식으로 생각하고 있었던 걸까? 천원셴은 선란 모임 엄마들이 서로에 대해 아는 건 얼마 없어도 최소한 서로 아껴주는 사이인 줄 알았다. 피라미드의 같은 층 안에서도 결혼생활이 행복한 이들과 불행한 이들, 아이가 똑똑한 이들과 평범한 이들로 나뉠 줄은 몰랐다.

천원셴은 돌연 숨이 막힐 정도로 가슴이 답답해졌다. 자기도 그 모임에 소속감을 느낄 수 있겠다고 믿은 적이 있었기에.

"캣이 미국으로 넘어간 건 문제를 회피하는 거지. 왜 문제를 직시하지 않냐고요? 테드도 자기 뜻대로 안되고 시어머니도 솔직히 말하면 아들편이래. 그러니 캣이 기댈 사람이나 있었겠어요? 캣이 그렇게 다 놔버리고 떠난 게 의외는 아니었어…… 우리 같은 사람들이 뭘 제일 중요하게 생각하는 줄 알아요? 체면 아니겠어?"

"녠츠. 쑤뤄란도 그렇고, 이제 자치가 없으니 허전하겠어요. 선란에서 량자치랑 가장 가까웠던 분들이니."

"나랑 쑤뤄란? 난 그래도 그럭저럭 괜찮아요. 어차피 잔치는 끝나기 마련이니까. 캣이 가고 싶어서 간 거니까 거기서도 잘 살았으면 좋겠지. 근데 쑤뤄란은…… 하아, 난 이 말밖에 못하겠다. 그 테드 여자가 또 임신한 거 내가 어떻게 알게 된 줄 알아요?" 왕녠츠는 눈썹을 들썩거렸다. "쑤뤄란이 나한테 그 얘기 해줄 때 표정을 자기가 봤어야 하는데, 자기가 당한 일 아니라고 거들먹거리는 꼴이라니. 쑤뤄란 그 여자, 전에는 선란에서 찍 소리도 못했어요. 그때는 자기 집이 풍파에서 헤어나지 못하고 있을 때여서 저자세로 있어야 된다는 걸 잘 알았던 거지. 그러다 이제 캣이 그 난리를 당하니까 쑤뤄란이 아주 그때부터 사람이 정신도 말짱해지고 기분도 그렇게 좋아 보일 수가 없더라니까요."

왕녠츠의 목소리가 갈수록 희미하게 들렸다. 천원셴의 생각은 이미 눈앞에 있는 여자에게 있지 않았다.

어째서 여태껏 이런 여자들을 떠받들며 그 속에 끼려고 발버둥을 친 걸까? 참 이상하게도 천원셴은 그 순간 량자치가 문득 그리워졌다. 사람이란 뭐라 형용하기 어려운 동물이다. 인간만이 자신에게 해를 끼친 대상을 가여워할 터였다.

량자치는 천원셴이 이제껏 봐온 여자들 중에서 가장 외로운 여자였다. 순수한 마음으로 량자치에게 다가가는 사람이 누가 있을까?

□

"나 중국어 연습시켜주던 사람이 없으면 너무 허전할 것 같아."

장페이언은 천원셴이 다시 출근하고 싶다는 걸 처음으로 알린 상대였다.

"어쩔 수 없지, 쏭런 학비가 워낙 비싸잖아. 내가 직장 다시 안 다니면 남편한테만 부담주게 되는 꼴이라 마음이 늘 편치 않았거든. 우리 집은 기반이 튼튼한 것도 아니어서 이대로 가다간 애를 외국에라도 보내는 날에는 나랑 우리 남편, 길거리에 나앉아야 할 판이라니깐. 하하. 나도 부잣집 마나님 노릇 하고 다니고 싶지, 근데 사람은 늘, 내 팔자려니, 하고 사는 거 아니겠어?"

천원셴은 짐짓 아무렇지 않은 척 말했다. 헤어지기 전 감상에 젖을 때 좋은 이미지를 남겨두고 싶었다. 괴로워하는 장페이언의 순진한 모습을 보니 무언가 더 이야기를 하고 싶었다. 허나 말이 입가에서만 맴돌다가 바람에 날려 흩어져버렸다.

그 뉴스가 터진 뒤 장페이언은 실질적으로 천원셴에게 도움의 손길을 내민 몇 안 되는 사람들 중 하나였다. 그때 장페이언이 제안한 게 하나 있었다. "우리 집이 미국으로 이민간 지 오래되긴 했어도 타이완에 아는 사람들이 어느 정도는 있어. 우리 외삼촌한테 혹시 자기 도와줄 수 있는 방법 없는지 물어볼게."

천원셴은 장페이언의 호의를 완곡하게 거절하기는 했지만 살짝 감동적이기는 했다. 천원셴에게도 내밀한 우정이 있었던 것이다. 이 바닥을 조용히 떠나는 게 맞다고 생각했지만 장페이언이 마음에 걸렸다.

천원셴은 두 눈을 감고 되새김질해보았다. 장페이언이 쉴 새 없이 수다를 떨어도 자기는 아무 말도 하지 않아도 되었던 친밀감을.

왕이펀도 일자리를 알아봐주겠다는 호의를 보였지만, 천원셴은 완곡하게 거절했다. 왕이펀은 천원셴의 뜻을 받아들였는지 애매모호하게 웃으며 말했다. 나도 자기 지금 힘든 거 알아, 근데 괜찮아, 나한테 말 한마디만 하면 언제든지 자기 도와줄 수 있는 방법은 있으니까.

이력서를 구인구직 사이트에 올렸는데도 석 달이 지나도록 천원셴은 재취업이 되지 않았다. 천원셴이 취업의 문턱에서 자꾸 미끄러지는 이유는 이해하기 어렵지 않았다. 희망 연봉이 인사팀이 생각하는 액수와 차이가 많이 났던 것이었다. 일자리를 알아본 지 넉 달째에 접어들던 어느 여름날, 천원셴은 대담한 결정을 내렸다. 비가 쏟아지던 날이었다. 절대 다시는 만나고 싶지 않던 사람에게 전화를 한 통 걸었다. 예더이였다.

예더이가 자기를 미워하고 있다고 생각했던 천원셴은 예더이가 전화를 받자 다소 긴장이 되었다. 아나나 다를까 예더이는 천원셴을 싫어하고 있었다. 복직하고 싶다는 천원셴의 생각을 알게 된 예더이는 면박을 주었다. 그 순간 천원셴은 호흡이 곤란해져 하마터면 자신감을 잃을 뻔했다.

하마터면, 이라는 표현은 그렇게 하지 않았다는 걸 의미한다. 천원셴은 거절당한 뒤에도 연거푸 전화를 걸었다, 두 번, 세 번…… . 예전의 천원셴이었다면 체면도 차리지 않고 예더이에게 죽기살기로 매달리게 되리라고는 생각도 못했을 터였다. 예더이는 대놓고 욕설을 퍼붓고 창피를 주었다. 그것도 성에 차지 않는지 또 한 차례 비아냥거리며 욕을 했다. 수차례 들볶이고 천원셴은 장기전으로 가야겠다는 마음의 준비를 했다. 그러고 나자 예더이가 오히려 양보를 했다. 자기가 날 어떻게 배신했는지 난 절대 잊지 않을 거야, 예더이는 다그치듯이 말했다. 자기가 키워야 할 애가 있다는 게 불쌍해서 마지막으로 기회를 주는 거야. 근데 우선 쓴소리부터 할게, 다시는 예전처럼 자기한테 중요한 일 맡기지 않을 거야. 자기는 이제 언제라도 대체 가능한 부속품이 되는 거지. 이런 말을 듣고도 천원셴은 침착했다. 원한을 갚을 날이 앞으로도 많이 남았기 때문이었다. 칠흑 같은 어둠을 마주하고 난 뒤, 천원셴은 새로운 관점으로 지나온 삶을 바라보게 되었다. 지금도 예더이가 좋은 상사라고는 생각하지 않았다. 하지만 예더이가 하고많은 썩은 사과들 중에 마지못해서라도 입 속에 넣을 수 있는 딱 한 알이라는 사실을, 천원셴은 받아들여야 했다.

예더이 말고도 천원셴은 처리해야 할 일이 하나 더 남아 있었다.

앞뒤 사정을 알게 된 천량잉은 천원셴이 언니에게 솔직하지 않았다는 게 내심 찜찜했다.

천량잉은 왜 진작에 나한테 말 안 했어? 내가 페이쳔 학비라도 빌려줬을 텐데, 나한테는 동생이라곤 너 하나밖에 없다는 거 잘 알면서, 내가 널 안 도와주면 누굴 도와준다고, 라며 투덜댄 적도 여러 번이었다. 예더이와 감정이 어느 정도 좋아졌을 때 즈음 천원셴은 가슴 속 응어리를 한꺼번에 풀어냈다. 다 털어놓고 싶은 마음이 든 지도 실로 오랜만이었다. 비밀을 품고 있자니 입 속에 크지도 작지도 않은 돌멩이를 물고 있는 느낌이었다. 그렇다고 필사적으로 삼키자니 몸속에 평생 이물질을 담은 채 참고 살아야 할 것 같았다. 돌멩이를 차마 삼키지 못한 채 내리 물고만 있다보니 늘 불안했다.

마침내 마음에 담아두고 있던 말을 속 시원히 뱉어냈다.

"언니한테 질투가 나서 그랬어."

"질투? 네가 날 질투할 게 뭐 있다고. 넌 나보다 공부도 잘하고 남편 학벌도 좋잖아. 시부모한테 예쁨까지 받으면서."

"그래도 언니가 나보다 잘 살잖아."

눈물이 나오리라고는 생각해본 적이 없었다. 어쩌면 오래 쌓이고 쌓인 눈물이 한 번에 터져버린 걸지도 몰랐다.

"내가 그렇게 열심히 죽자 살자 공부한 것도 다 잘 살려고 그런 건데 언니, 너는…… 돈 많은 사람한테 시집 잘 간 거 밖에 없는데, 그 걸로 단번에 내가 꿈꿔오던 자리에 올라선 거야. 그 사실을 받아들이기 힘들었어, 달갑지 않더라구…… 나도 잘 살 수 있는 방법이 있다는 걸 증명해 보이고 싶어서 궁리를 많이 했지."

천량잉은 얼굴에 비친 놀라움을 감추지 않은 채 고개를 살짝 기울였다.

"그거 알아? 나도 실은 너 부러워했어. 넌 나보다 애도 잘 키우고, 사실 난 공부도 잘 못했잖아. 그렇다고 내가 타이베이에 사는 것도 아니고. 네가 페이천 공부 봐주는 거 볼 때마다 내 양육 방식이 엉망진창인건가, 하는 생각도 하곤 했어. 난 애들 예체능 학원도 안 보내고 애들이 영어 잘하는지 못하는지도 상관 안 했거든. 선생이 문제없다고 하면 더 이상 궁금해지도 않고."

"언니, 나 부러워할 필요 없어. 내가 그런 생각하면서 살다가 지금이 꼴 난 거 아니야. 난 사사건건 페이천 결정에 간섭한 거나 마찬가지인데, 그게 페이천이 원하는 거였는지 아니면 페이천이 그런 걸 좋아했으면 하는 나의 바람이었는지 생각해본 적이 없더라고. 언니는 요즘도 애들이랑 뽀뽀도 하고 끌어안기도 하잖아. 근데 난 어떤 줄 알아? 페이천이 다시 날 신뢰할 때까지 얼마나 더 기다려야 하는지 모르겠다."

"그럼 너 지금은 어떤데? 아직도 나 질투하냐?"

"그럴 리가, 난 이제 누군가를 질투하거나 부러워할 힘조차 없는걸. 내 인생 사는 것도 벌써 지친다. 이제 다른 사람 인생은 더 이상 상관하지 않을 거야." 천원셴은 손을 내밀어 언니의 손목을 잡았다.

천량잉은 동생이 호의를 보인다는 게 느껴졌다. 입가를 살짝 당겨 천원셴의 이마에 대고 세게 한 번 튕겼다.

"이제 절대 나 질투 못하게 할 거야. 에이그, 바보."

□

직장으로 복귀한지 반년이 돼가는데도 천원셴은 잠을 깊이 자지 못했다. 잠에 빠져들기만 하면 그 병원으로 끌려갔다. 병실 문이 곧 열릴 것만 같았다. 그 안에서 분노에 찬 여자가 뛰쳐나왔고 얼굴에서 온통 새빨간 피를 뿜어냈다. 천원셴이 병원에서 달아나려는 순간 희미한 목소리가 천원셴을 불렀다. 몸을 돌려보면 페이천이 서 있었다. 그 장면에서 페이천은 백지장처럼 질겁을 한 얼굴로 소리쳤다. 엄마, 진짜 내가 민 거 아니야. 페이천 뒤에 있는 수십 대의 티브이는 저마다 다른 화면에 멈춰져 있었다. 어떤 화면에는 린판샹 엄마가 손을 뻗어 상대를 밀치는 순간이 잡혀 있었고, 또 어떤 화면에서는 대담 형식의 시사프로그램이 나오고 있었다. 시사평론가들은 학교 안전이 우려된다며 장황하게 말을 늘어놓았다. 한 관상 전문가는 페이천 사진을 어디서 구했는지 펜으로 두 눈을 가린 사진을 시청자들에게 보여주었다. 그러면서 의미심장하게 말했다. 이 아이는 눈썹이 진한데다 눈썹 뼈까지 가지런하지 않아 폭력적인 성향이 있는 걸로 보인다. 코가 작고 입도 비뚤어져 있으며 입가가 아래로 처져 있는 이런 관상은 보통 신뢰하기 힘든 얼굴이다. 어쩐지 그런 짓을 저지를 만하다. 내가 린중양이었으면 틀림없이 딸아이더러 이렇게 생긴 사람을 조심하라고 일러뒀을 것이다…… 천원셴은 몇 번이나 소스라치게 놀라서 잠에서 깼

다. 양팔을 힘껏 쥐었다. 손톱이 살갗을 파고 들어가는 통각을 빌어
자신을 달랬다. 꿈일 뿐이야. 하지만 또 다른 목소리가 올라와 천원셴
귓가에 속삭였다. 꿈인 것만은 아닐 텐데.

　요즘은 천원셴이 가까이 다가가기만 해도 페이천은 저도 모르게 온
몸이 뻣뻣해졌다. 페이천은 언어로 화를 내는 것이 아니라 행동으로
화를 표출했다. 자기 전에도 더 이상 엄마에게 굿나잇 뽀뽀를 해달라
고 조르지 않았다. 이전처럼 익숙한 엄마의 향기와 체온을 느끼고 싶
어서 돌연 힘을 주어 천원셴을 꼭 끌어안는 일도 없어졌다. 이런 변화
들을 보며 천원셴은 씁쓸한 미소만 지을 뿐이었지만, 속으로는 피눈
물을 흘렸다.
　한번은 천원셴이 손을 뻗어 예전처럼 아이의 손을 잡은 적이 있었
다. 천원셴보다 끈적끈적하고 뜨거운 조그만 손이었다. 페이천은 세게
손을 뿌리치며 소리쳤다. 만지지 마. 천원셴은 눈앞이 캄캄해지면서
화가 치밀어 올랐다. 왜 만지면 안 되는데? 목소리를 억누르며 물었다.
페이천이 돌아서더니 말했다. 천원셴의 눈을 두려워하는 듯한 동그랗
고 큰 눈으로 천원셴을 쏘아 보며. 나 엄마랑 손잡기 싫어. 천원셴은
그 자리에 그대로 서서 몇 초 간 생각에 잠겼다. 약 냄새가 진동하는
어마어마하게 큰 공간이 떠올랐다. 천원셴은 아무 생각 없이 아들의
손을 잡은 채 량자치가 시키는 대로 하고 있었다. 원래 두 모자의 것
이 아니었던 악재 속으로 걸어 들어가고 있었다. 린판샹 엄마의 말 한
마디 한 마디가 천원셴과 페이천 가슴에 비수가 되어 꽂힐 때 천원셴
은 멈춰 서서 아들의 얼굴을 보았던 기억이 있는가?
　아들이 철이 들면 자기감정을 표현할 어휘를 찾아낼 수 있을 테다.

예를 들면 '모함'이라든지 '희생양'이라든지, 아니면 엄마, 왜 내가 희생양이 되도록 모함한 거야? 같은 문장으로 된 한층 긴 표현이라든지. 천원셴은 빤히 아들 얼굴을 쳐다봤다. 천원셴을 익사시킬 만한 분노가 눈 깜짝할 새에 썰물처럼 빠져 나갔다. 천원셴은 화가 풀렸다. 미안한 마음도 들었다. 페이천을 상대할 생각을 접었다. 앞만 보고 진심으로 달려나가다보면 페이천이 말은 하지 않아도 슬그머니 따라오겠지, 싶었다.

양딩궈는 중간에서 가교 역할을 하려고 했다. 자기가 적극적으로 나서서 아이에게 설명을 해보겠다고 했지만 천원셴이 반대했다. 남편에게 다시는 억지로 내 비위를 맞출 생각은 하지 말라고 했다. 양딩궈는 우물쭈물하며 당신이 잘못하긴 했어도 다 페이천을 위해서 한 일 아니냐고, 아이가 성질은 부릴 수 있어도 부모 머리 꼭대기에 올라가는 건 안 되지 않냐고 되물었다. 천원셴은 멀거니 남편을 바라보다가 물었다. 그럼 부모가 여차해서 아이 머리 꼭대기에 올라가 자기 꿈을 아이 꿈으로 바꿔버리고, 자기 고통을 아이 고통으로 바꿔버리면 그 책임은 누가지는데? 부모는 아이를 벌 줄 수 있지만, 그럼, 부모는 누가 벌 줄 수 있는 건데?

그해 말 천원셴 생일날, 페이천은 그래도 카드를 한 장 썼다. 아이의 호의를 저버리지 않기 위해 천원셴은 성숙한 어른의 자세를 보여주려 애썼다. 쉽게 깨질 것 같은 물건을 대하듯 천원셴은 조심조심 카드를 집어넣었다. 기대의 눈빛을 하고 있는, 상처받은 아이의 얼굴에 대고 말했다. 엄마한테 카드 써줘서 고마워, 엄마도 페이천 무지 사랑해. 페이천은 어색하게 고개를 끄덕이고는 엄마에게 다가가려다 문득 멈춰

섰다. 아직 때가 되지 않은 것이었다. 이제 페이천은 캥거루가 하듯 엄마 품에 폭 안길 수 없었다. 천원셴도 마음이 쓰일 것이었다. 슬펐다. 아들이 아직도 억울함을 내려놓지 못한 것 같아 마음이 아렸다. 천원셴은 아들과의 거리를 바라보며 생각에 잠겼다. 천원셴이 직접 만든 상처가 얼마나 지나야 아물지는 알지 못했다.

□

2년 후

장위러우를 만나러 가던 천원셴은 한 아파트 단지를 지나가게 되었다. 담장에 그려진 토템 문양을 보고 나서야 차이완더 사장네 아파트 외벽인 걸 새삼스레 떠올렸다. 천원셴의 발걸음은 저절로 느려져 단지 내 정가운데에 멈춰 섰다. 출입구의 경비는 여전히 삼엄했다. 천원셴이 자리를 잡고 서 있자 경비실에서 나와 신분 확인을 했다. "실례지만 누구 찾아오신 거죠?"

그 자리에 오래 서 있기는 했지만 곧장 대답하지 않았다. 경비원의 눈빛에 의심이 배어 나오기 시작했다. 천원셴은 어색하게 웃어 보이며 대꾸했다. "아니에요, 예전에 아는 사람이 살던 데여서 한번 둘러본 거예요."

말이 끝나자 천원셴은 뒤돌아 휘적휘적 걸어 나왔다. 지난 일들이 천원셴 뒤로 한 발 한 발 따라왔다.

풍랑이 잠잠해진 뒤 천원셴은 량쯔치에게 연락을 할지 말지 여러 번 생각했다. 량쯔치에게 내가 또 어디 가서 이런 깨달음을 얻을 수 있었겠냐는 걸 알려주고 싶었다. 널 원망한 적이 있는 건 사실이지만, 네가 아니었다면 어렵게 발굴해낸 진귀한 보물이 미소 한 번 지어줄 가치마저 없다는 사실을 몰랐을 거란 걸. 시간이 오래 지나자 천원셴은 심지어 량쯔치의 행복을 빌어줄 정도가 되었다. 우리 둘 다 어쩔 수 없이 변하게 만든 이 따위 환경을 버리고 떠난 량쯔치였다. 안부를 주고받을 이 하나 없는 도시를 골라 크리스와 잘 지내보려고 새로운 환경을 다시 만든 거겠지. 천원셴은 메시지를 보내기 전에 머릿속으로 시뮬레이션을 해보았다. 보내기 버튼을 누르려 할 때마다 억지로 멈추곤 했는데, 보낼 필요가 있을까? 량쯔치가 읽을까? 그럴 리 없었다. 량쯔치가 타이완을 떠난 건 왕녠츠의 추측과는 달리, 복잡하게 엮여 골치 아프고 만신창이가 된 인간관계에서 벗어나기 위함이 아니었을까? 일이 이렇게 된 마당에 천원셴이 량쯔치와 대화를 시도하려는 생각은 과연 누구를 만족시키는 것일까? 천원셴은 그저 량쯔치가 벌받았다는 걸 확인하고 싶은 건 아닐까? 천원셴은 오랜 시간 버텼지만 그 유혹을 뿌리치기가 힘들었다.

□

며칠 전, 천원셴은 어머니날•에 열리는 쑹런초 행사에 초대를 받았

• 타이완은 어버이날 대신 어머니날과 아버지날이 있다. 어머니날은 매년 5월 둘째 주 일요일이다.

다. 고생하는 어머니들을 표창하는 행사이니 당연히 모든 어머니가 참석해야 할 것이었다. 비꼬아 말하면, 고생하지 않는 어머니가 있다는 뜻이었다. 어느 어머니가 표창 받을 자격이 없겠는가? 행사장에 도착하고 나서 보니 한 반에 어머니 세 명씩만 대표로 나와 있었다. 왕이펀도 그 자리에 있었다.

왕이펀은 천원셴을 향해 고개를 끄덕이며 덤덤하게 한 마디 했다. 아드님 이번에 1등한 거 축하해요.

천원셴은 가슴이 떨렸다. 그랬다. 페이천의 성적은 날이 갈수록 좋아졌다. 특출난 아이라고 랴오 선생은 몇 번이나 극찬을 했다. 페이천은 아이들 사이에서는 보기 드문 괴력을 발휘해 글씨 쓰기 연습을 하고 수학 연습문제를 풀었다. 펜을 움켜쥐는 힘도 대단해 필기를 하면 뒷장에 글씨 자국이 배어나올 정도였다. 왜 그렇게 성적에 신경을 쓰냐고, 차마 물어볼 수가 없었다. 아이의 대답을 받아들이기 힘들까봐서였다. 아마도 아이는 쑹런에서 불안해할 테고 그 일에 아직도 힘들어하고 있을 터였다. 어쩌면 단순히, 뛰어난 성적으로 선생님의 특별한 사랑을 받는 영광을 만끽하고 싶은 것일지도 몰랐다. 여러 가능성이 있었다.

천원셴은 왕이펀을 형식적으로 대했다. 애써 정신을 추스르고, 한 반에 세 명만 오는 건데 왜 저 여자가 온 거지? 라는 생각을 했다. 어쩌면 그 답이 이미 왕이펀 입에서 튀어나왔는데도 천원셴이 제대로 듣지 않은 걸 수도 있었다. 다른 사람들이 가장 수긍할 수 있는 대상은 반에서 1등한 아이의 엄마였다. 이런 논리를 따른다면 왕이펀이 어떻게 나타날 수 있었던 걸까? 조녀선은 3등 안에 들지 못하는 아이였다. 천원셴의 생각은 또 어수선해졌다. 더럭 겁이 났다. 이곳의 자기장이 심상치 않았다. 여기를 떠난 지 그리 오래되었는데도 한번 발을 들이니 자연스레 또, 되지도 않는 일에 매달리고 있었다. 천원셴은 뒤쪽으로 걸어가 의자를 하나 찾아 앉았다. 단상에 올라가기 전까지는 아무와도 말을 섞기가 싫었다.

수다쟁이이자 말라깽이가 옆자리에 앉아 있는 줄은 미처 몰랐다. 천원셴은 순간적으로 넋이 나갔다. 쑤뤄란이었다.

쑤뤄란도 표창을 받게 된 어머니라니, 꽤나 흥미로웠다. 쑤뤄란이 어째서?

"오랜만이네요." 쑤뤄란이 먼저 고개를 들었다. "자기도 참 매정하다. 선란 모임도 한 번 안 나오고."

쑤뤄란은 웃음기가 있는 것도 같고 없는 것도 같은 기이한 눈빛으로 천원셴을 응시했다.

천원셴은 마음 속 공간이 순식간에 줄어드는 듯한 느낌이었다.

"그러게요, 아무리 생각해봐도 전 직장 체질인가봐요……."

"캣한테 미안해서가 아니고?"

쑤뤄란은 눈망울이 촉촉했다. 천원셴은 순간 예더이가 눈앞에 나타난 줄 알고 흠칫 놀랐다.

"내가 캣한테 뭐가 미안한데요?"

"그때 그 일 자기 왜 테드한테 말했어요?"

"그런 적 없는데요." 천원셴은 무의식적으로 부인했다.

"아, 그래요? 왜 내가 들은 거랑 다르지? 자기 애 학비 내준 게 분명한 친구한테, 무슨 일 생기니까 그걸 떠넘겼다는 배은망덕한 사람이 있다고 들었는데……."

"그런 말을 해서 뭐 하려고요?"

"뭘 하려고 한 적 없어요. 난 다만 캣이 안돼 보여서 그런 거지. 캣이 나한테 하는 것보다도 자기한테 잘했는데 지금 캣이 어떻게 됐죠? 자기가 무슨 일을 저지른 건지 전혀 모르는구나?" 쑤뤄란의 뉘앙스는 한쪽으로 쏠려 있었다. 말투가 냉랭하게 변했다. "그거 모르죠? 얼마 전에 테드가 캣더러 이혼하자고 한 거. 캣 진짜 불쌍해, 남편 사랑도 못 받고 시댁에서 알아주지도 않고, 타이완에 어찌 돌아올 수 있겠냐고요. 요 며칠 사이 그 소식이 퍼지는 바람에 캣은 미국에 계속 숨어 있을 수밖에 없는 노릇이겠죠. 이게 다 자기 때문이라고는 생각 안 하나 봐?"

"그게 왜 내 책임이에요?"

"자기가 캣 저버린 거나 마찬가지니까, 자기 너무 밉다고 캣이 그러던데."

쑤뤄란은 몸을 뒤로 빼고는 새파랗게 질린 천원셴의 얼굴을 정신없는 와중에도 아주 여유 있게 훑어봤다.

"나 아니었으면 캣이 테드랑 이혼할 일은 없었겠네요?" 순간 치밀어 오른 화가 천원셴의 여린 마음을 채웠다. "내가 그렇게 미웠으면 나한테 직접 말하면 되지, 미국이 아주 먼 것도 아니고 전화 한 통화나 메시지 한 통이면 하고 싶은 욕 다 할 수 있는데. 근데 자치는 나한테는 아무 말도 안 했어요. 여기서 당신이 나한테 그런 말 하는 게 누구를 위한 거죠? 자치? 아니면 당신?"

"내가 뭐 하러 날 위해서 그런 말을 해? 나랑 상관도 없는 일인데."

"어떻게 상관이 없죠? 왕녠츠가 그런 말 한 적 있어요? 선란 모임의 다른 사람이 그런 말 한 적 있냐고요? 왜 당신만 여기까지 와서 날 욕하는데요? 량자치가 다 포기하고 미국으로 가버린 거 당신도 똑똑히 봤잖아요. 이제 쑤뤄란 당신밖에 안 남았어요. 여기서 다른 사람 반겼다가 따돌리고, 또 추켜세웠다가 욕하는 데 재미 들려 있는 사람은. 량자치가 당신 같은 인간 신경이나 쓰는 줄 알아요? 자기 자신까지 속이면서 인생 그렇게 살지 말아요. 량자치가 뒤에서 당신에 대해서 뭐라고 말하고 다녔는지 당신이 직접 들었어야 되는데. 근데 뭐라 그랬는지는 나한테 물어보지 마요. 난 다시는 당신 같은 여자들 시시비비에 개입하고 싶지 않으니까."

천원셴은 쑤뤄란을 흘깃 쳐다봤다. 스스로도 이해하기 힘든 연민이 담긴 눈빛으로.

우월감이 모락모락 피어올랐다. 뭐든지 다 할 수 있을 것 같은 벅찬 느낌이 저 앞에서 천원셴을 부르고 있었다. 천원셴은 다른 사람을 거세게 짓밟음으로써 자기가 얼마나 높이 서 있는지 증명하고 싶은 제 욕망을 다시금 들여다보았다. 마약을 해본 적은 없지만 이런 느낌이 아닐까, 싶었다. 천원셴이 그 여자들에게 다시는 돌아가지 않을 거란 건 분명했다. 아니면 이렇게 말하는 게 더 적당할지도 모르겠다. 머리부터 발끝까지 소위 실체가 없는 그 여자들로 이루어진 마치 환각과 같은 그 무리로는 다시 돌아가지 않을 것이었다. 서로 알아주고 아껴주는 것처럼 보이는 허울만 좋은 겉옷 안에 의미 없는 경쟁을 숨기고 있던 그 무리로는. 물 만난 물고기처럼 보이는 왕이펀도 불면의 밤을 보내며 익사하지 않을까 두려워하고 있을 것이었다.

쑤뤄란의 고집불통인 얼굴을 보고 있는 천원셴의 기분이 어찌 좋을 리가 있겠는가?

경기장을 뛰던 선수가 아닌 입장권을 사고 경기장에 들어가는 관중이 되면, 득점을 날릴 가능성은 줄어들지만 선수를 맘껏 욕할 수 있는 통쾌함은 만끽할 수 있다. 이게 바로 지금 천원셴 이야기다.

천원셴은 자리에서 일어났다. 쑤뭐란과 대화를 하겠다는 뜻은 아니었다. 천원셴은 다른 곳으로 휙 가버렸다. 단상에 올라갈 시간이 거의 다 되었다.

이렇게 말하면 이상하지만, 쑤뭐란과의 대화를 통해 천원셴은 자신이 모든 걸 완전히 내려놓을 수 있다는 걸 믿게 되었다. 량자치가 천원셴을 미워하거나 천원셴이 량자치에게 빚졌다는 걸 자각한다 해도 천원셴은 별로 대수롭지 않게 생각할 터였다. 천원셴 자신이 내뱉은 말처럼 량자치는 이곳을 포기하고 떠난 것이니 천원셴이 량자치에게 집착할 필요는 없었다. 오히려 쑤뭐란의 일그러진 얼굴을 보니 연민의 감정이 생겼다. 내심 기쁘기도 했다. 잔인하게 짓밟았는데도 아직 죽지 않은 동물을 보는 건 섬뜩한 일일 테다. 쑤뭐란은 앞으로 절대 천원셴을 짓밟을 엄두를 내지 못할 터였다. 천원셴은 다시 한 번 깨달았다. 마음 한켠에는 떨쳐내지 못한 어두운 그림자가 자리하고 있다는 것을, 이런 추악한 모습도 오롯이 자기 자신의 것이라는 것을. 천원셴은 다른 이의 불행을 디딤돌 삼아 행복한 감정을 키워가고 있었다.

□

예상대로라면 여유 있게 도착했어야 했지만, 옛 생각에 잠긴 탓에 예상보다 시간이 많이 흘렀다. 잠시 뒤면 장위러우에게 전화가 와 지금 어디 있는지 물을 것이다. 장위러우에 대해 말해보자면, 얼마 전에 만난 남자와 결혼할 생각도 있는 모양이었다. 꽤 괜찮은 남자라고 했다. 천원셴과 만나면 장위러우는 분명히 그 남자와 만나온 얘기를 속속들이 해줄 것이었다. 장위러우와 속엣말을 하게 된 걸 생각하니 가슴이 뜨거워졌다. 천원셴은 불행한 일을 겪긴 했지만 어떻게 보면 매우 운 좋은 사람이라고도 할 수 있었다. 걸음을 멈추고 고개를 돌려 중세 유럽의 성의 모습을 한 건축물을 바라봤다. 천원셴은 그곳에 들어가 좋은 향기로 가득한 거실, 따스한 느낌의 조명, 방금 막 정돈한 스키장 눈만큼이나 부드러운 딸기무스 케이크, 잔뜩 신이 난 아이들, 그리고 가장 중요한 — 완벽한 그 여자를 직접 본 적이 있었다. 천원셴을 매료시키고 정신 못 차리게 만든 모든 것이 이제는 무너져버렸다. 이미 다 쓰러져버린 것이다. 하지만 깨지고 으스러진 벽돌이나 기와라고 해서 그 속성이 사라지는 것은 아니다. 이제 와서 다시 하나하나 붙여보다 보니 천원셴을 눈부시게 했던 속성만은 남아 있었다. 천원셴은 거짓말인 줄 알면서도 스스로에게 말했다. 다시는 절대로 함정에 빠지지 않겠노라고. 천원셴도 속으로는 똑똑히 알고 있었다. 마음속에 아직도 채워지지 않은 검은 구멍이 있다는 것을.

페이천은 똑똑하고 뛰어난 아이였다. 랴오 선생은 살짝 과장하여 말했다. 엄마가 제일가는 지원자죠, 제임스는 별 탈 없이 이대로만 가면 나중에 어머님 학교 후배도 될 수 있을 겁니다. 그때 잔야친도 옆에 있었다. 천원셴은 잠시 생각하다가 그 여자가 왕이편 꽁무니만 쫓아다니는 인간이란 걸 떠올렸다. 잔야친은 상냥하게 말했다. 제임스는 시험을 대충 봐도 1등 하는 아이니까 타이완대학 가기는 아깝죠. 미국 아이비리그 정도는 보내야 되지 않겠어요? 나중에는 미국에서 자리잡는 거죠. 우리 아들은 워낙 공부에 취미가 없어서 아쉬워요. 썬하고 제임스처럼만 했어도 진작 유학 준비시켰을 텐데 말이에요.

천원셴은 대꾸는 하지 않은 채 입을 약간 오므리고 가볍게 웃기만 했다. 마음속에 정체 모를 구멍이 또 하나 뚫렸다. 어마어마하게 큰 새로운 욕망이 가슴 속을 재빠르게 뚫고 들어온 것이었다. 고작 열 살도 안 된 아이인 걸 알면서도 마음은 이미 멀고 먼 미래에 끌려가 있었다. 부모도 한 번 밟아보지 못한 미국이란 땅에서 누구나 선망하는 완벽한 직업을 가지고 중산층들이 사는 동네에 산다. 금발에 푸른 눈을 한 여자와 결혼해 아이를 낳는다면 그 아이는 태어나자마자 미국 국적을 얻게 될 것이다. 천원셴은 타이완과 미국을 왔다 갔다 하며 타이완에 돌아올 때마다, 오랜 시간 비행기를 타는 게 얼마나 피곤한 일인 줄 아냐며 투덜댄다. 금의환향의 기분을 남몰래 즐기면서. 이런 공상은 입 밖에 내면 욕먹을 거라는 걸, 적어도 장위러우는 참아주지 못할 거란 걸 천원셴은 잘 알았다. 이게 바로 사람은 안 변한다는 방증 아닐까? 혹시 천원셴이 아직도 뉘우치지 못했다는 뜻일까? 그에 대한 답은 천원셴도 할 수 없을 테다.

이따금씩 자기 자신이나 양이자, 량자치를 떠올릴 때면 천원셴은 자기 몸 안에 다른 사람이 되고 싶어하는, 반짝반짝 빛나는 사람이 되고 싶어하는, 값진 인생을 살고 싶어하는 아리따운 여자애가 살고 있다는 걸 느끼곤 한다. 그 여자애가 페이천을 만나게 된 뒤로 극심한 동질감을 느껴 페이천더러 손을 잡으라고 한 것이다. 높은 봉우리로 올라가 견딜 수 없는 추위와 반 질식 상태에서나 경험할 수 있는 미칠 듯한 황홀경을 느끼게 해주고 싶었던 것 같다. 아이가 있는 사람이라면, 언젠가는 내 아이가 무거운 계급의 문을 밀어젖혀주기를, 그래서 부모인 나도 그 내부를 엿볼 수 있기를 바랄 것이다. 이런 생각을 남몰래 해본 적이 없다고 그 누가 자신 있게 말할 수 있을 것인가? 아이를 통해 자신의 못다 한 꿈을 이루고 싶다는 생각을 해본 적이 없다고 그 누가 장담할 수 있을 것인가? 내 아이가 나보다 나은 삶을 살기를 원하는 부모의 마음이 잘못된 것이라 할 수 있을 것인가?

더 이상 시간을 지체할 수 없었다. 빠른 걸음으로 걷기 시작했다. 걸음은 갈수록 빨라졌다. 천원셴은 급기야 뛰기 시작했다.

상류 아이

초판 인쇄	2021년 6월 16일
초판 발행	2021년 6월 25일
지은이	우샤오러
옮긴이	심지연
펴낸이	강성민
편집장	이은혜
마케팅	정민호 김도윤
홍보	김희숙 김상만 이소정 이미희 함유지 김현지 박지원
펴낸곳	(주)글항아리 | **출판등록** 2009년 1월 19일 제406-2009-000002호
주소	10881 경기도 파주시 회동길 210
전자우편	bookpot@hanmail.net
전화번호	031-955-1936(편집부) 031-955-2696(마케팅)
팩스	031-955-2557
ISBN	978-89-6735-913-3 03820

잘못된 책은 구입하신 서점에서 교환해드립니다.
기타 교환 문의 031-955-2661, 3580

www.geulhangari.com